ABBY CLEMENTS

Viviens himmlisches Eiscafé

GOLDMANN
Lesen erleben

Buch

Die Schwestern Anna und Imogen McAvoy könnten kaum unterschiedlicher sein. Während Imogen als Fotografin in Thailand lebt und ihr Künstlerleben genießt, macht Anna Karriere im Marketing in Brighton. Umso überraschter sind sie, als sie erfahren, dass ihre geliebte Großmutter Vivien ihnen beiden ihr altes Eiscafé an der Küste von Brighton vermacht hat. Da sie es einfach nicht übers Herz bringen, das zauberhafte Café zu verkaufen, beschließen die Schwestern kurzerhand, ihr Leben auf den Kopf zu stellen und Viviens Vermächtnis zu altem Glanz zu verhelfen. Leichter gesagt als getan! Denn das Eiscafé könnte zwar nicht mehr Charme besitzen, muss jedoch deutlich an Gästen gewinnen, um nicht unterzugehen. Und so macht Anna sich auf nach Florenz, um an einem Gourmet-Eiscreme-Kurs teilzunehmen, während Imogen sich mithilfe der übrigen Ladenbesitzer auf der Strandpromenade um die Neueröffnung des Cafés kümmert. Es folgt ein unvergesslicher Sommer, währenddessen die Schwestern wieder zueinanderfinden, himmlische Eissorten kreieren und unerwartet die Liebe finden …

Weitere Informationen zu Abby Clements
sowie zu lieferbaren Titeln der Autorin
finden Sie am Ende des Buches.

Abby Clements

Viviens himmlisches Eiscafé

Roman

Übersetzt
von Sina Hoffmann

GOLDMANN

Die Originalausgabe erschien 2013 unter dem Titel
»Vivien's heavenly Ice Cream Shop«
bei Quercus, London.

Dieses Buch ist auch als E-Book erhältlich.

MIX
Papier aus verantwortungsvollen Quellen
FSC® C014496

Verlagsgruppe Random House FSC® N001967
Das für dieses Buch verwendete FSC®-zertifizierte Papier
Pamo House liefert Arctic Paper Mochenwangen GmbH.

2. Auflage
Deutsche Erstveröffentlichung Mai 2014

Umschlaggestaltung: UNO Werbeagentur, München
Umschlagmotiv: Kate Forrester
Redaktion: Cathrin Wirtz
MR · Herstellung: Str.
Satz: omnisatz GmbH, Berlin
Druck und Bindung: GGP Media GmbH, Pößneck
Printed in Germany
ISBN: 978-3-442-48043-2
www.goldmann-verlag.de

Besuchen Sie den Goldmann Verlag im Netz:

Für James

Vivien

35 ELDERBERRY AVENUE, HOVE, EAST SUSSEX

»Was ist das hier, Anna?« Vivien McAvoy beugte sich in ihrem mit Samt bezogenen Lehnstuhl nach vorn und musterte den Kuchen vor sich.

»Mandel-Kirsch. Ein kleines Experiment, aber ich dachte, der Kuchen könnte dir vielleicht schmecken.«

Anna schnitt ein Stück des selbstgebackenen Kuchens für ihre Großmutter ab. Sie hatte den ganzen Morgen gebacken, und Viviens vorfreudiger Gesichtsausdruck zeigte ihr, dass sich die Mühe gelohnt hatte.

Dankbar nahm Vivien den Teller entgegen und probierte den ersten Bissen. »Du meine Güte, Anna«, lächelte sie. »Dieses Mal hast du dich wirklich selbst übertroffen!«

»Puh«, erwiderte Anna. »Da bin ich aber froh! Das ist nämlich ein neues Rezept, und du bist mein Versuchskaninchen.«

»Ist mir eine Ehre«, lächelte Vivien und nahm einen weiteren Bissen. Ihr silbergraues Haar war lose zurückgesteckt; sie trug ein elegantes bordeauxfarbenes Kleid mit Diamantenmuster und darüber eine cremefarbene Strickjacke. Sonnenstrahlen fielen durch die bodentiefen Erkerfenster ihres Hauses und tauchten das Zimmer in ein warmes Licht.

Anna nahm sich selbst ein Stück Kuchen, und dabei fielen ein paar Krümel zu Boden. Der Dackel ihrer Großmutter, Hepburn, kam über den Perserteppich herübergeflitzt.

»Der günstigste Staubsauger, den es gibt«, lachte Vivien. Seit mehr als acht Jahren gehörte der braun-schwarze Dackel schon zur Familie, und er wich ihr keinen Schritt von der Seite. Vivien hatte den Rüden nach ihrer Lieblingsschauspielerin benannt und sich geweigert, sich von so unwichtigen Details wie dem Geschlecht beeinflussen zu lassen.

»Du solltest ihn vermieten«, stellte Anna fest.

In Viviens Vorgarten bewegte sich etwas und erregte Annas Aufmerksamkeit. Als sie sich zum Fenster umdrehte, sah sie draußen neben der Hecke einen hochgewachsenen Mann stehen, umgeben von Narzissen.

»Wer ist denn der Mann da in deinem Garten?«, fragte Anna und reckte den Hals, um einen besseren Blick aus dem Fenster zu haben.

»Ach, das ist Tomasz«, antwortete Vivien, ohne aufzuschauen.

»Tomasz?«

»Ein Freund. Er und seine Frau Rebecca wohnen seit einer Weile hier.«

»Du kannst es aber auch nicht lassen«, schüttelte Anna lächelnd den Kopf.

»Was denn?« Vivien schaute auf; ihre blauen Augen glänzten. »Mensch zu sein?«

Anna musste lachen. »Jetzt sag bloß nicht, dass sie eines Tages in deinen Eisladen gekommen sind und …«

»Sie sind ein ganz liebes Pärchen – die beiden hatten nie mehr als ein bisschen Kleingeld, das sie fürs Abendessen gespart hatten, aber sie waren immer höflich und nett.«

Die Geschichte war Anna und ihrer Familie längst bekannt. Vivien zog Heimatlose und Streuner magisch an, und jeder wusste, dass sie den Leuten im Dorf aushalf und die Gemeinde auf diese Art unterstützte. Als könne er sie durch die Fensterscheibe hören, drehte sich Tomasz plötzlich herum und winkte Vivien grinsend zu. Fröhlich erwiderte sie sein Lächeln. »Ein ganz und gar aufrichtiger Kerl«, stellte sie fest. »Aber wo war ich stehen geblieben?«, fuhr sie fort. »Eines Abends, als ich zusperren wollte, habe ich Tomasz und seine Frau gesehen, wie sie in einem der unbenutzten Brückengewölbe weiter hinunter in Richtung Hove verschwanden. Am darauffolgenden Tag habe ich ihn danach gefragt, und er hat mir erzählt, dass sie dort schlafen.«

»Wie schrecklich!«, rief Anna. »Dort muss es doch feucht sein, außerdem sind solche Orte doch nicht sicher!«

»Ich weiß. Die beiden hatten nicht einmal einen richtigen Schlafsack. Sie sind in unser Land gekommen, weil sie nach Arbeit gesucht und auf ein besseres Leben gehofft hatten, und stattdessen … na ja. Jedenfalls wohnen sie nun oben und verdienen sich ihren Lebensunterhalt besser, als es irgendein zahlender Mieter könnte.«

»So sieht es aus«, nickte Anna und beobachtete, wie Tomasz einen schweren, herabhängenden Ast absägte, der Vivien schon seit Monaten Sorgen bereitet hatte.

»Rebecca hat mir oben sehr mit der Ablage geholfen. Es tut mir jetzt schon leid, wenn sie irgendwann gehen. Hier ist einfach zu viel Platz für eine alleinstehende Person, und du weißt ja, dass es mir gleich schon viel besser geht, wenn ich andere Leute um mich habe.«

»Wann ziehen sie denn aus?«

»Nächste Woche. Es hat sich die Möglichkeit ergeben, ein Zimmer bei einem Freund von ihnen zu bekommen, außerdem hat Tomasz Aussicht auf Arbeit im Baugewerbe.«

»Die Drehtür in der Elderberry Avenue …«, seufzte Anna. »Ich bin gespannt, wer als Nächstes kommt.«

»Wenn ich im Leben etwas gelernt habe«, lachte Vivien, »dann, dass man das nie wissen kann. Die Eisdiele hat mir immer neue Freunde und auch einige Überraschungen beschert.«

»Wie läuft es denn in letzter Zeit in der Eisdiele?«, erkundigte sich Anna.

»Oh, alles gut. Wie immer«, erwiderte Vivien lächelnd.

Die Eisdiele an der Strandpromenade war dort schon fast ein Wahrzeichen: Das Sunset 99s gab es seit Mitte der Fünfzigerjahre, und auch Vivien selbst war in ganz Brighton stadtbekannt. Zeitweilig hatte der Laden wirklich floriert, doch Anna hatte den Eindruck, dass die Geschäfte in letzter Zeit ein wenig abgeflaut waren, da kaum noch Leute auf ein Eis und einen Plausch vorbeikamen. Durch die vielen Bio-Smoothie-Shops und die exklusiven Cafés, die überall in der Stadt aus dem Boden schossen, empfand es Anna oft geradezu als ein Wunder, dass es die Eisdiele immer noch gab.

»Im Augenblick mache ich gerade eine kleine Verschnaufpause«, erklärte Vivien. »Eine Woche lang, vielleicht auch zwei. Sue, meine neue Assistentin, hat ein Auge auf den Laden. Sie hatte es in letzter Zeit nicht leicht – ihr Sohn Jamie ist ins Gefängnis gekommen, und zu allem Überfluss hat sie auch noch ihren Job beim Supermarkt verloren. Sie wird sich gut um die Eisdiele kümmern, da bin ich mir sicher.«

»Dad wird sich freuen, dass du dir mal eine Auszeit gönnst«, fuhr Anna fort. »Aber wir brauchen wahrscheinlich nicht zu hoffen, dass du in den Ruhestand gehst, oder?«

»Natürlich nicht.« Unmissverständlich schüttelte Vivien den Kopf. »Was soll ich denn im Ruhestand? Der Laden ist schon so lange mein ganzer Lebensinhalt, dass ich gar nichts mit mir anzustellen wüsste, wenn es ihn nicht mehr gäbe. Ich habe dort meine Freunde – Evie nebenan und dann noch diesen jungen

Mann, Finn. Ich muss nur mal ein oder zwei Wochen lang meine Batterien wieder aufladen, das ist alles. Sue wird schon alles tipptopp in Ordnung halten.«

»Na gut, okay. Aber ich hoffe, dass du die Zeit nutzt, um dich auch wirklich zu erholen«, mahnte Anna. Sie beschloss, in der Eisdiele vorbeizuschauen und sich Sue vorzustellen, sobald sich die Wogen bei der Arbeit wieder geglättet hatten. Ihr letzter Besuch dort war schon eine ganze Weile her.

»Das werde ich«, erwiderte Vivien. »Aber versuch bloß nicht, mich davon abzuhalten, in deiner neuen Wohnung vorbeizuschauen. Wann ziehst du dort ein?«

Beim Gedanken daran strahlte Anna übers ganze Gesicht. »Nächsten Samstag bekomme ich die Schlüssel.«

»Wunderbar. Zieht Jon am selben Tag ein?«

»Ja«, nickte Anna, »das wird er.«

»Ich freue mich schon auf die Wohnung«, erklärte Vivien und beugte sich hinunter, um Hepburn zu streicheln, der es sich neben ihren Füßen auf dem Teppich gemütlich gemacht hatte.

»Wir beide freuen uns, dass du in unsere Nähe ziehst, nicht wahr, Hepburn?« Der Dackel rollte sich auf den Rücken, entblößte seinen Bauch und forderte Vivien auf, ihn dort zu kraulen.

»Es wird dir bestimmt gefallen. Es gibt eine wunderbare Fensterbank, auf der man es sich gemütlich machen kann«, antwortete Anna und erinnerte sich an die Aussicht, die man von ihrer Wohnung im obersten Stockwerk aus hatte. Auf den Horizont und auch auf die strahlenden Lichter des Brighton Piers. Das Geräusch des Windes, der um die Wohnung blies, ließ sie noch gemütlicher wirken – man hatte das Gefühl, vor allen Elementen geschützt zu sein.

»Klingt perfekt«, erwiderte Vivien. »Mir gefällt die Wohnung ja schon, weil du dann gleich um die Ecke wohnst.«

»Das stimmt. Und was deine zwei Enkelinnen betrifft, so musst du eine Weile lang nur mit mir vorliebnehmen. Es klingt nämlich nicht so, als würde Imogen bald nach Hause kommen.«

»Sie genießt das Reisen sehr, nicht wahr?«, fragte Vivien. »Ich habe neulich eine Postkarte mit einem goldenen Buddha darauf von ihr bekommen. Sie erinnert mich sehr an euren Vater. Das war schon immer so. Die beiden sind echte Freigeister.«

»Es klingt, als würde sie sich bestens amüsieren und viel fotografieren – sie hatte große Schwierigkeiten, nach der Uni einen Job zu finden, und ich glaube, das ist genau das, was sie jetzt gebraucht hat.«

»Ich freue mich immer schon auf die Bilder, die sie mir schickt. Auch früher schon habe ich immer gern von den Abenteuern gehört, die euer Vater in Indien und Asien erlebt hat – das war damals eine ganz schön aufregende Sache. Und das auf seinem schwerfälligen Motorrad«, fuhr Vivien lächelnd fort. »Und jetzt haben wir Imogens Reiseberichte, um uns zu unterhalten.«

»Wie geht es Dad?«, erkundigte sich Anna. Sie hatte mit ihrem Job im Marketingbereich für den Royal Pavilion in Brighton sowie den letzten Schritten zum Kauf der Wohnung so viel um die Ohren gehabt, dass sie ihre Eltern schon ein paar Wochen lang nicht mehr angerufen hatte.

»Oh, ihm geht's gut. Er hat heute Morgen noch angerufen. Er hat eine weitere Skulptur fertiggestellt – einen Fischreiher. Der befindet sich gerade im Brennofen. Ich habe ihn gebeten, ob er mir auch einen für den Gartenteich machen kann, das ist jetzt sein nächstes Projekt.«

»Prima. Damit ist er wohl eine Weile beschäftigt.« Ihr Dad tat nichts lieber, als in seinem Gartenatelier Tonfiguren herzustellen, von Vögeln und wilden Tieren, die er liebte. »Ich sollte jetzt wohl besser mal los«, stellte Anna mit einem Blick auf die

Uhrzeit auf ihrem Handy fest. »Ich muss für den Umzug noch einiges packen, außerdem kommt Jon in einer Stunde vorbei.«

»So, so.« Vivien lächelte schelmisch. »Erlaube deiner neugierigen Oma eine Frage. Ist er der Richtige, dieser Jon?«

»Ich glaube schon«, erwiderte Anna und wirkte plötzlich etwas verlegen. »Jedenfalls fühlt es sich richtig an zusammenzuziehen.«

»Das freut mich«, antwortete Vivien. »Du hast nämlich einen guten, anständigen Mann verdient. Du bist eine starke Frau, das warst du schon immer, und eine talentierte obendrein. Denk immer daran, ja?«

»Jetzt werd mal nicht sentimental, Granny«, lachte Anna. »Ich geh doch nirgendwo hin. Vielmehr ziehe ich sogar noch näher zu dir und nicht etwa weiter in die Ferne.«

»Das weiß ich, Liebes.« Vivien legte zärtlich ihre Hand auf Annas Knie. »Aber es kann nie schaden, dich daran zu erinnern, dass du etwas ganz Besonderes bist, nicht wahr?«

IMOGEN

Imogen McAvoy beugte sich leicht in ihrer hockenden Position vor, um das Hennatattoo zu vollenden. Sie tauchte den feinen Pinsel in den Hennatopf, blinzelte, um sich vor der grellen Sonne zu schützen, und malte das letzte Blütenblatt.

»So«, stellte sie zufrieden fest und lehnte sich zurück, damit ihre Kundin das Kunstwerk betrachten konnte.

»Das ist toll geworden«, lobte die blonde Britin und senkte die Schulter, damit ihr Freund das Tattoo bewundern konnte. »Wie findest du es? Ich wünschte, ich könnte es jetzt Mum zeigen und so tun, als sei es ein echtes Tattoo – sie würde ausflippen!« Der Junge im Teenageralter, mit nacktem Oberkörper und nur mit einer kurzen Armeehose bekleidet, nickte anerkennend und trank dann einen Schluck aus seiner Tiger-Bierflasche.

»Freut mich, dass es dir gefällt«, erwiderte Imogen, nahm lächelnd den 200-Baht-Schein entgegen, steckte ihn unter den Träger ihres türkisfarbenen Bikinioberteils auf ihre sonnengebräunte, sommersprossige Haut. Sie band sich ihren Sarong mit Elefanten-Aufdruck neu und erhob sich. »Ich wünsche euch eine schöne Zeit hier auf Koh Tao.«

Als das Pärchen gegangen war, zählte Imogen die Geldscheine, die sie heute eingenommen hatte – genug, um die Miete ihrer Strandhütte für zwei Nächte zu bezahlen, außerdem reichte es dann noch für ein paar Pad-Thai-Nudeln sowie ein oder zwei Bierchen am Abend. Gar nicht mal schlecht dafür, dass sie nur einen Morgen lang gearbeitet hatte. Prüfend sah sie auf, um zu schauen, wo die Sonne am Himmel stand – es musste so etwa um die Mittagszeit herum sein. Wenn sie jetzt schnell zum Strand fuhr, konnte sie sich vielleicht noch Davy bei seinem nachmittäglichen Tauchgang anschließen. In Windeseile sprang sie auf ihr Beachcruiser-Rad, trat in die Pedale und steuerte den Strand an. Die Insel war so klein, dass sie ihr Ziel innerhalb weniger Minuten erreichte.

»Hast du noch Platz an Bord?«, rief Imogen Davy zu, der sein Boot gerade mit Druckluftflaschen belud, die in einer Kiste auf dem makellosen weißen Sandstrand standen.

»Du hast Glück«, erwiderte er und drehte sich zu ihr um. »Ein Teilnehmer hat für heute abgesagt – wenn du willst, kannst du mit.«

»Cool.« Imogen band sich das wellige, von der Sonne aufgehellte braune Haar zu einem Zopf zusammen und suchte dann den Stapel mit Taucheranzügen nach einem passenden in ihrer Größe durch. »Taucht ihr heute zu einem Wrack hinunter?«

»Eigentlich war das der Plan, aber mir ist eben zu Ohren gekommen, dass es heute etwas viel Interessanteres zu sehen geben könnte.«

»Aber nicht ein …? Du nimmst mich auf den Arm, oder?«, fragte Imogen.

»Ich kann dir aber nichts versprechen«, entgegnete er mit einem Schulterzucken.

Hastig zog sie einen der kleineren Taucheranzüge an, der immer noch nass und mit Meeressalz verkrustet war vom letzten Tauchgang. Danach hob sie zuerst ihre Tasche mit der Unterwasserkamera ins Boot, bevor sie selbst hineinkletterte. »Dann lass uns mal hinausfahren!«

Sie waren etwa fünfzehn Minuten übers Meer gefahren, als Davy sich für einen geeigneten Platz zum Tauchen entschied. Das Wasser war aquamarinblau, vollkommen klar und spiegelte die Sonnenstrahlen wider. Es war ein unglaublich schöner Anblick, und Imogen hatte sich nach sechs Monaten nun fast schon daran gewöhnt – aber nur fast. Zusammen mit dem Rest der Tauchergruppe drehte sie den Rücken zum Wasser, schnallte sich die Druckluftflasche auf den Rücken und half ihrem Tauchpartner bei den gewohnten Sicherheitschecks.

Anschließend nahm sie am Bootsrand Platz, machte sich bereit und ließ sich mit einem Platscher nach hinten ins Wasser fallen.

Unmittelbar darauf befand sie sich in einer völlig anderen Welt, als sie von einem Schwarm leuchtend bunter Clownfische umringt wurde, von denen einige davonstoben und andere wiederum sich ihr zögerlich näherten, voller Neugier, wer da in ihr Unterwasserterritorium eingedrungen war. Imogen ließ ein wenig Luft aus ihrer Rettungsweste ab und sank langsam, aber stetig auf die leuchtend rosa und orangen Korallen auf dem Meeresgrund unter ihr zu. Aus den Augenwinkeln sah sie Davy, der ihr mit einem Winken andeutete, herüberzuschwimmen und sich der Gruppe anzuschließen. Was sie auch gleich tun würde, nahm sie sich vor, als sie einen winzigen Riffhai entdeckte, der sich unter die anderen Fische mischte. Aber zuerst würde sie ein paar Fotos machen. Sie holte ihren Fotoapparat hervor und hielt mit der Kamera die wilde Tierwelt um sich herum fest, die sich hell von einem strahlenden Korallenriff im Hintergrund abhob.

Dann glitt ein dunkler Schatten über sie hinweg, der die Fische und die Korallen plötzlich dunkler erscheinen ließ. Einen Augenblick lang war Imogen wie erstarrt. Sie schaute auf, und da war er – direkt über ihr. Das Lebewesen, nach dem sie sich so gesehnt hatte, es einmal zu fotografieren; von dem Moment an, als sie zum ersten Mal nach Thailand gekommen war, während Dutzender Tauchgänge, die sie hier bereits hinter sich hatte.

Sie sah, wie Bewegung in Davys Gruppe kam, als einige davonschwammen, während andere sich der dunklen Kreatur näherten. Davy deutete ihnen an, zu bleiben, stillzuhalten und zu schauen.

Der Walhai glitt langsam, ja fast schon träge durch das Wasser, und obwohl er so groß war wie ein Lieferwagen, schien er kaum Eindruck auf seine Umgebung zu machen. Seine Haut und der große, fast eckige Kopf waren mit hellen Flecken übersät, Rankenfußkrebse hingen an seiner Unterseite. Doch der Name »Hai« war so irreführend, dachte Imogen. Denn dies hier war eines der ruhigsten und friedlichsten Tiere, die sie je gesehen hatte. Ein kleiner Schwarm winziger Fische befand sich unter seinem Bauch und bewegte sich im Einklang mit dem sanften Riesen.

Imogen versuchte, sich wieder zu beruhigen, schwamm ein wenig näher heran, hob die Kamera vor die Taucherbrille und machte Fotos.

Als sie wieder im Taucherladen waren, gab Imogen die Tauchausrüstung zurück, dankte Davy und sprang auf ihr Fahrrad; das Adrenalin rauschte ihr immer noch durch die Adern. Hinter ihr unterhielten sich die restlichen Mitglieder der Tauchergruppe aufgeregt über das, was sie gesehen hatten – ein einmaliges Erlebnis. Imogen fuhr die zerfurchten, staubigen Straßen zum Strand auf der anderen Inselseite hinunter und steuerte ihre Strandhütte an. Vor ihr erstreckte sich der Horizont; die freie Sicht wurde nur gelegentlich von einer Palme unterbrochen. Die oberirdische Welt sah immer vollkommen anders aus, wenn man gerade die Wunder erlebt hatte, die sich einem unter Wasser boten.

Als sie sich der schlichten Holzhüttenreihe am einsamsten Strand von Koh Tao näherte und die staubige Straße allmählich wieder zum Sandstrand wurde, stieg sie vom Sattel und schob ihr Rad zu der Hütte, die seit einem halben Jahr ihr Zuhause war.

Luca, der Amerikaner, mit dem sie seit zwei Monaten zusammen war, lag in seiner gestreiften Hängematte, ein Taschenbuch in der Hand.

»Hey«, rief sie und lief barfuß durch den Sand zu ihm hinüber.

»Hey, Süße«, rief Luca schläfrig. »Wie geht's?«

»Gut«, erwiderte Imogen. Sie hüpfte auf die Veranda und ließ sich neben ihm in der Hängematte nieder. »Ziemlich gut sogar.« Er rutschte beiseite, um ihr Platz zu machen, und gab ihr zur Begrüßung einen zärtlichen Kuss. Seine braungebrannte Haut und die Hände waren warm, genau wie letzte Nacht, sogar noch, nachdem sie um Mitternacht nackt im Meer gebadet hatten.

»Ziemlich gut?«, wiederholte er interessiert.

»Fantastischer Tauchgang heute Nachmittag, ich habe richtig tolle Fotos machen können. Ich glaube, ein paar davon könnten sogar gut genug sein, um sie auszustellen. Wir haben einen Walhai gesehen …«

»Oh, wie süß«, unterbrach er sie mit einem spitzbübischen Grinsen.

Imogen verstummte, als Luca sein Buch zur Seite legte, langsam mit dem Finger ihren Arm hinauffuhr und gleich neben dem Saum ihres Bikinioberteils verharrte.

»Es war unglaublich!« Imogen war ein wenig abgelenkt, doch sie versuchte, sich die majestätischen Bewegungen des Hais im Wasser einzuprägen – das wollte sie nicht vergessen.

»Klingt super.« Lucas und ihre Blicke trafen sich. Jetzt, in der Hitze des frühen Abends, war die Anziehung zwischen ihnen sogar noch größer. Sanft zog er sie zu sich heran, küsste ihre Lippen und strich ihr mit der Hand über das salzige, sonnengebleichte Haar.

»Wie sieht es aus – hast du Lust, heute Abend zur Full Moon Party zu gehen? Die Boote legen um acht ab, und ich habe thailändischen Whiskey hier, damit können wir schon ein bisschen vorglühen.«

»Klingt toll!«, erwiderte Imogen.

Wellen, die an den weißen Sandstrand brandeten, eine durchtanzte Nacht unter freiem Sternenhimmel … Als sie letzten Oktober nach Koh Tao gekommen war, hatte Imogen gleich das Gefühl gehabt, hier tatsächlich auf das Paradies gestoßen zu sein.

ANNA

Die Schlüssel, auf die Anna McAvoy bis jetzt gewartet hatte, lagen nun endlich in ihrer Hand.

Da waren sie – der Schlüsselring des Immobilienmaklers hing noch daran. Sie starrte die Haustür ihres neuen Zuhauses an: Wohnung 12, 38 Marine Parade, Brighton. Die jahrelangen Überstunden, das Sparen, dann die Achterbahnfahrt mit Angebot, Preispoker und schließlich dem vertraglichen Hin und Her – doch das alles hatte sich gelohnt.

Sanft klimperte sie mit den Schlüsseln. Mit achtundzwanzig war sie jetzt offiziell die Besitzerin einer Eigentumswohnung, und noch besser – sie blickte zur Straße zurück, wo das Auto ihres Freundes geparkt war –: Jon zog mit ein. In der Vergangenheit hatte sie sich schon des Öfteren gefragt, ob dieser Tag wohl je kommen würde. Aber nun war es so weit. Sie waren immer noch zusammen, verliebt wie am ersten Tag und machten als Paar einen Riesenschritt nach vorn. Als sie sich kennengelernt hatten, nachdem sie von ihren gemeinsamen Freunden Jess und Ed miteinander bekannt gemacht worden waren, hatte sich Anna zuerst vorgenommen, sich zurückzuhalten. Jon steckte nämlich mitten in einer unschönen Scheidung, zudem war sein Sohn gerade mal ein Jahr alt. Doch gemeinsam hatten sie den Sprung gewagt, und allen Widrigkeiten zum Trotz hatte es funktioniert.

Jon telefonierte immer noch, während sein Sohn Alfie, mittlerweile drei Jahre alt, hinter ihm auf dem Rücksitz schlief. Anna kehrte zur geöffneten Autoscheibe zurück.

»Jon?«, flüsterte sie. »Ist es okay, wenn ich schon mal reingehe?«, fragte sie und deutete auf die Eingangstür.

»Klar«, nickte er und schaute mit seinen strahlend grünen Augen zu ihr auf, während er mit der Hand das Handy abdeckte. Jon zwinkerte ihr zu und deutete auf seinen eigenen Schlüsselbund. Die Falten auf seiner Stirn wirkten weniger tief, als er seine Augen auf sie richtete. »Ich komme gleich nach. Wir sprechen gerade noch die Kinderbetreuung für die nächste Woche ab«, erklärte er. »Die Kita hat zwei Tage lang geschlossen.«

Anna warf einen Blick durch die Heckscheibe. Alfie sah mit seinen rosigen Wangen und den blonden Locken geradezu wie ein Engel aus, wenn er schlief. Ihr wurde es ganz warm ums Herz, als sie sah, wie seine Brust sich hob und senkte. Neben ihm standen drei Kisten mit Jons Sachen auf dem Rücksitz; in der einen befanden sich Tennisschläger und ein paar DVDs, die nächste war randvoll mit sauber gefalteten Poloshirts und Chinohosen, und in der dritten Kiste stapelten sich Spielzeuge und Bücher für Alfie. Jon arbeitete hart als Produktmanager und Grafikdesigner, und die wenige Freizeit, die er hatte, war ihm heilig. Ganz gleich, ob er auf dem Tennisplatz Dampf abließ oder mit Alfie in den Park ging – er sorgte dafür, dass er jede Minute sinnvoll ausnutzte.

»Pass bloß auf sie auf!«, warnte Anna und deutete auf die Politesse, die sich die Marine Parade hinaufarbeitete, überall stehen blieb und diejenigen Autos mit einem Knöllchen versah, deren Fahrer hier anhielten, um den sonnigen Ausblick aufs Meer zu genießen, ohne dafür zu bezahlen.

»Ach verdammt!«, rief er, das Handy immer noch am Ohr. »Tut mir leid«, fuhr er eilig fort. »Du warst nicht gemeint, Mia.

Ich bekomme gleich ein Knöllchen. Weißt du was, ich rufe dich gleich zurück.«

Er legte das Handy beiseite und drehte sich zu Anna um. »Geh schon mal rein, Schatz – ich komme mit Alfie hoch, sobald ich einen Parkplatz gefunden habe.« Nach einem flüchtigen Kuss ließ Jon den Motor seines Audis an und fuhr vom Bordstein weg.

Anna kehrte zu ihrem Apartmenthaus zurück, holte ihr eigenes Handy heraus und wählte die Festnetznummer ihrer Großmutter Vivien. Das war schon das insgesamt dritte Mal an diesem Morgen, doch schon wieder meldete sich nur der Anrufbeantworter.

Anna zögerte. Sie könnte kurz bei ihrer Großmutter vorbeischauen, der Weg war nicht weit – nur die Seitenstraße hinauf bis zu der ruhigen Allee. Doch sie warf einen Blick auf die Uhr; Jon und sie mussten Alfie gleich Abendbrot machen. Vivien würde auch noch an einem anderen Tag vorbeikommen können, um sich die Wohnung anzuschauen: Die Papiere waren unterzeichnet, und die Wohnung lief nicht weg.

Anna öffnete die Tür, trat in die Eingangshalle des Hauses und musterte die Briefkästen der einzelnen Wohnungen. Dann ging sie die große, ausladende Treppe hinauf, die die runden Formen des Art-déco-Gebäudes widerspiegelte. Mit dem dunkelroten Teppich auf den Stufen und den Messingbeschlägen konnte Anna sich gut vorstellen, dass dies einmal ein Hotel gewesen war.

Mühelos lief sie die Treppe hinauf und nahm dabei immer zwei Stufen auf einmal – wenn auch ihre langen Beine bei der Partnersuche nicht immer hilfreich gewesen waren, so hatte es dennoch durchaus Vorteile, knapp unter 1,80 m groß zu sein. Als sie das dritte Stockwerk erreicht hatte, schloss sie die Tür zu Wohnung Nr. 12 auf. Mit einer Mischung aus Aufregung und

Vorfreude schaute sie in den Flur, der vor ihr lag, und setzte ihre Handtasche auf dem Boden ab. Nachdem der Teppichboden nun von allen Möbeln befreit war, kam er ihr etwas schmutziger vor, als sie ihn in Erinnerung hatte. Aber, dachte sie und betrat das Wohnzimmer, die Wohnung ist hell, luftig und groß. Und dann die großen Erkerfenster im Wohnzimmer nach vorne heraus – welch ein Ausblick! Wellen brandeten an den steinigen Strand, Hunde liefen dort auf und ab, und der Brighton Pier war hell erleuchtet. Vivien würde die Wohnung gefallen. Und Alfie freute sich immer wahnsinnig, Hepburn zu sehen.

In den vergangenen Jahren rund um die Uhr zu arbeiten hatte sich gelohnt – denn jetzt hatte sie ihr eigenes Zuhause.

Anna entdeckte Jon, als dieser den Weg zum Haus hinauflief. Alfie trottete neben ihm her. Anna zog das Schiebefenster auf, und frische, kühle Luft wehte ihr ins Gesicht und zerzauste ihre graue Seidenbluse. »Willkommen im neuen Heim!«, rief sie hinunter. »Kommt rauf!«

Jon hob eine Sektflasche zur Feier der neuen Wohnung hoch und wedelte damit. »Nichts und niemand wird mich davon abhalten können!«, erwiderte er lachend.

Sanft schloss Anna das Fenster wieder. Sie konnte es gar nicht abwarten, auf die neue Wohnung anzustoßen – und Alfie zu zeigen, wo er schlafen würde, wenn er an den Wochenenden zu ihnen kam. Sie durchquerte das Wohnzimmer und warf einen Blick in das kleine Zimmer neben dem Bad. Die vorherigen Besitzer hatten es als Arbeitszimmer genutzt; nun stand es leer. Doch Anna wusste schon genau, wie es aussehen würde, wenn Jon und sie es fertig renoviert hatten. Sie hatten ein hübsches Holzbett bestellt, eine bunte Spielzeugtruhe, einen Schrank mit Tieren darauf, ein Mobile sowie ein paar Bilder für die Wand. Es würde perfekt werden.

Anna drehte sich um und schaute in das große Schlafzimmer gegenüber. Aufgeregt kaute sie auf ihrer Lippe herum – es war sogar noch schöner, als sie es in Erinnerung gehabt hatte. Von den großen Fenstern aus, durch die das Licht ins Zimmer flutete, hatte man einen herrlichen Blick auf den Park. Sorgsam restaurierte Holzböden und ein Originalkamin von 1920 verliehen dem Zimmer einen besonderen Charakter – und sobald hier ihr flauschiger Teppichläufer liegen würde, würde es so richtig behaglich sein.

Morgen früh würden Jon und sie in ihren eigenen vier Wänden aufwachen. Dabei spielte es keine Rolle, wer die Anzahlung geleistet hatte. Jons momentane Situation war einfach kompliziert, und Anna hatte Verständnis dafür. Zwei Jahre nach der Scheidung hatten Mia und er immer noch keinen Käufer für ihr Reihenmittelhaus mit den drei Schlafzimmern gefunden, was bedeutete, dass er sich finanziell an der Wohnung nicht beteiligen konnte. Doch Anna und er hatten gemeinsam an der Besichtigung teilgenommen, und beide hatten sich sofort in die Wohnung an der Marine Parade verguckt. Dies hier gehörte ihnen beiden: Die Wohnung war ihr gemeinsamer Neuanfang.

Anna musterte sich im Spiegel über dem Kamin und versuchte, ihr normalerweise glattes, schulterlanges braunes Haar zu glätten, das von der Seeluft ganz zerzaust und kraus war. Das war der einzige Nachteil, den das Leben in Brighton mit sich brachte, fand sie.

Anna hörte das Stampfen von Alfies Füßchen auf der Treppe sowie seine aufgeregten Schreie, während er lief. Er und Jon waren höchstens noch ein Stockwerk entfernt.

Ihr Handy klingelte in der Tasche. Schnell holte Anna es heraus und warf einen Blick auf das Display: Mum.

»Hi, Mum!«, grüßte sie.

»Hallo, Liebes.«

»Du errätst nie, wo ich gerade bin!«, verkündete Anna und konnte die Begeisterung in ihrer Stimme nicht verbergen. »Ich stehe in unserer neuen Wohnung!«

In jenem Moment kamen Jon und Alfie zur Tür hereingestürmt, beide ein breites Grinsen im Gesicht – die Ähnlichkeit war nicht zu leugnen. Alfie flitzte von Zimmer zu Zimmer und erkundete ganz aufgeregt die Wohnung, mit seinem Vater im Schlepptau. Anna kehrte in den Flur zurück und lächelte ihnen zur Begrüßung zu.

»Weißt du noch, wie ich dir von dem kleinen Feuchtigkeitsproblem erzählt habe?«, sprach sie ins Handy und steckte ihren Kopf zur Badezimmertür hinein. »Wie es aussieht, ist das Problem behoben worden. Es ist viel besser als damals, als wir zur Besichtigung hier waren. Jedenfalls kann ich von dem schwarzen Flecken nirgendwo mehr etwas erkennen – du weißt schon, dieser dunkle Schimmel.«

»Das ist prima«, erwiderte ihre Mutter Jan geistesabwesend. »Hör mal, Anna. Ich versuche schon die ganze Zeit, deine Schwester zu erreichen.«

»Imogen?«, fragte Anna. »Warum? Was ist passiert? Geht es ihr gut?«

Jon musste ihren beunruhigten Tonfall mitbekommen haben, da er zu ihr zurückschaute; seine besorgte Miene spiegelte ihr ungutes Gefühl.

»Ihr geht's gut«, erwiderte Jan. »Oder zumindest glaube ich das, ich kann sie nämlich nie erreichen.« Anna fiel der angespannte Unterton in ihrer Stimme auf.

»Was ist denn los?«

»Es tut mir leid, aber wir haben traurige Nachrichten. Es geht um deine Granny Vivien.«

TEIL 1

Gezeitenwechsel

KAPITEL 1

Das »Bitte anschnallen!«-Zeichen verschwand mit einem »Pling!«, woraufhin Imogen die klobige Metallschnalle löste, die sie auf dem Sitz im Flugzeug hielt. Sie lehnte sich in ihrem Sitz in der klimatisierten Flugkabine zurück, verstellte die Rückenlehne nach hinten und schaute aus dem kleinen Fenster auf die flauschigen weißen Wolken, die den Himmel über Bangkok füllten: Unter ihnen befand sich eine dicke Smogschicht, die über der Stadt hing. In wenigen Minuten würden sie den thailändischen Flugraum verlassen und sich noch weiter von den Inseln entfernen.

Sechsunddreißig Stunden inklusive einer langen Bootstour und Busreise war es her, dass Imogen mit ihrer Schwester Anna gesprochen hatte. Seitdem hatte sie so gut wie nicht mehr geschlafen – mit Ausnahme einiger Minuten, als sie den Kopf an die ratternde Busscheibe angelehnt und die Musik von ihrem iPod sämtlichen Lärm von den Hühnern im Gang übertönt hatte.

Imogen rief sich das Gesicht ihrer Schwester über die wackelige Skypeleitung im Internetcafé an der einzigen Hauptstraße der Insel ins Gedächtnis. »Es geht um Granny Vivien«, hatte Anna gesagt, die braunen Augen und das dicke braune Haar ganz pixelig, als sie sich bewegte. »Imogen, sie ist gestorben.« Die Worte schwirrten ihr immer noch im Kopf herum, irgendwie vollkommen unwirklich.

Es half auch nicht, die genaueren Umstände ihres Todes zu

erfahren. Ihre Großmutter hatte einen Herzinfarkt gehabt, ein gesundheitliches Problem, das sie geheim gehalten und über das sie nur mit dem Arzt gesprochen hatte. Dennoch ergab das alles keinen Sinn. Grandma Vivien sollte nicht sterben, zumindest noch nicht jetzt. Sobald das Gespräch mit Anna beendet gewesen war, hatte Imogen einen Flug nach Hause gebucht.

Die Stewardess näherte sich ihr mit dem Getränkewagen. Imogen hielt sie auf.

»Könnte ich bitte einen Wodka Tonic haben?«

Sie dachte darüber nach, wohin sie zurückkehrte. Sie flog nach Hause – nach England, mitten im März. Dieses Zuhause war jedoch nicht mehr dasselbe ohne ihre Grandma, einem der Menschen, die ihr am wichtigsten waren. Dabei hatte sie nicht einmal mehr die Gelegenheit gehabt, sich von ihr zu verabschieden.

»Könnten Sie mir einen Doppelten geben?«, bat sie die Stewardess.

Imogen nahm den Drink entgegen und trank ihn in kleinen Schlückchen. Ganz langsam schläferte der Alkohol sie ein und bescherte ihr etwas, das Schlaf zumindest ähnelte. Imogen konnte sich nicht mehr auf den Film konzentrieren, den sie gerade sah, bis ihr schließlich wirklich die Augen zufielen.

In ihrem Traum befanden sie sich im Garten ihrer Großmutter; Anna und sie spielten mit dem Twistballset, während Vivien die Punkte notierte und die beiden Schwestern sich einen Schlagabtausch lieferten, um zu sehen, wer von ihnen den Ball am härtesten schlagen konnte. Vivien stand an der Seitenlinie und feuerte beide an. Neben ihr befand sich ein überladener Tisch mit selbstgemachter Limonade und Müsliriegeln. Vivien trug, wie sie es immer getan hatte, ein Fünfzigerjahrekleid mit Blümchenmuster, einen Strohhut und diese eleganten hochhackigen Sandalen. Als würde sie jederzeit einen Anruf erwarten, der sie zu einer glamourösen Party fortreißen könnte. Zusammen mit ihren funkelnden blauen Augen und dem flüssigen Eyeliner hatte sie für Imogen immer wie ein Filmstar aus den Fünfzigern ausgesehen.

Als Imogen mit einem Ruck aufschreckte, hatte sie immer noch den unverwechselbaren Duft ihrer Großmutter in der Nase – den Honig-Mandel-Duft von dem Badeöl, das sie immer benutzt hatte, sowie eine Ebene darunter einen sehr vertrauten Geruch – ein Essensduft, der ihrer Kleidung anhaftete.

Imogen schaltete den Bildschirm aus und versuchte, sich auf die Zeitschrift zu konzentrieren, die sie am Flughafen gekauft hatte. Doch sie hatte immer wieder das Bild von Viviens Kleid vor Augen, das für den roten Teppich durchaus geeignet gewesen wäre.

Sie wollte etwas, irgendetwas, womit sie den Schmerz angesichts des Todes ihrer Großmutter ausblenden konnte. Auf der Insel hatte sie die Nachricht noch wie einen seltsamen Traum empfunden, doch jetzt, wo sie sich auf dem Rückflug nach England befand, wurde sie schmerzlich real. Das Letzte, was sie wollte, war, hier im Flugzeug vor den Augen aller Fluggäste in Tränen auszubrechen. Dennoch fühlte es sich an, als sei sie kurz davor. Um sich abzulenken, schloss sie die Augen und erinnerte sich an die Nacht, als sie die Insel verlassen hatte.

»Du kommst doch zurück, oder?«, hatte Luca gefragt und sie im dunklen Wasser an sich gezogen. Glühwürmchenähnlich leuchtete das Meer um sie herum, und das Licht des Mondes erhellte einen Teil von Lucas Gesicht, seiner sonnengebräunten Haut, des dunklen, nassen Haars und seines stoppeligen Kinns. Sie hatten den Abend im Komodo verbracht, einer Strandbar mit Livemusik, und nachdem Imogen erklärt hatte, dass sie heimfahren musste, hatten sie sich von ihrer Gruppe verabschiedet. Nur Luca und sie waren dann an den Strand gegangen, um spazieren zu gehen.

»Natürlich komme ich zurück«, erwiderte Imogen und lachte und küsste ihn erneut. Dies war eine notwendige Reise, kein Urlaub. Thailand war zu ihrem Zuhause geworden, und sie hatte erst die Hälfte der notwendigen Unterwasserfotografien für ihr Projekt zusammengestellt. Außerdem – Palmen, die sich sanft wiegten, die Tage am Strand und die Nächte mit Luca im Vergleich zum verregneten Wetter und Fischstäbchen in Großbritannien? Das war keine Alternative.

»Versprich mir das«, erwiderte Luca mit einem schiefen Lächeln. »Aber du bist keines dieser Mädchen, oder? Das ein Angebot bekommt, das es nicht ablehnen kann, wenn es zu Hause ist, und dann einen Strandgammler wie mich hier in seinem Gram und mit gebrochenem Herzen alleine sitzenlässt. Habe ich alles schon erlebt. Ich hoffe nur, dass ich nicht so dumm bin, selbst darauf hereinzufallen …« Mit einem ungewohnt schüchternen und unsicheren Ausdruck in den Augen musterte er sie.

»Oh, darüber musst du dir keine Sorgen machen«, entgegnete Imogen. »Es sind doch nur vierzehn Tage. Ich muss zur Beerdigung und möchte dann anschließend noch ein bisschen Zeit mit meinem Vater und meiner Familie verbringen. Danach steige ich sofort wieder ins Flugzeug zurück nach Bangkok. Keine zehn Pferde können mich von diesem Plan abhalten.« Sie beugte sich zu ihm hinüber und gab ihm einen salzigen Kuss.

»Nimm das hier.« Luca wich zurück und zog die Kette mit dem Haifischzahn-Anhänger aus, die er um den Hals getragen hatte. »Zieh du sie an«, erklärte er, schob ihr welliges, schulterlanges Haar beiseite und zog ihr das Lederband über den Kopf. »Und dann bringst du sie mir wieder zurück.«

Imogen lächelte. Ihre Hand wanderte zu dem glatten Anhänger. »Abgemacht.«

Jetzt fuhr sie mit der Hand über das Lederband um ihren Hals und dachte an Luca. Sie vermisste seine warme Haut an der ihren. Zwei Wochen voneinander getrennt zu sein kam ihr wie eine halbe Ewigkeit vor.

Es würde schön sein, Anna und ihre Eltern wiederzusehen – na ja, zumindest ihren Vater –, aber dennoch wurde ihr das Herz schwer, wenn sie daran dachte, nach Hause zurückzukehren. Zuletzt war sie dort gewesen, als sie gerade in Bournemouth den Abschluss gemacht und ein Diplom in Fotografie in der Tasche gehabt hatte. Nachdem sie mehr als achtzig Bewerbungsmappen rausgeschickt hatte, war sie nicht einmal zu einem einzigen Vorstellungsgespräch eingeladen worden. Mit zweiundzwanzig hatte sie immer noch bei ihren Eltern gewohnt; und als ihre Mutter angefangen hatte, sich andauernd nach ihrem Vorgehen und den weiteren Schritten zu erkundigen, war ihr klar geworden, dass sie wegmusste.

Nach zwei Monaten hatte sie endlich einen Job in einer Bar gefunden, konnte jeden Monat etwas Geld zur Seite legen und träumte von einer Möglichkeit, Lewes zu verlassen, um den Forderungen und Fragen ihrer Mutter aus dem Weg gehen zu können. Sobald sie und ihre Freundin Lucy genug Geld für einen Flug nach Asien gespart hatten, waren sie auf und davon gewesen – und während Lucy nach einem halben Jahr wieder nach Hause geflogen war, hatte Imogen keinen Blick zurückgeworfen. Auf der Insel hatte sie schnell neue Freunde gefunden, darunter Santiana, eine Kolumbianerin, die genauso leidenschaftlich gern tauchte wie sie.

Zwischen Asien und der Kleinstadt Lewes, in der sie aufgewachsen war und in die sie nun zurückkehrte, schienen Welten zu liegen.

»Hühnchen oder Pasta?«, fragte die Stewardess mürrisch und wühlte in ihrem Wagen herum.

Imogen musste unweigerlich an das aromatisch duftende Grüne Thai-Curry mit Reis denken, das sie vor dem Abflug noch auf der Insel gegessen hatte. Und an den köstlichen Kokosnuss-Lassi, den sie an einem Stand am Straßenrand getrunken hatte, während der Bus zum Flughafen aufgetankt hatte.

Imogen klappte das Tischchen herunter. »Pasta, bitte«, erwiderte sie und nahm die eingeschweißte Schale entgegen.

Im Gästezimmer im Haus ihrer Eltern öffnete Imogen ihren Rucksack, und dabei rieselte ein wenig Sand auf den handgearbeiteten Quilt. Schnell bürstete sie ihn ab. Es versetzte ihr einen kleinen Stich, als ihre Hand über die liebevoll gearbeiteten Quadrate fuhr. Als sie aufschaute, trafen sich Imogens und Annas Blicke. Ihre Schwester durchbrach das melancholische Schweigen. »Überall, wo man hinschaut, wird man an sie erinnert, nicht wahr?«

»Es kommt mir immer noch so unwirklich vor«, erwiderte Imogen. »Allein der Gedanke, dass sie nicht da sein wird, wenn wir nach Brighton fahren. Ohne sie ist die Eisdiele …«

Anna reichte Imogen eine Tasse Tee, die auf dem Beistelltisch aus Eiche gestanden hatte. Mitfühlend legte sie ihr eine Hand auf den Arm. Anna selbst hatte rote, verquollene Augen, und die Nasenspitze war vom vielen Naseputzen ganz rot.

»Ich fühle mich schrecklich. Ich habe sie ein ganzes Jahr nicht gesehen, Anna!«

Draußen schrien Möwen, eine unmissverständliche Erinnerung daran, dass sie sich in der Nähe der Südküste in Lewes befanden, in dem zweigeschossigen Cottage ihrer Eltern aus dem achtzehnten Jahrhundert.

»Mach dich deswegen nicht fertig«, riet Anna ihr. »Sie hat sich über deine Anrufe und die Postkarten immer sehr gefreut – sie fand es so toll zu erfahren, was du dort so alles erlebt hast.«

Imogen kämpfte mit dem Kloß, der sich in ihrem Hals gebildet hatte.

»Du musst ziemlich erschöpft sein«, stellte Anna fest.

»Es war ein langer Flug, aber irgendwie kommen meine Gedanken nicht zur Ruhe«, antwortete Imogen und trank zur Beruhigung einen Schluck heißen Tee. »Wie war Granny, als du sie zum letzten Mal gesehen hast?«

Anna hockte sich auf die Bettkante und zog sich ein Kissen auf ihren Schoß. »Ich war vor über einer Woche bei ihr zu Hause«, erzählte sie. »Und es schien ihr gut zu gehen, sehr gut sogar. Sie wollte nicht essen gehen, sondern lieber zu Hause zu Mittag essen, aber das kam mir nicht so ungewöhnlich vor. Aber ich hätte da schon merken müssen, dass etwas nicht in Ordnung war.«

»Sie kam mir immer ziemlich jugendlich vor«, stellte Imogen fest. »Du weißt schon, im Vergleich zu den Großmüttern anderer Leute. Ich war so sicher, dass wir sie noch einige Jahre bei uns haben würden.«

»Ich auch«, nickte Anna. »Das kommt mir so unfair vor. Dad ist am Boden zerstört, wie man sich vorstellen kann.«

»Armer Dad«, erwiderte Imogen und kaute auf der Lippe herum. Sie hatten sich unten zur Begrüßung in den Arm genommen. Zwar hatten sie dabei kaum ein Wort gesprochen, doch Imogen hatte ihm den Schmerz und die Trauer vom Gesicht ablesen können.

»Die Einäscherung ist am Donnerstag, das hat Mum dir gesagt, oder?«

Imogen nickte. »Ja. Du leihst mir doch etwas zum Anziehen, oder? Ich war noch nie bei einer Einäscherung, aber ich vermute stark, dass die Kleidungsstücke, die ich in meinem Rucksack habe, nicht gerade angemessen sind.«

»Natürlich«, nickte Anna mit einem warmen Lächeln und stand auf. »Mum hat gesagt, dass in etwa zwanzig Minuten das Essen fertig ist. Spring doch kurz unter die Dusche, und dann sehen wir uns gleich unten.«

»Mache ich«, erwiderte Imogen und nahm sich das säuberlich gefaltete Handtuch, das am Fußende ihres Bettes lag. Der Raum, der einmal ihr Kinderzimmer gewesen war, kam ihr fremd vor. Jetzt sah es hier wie in einem gepflegten Pensionszimmer aus, besonders nachdem ihre Musikposter allesamt durch gerahmte Blumendrucke ausgetauscht worden waren.

»Schön, dass du wieder da bist«, erklärte Anna und nahm Imogen kurz in den Arm. »Ich wünschte, der Grund wäre ein anderer, aber es ist auf jeden Fall sehr schön, dich wiederzusehen.«

»Ebenfalls«, antwortete Imogen und genoss die familiäre Wärme in den Armen ihrer Schwester.

Imogen ging duschen, schlang sich anschließend ein Handtuch um die nassen Haare und schlüpfte in die erstbesten sauberen Kleidungsstücke, die sie finden konnte. Unten konnte sie durch die Küchentür Anna sehen, die sich mit ihrer Mutter unterhielt und gemeinsam mit ihr das Abendessen zubereitete. Leise ging sie an der Küche vorbei und ins Esszimmer durch.

Es sah noch genauso aus, wie Imogen es in Erinnerung hatte – mit Fotos auf dem Kaminsims und frischen Blumen auf dem Tisch. Dieses Zimmer war der elegante Essbereich, der normalerweise ausschließlich für Gäste reserviert war.

Ihr Vater, Tom, saß auf einem Stuhl am Tisch, die Hände vors

Gesicht geschlagen. Seine Hände – groß und stark. Sie hatten Imogen und Anna gehalten, als sie noch klein gewesen waren, und die Mädchen auf Schaukeln oder seine breiten Schultern gehoben. Jetzt sah ihr Vater so schwach und zerbrechlich aus, als könnte der zarteste Windhauch ihn umwerfen. Imogen ging auf ihn zu und legte ihm ihre Hand auf den Arm.

»Geht es dir gut, Dad?«, fragte sie sanft.

»Oh ja, Liebes«, antwortete er schwach. »Und du?« Seine hellblauen Augen beschworen sie, das Gespräch zu übernehmen. »Genießt du das Reisen immer noch?«

»Ja«, nickte Imogen. »In Thailand ist es wunderschön.«

»Ich erinnere mich, wie es früher war«, erwiderte ihr Dad langsam. Doch die gewohnte Leidenschaft, mit der er sonst die Geschichten aus seiner Hippiezeit erzählte, war aus seiner Stimme verschwunden. »In den Siebzigern, als ich mit nichts anderem unterwegs war als meinem Motorrad und mir der Wind durch die Haare gepustet hat … als ich noch Haare hatte, natürlich. Durch Vietnam und Laos zu reisen war damals etwas ganz anderes als heute …«

Er verstummte, und sein Blick wanderte zur weißen Tischdecke.

»Dad«, sagte Imogen sanft. »Es ist völlig in Ordnung, traurig zu sein, weißt du? Das sind wir alle.«

»Die Sache ist die«, fuhr er fort, ohne aufzuschauen. »Man weiß, dass es irgendwann passieren wird. Eines Tages einmal. Natürlich weiß man das – und bei Dad war das auch nicht so ein Schock, immerhin hatte er mit vielen Krankheiten zu kämpfen gehabt. Aber ich hätte nie damit gerechnet, dass es bei Mum so plötzlich passiert. Das ist schrecklich.«

Es tat Imogen weh, den Schmerz in der Stimme ihres Vaters zu hören. An jedem anderen Tag hätte er eine Weinflasche geöffnet und Anna und ihr begeistert von der letzten Skulptur erzählt, die er in seiner Gartenwerkstatt hergestellt hatte. Doch heute war er nur ein fahler, geisterhafter Schatten seiner selbst.

»Sie war eine wunderbare Frau«, stellte Imogen fest und drückte den Arm ihres Vaters. »Wir werden sie alle sehr vermissen.«

»Es sind die kleinen Dinge, die ich besonders vermissen werde«, antwortete Tom. »Sogar die Dinge, die mich früher immer in den Wahnsinn getrieben haben. Die Art, wie sie mich immer anrief, wenn wir gerade beim Abendessen saßen, wenn sie ganz aufgeregt war wegen etwas, das in ihrer Seifenoper passiert war.«

»Oder dass sie an Weihnachten immer alle lilafarbenen Quality-Street-Bonbons aus der Dose gefischt und dann so getan hat, als seien keine drin gewesen?«, fuhr Imogen fort.

»Stimmt«, lachte Tom. »Und am ersten Weihnachtstag hat sie immer irgendwen mitgebracht, nicht wahr? Irgendeinen heimatlosen Streuner, den wir noch nie gesehen hatten, der aber nicht wusste, wohin.«

»Auf jeden Fall«, nickte Imogen. »Arme Mum – sie wusste im Voraus nie, für wie viele Gäste sie einen Truthahn kaufen sollte.«

»So war sie«, antwortete Tom. »So war sie auch schon, als Dad noch lebte. Aber ihm hat es nichts ausgemacht, sie hatten sich mit der Zeit aneinander gewöhnt. Und er hat immer gesagt, dass er niemals mit ihr die Eisdiele gegründet hätte, wenn sie nicht gern mit Leuten zu tun gehabt hätten.«

Imogen lächelte verständig.

»Sie war nicht perfekt«, fuhr Tom fort. »Aber weißt du was? Genau darum war sie noch besser.«

»Imogen, hier bist du!«, rief Jan und unterbrach sie. »Ich habe dich gar nicht herunterkommen gehört.« Imogen fühlte plötzlich überdeutlich die missbilligenden Blicke, mit denen ihre

Mutter ihren Handtuchturban, die lockere, selbstgefärbte Hose und das Schlabber-T-Shirt bedachte. »Willst du dir die Haare denn nicht föhnen, Liebes?«

Imogen zuckte mit den Schultern und hatte das Gefühl, dass ihr altes Teenager-Ich langsam wieder in ihr hochkroch.

»Ich dachte, wir könnten heute einmal hier essen«, erklärte Jan und reichte Imogen ein paar Platzsets, damit sie sie auf dem Tisch verteilte. »Es ist ja doch schon etwas Besonderes, wenn die ganze Familie zu Hause ist. Ich habe ein leckeres Rinderragout mit Salbeiknödeln gekocht, und deine Schwester hat eine Crème Caramel gezaubert.«

»Du hättest dir nicht so viele Umstände machen müssen«, erwiderte Imogen und sah zu ihrem Vater zurück, dessen Augen ganz glasig wurden.

»Ich glaube, wir können alle eine anständige Mahlzeit vertragen«, entgegnete Jan. Imogen biss sich auf die Zunge. Essen war für ihre Mutter die Lösung aller Probleme. Nachdem Jan wieder in die Küche zurückgekehrt war, nahm Imogen unter dem Tisch die Hand ihres Vaters. Er drückte sie sanft.

Einen Augenblick später stand Jan auch schon wieder in der Tür und trug einen Stapel Teller, zwischen denen Geschirrtücher lagen. Hinter ihr folgte Anna, die das Ragout mit Ofenhandschuhen trug.

»Passt bitte auf, die Teller sind heiß!«, verkündete Jan lächelnd und stellte sie auf die Untersetzer aus Weidengeflecht. Einen ließ sie frei für das Ragout.

Anna und ihre Mutter nahmen ihre Plätze am Tisch ein. »Greift zu«, drängte Jan sie fröhlich, »sonst wird es noch kalt!«

Als die Familie zu essen begann, wurde es im Esszimmer mucksmäuschenstill.

»So, können wir dich denn dieses Mal dazu überreden, ein

bisschen länger zu bleiben, Imogen?«, fragte Jan. »Die Geschäfte nehmen wieder an Fahrt auf, heißt es, und es gibt erste Anzeichen für eine wirtschaftliche Erholung. Ich könnte mich für dich umhören, und ansonsten finden wir auch bestimmt einen Verwaltungsjob in der Agentur für dich.«

Imogen stocherte mit der Gabel in ihrem Essen herum und teilte schließlich einen der Knödel in der Mitte. Sie stellte sich vor, wie es wäre, mit ihrer Mutter zusammenzuarbeiten – in der Werbeagentur, die sie gegründet hatte, nachdem ihre beiden Töchter eingeschult worden waren. Es fiel ihr schwer, sich eine qualvollere Art vorzustellen, die Tage zu verbringen. »Ich bin nur für die Beerdigung hergekommen, Mum. In zwei Wochen fliege ich nach Thailand zurück.«

Jan seufzte. Dann, nach einer kurzen Pause, änderte sie die Zielrichtung ihrer Fragen.

»Da gibt es jemanden, oder?«, fragte sie und zog hoffnungsvoll die Augenbrauen hoch.

»Mum …«, mischte sich Anna ein, um ihre Schwester vor diesem regelrechten Kreuzverhör in Schutz zu nehmen. »Musst du denn …«

»Man wird doch wohl noch mal fragen dürfen!«, empörte sich Jan eingeschnappt.

»Nein, schon gut«, beschwichtigte Imogen. Anna schaute überrascht zu ihr hinüber. Diese Taktik war neu, doch Imogen hoffte, dass ihre Ehrlichkeit vielleicht der beste Weg sein könnte, um den vielen Fragen ihrer Mutter ein Ende zu bereiten. »Ich habe jemanden auf der Insel kennengelernt, aber es ist alles noch ganz frisch. Lasst mich erst einmal abwarten, was passiert, wenn ich wieder zurückkehre.«

Jan zog die Augenbrauen hoch und nickte ihrem Mann zu, der sich auf sein Essen konzentrierte und mit gedankenverlorener Miene langsam darauf herumkaute. »Hast du das gehört, Tom?«, fragte sie ihn. »Imogen hat jemanden kennengelernt!«

»Es ist nichts Ernstes«, wiegelte Imogen ab und bereute sofort ihre vorherige Offenheit.

»Oh, das weiß man nie«, entgegnete Jan. »Das habe ich bei deinem Vater zunächst auch gedacht, als er zum ersten Mal in die Bäckerei spaziert kam.«

Die Schwestern warfen sich angesichts der altbekannten Geschichte einen vielsagenden Blick zu.

»Ich war gerade erst achtzehn und hatte hier in Lewes meine erste Stelle – und hatte bis dato nicht einmal einen Mann kennengelernt, der ein Motorrad fuhr. Aber da war euer Vater, braungebrannt und gutaussehend, gerade erst zurückgekehrt von einer seiner Reisen – und ich konnte nicht widerstehen.«

»Die holprigen Straßen in Asien hinunterzuheizen war halb so wild«, meldete sich Tom zu Wort. »Am schwersten war es, allen Mut zusammenzukratzen und eure Mutter um ein Rendezvous zu bitten.«

»Ja zu sagen war das Beste, was ich je gemacht habe«, erklärte Jan mit einem wehmütigen Lächeln. »Denn sonst hätte ich euch beide nicht. Imogen, warum überredest du den jungen Mann nicht einfach herzukommen?«

»Keiner von uns beiden will im Augenblick in Großbritannien leben.« Imogen machte sich gefasst auf den gekränkten Blick ihrer Mutter, der sofort folgte.

»Ich bin im Moment mitten in einem Fotoprojekt. Langsam nimmt es wirklich tolle Form an – darauf würde ich mich gern konzentrieren.«

»Du bist eindeutig die Tochter deines Vaters, durch und durch«, stellte Jan fest. »Diese kreativen Träumereien – bewundernswert, natürlich. Aber pass bloß auf, Imogen, sonst endest du noch in einer Werkstatt voller unverkaufter Skulpturen, auf denen sich der Staub sammelt.« Sie lachte dumpf, woraufhin der Ausdruck in Toms Augen noch trauriger wurde.

»Aber mal im Ernst: Es ist wichtig, an die Zukunft zu denken! Jetzt mehr als je zuvor. Wenn es die Agentur nicht gäbe, meine Lieben, hätten wir keinen roten Heller mehr.«

»Müssen wir ausgerechnet jetzt darüber reden, Mum?«, fragte Anna sanft. »Jetzt, wo Grannys Beerdigung näher kommt, haben wir genug andere Dinge zu tun, um die wir uns kümmern sollten.«

»Ja, ja.« Jan sprach nun viel leiser und wandte sich wieder ihrem Teller zu. »Morgen kommen euer Onkel Martin und Tante Françoise an, da gibt es noch genug zu organisieren.«

»Wir könnten dabei helfen, das Gästezimmer herzurichten«, schlug Anna vor. »Wenn es das ist, worum du dir Sorgen machst.«

»Oh nein, das ist es nicht allein«, jammerte Jan. »Ich muss jede Menge Lebensmittel besorgen. Und zwar nicht nur für den Leichenschmaus, sondern auch für ihren gesamten Aufenthalt. Und du kennst ja deine Tante – sie ist in allem sehr anspruchsvoll.«

»Das ist nicht nötig, Jan«, schüttelte Tom den Kopf. »Wirklich nicht.«

»Aber ich finde es schön, mir die Mühe zu machen. Und dein Bruder – er ist jahrelang nicht hier gewesen, oder?«

»Stimmt, aber Martin … Unter Brüdern spielt das aber doch keine Rolle! Vielleicht sehen wir uns nicht mehr so oft, aber wir sind uns doch immer sehr nahe.«

KAPITEL 2

»Letzter Wille und Testament von Mrs Vivien McAvoy«, las der Anwalt vor.

In dem Kanzleibüro war es mucksmäuschenstill geworden, und Spannung lag in der Luft. Der Anwalt, ein Mann mittleren Alters in einem anthrazitfarbenen Anzug, saß hinter einem Schreibtisch aus altem Eichenholz und hielt das Testament von Annas und Imogens Großmutter in der Hand.

Während der letzten beiden Tage war die Familie so gut wie nicht getrennt gewesen, doch nun, in diesem engen, kleinen Raum oben im zweiten Stock des Hauses in Brighton, war eine große Distanz zwischen ihnen deutlich spürbar.

Die Bestattung am Tag zuvor war friedlich und still verlaufen. Ins Krematorium selbst waren so viele Freunde von Vivien sowie ehemalige Kunden gekommen, um ihr die letzte Ehre zu erweisen, dass sie einige Leute hatten fortschicken müssen. Am Ende der Totenfeier hatte ein kleiner Junge Tom eine Beileidskarte in die Hand gedrückt, mit einem handgemalten Eishörnchen darauf, das mit Glitzer bedeckt war. »Sie war eine sehr nette Frau«, hatte er gesagt, bevor er wieder zu seiner Mutter zurückgekehrt war.

Danach waren die Familie sowie eine Handvoll Freunde zu Toms und Jans Cottage in Lewes gefahren, wo es Sandwiches und Getränke gab. Den Leuten zuzuhören, wie sie Geschichten von ihrer Großmutter erzählten und in Erinnerungen an sie schwelgten, hatte für Anna eine Art Schlusspunkt gesetzt – doch ihr war aufgefallen, dass ihr Dad nicht am Leichenschmaus teilgenommen hatte. Er hatte sich von der Gruppe entfernt und sich mitten am Nachmittag in seine Werkstatt zurückgezogen.

Für die Testamentseröffnung hatte Anna sich einen schwarzen Blazer zu einer maßgeschneiderten Hose angezogen, dazu trug sie bronzefarbenen Schmuck. Das lange, dunkle Haar hatte sie hochgesteckt. Insgesamt wirkte sie ruhig und gefasst, selbst wenn dies nur äußerlich zutraf. Sie schob ihre Trauer beiseite und holte einen Block sowie einen Stift heraus, um sich Notizen zu machen.

Ihr Vater, der heute ausnahmsweise einmal seine Brille trug, starrte mit ausdrucksloser Miene vor sich hin, während ihre Mutter etwas in ihrer Lederhandtasche suchte. Imogen schaute sich geistesabwesend das Bücherregal an und zwirbelte eine Haarsträhne. Außerdem waren noch Onkel Martin sowie seine Frau Françoise anwesend, die sich kerzengerade hielt.

»Jetzt aber mal ehrlich, Leute: Entspannt euch mal etwas, ja?« Anna musste grinsen, als sie sich vorstellte, was ihre Grandma in dieser Situation zu den anderen gesagt hätte, wenn sie sie hätte sehen können.

Was geschehen war, war geschehen, daran war nun auch nichts mehr zu ändern, redete Anna sich ein. Es half auch ganz bestimmt nicht, sich wegen der Aufteilung des Erbes in die Haare zu bekommen. Das gehörte einfach dazu. An jenem Morgen noch hatte ihr Vater darauf bestanden, nicht mitkommen zu wollen, da er sich aus den Sachen seiner Mutter nichts machen würde, sondern vielmehr ihre Gesellschaft vermissen würde. Schließlich hatte Anna ihn jedoch überreden können und betont, wie wichtig es war, zur Testamentseröffnung mitzukommen.

»Mrs McAvoy hat besonders einer Sache große Wichtigkeit

beigemessen«, erklärte der Anwalt und schob die Papiere umher, um zu zeigen, dass die Wünsche seiner Klientin keineswegs nur auf einem einzelnen DIN-A4-Blatt Platz hatten.

»Und das ist, ähm ... die Pflege ihres Hundes Hepburn.«

Anna musste ein überraschtes Lächeln unterdrücken, als sie sich ein Bild des geliebten Dackels ihrer Großmutter in Erinnerung rief. Das hätte sie sich eigentlich denken können – es war so typisch, dass Vivien Hepburn auf ihrer Liste an die erste Stelle gesetzt hatte. Die beiden waren wirklich unzertrennlich gewesen, und auch am Ende war er Vivien nicht von der Seite gewichen: Der Rettungssanitäter hatte erzählt, dass wohl sein Gebell die Nachbarn alarmiert habe. Im Augenblick lag er auf dem Sofa im Cottage ihrer Eltern und schlummerte tief und fest.

Der Anwalt fuhr fort. »Mrs McAvoy hat darum gebeten, dass Hepburn zu ihrer Enkelin Anna in Pflege kommt, sodass er ...«, er starrte auf sein Dokument, »weiterhin an seinem Lieblingsstrandabschnitt spazieren gehen kann und seine Speck-Leckerlis von *Dogs 'n' Co* in Hove bekommt.«

Äußerlich ruhig, doch innerlich von panischer Angst gepackt, wie ein Hund in ihr Leben passen sollte, nickte Anna. Ob ihr Chef ihr wohl erlauben würde, Hepburn mit ins Büro zu bringen? Und war Jon überhaupt ein Hundefreund?

Zumindest Alfie würde überglücklich sein, dachte sie und erinnerte sich daran, wie er seine kurzen, pummeligen Kleinkindarme um den Dackel geschlungen hatte, als sie einander kennengelernt hatten. An dieser Front war Hepburn also ein todsicherer Knaller.

»Nun zu den Besitztümern«, fuhr der Anwalt fort und schien erleichtert zu sein, mit wichtigeren Themen weitermachen zu dürfen. »Mrs McAvoys Wohnhaus in Hove mit seinen fünf Schlafzimmern.«

Die ganze Familie kannte das Haus gut, besonders natürlich Tom und Martin, die dort aufgewachsen waren. Das viktorianische Haus in einer ruhigen Siedlungsstraße besaß weitläufige Räume mit hohen Decken und einen großen Garten mit Teich. Alle verbanden viele Erinnerungen mit diesem Haus, das immer mit Lärm und Leben gefüllt gewesen war.

Vivien hatte viele Jahre lang davon gesprochen, sich verkleinern zu wollen und sich eine praktischere Wohnung zu suchen. Doch Anna hatte gespürt, dass es ihr schwergefallen wäre, das Zuhause zu verlassen, in dem sie mit ihrem Ehemann Stanley so viele Jahre lang gewohnt hatte.

»Das Haus geht zu gleichen Teilen an ihre beiden Söhne, Tom und Martin.«

Die beiden Brüder nickten einander freundschaftlich zu.

Der Anwalt schob sich die Brille auf der Nase höher und wandte sich dann wieder seinen Dokumenten zu. »Nun zu einem anderen wichtigen Punkt …«

Alle wussten, worum es als Nächstes gehen würde. Françoises manikürte Finger wanderten zu ihrer Halskette und spielten mit den filigranen cremefarbenen Perlen.

Anna biss sich auf die Lippe. Während der Anwalt seine Dokumente sortierte, musste sie an die Unterhaltung denken, die ihre Familie beim Frühstück im Haus ihrer Eltern geführt hatte.

»Die Lage des Ladens ist nicht schlecht«, hatte Françoise erklärt und sich einen starken Kaffee aus der Cafetiere eingeschenkt. Das Essen vor ihr rührte sie nicht an. »Da steckt Potential drin. Hoffentlich hat Vivien sorgfältig darüber nachgedacht, wer am besten in der Lage ist, das zu begreifen und umzusetzen.« Der Ehrgeiz in ihrer Stimme war nicht zu überhören.

»Ja«, erwiderte Tom, ganz in Gedanken. »Obwohl ich nicht wüsste, was ich mit dem Laden anstellen sollte«, fuhr er fort und tauchte einen Toaststreifen in sein weiches Frühstücksei, bevor er dann, den Toast schon auf dem Weg zum Mund, plötzlich innehielt. »Ich besitze keinen besonderen Geschäftssinn, und ich habe im Augenblick alle Hände voll zu tun mit meinen Skulpturen. Und Mum weiß, wie viel Jan mit der Agentur um die Ohren hat.« Er legte den ins Frühstücksei getunkten Toaststreifen auf seinem Tellerrand ab, als sei ihm plötzlich der Appetit vergangen. »Mum *wusste* es, meine ich.«

»Und wir sind natürlich in Paris …«, erwiderte Martin, während er eine Toastscheibe mit Butter bestrich.

»Aber das muss ja kein Problem sein«, erklärte Françoise und hob die Kaffeetasse an ihren roten Lippenstiftmund. »Martin, du weißt doch genau, dass ich schon eine ganze Weile Ausschau halte nach einem kleinen … wie sagt man? Nach einem kleinen ›Projekt‹. Vielleicht könnte es das sein? Natürlich müssen wir abwarten und sehen, wie Vivien sich entschieden hat … aber hoffentlich hat sie diesbezüglich einmal geschäftsorientierter gedacht als sonst als Inhaberin der Eisdiele.«

Françoise sah aus dem Fenster von Toms und Jans gemütlicher, traditionell-englischer Küche. »Nach unseren Besuchen hier habe ich lange darüber nachgedacht und finde, dass die Südküste ein bisschen mehr Raffinesse vertragen könnte. Ein Restaurant vielleicht, einen Hauch französischer Eleganz. Vielleicht könnte ich mich ja darum kümmern.«

Imogen starrte Anna an und zog diskret eine Augenbraue hoch. Ihre Großmutter war zwar auf ihre eigene Art elegant, aber auch ihr Leben lang eine Liebhaberin von selbstgekochter Hausmannskost sowie Fish and Chips als Belohnung am Wochenende gewesen – und hatte nie auch nur einen Fuß in ein schickes Restaurant gesetzt.

Jetzt, in der Anwaltskanzlei, warf Imogen ihrer Schwester

wieder einen solchen Blick zu, während sie beklommen auf die Testamentsverkündung warteten.

»So«, fuhr der Anwalt fort. »Kommen wir jetzt zu Mrs McAvoys Geschäft, zu dem Geschäftsgrundstück in den Granville-Arches in Hove, derzeit genutzt für den Verkauf von Eis und Getränken.«

Anna versuchte, sich die abgeklärte, kühle Beschreibung nicht zu Herzen zu nehmen, da der Anwalt ja nur seinen Job erledigte. Doch das Sunset 99s, der Laden ihrer Großmutter direkt am Meer, war mehr als nur ein Geschäftsgrundstück, das für den »Verkauf von Eis und Getränken« genutzt wurde. So viel mehr. Seit den Fünfzigerjahren, als Tom und Martin noch kleine Jungs gewesen waren, war der Laden Viviens Traum und Lebensunterhalt gewesen – ein Geschäft, das sie mit ihrem Ehemann Stanley aufgebaut und nach seinem Tod bis zuletzt betrieben hatte.

Doch nun, nach einer – wie Anna fand – entsetzlich langen Stille in der Anwaltskanzlei, sollten sie endlich erfahren, wie alles geregelt werden sollte.

»Mrs McAvoy wünscht, dass das Ladenlokal mit dem Eisgeschäft …«

Es wurde mucksmäuschenstill. Anna hätte den Anwalt am liebsten zum Weiterreden verdonnert. Diese Ungewissheit – das war ja spannender als jeder Krimi.

»… zu gleichen Teilen an ihre Enkelinnen Anna und Imogen McAvoy geht. Zudem wird ihnen eine Geldsumme zugeteilt, die als Startkapital dienen soll.«

»Du meine Güte!«, rief Imogen, richtete sich kerzengerade auf und schaute ihre ältere Schwester mit weit aufgerissenen Augen an. »Tut mir leid, aber …«, sie schlug sich eine Hand vor den Mund und schüttelte leicht den Kopf. »Du meine Güte! Jetzt mal im Ernst, Anna! Was um alles in der Welt stellt sie sich denn vor, was wir mit einem Ladenlokal anfangen sollen?«

Anna hatte immer noch Mühe, diese Neuigkeiten zu verdauen. Sie war so sicher gewesen, dass es nur einen begrenzten Spielraum gab und entweder ihr Vater oder ihr Onkel den Laden erben würde. Mit diesem Ausgang hatte sie jedoch nicht gerechnet. Sich um Hepburn zu kümmern war eine Sache – aber Viviens Geschäft zu übernehmen? Das war schon eine andere Hausnummer.

»Sie hat Ihnen eine Nachricht hinterlassen …«, fuhr der Anwalt fort und wandte sich einem rosafarbenen Zettel zu, der an das Dokument in seiner Hand geheftet war. Bevor er weitersprach, räusperte er sich. »Sie schreibt: ›Ich weiß, dass ich nicht mehr mit der Zeit gegangen bin, aber ihr beiden seid in der Lage, dem Laden ein modernes Aussehen zu verpassen. Hier ist er also – für euch. Unser Familienunternehmen. Macht mich stolz.‹ Sie hat Ihnen auch dieses Fotoalbum hier vermacht.« Der Anwalt reichte Anna ein schweres schwarzes Album mit Goldprägung. »Was den Laden betrifft, so müssten wir einen Termin für Sie beide finden, an dem Sie vorbeikommen, die Grundbucheintragung unterschreiben und dann die Schlüssel entgegennehmen.«

Benommen nahm Anna das Fotoalbum entgegen und merkte, wie Panik in ihr aufstieg. Imogens Blick war abzulesen, dass Anna nicht die Einzige war, der es so erging.

Nach dem Termin gingen sie gemeinsam zu Viviens Haus und ließen sich in ihrem Wohnzimmer nieder. Anna ließ den Blick über die Standuhr, den Perser und die gerahmten Schwarzweißfotos schweifen – der gleiche Ort, an dem sie vor anderthalb Wochen noch mit ihrer Großmutter zusammengesessen hatte, doch dieses Mal war Viviens Gegenwart kaum noch zu spüren.

Pflichtbewusst schenkte Jan Tee aus Viviens liebevoll gehüteter Teekanne ein, während Anna die dampfenden Teetassen verteilte und dabei jeweils eines ihrer selbstgebackenen Ingwerplätzchen auf der Untertasse balancierte.

»Das war ja eine ziemliche Überraschung«, stellte Tom fest und lehnte sich in dem dunkelgrünen Sessel seiner Mutter neben dem Kamin zurück.

»Das wird nicht einfach, Mädchen«, fuhr Françoise fort und schaute zu ihren Nichten hinüber. Sie stand am Erkerfenster, hielt ihre Teetasse und die Untertasse hoch, die Lippen energisch gespitzt. »Ihr solltet den Laden am besten verkaufen, ganz ehrlich.«

Onkel Martin neigte den Kopf. »Es sei denn, ihr wollt ihn natürlich unbedingt selbst führen, Imogen?«, fragte er sanft.

»Mich musst du nicht anschauen«, erwiderte Imogen, ein Plätzchen im Mund, und schüttelte den Kopf. »In zehn Tagen bin ich wieder am Strand.«

»Was ist mit dir, Anna?«, fragte Martin. »Du musst wahrscheinlich auch daran denken, dass du gerade erst eine Eigentumswohnung gekauft hast. Im Augenblick hast du zwar noch ein regelmäßiges Einkommen, aber wenn du den Laden übernehmen solltest, kann sich das ganz schnell ändern.«

Anna verrührte einen Löffel Zucker in ihrem Tee und nickte höflich. Sie war erst kürzlich zur Marketingleiterin des Royal Pavilion in Brighton befördert worden und verdiente endlich ein regelmäßiges, anständiges Gehalt. Ihr war bewusst, wie glücklich sie sich schätzen konnte, da gerade die Kunstbranche von der Finanzkrise besonders stark betroffen war.

Und doch – nach etlichen Jahren in der Eventplanung und nachdem sie nun immer mehr Zeit damit verbrachte, in Meetings zu sitzen und E-Mails zu beantworten … vielleicht war jetzt *doch* die Zeit gekommen, sich zu verändern. Sie traute sich kaum, darüber nachzudenken, aber war es nicht schon immer ihr Traum gewesen, mit Nahrungsmitteln zu arbeiten und somit etwas zu tun, das sie schon seit ihrer frühesten Kindheit liebte?

»Martin hat natürlich recht«, pflichtete ihm Jan bei, sah zu Anna hinüber und holte sie wieder auf den Boden der Realität zurück. »Immerhin hat der Laden keinerlei finanzielle Sicherheit zu bieten, oder, Liebes? Einen Laden zu führen, besonders in Zeiten wie diesen!« Tom saß neben ihr und trank langsam und schweigend seinen Tee. »Und wir alle wissen doch, dass es schon lange her ist, dass eure Großmutter einmal mehr verdient hat, als gerade einmal die Unkosten abzudecken.«

Anna erinnerte sich an ihren letzten Besuch im Sunset 99s – ihre Mutter hatte recht. Das war nicht der bezaubernde Kuchenladen, von dem sie so oft geträumt hatte … Das Sunset 99s war schmuddelig und heruntergewirtschaftet, ganz zu schweigen von der schon kritisch geringen Kundenzahl. Ohne auch nur einen einzigen Tag lang dort Erfahrungen gesammelt zu haben, wäre es zu viel, um die Sache allein zu stemmen.

»Ich hole mir nur kurz ein Glas Wasser«, erwiderte Anna, stand auf und lief in die Küche. Imogen folgte ihr und hielt ihre Schwester am Ellbogen fest.

»Hey«, rief sie. »Mich wundert's nicht, dass du geflohen bist. Lass dich nur nicht von denen herumkommandieren, Schwesterherz. Was hältst du denn von der ganzen Sache?«

»Keine Ahnung, wenn ich ehrlich bin«, antwortete Anna und lehnte sich an die Küchentheke.

»Jedenfalls brauche ich jetzt erst einmal etwas Anständiges zu trinken«, stellte Imogen fest und musterte den Barschrank ihrer Großmutter. »Was wolltest du sagen?«

»Ich brauche Zeit zum Nachdenken. Natürlich bin ich gerührt, dass Granny V das gemacht hat. Aber das ist ganz schön viel Verantwortung … Und was verstehen wir beide schon davon, wie man ein Geschäft führt, Imogen?«

»Absolut nichts«, schüttelte Imogen den Kopf, entdeckte eine alte Flasche Kirschlikör und schenkte sich ein Glas ein. Mit hochgezogenen Augenbrauen sah sie ihre Schwester an, woraufhin Anna den Kopf schüttelte. »Nein, danke, die Flasche sieht aus, als sei sie schon seit einem Jahrzehnt nicht mehr geöffnet worden.«

Imogen trank einen Schluck und verzog dann das Gesicht, was die Vermutung ihrer Schwester bestätigte. »Und das ist genau der Grund, warum ich dir sofort sagen kann, dass das nichts für mich ist. Und du solltest dich auch nicht dazu gedrängt fühlen: Nur weil sie uns das Sunset 99s vermacht hat, heißt das nicht, dass wir den Laden übernehmen müssen. Du hast schließlich auch deinen neuen Angeberjob, um den du dich kümmern musst.«

Anna stieß Imogen spielerisch in die Rippen. »Der ist nicht angeberisch!«, widersprach sie. »Immerhin muss ich mir immer noch selbst Tee kochen.«

»Du weißt doch, ich bin nur neidisch«, gab Imogen zu. »Der Job, die Eigentumswohnung. Jetzt gehörst du zu den ganz Großen dazu, Schwesterlein. Und das willst du doch nicht einfach so wegwerfen.«

Hier, in Viviens Haus, wo ihre Lieblingsrezepte an der Kühlschranktür hingen und ihr ganzer Kleinkram noch auf der Fensterbank lag, fiel es Anna schwer, *nicht* das Gefühl zu haben, dass Vivien ihnen immer noch zuhörte und jedes Wort, das sie sprachen, mitbekam.

»Sie wird immer schlimmer, nicht wahr?«, fragte Imogen und nickte in Richtung des Wohnzimmers.

»Wer, Mum?«

Imogen musste lachen. »Nein, nicht Mum«, erwiderte sie. »Daran habe ich mich doch schon längst gewöhnt, dass sie es auf mich abgesehen hat. Nein, ich meine *Madame* da drinnen.« Sie senkte ihre Stimme zu einem lauten Flüstern, das im Endeffekt gar nicht so leise war. »Françoise.«

»Hmmm«, erwiderte Anna. »Doch, ich weiß, was du meinst. Sie will den Laden unbedingt, oder?«

»Daran hat sie keinen Zweifel gelassen«, fuhr Imogen fort und trank einen Schluck ihres Kirschlikörs. »Hast du gesehen, wie ihre Augen geleuchtet haben, als sie von dieser Idee mit dem französischen Restaurant geredet hat? Man hätte meinen können, es gehörte ihr bereits.«

»Fand ich auch«, flüsterte Anna zurück. »Aber du weißt so gut wie ich, was Granny V dazu gesagt hätte – das wäre absolut nicht ihr Fall gewesen. Außerdem sollte man meinen, dass Françoise und Martin mit ihrer Villa in der Dordogne und der Wohnung in Paris ziemlich an Frankreich gebunden sind.«

»Vielleicht hat sie das Fernweh gepackt«, erwiderte Imogen. »Aber warum gehen wir beide zusammen nicht einfach mal hin und schauen uns den Laden an? Das heißt, wenn es dir nichts ausmacht, dass ich ein paar Nächte bei euch penne, während wir den nächsten Schritt planen. Ich bin neugierig auf die Eisdiele und möchte mir das Juwel noch einmal anschauen, das Granny V uns da hinterlassen hat.«

»Klar, du kannst gerne bei uns bleiben. Dann kannst du dir die Wohnung anschauen, Jon noch einmal sehen und Alfie richtig kennenlernen. Aber wenn du im Sunset 99s ein Juwel erwartest … Na ja, dann lass es mich so sagen: Es muss noch ordentlich poliert werden.«

KAPITEL 3

Imogen drehte am Autoradio herum, bis sie einen Sender gefunden hatte, der ihr gefiel; dann drehte sie die Lautstärke bis zum Anschlag hoch. Bob Marleys »Stir it Up« dröhnte an jenem kühlen Samstagnachmittag aus den Autolautsprechern, als die Schwestern zusammen die Schnellstraße nach Brighton zurückfuhren.

Anna klammerte sich ans Lenkrad. »Musst du das unbedingt so laut hören, Imo? Ich kann mich kaum aufs Fahren konzentrieren. Und ich glaube auch nicht, dass es Hepburn besonders gefällt.«

»Little darlllllling«, sang Imogen, drückte auf den Fensteröffner und tätschelte dem Hund kurz den Kopf. Einen Augenblick lang, mit dem Fahrtwind im Haar, war sie wieder auf der Insel – die Reggaemusik versetzte sie in ihre letzte Nacht mit Luca zurück. Seitdem war zwar erst weniger als eine Woche vergangen, doch fühlte es sich jetzt schon an, als sei es eine Ewigkeit her. Sie konnte es kaum abwarten, online zu gehen und mit ihm zu reden.

Imogen drehte sich um und entdeckte einen roten Sportwagen mit einem Pferdeanhänger, der sich ihnen näherte. »Anna, fahr mal etwas schneller. Hinter uns sind ein paar Pferde, die uns überholen wollen.«

Anna gab widerwillig Gas, sodass die Geschwindigkeitsanzeige auf über 100 km/h anstieg.

»Nicht schlecht«, nickte Imogen. »Aber du kannst noch

schneller fahren – es wäre schön, wenn wir in Brighton ankämen, bevor es dunkel wird.«

Imogen stand verlegen auf dem Treppenabsatz vor Annas Eigentumswohnung, den Rucksack auf dem Rücken und Hepburns Leine in der Hand. Durch ihre Drängelei hatten sie es in rekordverdächtigen fünfunddreißig Minuten geschafft, Brighton zu erreichen.

»Ich habe dich vermisst«, begrüßte Jon Anna und nahm sie mit geschlossenen Augen in die Arme.

Imogen rührte sich nicht, da sie die emotionale Heimkehr nicht stören wollte. Die Stille wurde jedoch durch das grelle Gebell von Hepburn durchbrochen.

Jon richtete sich wieder auf, entdeckte Imogen und den Hund. »Imogen«, rief er und löste sich von seiner Freundin. »Ich habe dich gar nicht gesehen. Hi!« Er kam auf sie zu und gab ihr zur Begrüßung einen Kuss auf die Wange.

»Hi, Jon!«, erwiderte Imogen lächelnd. »Lange nicht gesehen.«

»Imogen bleibt ein paar Tage bei uns«, verkündete Anna. »Ich hoffe, das ist okay? Und was den Hund betrifft … na ja, da muss ich dir ein paar Sachen erklären.«

»Na gut …«, erwiderte Jon und schaute mit leicht gerunzelter Stirn zu Hepburn hinunter, der Imogens Beine umkreiste und ihr dabei die Leine um die Knie wickelte.

Jons braunes Haar war kürzer als vorher, und seine Koteletten gingen in einen leichten Dreitagebart über. Er wirkte entspannter, was aber auch nicht sonderlich überraschend war – als Imogen ihn das letzte Mal gesehen hatte, bevor sie nach Asien ausgewandert war, hatte er sich in den letzten Zügen seiner Scheidung befunden, wie sie damals von Anna erfahren hatte.

»Alfie und ich backen gerade Pizza«, erklärte er und deutete ihnen an, in die Küche durchzugehen. »Wir haben mehr als genug Teig über. Wir belegen schnell noch eine Pizza.«

»Klingt perfekt.« Anna trat in den Wohnungsflur und ließ ihr Gepäck fallen. Alfie kam auf sie zugestürzt; Anna fing ihn auf und hob ihn für eine Umarmung hoch. »Hallo, Süßer! Schön, dich zu sehen!«

»Pizza!«, rief Alfie aufgeregt. »Daddy und ich backen Pizza.«

»Das klingt toll, mein Schatz«, antwortete Anna, nahm ihn an die Hand und ging mit ihm in die Küche.

»Granny Vs Testament hat ein paar Überraschungen für uns bereitgehalten«, erklärte Anna. »Unter anderem haben Imogen und ich das Sunset 99s geerbt.«

»Lass mich das kurz klarstellen«, unterbrach Jon sie und schnitt die frisch gebackene Pizza in gleich große Stücke. »Du hast eine Eisdiele geerbt?«

»Genau«, erwiderte Anna und lehnte sich auf ihrem Stuhl zurück. »Und – wie du schon gesehen hast – einen Hund.«

»Heh-urn!«, rief Alfie und richtete sich in seinem Kinderhochstuhl auf. »Hund! Eis!«

»Oh Gott, die bösen Worte in einem Satz zusammen«, schüttelte Jon grinsend den Kopf. »Ja, jetzt haben wir einen Hund, Alfie. Aber es gibt kein Eis, tut mir leid. Du kannst dafür leckere Pizza essen, wenn du magst.«

»Alfie mag Pizza«, erwiderte er und nahm ein Stück, das Imogen ihm anbot. Schon war das Eis vergessen.

»Was die Eisdiele angeht – Granny V will, dass Imogen und ich den Laden übernehmen. Sie hat ihn mit Grandpa Stanley gegründet und möchte, dass der Betrieb in der Familie bleibt.«

Jon hörte geduldig zu. »Ich stehe immer noch unter Schock wegen der Sache mit dem Hund«, gab er zu, »aber fahr nur fort.«

»Tut mir leid«, erwiderte Anna leise, als Alfie abgelenkt war, »dass wir uns nicht zuerst über Hepburn unterhalten konnten. Aber Granny V lag es sehr am Herzen, dass er in Brighton bleibt.«

»Und hinsichtlich des Ladens musst du dir keine Sorgen machen«, mischte sich Imogen ein. »Ich fahre zurück nach Thailand, und Anna behält ihren Job.«

»Das ist zumindest die Quintessenz«, fuhr Anna fort. »Aber wir schauen uns den Laden trotzdem morgen mal an – Imogen wüsste gern, in welchem Zustand er sich befindet.«

»Beim letzten Mal, als wir da waren, kam er uns ziemlich heruntergewirtschaftet vor.« Jon neigte den Kopf. »Er könnte ein paar Streicheleinheiten gebrauchen, bevor ihr ihn weiterverkauft. Ich nehme doch an, dass ihr ihn verkaufen wollt, oder?«

»Na klar«, nickte Imogen.

Anna zögerte. Sollten sie wirklich schon die Flinte ins Korn werfen, bevor sie sich überhaupt einmal die Idee durch den Kopf hatten gehen lassen? »Eigentlich haben wir uns noch nicht endgültig entschieden, was wir tun wollen.«

Am nächsten Tag, einem Sonntag, machten sich Imogen und Anna in aller Frühe auf den Weg zum Strand. Der Himmel war durchzogen von orangefarbenen Streifen, und kleine Segelboote lagen kieloben auf den Kieselsteinen. Ein Bimmeln und Klimpern wie von kleinen Glöckchen lag in der Luft, als die Takelagen der kleinen Schiffe an die Masten schlugen. Ein Stück den Strand hinauf standen ein paar Männer am Ufer entlang aufgereiht, hielten ihre Angelruten in kameradschaftlicher Harmonie hochgereckt und schauten auf die Wellen im Sonnenaufgang hinaus. Zu ihrer Rechten befand sich in einiger Entfernung eine traurige Sehenswürdigkeit – die schwarze, ausgebrannte Ruine des West Piers.

Das Sunset 99s befand sich in den Granville Arches, den Arkaden, vorbei an einer Reihe bunt angestrichener Strandhütten. Ein großes Holzschild in den Farben eines Sonnenuntergangs sowie das Bild eines Eishörnchens hingen über den mit Graffiti vollgesprühten Metallrollläden. In den Granville Arches war längst nicht so viel los wie in der näheren Umgebung von Brighton, stellte Imogen fest. Im Gegensatz zum Brighton Pier gab es hier keine Touristen, die sich um die Doughnutshops und Fish-and-Chips-Buden drängten. Stattdessen übten hier ein paar einheimische Jungs ihre Kunststücke auf Skateboards, deren Rollen über die Steinplatten ratterten, und ein einzelner Gassigänger war mit seinem Hund unterwegs. Imogen ließ ihren Blick über die anderen Läden in den Arkaden schweifen. Hier gab es einen Souvenirladen mit aufblasbarem Wasserspielzeug und Postkartenständern vor dem Laden, einen Zeitungshändler sowie einen schmalen Eingang zu einem Laden, dessen Wände mit Surfbrettern vollgestellt waren. Draußen stand ein Schild, auf dem für Surfstunden geworben wurde.

Anna drehte den Schlüssel in dem Vorhängeschloss, das die Rollläden von Viviens Laden verschlossen hielt, und schob diese dann vorsichtig hoch. Imogen bückte sich, um ihr zu helfen.

»Du meine Güte, die sind ja vielleicht schwer! Wie hat Granny die bloß alleine stemmen können?«, fragte Imogen.

»Sie war nicht ganz allein«, entgegnete Anna. »Sie hatte eine Angestellte, Sue, und ich glaube, dass ihre Freundin Evie ihr manchmal ausgeholfen hat.« Anna deutete auf den Souvenirladen. »Erinnerst du dich nicht? Granny hat Evie in ihrem Testament eines ihrer Schmuckstücke vermacht, das goldene Medaillon mit dem Rubin, das sie immer getragen hat. Die beiden standen einander wohl sehr nahe.«

Imogen warf einen Blick unter die Rollläden und erblickte

den schmutzigen schwarzweiß karierten Boden, der fast vollständig mit Dutzenden ungelesenen Briefen, Werbezetteln und Lutscherpapierchen bedeckt war. »Oh Mann, das sieht ja da drinnen vielleicht aus!«

Anna bückte sich, um sich das Durcheinander anzuschauen, das ihre Schwester beschrieben hatte. »Oje«, seufzte sie.

Die Metallrollläden rasselten laut, als sie sie bis nach oben hochschoben. Anna öffnete die Glastür mit einem weiteren Schlüssel, woraufhin die beiden zögerlich den Laden betraten.

Die Marmortheken waren mit Eiskarten und Zetteln mit Bestellungen übersät – es sah aus, als sei ein Tornado durch die alte Eisdiele gefegt. Die Spiegel an den Wänden, die Imogen noch glänzend und funkelnd in Erinnerung hatte – die einst die Spiegelbilder von Anna und ihr als Kinder gezeigt hatten, wie sie ihre Cola mit Strohhalmen genuckelt hatten –, waren nun dunkel, stumpf und mit schwarzen Flecken überzogen.

»Hast du nicht gesagt, der Laden sei nur zwei Wochen lang geschlossen gewesen?«, fragte Imogen ungläubig, öffnete eine der Gefriertruhen, um sie zu inspizieren, und hielt sich dann schnell die Nase zu, als ihr der Gestank von saurer Milch und Feuchtigkeit entgegenkam. »Igitt!«, rief sie und sah genauer hin. »Das stinkt aber widerlich! Da ist total viel Schimmel auf dem Boden.«

»Sue hat sich eine Weile lang allein um den Laden gekümmert, sodass Granny sich eine Auszeit nehmen konnte. Wie es aussieht, hat sie ihre Arbeit nicht sonderlich gut erledigt«, stellte Anna mit einem schlechten Gewissen fest. Sie hätte merken müssen, dass es mit dem Laden bergab ging. Vielleicht hätte sie etwas tun und helfen können.

Imogen entdeckte die Mr-Whippy-Softeismaschine auf der Ladentheke. »Erinnerst du dich noch?«, fragte sie Anna. »Wir habe immer ein Softeis zur Belohnung bekommen, wenn wir in den Sommerferien hergekommen sind.«

Anna ging zu ihrer Schwester hinüber und fuhr liebevoll mit der Hand über den Apparat. »Wie es aussieht, hat Mr Whippy auch schon mal bessere Zeiten gesehen«, erwiderte sie. Sie betätigte den Hebel, der früher gekräuselte Softeisstränge freigesetzt hatte. Nun tropfte jedoch stattdessen schmutziges Wasser aus dem Hahn. Die Schwestern sahen einander mit der gleichen schwermütigen Miene an.

»Ich bin eine ganze Weile nicht mehr hier gewesen«, gestand Anna. »Aber Granny hätte niemals zugelassen, dass der Laden hier so verkommt. Ich glaube, dass sie sich vielleicht schon nicht mehr jeden Tag um den Laden gekümmert hat, als Sue angefangen hat auszuhelfen. Möglicherweise hat sie sich da schon nicht mehr richtig wohlgefühlt.«

»Hat sie denn nie etwas gesagt? Darüber, wie der Laden lief?«, fragte Imogen und blätterte durch ein Rechnungsbuch, das neben der Kasse lag.

»Nein, nicht viel. Sie hat sich immer lieber danach erkundigt, wie es uns ging. Sie hat zwar ein paarmal die anderen Ladenbesitzer erwähnt – Evie und einen jüngeren Mann, Finn, der öfter mal hereinschaute und nach ihr sah, aber über die geschäftliche Seite hat sie nicht gesprochen. Aber hätte sie sich allein darum gekümmert, würde es hier niemals so aussehen. Du weißt doch, wie penibel sie immer auf Sauberkeit geachtet hat.« Anna zwang sich zu einem Lächeln.

»Sauberkeit«, wiederholte Imogen und fuhr mit dem Finger über die schmutzige Ladentheke. Er wurde ganz schwarz. »Arme Granny V. So, wie er jetzt ist, habe ich den Laden von früher her nicht in Erinnerung.«

»Ich stimme dir zu, dass man einige Arbeit hineinstecken

muss«, nickte Anna mit entspannter Miene, doch die Sorge war ihrem Blick deutlich anzusehen. »Aber all die originalen Accessoires aus den Fünfzigerjahren sind noch da.« Sie deutete auf die Wandlampen und die Hocker, die an der Theke entlang aufgereiht standen. »Wir könnten doch alles wieder auf Vordermann bringen, oder? Wir könnten dann den Retrostil beibehalten, aber allem einen modernen Anstrich verleihen.«

Anna verschwand hinter der Theke. »Ich bin ziemlich sicher, dass hier auch tonnenweise interessanter Krimskrams versteckt ist …« Sie ging in die Hocke, um einen der Schränke zu öffnen. Imogen hörte, wie Teller aus dem Schrank auf den Boden klapperten.

»… obwohl natürlich ziemlich viel Fantasie nötig ist«, ertönte Annas Stimme dumpf, als sie das Geschirr wieder in den Schrank zurückräumte. Danach stand sie auf. Über ihr hing eine schwere Tafel an der Wand. Laut las Anna die pastellfarbene Schrift vor.

»Viviens Spezialitäten«

Pfannkuchen mit Vanilleeis und Schokoladensoße

Sie hielt inne. »Stell dir bloß mal vor, Imogen – wir könnten heiße Crêpes mit Haselnuss- und Schokoladeneis anbieten, Eisbecher mit frischem Sorbet und Fruchtsaucen …«

»Die Tafel sieht ziemlich gefährlich aus«, wurde sie von Imogen unterbrochen.

»Tatsächlich?« Anna hielt eine Ecke fest, doch die schwere Tafel wackelte heikel in ihrer Aufhängung und drohte, jederzeit herunterzufallen. Schnell stabilisierte Anna sie und trat beiseite. »Vielleicht hast du recht.«

»Hör mal, Schwesterherz. Ich finde es toll, dass du allem noch etwas Positives abgewinnen willst, aber lass uns mal ehrlich sein. Der Laden ist heruntergekommen, voller Müll – und hat schon seit Gott weiß wie langer Zeit keinen Gewinn mehr abgeworfen.«

»Ich weiß«, erwiderte Anna und fühlte sich niedergeschlagen. »Aber …« Haltsuchend legte sie eine Hand auf die Theke, an der die beiden Schwestern als Kinder immer gesessen hatten. »Aber mir bedeutet es etwas, hier zu sein. Dir etwa nicht?«

»Du bist einfach nur sentimental«, entgegnete Imogen. Draußen hatte ein feiner Nieselregen eingesetzt, der auch durch die offen stehende Glastür hereinwehte. Imogen sprang auf und lief zur Tür, um sie zu schließen. »Versteh mich bitte nicht falsch, Anna. Natürlich verbinde ich viele schöne Erinnerungen mit diesem Laden – und ich weiß auch, wie viel er Granny bedeutet hat und Dad auch immer noch bedeutet. Aber manche Dinge sollten besser in der Vergangenheit ruhen. Ich habe jetzt andere Pläne. Und beim besten Willen werden wir viel mehr als Schöner Wohnen, Zuhause im Glück und andere Wohnexperten brauchen, um hieraus etwas zu machen.«

Anna schob sich das kastanienbraune Haar hinters Ohr und begann, die Flugblätter und Notizzettel ordentlich aufeinanderzustapeln. Schweigend legte sie herumfliegende Stifte und Blöcke daneben, alles fein säuberlich entlang des Thekenrands aufgereiht.

»Jetzt sei nicht eingeschnappt, Anna! Ich weiß, dass dich das wirklich mitnimmt, aber die Wahrheit ist doch, dass ich keinen heruntergewirtschafteten Eisladen im verregneten Brighton führen möchte. Jetzt mal ganz im Ernst«, fuhr Imogen fort, nun in einem etwas sanfteren Tonfall. Sie schaute zu Boden, der mit Eispapieren bedeckt war, und deutete darauf. »Du etwa? Ist das dein größter Traum? Hast du seit dem Uniabschluss im Marketingbereich gearbeitet, um dann hier zu enden und Fußböden zu putzen?«

»Nein, wahrscheinlich nicht«, erwiderte Anna und biss sich auf die Lippe. »Und ich würde es ganz gewiss nicht allein machen wollen. Aber welche Möglichkeiten bleiben uns denn? Sollen wir den Laden an einen völlig Unbekannten verkaufen und das ignorieren, was Granny V wirklich wollte?«

»Es muss ja kein Fremder sein«, entgegnete Imogen mit einem Schulterzucken.

Anna runzelte die Stirn. »Du willst doch wohl nicht ernsthaft …«

»Tante Françoise, doch«, erwiderte Imogen nüchtern. »Ich versuche nur, realistisch zu sein, Anna. Ist diese Möglichkeit denn nicht immerhin einen Gedanken wert?«

Es war nicht so, als wäre Imogen dabei vollkommen gefühlskalt. Natürlich war ihr der Laden, die ganze Angelegenheit, nicht gleichgültig, doch sie schob diese Gefühle beiseite. Sie war einfach noch zu jung, um sich so fest an eine Sache zu binden.

»Stell dir das bloß mal vor!«, rief Imogen Luca später am Nachmittag zu und beugte sich näher zum Laptop herunter, damit er sie im geschäftigen Trubel des Strandcafés hören konnte.

»Was denn?«, fragte er lächelnd und zog an seiner selbstgedrehten Zigarette. Langsam blies er den Rauch aus. Imogen betrachtete dieses Bild und versuchte, es sich einzuprägen: Luca, mit nacktem Oberkörper, sonnengebräunt, Dreitagebart, dunkles Haar. Sie vermisste ihn, doch da nun beinahe die Hälfte ihres Aufenthaltes hier vorüber war, empfand sie diese Sehnsucht als beinahe wonnig süß. Mit dem Ziel vor Augen, in absehbarer Zeit zur Insel zurückzukehren, fühlte sie sich energiegeladen und enthusiastisch – wieder wie sie selbst.

»Nur noch etwas mehr als eine Woche, bis ich zurückkomme«, stellte Imogen fest. Ihre Stimme sprudelte vor Aufregung über.

»Tatsächlich?«, antwortete Luca und grinste breit. »Das ist fantastisch. Die Zeit scheint hier stillzustehen. Ich kann es kaum abwarten, dich wiederzusehen, Baby.«

»Du musst auch nicht mehr lange warten. Übernächsten Dienstag fliege ich zurück.«

»Das ist toll.« Luca grinste träge. Imogen biss sich wieder auf die Lippe – er war so verdammt sexy. Sie konnte den Wind und den peitschenden Regen hier an der Küste nur ertragen, weil sie wusste, dass sie sich bald wieder in der Sonne des thailändischen Strandes aalen würde, während Luca ihr den Rücken mit Sonnenmilch eincremte.

»Ich fliege nach Bangkok und komme dann per Bus und Boot, und am Donnerstag bin ich dann wieder bei dir. Sag allen schon mal Bescheid, dass sie sich bereitmachen sollen.«

»Das werde ich tun«, versprach Luca, ein herzliches Lächeln immer noch auf den Lippen. »Überlass das Empfangskomitee ruhig mir.«

»Hervorragend«, nickte Imogen und hatte das Gefühl, dass zumindest ein Stück ihres gewohnten Lebens wieder ins Lot kam. Aus Gewissensgründen oder dem Gefühl heraus, der Großmutter gegenüber zu irgendwas verpflichtet zu sein, in Brighton zu bleiben wäre falsch gewesen. Das war ihr mittlerweile klar. »So, was hast du heute Abend vor?«, fragte sie Luca.

»Ein paar von uns gehen zu einer Strandparty«, erwiderte er. Imogen versuchte, ihre Eifersucht herunterzuschlucken; sie würde schon früh genug wieder zurück sein. »Und du?«

»Ich gehe mit Anna und ihrer Freundin Jess etwas trinken«, antwortete Imogen. »Jess heiratet nächste Woche, die beiden müssen noch letzte Details für die Hochzeit abklären. Ich kenne Jess noch aus Schulzeiten, deswegen gehe ich einfach nur aus Spaß auf einen Wein mit.«

»Dann viel Spaß. Und ich werde mich in der Zwischenzeit auf deine Rückkehr vorbereiten«, antwortete Luca.

»Vielen Dank, ich kann es kaum abwarten. Tschüss, Luca!« Sie warf ihm über den Bildschirm eine Kusshand zu.

Widerwillig loggte sie sich bei Skype aus und wünschte sich, sein Gesicht rund um die Uhr vor Augen zu haben.

Schnell rief sie Facebook auf und postete eine Nachricht:

Nur noch eine Woche im verregneten Großbritannien, bis ich wieder am Strand liege! Reserviert mir einen Platz unter den Palmen …!

»Könnten wir noch eine bekommen?«, bat Imogen ein paar Stunden später lächelnd und wedelte mit der leeren Weinflasche dem Kellner zu. Jess, Imogen und Anna hockten in einer ruhigen Ecke im Kerzenschein im *Smokey Joe's* in der Altstadt von Brighton. Hier war die Bedienung freundlich, die Happy Hour war extra lang, und es gab eine schon legendäre Jukebox. Sogar am Sonntagabend war es hier proppenvoll.

»Du siehst toll aus, Imogen«, stellte Jess fest. »In Brighton bist du derzeit wahrscheinlich die einzige braungebrannte Frau, so viel steht fest. Und in Thailand gefällt es dir immer noch gut?«

Imogen fiel es schwer, die Jess von früher – die Teenagerin im Grufti-Look, die stets nur mit Anna unterwegs gewesen war – und die Jess von heute – eine erfolgreiche Anwältin für Menschenrechte in einem roten Etuikleid – unter einen Hut zu bekommen. Der größte Unterschied zu früher war natürlich, dass Anna und Jess nun der jüngeren Imogen tatsächlich erlaubten, mit ihnen Zeit zu verbringen.

»Oh ja«, erwiderte Imogen. »Es ist natürlich schon schön, Anna wiederzusehen und all das, aber …«

»Wir sind nicht sicher, ob wir sie jemals wieder zurückbekommen«, fiel Anna ihr mit einem scherzhaften Seufzer ins Wort.

»Tut mir wirklich leid«, stellte Jess verlegen fest, als der Barkeeper ihnen aus einer gekühlten Flasche nachschenkte. »Wenn ich gewusst hätte, dass du hier bist, hätte ich dir auch eine Einladung zur Hochzeit geschickt …«

»Oh Gott, kein Problem«, beschwichtigte Imogen sie und wischte ihre Sorgen beiseite. »Nicht mal ich habe bis letzte Woche gewusst, dass ich zurückkomme.«

»Aber du kommst doch zur Feier am Abend, oder?«, fragte Jess. »Anna hat alle Infos. Ed und ich würden uns freuen, wenn du kommst.«

»Klingt gut«, antwortete Imogen und war dankbar dafür, etwas zu haben, worauf sie sich freuen konnte. Ihre Pläne für die kommende Woche sahen nämlich lediglich vor, ihrem Dad und Onkel Martin dabei zu helfen, Viviens Hab und Gut zu sortieren und Teile der Möbel für eine Auktion vorzubereiten. Das war keine leichte Aufgabe, und sie wusste, dass ihr Dad dabei dringend moralische Unterstützung brauchen würde.

»Also …« Jess fuhr mit einem Bleistift über ihre Liste, von deren Punkten die meisten mittlerweile mit einer geraden Linie durchgestrichen waren. »Es bleibt dabei, dass du die Cupcakes machst, Anna, nicht wahr?«

»Na ja, darüber wollte ich noch mit dir reden …«, erwiderte Anna.

Panik machte sich in Jess' Miene breit. Sie besaß einen rosigen Teint, der sich bei den geringsten Anzeichen von Stress sofort tiefrot färbte.

»Aber du hast doch versprochen …«, stammelte Jess. Sie klang verzweifelt. »Anna, jetzt sag nicht, du …!«

»Keine Sorge«, beschwichtigte Anna sie und legte beruhigend eine Hand auf Jess' Arm. »Ich wollte nur sicherstellen, dass du tatsächlich bei Cupcakes bleiben willst. Denn ich habe nur ein bisschen überlegt … Cupcakes hat doch jeder, oder was meinst du? Ich habe neulich mal so kleine Eiscremehörnchen gemacht.« Sie hob zwei Finger und hielt sie nahe aneinander, um die Miniaturgröße anzudeuten. »Die waren köstlich. Sie sind nicht mit Eis gefüllt, sondern eher mit einer Art Schokoladenmousse, bei der dir das Wasser im Mund zusammenläuft. Versprochen. Und es würde perfekt zu dem sommerlichen Thema passen.«

»Das gefällt mir.« Jess stand nun die Erleichterung ins Gesicht geschrieben. »Sehr sogar, wenn ich ehrlich bin. Puh! Tut mir leid, dass ich so ausgeflippt bin. Aber das war auch wirklich eine Woche …!«

»Vertrau mir«, entgegnete Anna. »Ich lasse dich doch nicht hängen. Hast du Lust, mir dabei zu helfen, Imogen?«

»Klar«, erwiderte Imogen. »Das wird lustig. Deine Hochzeit ist am Samstag, oder?«

»Ja«, nickte Jess und kaute übertrieben panisch auf der Lippe herum, bevor sie nervös lachte. »Nur noch drei Tage. Ich bin zwischen Aufregung und Horror hin- und hergerissen. Aber Gott sei Dank hatte ich bisher keine Zweifel daran, Ed zu heiraten. Was den Teil anbelangt, bin ich ziemlich sicher.«

»Was ist denn diese Woche passiert?«, erkundigte sich Imogen.

»Der Reiseveranstalter, bei dem wir unsere Flitterwochen nach Antigua gebucht haben, macht Schwierigkeiten. Wir haben in den Nachrichten gehört, dass das Unternehmen finanzielle Probleme hat. Und weder hat man dort auf meine E-Mails geantwortet, noch geht man da ans Telefon.«

»Oje!«, rief Anna. »Seid ihr versichert?«

»Ich habe keine Ahnung«, erwiderte Jess. »Ed hat sich darum gekümmert, ich habe ihn noch nicht danach gefragt. Ich habe so viel mit der Hochzeit um die Ohren. Im Augenblick hoffen wir einfach, dass sich alles schon irgendwie finden wird.«

»Das wird es«, antwortete Imogen. »Man hat doch immer noch irgendwelche kleinen Probleme, die sich dann im letzten Moment von selbst lösen, nicht wahr?«

»Ich hoffe, du hast recht«, stellte Jess fest. »Ed und ich freuen uns schon seit dem letzten Jahr auf diesen Urlaub. Und um ehrlich zu sein: Nach dem ganzen Stress der Hochzeitsvorbereitungen haben wir ihn auch dringend nötig.« Jess trank einen Schluck Wein. »Anna, ich wollte dich die ganze Zeit schon etwas fragen. Es ist doch in Ordnung für dich, dass wir Mia eingeladen haben, oder? Ich weiß, es ist nicht gerade toll, aber sie *nicht* einzuladen ging auch nicht.«

Mia … Imogen versuchte sich daran zu erinnern, wo sie den Namen schon einmal gehört hatte.

»Immerhin sind Ed und sie immer noch gute Freunde«, fuhr Jess fort. »Uns ist klar, dass es nicht richtig war, was sie getan hat – Jon zu betrügen, besonders, wo Alfie noch so klein war –, doch Ed wollte nicht für einen von beiden Partei ergreifen. Jon schien es nichts auszumachen, dass sie auch da sein wird.«

»Na klar«, erwiderte Anna gelassen. »Ich sehe sie oft, wenn wir Alfie bei ihr abholen, und sie ist immer nett und freundlich. Es ist Eds und dein großer Tag, darum solltet ihr alle einladen, die ihr einladen wollt.«

»Prima, sehr gut …«, nickte Jess. »Du reagierst ziemlich erwachsen, das muss ich schon sagen.«

»Da Alfie zwischen uns steht, ist das die einzige Möglichkeit«, entgegnete Anna. »Wir alle wollen das Beste für ihn. Ich wusste gleich von Beginn an, dass es nicht gerade unkompliziert ist, mit Jon etwas anzufangen, aber er ist nun mal der Mann, in den ich mich verliebt habe. Ich schätze mich glücklich, dass ich ihn gefunden habe.«

»Du hast recht«, antwortete Jess. »Jon ist wirklich einer fürs Leben. Außerdem – jeder von uns schleppt doch ein paar Altlasten mit sich herum, nicht wahr? Ich kann es immer noch nicht fassen, dass ihr beiden jetzt zusammenlebt. Das ist so toll! Bevor er dich kennengelernt hat, war er felsenfest davon überzeugt, nie wieder etwas mit einer Frau anzufangen und eine Beziehung einzugehen. Eigentlich war ich mir auch gar nicht so sicher, ob es eine gute Idee wäre, euch beide miteinander bekannt zu machen. Aber offensichtlich hast du seine Meinung ändern können, und ihr beide scheint richtig glücklich zu sein.«

»Das sind wir auch«, nickte Anna. »Du und Ed, ihr habt wirklich einen Preis als Kuppler verdient. Aber zurück zu deiner Hochzeit. Was steht denn noch auf deiner Liste, Jess?«

»Nicht, dass du diese Frage gleich noch bereuen wirst …!«, erwiderte Jess lachend und nahm ihren dicken Block zur Hand.

KAPITEL 4

»Ich bin heute schon ganz früh aufgestanden, um die Mousse zu machen, die ist also schon fertig«, erklärte Anna Imogen am Morgen von Jess' Hochzeit und deutete auf eine riesengroße Schüssel mit cremiger, heller Milchschokoladenmousse auf der Küchentheke. »Wir müssen jetzt nur noch die Waffeln für die Minihörnchen rollen.«

»Muuuuuuuuhs«, rief Alfie aus seinem Hochstuhl, und er hatte die Mousse über das ganze Gesicht verschmiert. »Mehr Muuuuuuhs!«

»Ich glaube, du hattest schon genug«, lachte Imogen. Sie band sich eine Schürze um, knotete sie hinten zusammen und warf einen Blick in den Backofen auf Reihen von kleinen Waffelstücken.

»Yep«, nickte Anna und wischte ihm mit einem Tuch das Gesicht ab. »Alfie, noch mehr davon, und dein Vater wird mich umbringen, wenn er nach Hause kommt.«

»Lecker!«, rief Alfie. »Alfie mag Muhs!«

»Da haben wir unser Qualitätssiegel«, lachte Anna. »Jetzt müssen wir nur noch hoffen, dass die Hochzeitsgäste genauso leicht zu beeindrucken sind.«

Anna war um sechs Uhr in der Frühe aufgestanden, um mit dem Backen loszulegen, und hatte die Zeit allein in der Küche genossen, während sie das Dessert für Jess' Freunde und Familie zubereitet hatte. Sobald sie einen Holzlöffel in der Hand hielt, war die Arbeitswoche sofort vergessen, und die feinen Aromen und Düfte in ihrer Küche versetzten sie unmittelbar an einen süßeren Ort.

Diese Woche war eine, die sie nur allzu gern vergessen wollte – dank der vielen Meetings, die nahtlos ineinander übergegangen waren, und der neuen Etatkrise beim Brighton Pavilion hatte sie für das ihr unterstellte Team kaum einen Augenblick Zeit gehabt, ganz zu schweigen davon, an ihren eigenen Projekten weiterzuarbeiten. Selbst um Mitternacht im Bett arbeitete sie noch ihre E-Mails durch. Die Beförderung, über die sie sich vor einem Monat noch wahnsinnig gefreut hatte, sah beunruhigenderweise immer mehr danach aus, als seien es zwei Jobs in einem.

»Ich habe Jess hundert Stück versprochen«, erklärte Anna. »Heikel ist dabei nur, dass wir die Waffeln rollen müssen, solange sie noch warm sind. Mittlerweile müssten sie fertig sein, denke ich.«

Imogen nahm ein Blech mit Waffelstücken aus dem Backofen und legte die Waffeln zum Abkühlen auf ein Kuchengitter. Kurz darauf nahm sie ein Stück und rollte es auf einem Holzbrett zu einer lockeren Hörnchenform. »So?«, fragte sie.

»Faaaalsch!«, rief Alfie von seinem Hochstuhl aus.

»Ähm, da könnte er durchaus recht haben«, erwiderte Anna, neigte den Kopf und musterte Imogens erstes Werk. »Vielleicht könntest du dich ein bisschen mehr an das Bild halten?«

»Klar«, brummte Imogen und betrachtete das Foto auf dem Rezept.

»So«, sagte Anna, rollte geschickt drei Hörnchen und legte sie auf einen der zwölf Kuchenteller, die Jess ihnen vorbeigebracht hatte, um sie dann später mit der Mousse zu füllen.

Imogen seufzte, versuchte es erneut und rollte zwei ordentlichere Hörnchen.

»So ist es besser«, lobte ihre Schwester anerkennend. »Jetzt müssen wir nur noch weitere neunzig Stück herstellen«, grinste sie. »Und dann habe ich immer noch genügend Zeit, um mich für die Hochzeit fertig zu machen. Ich glaube nämlich nicht, dass Jess es toll fände, wenn ich so dort auftauchen würde.«

»Ach, ich weiß nicht. Die Schürze steht dir irgendwie«, fand Imogen. »Und die Schokolade auf deiner Jeans verleiht dem Ganzen einen Hauch Extravaganz.«

Anna versetzte ihrer Schwester einen neckischen Hieb mit einem sauberen Teigspatel. »Na, dann hätte ich mir die achtzig Pfund bei Karen Miller ja wohl sparen können«, stellte sie fest und musste an das korallenfarbene Seidenkleid denken. Diesem Kleid, das jetzt an ihrer Kleiderschranktür hing, hatte sie einfach nicht widerstehen können.

»Aber mal im Ernst, Anna. In der Küche hast du immer schon so ausgesehen, als wärst du in deinem Element, und bei diesen Dingen hier bist du echt geschickt. Das sagt jeder. Warum machst du daraus nichts?«

»Du meinst beruflich?«, hakte Anna nach. »Ich habe es immer als Hobby betrachtet, um mich zu entspannen. Ich habe noch nie darüber nachgedacht, damit Geld zu verdienen. In letzter Zeit allerdings …«

»Ich habe dich in der Eisdiele gesehen«, stellte Imogen fest. »Ich weiß, dass Granny V nicht der einzige Grund ist, warum du den Laden nicht verkaufen willst.«

»Auf die Braut und den Bräutigam!«, rief Anna und stieß mit ihrer Champagnerflöte mit Jess' Onkel Gareth im Festzelt bei Jess' und Eds Hochzeit an.

»Diese Mousse-Dinger hier sind unglaublich«, lobte Gareth und biss in eines der Hörnchen. »Jess sagt, die haben wir Ihnen zu verdanken.«

»Ja, meine Schwester und ich haben sie gemacht«, strahlte Anna angesichts dieses Kompliments. »Freut mich, dass sie Ihnen schmecken.«

Anna schaute zu Jess hinüber, die in der Tischreihe oben am Kopf saß. In ihrem elfenbeinfarbenen Bleistiftkleid im Stil der Vierzigerjahre mit Ärmeln aus Spitze und den hochhackigen Sandaletten sah sie hübscher aus als je zuvor. Dazu trug sie die schwarzen Locken offen, und das fügte dem Gesamteindruck einen Hauch Natürlichkeit hinzu. Ein schlichtes Bouquet mit rosafarbenen Rosen betonte ihren Teint. Sie war definitiv eine dieser Bräute, die trotz allem immer noch wie sie selbst aussahen – aber eben nur wie eine ausgesprochen atemberaubende Version ihrer selbst. Jess bemerkte Annas Blick und lächelte ihr zu.

»Hey, Süße«, sagte Jon, setzte sich neben Anna und legte ihr seinen Arm um die Taille. Dann senkte er die Stimme, bis er nur noch flüsterte. »Muss ich mich etwa vor diesem Mann hüten?«, fragte er und nickte zu dem etwa sechzigjährigen Mann hinüber, mit dem sich Anna unterhalten hatte und der sich gerade ein zweites Miniatureishörnchen genehmigte.

»Ich glaube, der hat es mehr auf die Hörnchen abgesehen als auf mich. Du bist also auf der sicheren Seite«, erwiderte Anna und küsste Jon zärtlich auf den Mund. »Wohin bist du eigentlich eben verschwunden?«, hakte sie nach. »Du hast die Rede von Jess' Dad verpasst.«

»Eds Mum war ein bisschen schwindelig, und er hat mich gebeten, sie kurz an die frische Luft zu begleiten.«

»Geht es ihr denn jetzt besser?«, fragte Anna besorgt.

»Oh ja, viel besser. Sie hatte wohl ein bisschen zu viel Champagner getrunken, und wegen der Medikamente, die sie nimmt, hätte sie das vielleicht besser nicht tun sollen. Mittlerweile geht es ihr aber wieder gut. Jetzt will ich aber auch mal eins dieser Eishörnchen probieren«, erklärte Jon und beugte sich zu dem Kuchenständer vor. »Die sind ohne Milch, oder?«

»Ja«, nickte Anna. »Du hast einen eigenen Teller mit Mousse aus laktosefreier Milch, deswegen kannst du ruhig zugreifen.«

Er verschlang ein Hörnchen mit einem einzigen Bissen. »Köstlich!«, rief er und drückte ihre Hand.

Als Jess' und Eds Eröffnungstanz langsam zu Ende ging, versuchte die Braut verzweifelt, die anderen Gäste dazu zu überreden, sich auf die mit Lichterketten geschmückte Tanzfläche im Festzelt zu gesellen.

Jon nahm Annas Hand. »Sollen wir sie von ihrem Elend erlösen?« Anna nickte zustimmend.

»Ich dachte schon, es würde niemand mehr kommen«, lachte Jess. »Wir machen uns hier oben ganz schön zum Trottel, so allein auf der Tanzfläche. Und du weißt, was für eine schlechte Tänzerin ich bin. Das Letzte, was ich da noch brauchen kann, ist ein Scheinwerfer.«

»Ihr beiden seht total süß aus hier oben«, meinte Anna. »Und so glücklich.«

Anna und Jon fingen an zu tanzen, und Anna schmiegte sich an seine Schulter. *Vielleicht schaffen wir das hier auch einmal*, dachte sie insgeheim. Nach zwei Jahren mit allen Höhen und Tiefen, in denen sich Jon an sein neues Leben gewöhnt hatte und sie beide ihr Bestes gaben, um Alfies Leben im Gleichgewicht zu halten, schien endlich Ruhe eingekehrt zu sein. Und das war mehr als genug für den Moment. Vielleicht wären eines Tages einmal sie beide diejenigen, die vor den Traualtar treten würden – doch für den Augenblick fühlte es sich einfach nur gut und richtig an, in Jons Armen zu liegen, sich sicher zu fühlen und dann später zusammen in die Wohnung zurückzukehren, die sie beide liebten.

»Der Tag war perfekt«, flüsterte Jon in Annas Ohr. »Ich glaube, ich habe es dir noch nicht gesagt, aber du siehst in diesem Kleid toll aus.«

Anna lächelte und hob den Kopf, um Jon zu küssen. In diesem Moment spülte die Musik der Liveband alle Trauer und den Stress der vergangenen Wochen fort, und sie spürte eine unglaubliche Leichtigkeit.

Zumindest, bis ein Schuh direkt auf ihrem Zeh landete. »Autsch!«, schrie sie und zog instinktiv den Fuß hoch.

»Oh, tut mir leid!« Anna drehte sich zu dem Übeltäter herum, der verlegen vor ihr stand – ein junger Mann in einem marineblauen Anzug, attraktiv auf eine Art und Weise, die ihm offenbar nicht bewusst war. »Ich habe zwei linke Füße«, entschuldigte er sich. »Oh Gott, ich fühle mich schrecklich!«

»Das solltest du besser mit Eis kühlen«, riet seine Partnerin, als sich Anna bückte, um den Schuh auszuziehen und den Schaden zu begutachten. »Jedenfalls muss ich das normalerweise tun, wenn Ian mich trifft.«

»Ja, stimmt.« Annas kleiner Zeh pochte wie wahnsinnig, doch wenigstens blutete er nicht. Schnell zog Anna den Schuh wieder an und schaute zu der Frau auf, mit der sie sprach. Diese sah in ihrem grünen Kleid im Stil der Fünfzigerjahre und mit dem dunkelroten Haar, das zu einem glatten, kinnlangen Bob frisiert war, sehr entspannt und elegant aus.

»Oh, Mia«, begrüßte Anna sie und bemühte sich, sich noch ein wenig gerader aufzurichten. »Hi. Ich habe gar nicht gemerkt, dass du es bist.«

»Hi«, grüßte Jon und gab seiner Exfrau einen Kuss auf die Wange, bevor er Ian die Hand schüttelte.

»Hi«, erwiderte Mia. »Tut mir leid, Anna. Kein schöner Beginn für diesen Tanzabend. Lass mich dir etwas Eis an der Bar holen.«

»Der Alkohol ist kostenlos, oder?«, fragte Imogen, als sie zwanzig Minuten später eintraf. Sie nahm sich zwei Gläser Champagner von einem Tisch und reichte eines davon an Anna weiter.

»Ja, den ganzen Abend lang«, erwiderte Anna und trank dankbar einen Schluck: Der Alkohol betäubte ein wenig den Schmerz in ihrem Fuß. Das Eis hatte sie nur kurze Zeit auf den Zeh pressen können.

»Ich freue mich, dass du da bist«, lächelte Anna. »Selbst wenn du dir dafür eines meiner Lieblingskleider ausborgen musstest.«

Imogen war in einem silbernen Kleid zu der Abendveranstaltung erschienen, das eine Schulter frei ließ und gerade so noch ihre Knie bedeckte. Das Haar hatte sie sich locker hochgesteckt, sodass ihr einzelne sonnengebleichte Strähnen auf die braunen, leicht sommersprossigen Schultern fielen. Sie sah damit so bezaubernd aus, dass man fast hätte übersehen können, dass sie das Kleid mit schwarzen Flip-Flops kombiniert hatte.

»Ich wusste, es würde dir nichts ausmachen«, antwortete Imogen mit einem Augenzwinkern.

»Das tut es auch nicht«, entgegnete Anna. »Aber mal im Ernst: Hättest du dir nicht wenigstens auch noch ein anständiges Paar Schuhe ausleihen können, das zum Kleid passt?« Missbilligend schüttelte sie den Kopf.

»Wer ist Mia?« Imogen stellte ihren Drink ab und ließ den Blick durch den Raum schweifen, ohne ihre Neugier zu verhehlen. »Aber doch nicht die Frau, die sich gerade mit Jon unterhält, oder?«

»Doch, das ist sie«, erwiderte Anna und trank noch einen Schluck.

»Hmmm.« Imogen stieß dann einen Pfiff aus. »Sie ist ziemlich heiß!«

»Vielen Dank. Das ist mir auch bewusst.«

»Sie ist natürlich auch eine abscheuliche, herzlose Ehebrecherin, die das Glück nicht einmal erkennt, wenn es direkt vor ihr steht.«

»Auch wahr. Obwohl ich nicht glaube, dass ich jemals die ganze Wahrheit erfahren werde.«

»Welche ganze Wahrheit?«, erkundigte sich Imogen. »Sie hat ein Baby bekommen und dann mit dem Nachbarn gevögelt. Ende der Geschichte.«

»Ich glaube, Jon macht sich selbst immer noch Vorwürfe, dass er sie damals mit Alfie allein gelassen hat. Immerhin hatte er zu der Zeit eine neue Stelle angetreten und musste viel reisen.«

»Ach, jetzt mach mal halblang. Andere Frauen schaffen es auch, nicht mit ihrem Nachbarn in die Kiste zu springen«, entgegnete Imogen und verdrehte die Augen.

»Schschsch, bitte, ja?« Anna befürchtete, dass andere Gäste vielleicht mitbekommen könnten, über wen sie sprachen. »Jedenfalls ist Mia eine wunderbare Mutter, und obendrein war sie mir gegenüber immer sehr offen und bereit, mich in Alfies Leben einzubeziehen.«

»Du bist ja so verdammt verständnisvoll«, entgegnete Imogen. »Gibt es denn wirklich nichts, was dich aus der Fassung bringt?«

»Es geht mich eben nichts an, was damals passiert ist.«

»Wahrscheinlich«, akzeptierte Imogen den Standpunkt ihrer

Schwester. »Jedenfalls sieht ein Blinder mit Krückstock, dass Jon total vernarrt in dich ist, und das ist das Wichtigste. Da könnte man fast neidisch werden.«

Als die Band zu einem neuen Song anhob, zupfte Imogen ihre Schwester am Arm. »Trink mal deinen Champagner aus. Ich weiß, dass du heute Abend zu den Fußlahmen gehörst, aber ich liebe dieses Lied.« Sie streifte die Flip-Flops ab. »Hier, zieh die an, und gib mir deine, dann können wir uns zu Jess gesellen und tanzen.«

KAPITEL 5

Am Montagmorgen hatte Imogen die Wohnung ganz für sich allein. Nachdem sich ihr dicker Champagnerkater verzogen hatte, fühlte sie sich voller Tatendrang und bereit, den Restalkohol loszuwerden.

In der Küche mixte sie sich hastig einen Mango-Maracuja-Smoothie und rollte ihre Yogamatte aus. Sie wollte den Tag wie auf der Insel beginnen – mit dem Sonnengruß, dem Meer zugewandt. Ja, hier war es ein graues, schmutzig-trübes Meer, aber es war nichtsdestotrotz das Meer. Sie ließ sich von ihrem Atem fließend von einer Position zur nächsten tragen; mit jeder Figur dehnte sie die Muskeln und entspannte sich mehr.

Dann, im abwärtsgerichteten Hund, als sie gerade versuchte, ihren Kopf frei zu bekommen, tauchte ein Gedanke auf, der sich partout nicht beiseiteschieben ließ: Morgen schon würde sie sich im Flugzeug auf dem Rückweg nach Koh Tao befinden. Bald darauf würde sie am Strand in Lucas Armen liegen und wieder Unterwasserfotos aufnehmen – und natürlich sternenklare Nächte und goldene Sonnentage genießen. Imogen lächelte in sich hinein, konzentrierte sich darauf, ihren Po so hoch wie möglich zur Decke zu strecken, und ignorierte dabei ihre revoltierenden Oberschenkelmuskeln.

Das Klingeln ihres Handys durchbrach die Stille. Widerwillig erhob sie sich und ging zum Wohnzimmertisch hinüber, um das Handy lautlos zu stellen. Mit einem Seufzer las sie den Namen auf dem Display: Mum. Jede Chance auf Entspannung war damit bereits zunichtegemacht; allein schon beim Gedanken an ihre Mutter bekam sie Muskelverspannungen in den Schultern.

»Hi, Mum«, grüßte sie und versuchte, sich ein wenig von der yogischen Gelassenheit zu bewahren.

»Imogen, du bist da. Gut. Hast du einen Augenblick Zeit?«

»Natürlich.« Imogen setzte sich aufs Sofa und zog die Beine an. »Was ist los?«

»Es geht um deinen Dad, Imogen. Er ist in einem furchtbar schlechten Zustand. Er hat sich in seiner Werkstatt eingeschlossen und weigert sich herauszukommen.«

Sobald sie aufgelegt hatte, verließ Imogen das Haus, lief schnurstracks zum Bahnhof und stieg in den nächsten Zug nach Lewes. Während der Fahrt dorthin dachte sie über die vergangene Woche nach und die langen Abende, die sie damit verbracht hatten, Grandma Viviens Sachen durchzugehen – alte Fotos, Schmuck und Spielzeuge aus Dads Kindheit. Martin war derjenige gewesen, der von ihnen am meisten gesprochen hatte, während ihr Vater gewissenhaft den Besitz seiner Mutter durchsortiert und erfasst hatte. Das Gefühl, wieder im Zuhause seiner Kindheit zu sein, musste wohl seinen Tribut gefordert haben.

Nachdem Imogen die Kleinstadt erreicht hatte, ging sie zu Fuß den vertrauten Weg zum Cottage ihrer Eltern entlang und lief die Einfahrt hinauf. Dann hob sie den Klopfer an der Haustür an und ließ ihn fallen; nur wenige Sekunden später öffnete ihre Mutter die Tür.

»Vielen Dank, Liebes, dass du gekommen bist«, begrüßte Jan sie, führte sie nach drinnen und zog einen Stuhl unter dem Küchentisch hervor. »Ich muss nämlich gestehen, dass ich keine Ahnung habe, was ich noch tun soll.«

»Wie lange ist er denn schon da drinnen?«, fragte Imogen und schaute aus dem Fenster hinaus zur Gartenhütte ihres Vaters.

»Seit gestern Morgen. Letzte Nacht hat er dort geschlafen und sitzt jetzt schon seit Stunden einfach nur auf dem Fußboden. Ich kann ihn durch das Fenster sehen, ihn aber nicht dazu überreden herauszukommen.«

»Hat er denn etwas gegessen?«

»Ich habe ihm Sandwiches unter dem Türspalt hindurchgeschoben, aber ich weiß nicht, ob er die überhaupt angerührt hat.«

»Meinst du, die vergangene Woche hat das ausgelöst?«, fragte Imogen. »Es ist bestimmt nicht leicht gewesen, die ganzen Sachen seiner Mutter durchzusortieren … Aber ich hätte nicht gedacht … Mum …« Imogen schaute zu ihrer Mutter auf und bemerkte die Sorgenfalten auf ihrer Stirn und neue Fältchen um die Augen herum. »So ist Dad doch sonst nicht«, stellte sie schließlich fest und versuchte, die Situation zu verstehen. »Er war doch noch nie depressiv.«

»Martin und dein Dad haben diskutiert, was mit Granny Viviens Haus passieren soll«, erklärte Jan verhalten. »Wie es scheint, will Martin das Haus so schnell wie möglich verkaufen. Er hat bereits ein Angebot eines Bauunternehmers vorliegen und will, dass Dad das Angebot annimmt, damit ein Schlussstrich unter alles gezogen werden kann. Tom ist nicht generell gegen einen Verkauf, wohl aber gegen die Pläne des Bauunternehmers, Viviens Haus abzureißen und einen Wohnblock dort hinzusetzen.«

»Wie schrecklich!«, rief Imogen. »Es ist klar, dass die beiden eine Entscheidung treffen müssen – aber schon so kurz nach Grannys Tod? Wie kann Martin das nur tun?«

»Das weiß ich auch nicht. Und es ist nicht schwer zu erraten, wer ihn dazu angestiftet hat. Aber du kennst deinen Dad und seinen Bruder – ich glaube nicht, dass die beiden sich seit ihrer Jugendzeit einmal gestritten haben. Aber seitdem dein Dad mit Martin gesprochen hat, hat er kein Wort mehr gesagt, er hat mir nur ganz kurz darüber berichtet. Darum ist das ganz klar der Grund dafür, dass er so aufgewühlt ist.«

»Aber er ist ja nicht gezwungen einzulenken«, widersprach Imogen. »Sie haben das Haus beide zu gleichen Teilen geerbt. Ohne Dads Zustimmung kann Martin nichts machen.«

»Du kennst doch deinen Vater«, gab Jan in einem sanfteren Tonfall als gewohnt zu bedenken. »Einmal Hippie, immer Hippie. Er wird zustimmen, um des lieben Friedens willen.«

Als Imogen vom Tisch aufstand, fiel ihr etwas auf, das sie noch nie gesehen hatte: Ihre Mutter sah aus, als würde sie gleich weinen.

»Ich gehe raus zu ihm«, erklärte Imogen entschlossen.

»Tu das, Liebes«, erwiderte ihre Mum. »Ich hoffe, du hast mehr Glück als ich. Ihr beiden hattet immer eine ganz besondere Beziehung. Du bist sein Augapfel, weißt du?«

Imogen ließ ihre Mutter zurück, betrat den Garten und ging zur Werkstatt ihres Vaters hinüber.

»Dad, ich weiß, dass du da drin bist«, rief sie durch die Wand der Gartenhütte. Sie wartete einen Augenblick, doch in der Ferne war nur das Klopfen eines Spechtes zu hören.

»Hör mal, ich verlasse morgen das Land, darum hoffe ich, dass du mit mir reden wirst.«

Imogen wartete ein paar Minuten lang auf eine Antwort, doch als keine kam, setzte sie sich mit dem Rücken an die Tür. Die Strahlen der sanften Mittagssonne wärmten ihr an diesem Apriltag das Gesicht.

In dem weitläufigen Garten vor ihr, in dem ihre Mutter angesichts der vielen Arbeit immer verzweifelte, stand eine große Eiche. Oben in den obersten Ästen entdeckte Imogen zusammengenagelte Holzbretter sowie ein Stück Wellblech, aus dem sie notdürftig ein Dach gebastelt hatten. Vor über fünfzehn Jahren hatte ihr Dad dieses Baumhaus gebaut, eine Hütte, in der Anna und sie gespielt und sich Geheimnisse zugeflüstert hatten. Er hatte die Spielhütte immer noch nicht wieder abgebaut.

Nach zehn Minuten des Schweigens erhob sich Imogen zögernd und ging in die Küche zurück, wo ihre Mutter sorgenvoll aus dem Fenster starrte. »Hast du so ein Puddingtörtchen da, Mum? Du weißt doch, wie sehr Dad sie liebt.«

»Gute Idee«, erwiderte Jan, öffnete den Küchenschrank und holte eine Packung heraus. »Normalerweise hätte er diese hier längst vertilgt, aber seit der Beerdigung hat er kaum etwas gegessen.«

Sie reichte Imogen die Packung. »Ich kann sie leider nicht auf einen Teller legen, dann würden sie nicht mehr unter der Tür durchpassen.«

»Danke, Mum.«

Hoffnungsvoll kehrte Imogen in den Garten zurück. Vielleicht reichten ihre Worte nicht, um ihren Dad nach draußen zu locken, doch sie hatte noch nie erlebt, dass er einer Packung *Mr Kipling's* Törtchen hatte widerstehen können.

Als sie sich der Werkstatt näherte, fiel ihr eine Bewegung auf, wie ein Schatten, der vorbeihuschte. Schnell drückte sie sich die Nase an der trüben Fensterscheibe der Gartenhütte platt und versuchte herauszufinden, wo ihr Vater war, wo er sich vor neugierigen Blicken versteckt hatte. Als sich ihre Augen an die Dunkelheit gewöhnt hatten, erblickte sie jedoch nicht ihren Vater. Stattdessen sah sie Dutzende seiner Skulpturen auf der Werkbank und auf dem Boden. Seine zierlichen, grazilen Vögel – allesamt in Stücke geschlagen.

»Anna«, sagte Imogen. »Kannst du kommen und dich mit mir treffen? Ich bin in Granny Vs Haus.«

»Wo bist du?«, antwortete Anna verwundert. »Was machst du da? Ich dachte, du bist in meiner Wohnung und packst deine Sachen.«

»Keine Ahnung«, erwiderte Imogen ehrlich. Wie sollte sie erklären, dass sie, nachdem sie den Zug von Lewes nach Brighton verlassen hatte, wie benommen hierhergekommen war? »Wahrscheinlich bin ich auf der Suche nach ein paar Antworten, denke ich … Kannst du kommen? Es ist wichtig.«

»Okay«, erwiderte Anna. »Ich muss gerade noch etwas fertig machen. Gib mir zehn Minuten.«

Imogen sah auf den Wohnzimmertisch hinunter. Das Fotoalbum, das Vivien ihnen in ihrem Testament vermacht hatte, lag geöffnet vor ihr.

Auf der ersten Seite stand eine Widmung, von Hand mit schwarzer Tinte geschrieben.

Für meine wunderhübschen Enkelinnen Imogen und Anna, eine kleine Geschichte für euch über dieses so besondere Geschäft. Möge euch die Eisdiele so viel Freude bereiten wie mir über all die Jahre hinweg.

Eure euch liebende Granny V

Imogen blätterte vorsichtig die Seite um. Dort, mit Fotoecken aufgeklebt, befand sich ein Schwarzweißbild des Ladens. Daneben eine handschriftliche Notiz – »24. Juli 1953. Eröffnung!«.

Vor dem glänzenden, funkelnden Laden standen voller Stolz

Vivien und ihr Ehemann Stanley. Vivien trug ein Petticoatkleid mit einem Pudelmuster, das Haar hatte sie in lockeren, großen Locken frisiert, die ihr auf die Schultern fielen. Stanley hatte seinen Arm um sie gelegt. Sein Haar war braun, anders als das Grau, an das Imogen sich erinnerte, und auf der Nase trug er eine Brille mit dunklem Gestell. Seinen anderen Arm hatte er liebevoll um seinen jüngsten Sohn Martin gelegt, während Vivien Tom umschlang. Die beiden kleinen Jungs in ihren kurzen Hosen und den eleganten Schuhen sahen aufgeregt und erwartungsvoll aus.

Dad steht kurz davor, das Zuhause seiner Kindheit zu verlieren, dachte Imogen. *Können wir ihm da wirklich das Sunset 99s wegnehmen?*

Sie blätterte weiter durch die Geschichte von Viviens Laden. Hinten im Album befand sich ein deutlich neueres Bild in Farbe, das beinahe die ganze Seite ausfüllte. Vivien stand im Zentrum des Fotos, lächelnd, das Haar hochgesteckt, in einem marineblauen Kleid mit cremefarbenen Säumen. Um sie herum war ihre Familie versammelt: ihre beiden Söhne, Jan, Imogen und Anna. Es war ein Bild aus der Zeit, bevor Martin Françoise kennengelernt hatte, als alle in ihm noch den ewigen Junggesellen gesehen hatten. Imogen musterte das Foto eingehender und beschloss angesichts ihres bunten Lidschattens und des verwaschenen Band-T-Shirts, dass sie etwa sechzehn Jahre alt gewesen sein musste, als das Bild aufgenommen worden war.

Ihr Dad sah so anders aus auf dem Foto, als Familienoberhaupt – er war der Stärkste von ihnen allen. Imogen war sich mittlerweile ziemlich sicher, dass dies der Sommer war, in dem ihre Englischlehrerin, Miss Carter, endlich ihre Lese-Rechtschreib-Schwäche diagnostiziert hatte, nachdem Imogen unter dem Gespött ihrer Mitschüler völlig überraschend die Klassenschlechteste geworden war. Die vielen Jahre, während deren sie ständig Schwierigkeiten gehabt hatte, in Englisch mitzuhalten und Aufsätze zu schreiben, schienen für Imogen und ihre Familie endlich einen Grund zu haben. Doch während all der Zeit war ihr Dad immer für sie da gewesen – jedes Mal wenn sie in Tränen aufgelöst nach Hause gekommen war, weil mal wieder irgendein Lehrer ihr das Gefühl gegeben hatte, dumm oder faul zu sein. Ebenso wie sie selbst wusste er, dass es mehr brauchen würde als allein eine Diagnose, um all den Schaden wieder rückgängig zu machen. So war Tom unverzüglich in die Schule marschiert, hatte sich persönlich bei Miss Carter bedankt und dann darauf gedrängt, die Direktorin sprechen zu wollen. Einerseits, um herauszufinden, was schiefgelaufen war, andererseits, um für die Zukunft eine bessere Berücksichtigung und Einbeziehung von Schülern mit Lernbehinderungen zu fordern. Nach außen hin war Imogen sein Verhalten unglaublich peinlich gewesen, doch innerlich hatte es sie mit Stolz erfüllt, was ihr Vater für sie getan hatte.

Imogen dachte an die zerstörten Figuren, die sie am Nachmittag in der Werkstatt ihres Vaters gesehen hatte. Es fiel ihr schwer zu begreifen, dass der Tom, der sich jetzt versteckte und nicht mit ihr reden wollte, der gleiche aufgeschlossene, würdevolle Mann war, den sie auf dem Bild sah. Wenn sie nun morgen nach Thailand zurückfliegen würde, was wären dann wohl die nächsten Nachrichten, die sie dort erreichen würden? Vielleicht war ihr Dad in ein paar Tagen ja auch wieder ganz der Alte – aber was, wenn nicht …? Sie konnte die Vorstellung nicht ertragen, dass es vielleicht noch schlimmer um ihn bestellt sein könnte, wenn sie so weit entfernt war.

Ihre Gedanken hatten sich so sehr auf die Insel konzentriert – auf die Sonne, klar, und auf Luca –, doch hauptsächlich darauf, mit dem Fotoprojekt fortzufahren, das sie begonnen hatte. Sie wollte, dass es gut wurde, dass sie die Bilder ausstellen konnte. Und die eine Person, die diese Ausstellung mehr als alle anderen sehen sollte, war ihr Dad. Von Beginn an hatte er ihren Traum gefördert, ihr die erste Fotokamera gekauft und sogar dabei geholfen, eine Dunkelkammer zu bauen. Imogen wollte unbedingt, dass er mit eigenen Augen sah, dass seine Mühen nicht vergebens gewesen waren, und dass er stolz auf sie war.

Doch es half ihm nicht, wenn sie sich am anderen Ende der Welt befand, wurde ihr mit einem schlechten Gewissen plötzlich klar. Vielmehr brauchte er jetzt die Unterstützung von allen, die ihn liebten, damit es ihm bald wieder besser ging. Er sollte sehen, dass seine Familie für ihn da war und sie alle zusammenhalten würden, um die Erinnerung an Vivien lebendig zu halten.

Imogen erinnerte sich an das Versprechen, das sie Luca gegeben hatte. Wenn sie wollte, war alles dafür vorbereitet, morgen England zu verlassen.

Doch seit dem Tag ihrer Geburt hatte ihr Dad Anna und sie an die erste Stelle gesetzt. Wie konnte sie ihn also im Stich lassen, wenn er sie brauchte?

Die Türklingel riss sie aus ihren Gedanken. Durch das Buntglasfenster sah sie Annas hochgewachsene Figur und öffnete schnell die Haustür. »Komm rein«, rief sie und führte Anna ins Wohnzimmer.

»Warum diese Dringlichkeit?«, fragte Anna und machte es sich im Sessel gemütlich.

»Ich kann das nicht«, verkündete Imogen.

»Was kannst du nicht?«, hakte Anna nach, setzte ihre Handtasche auf den Fußboden und massierte sich die Schläfen. »Die Arbeit war heute grauenvoll, Imogen. Also bitte keine Rätsel, dazu bin ich nicht mehr in der Lage.«

»Ich kann jetzt nicht nach Thailand zurück, und wir können den Laden nicht verkaufen«, platzte es aus Imogen heraus, die immer noch stand und durch ihre Entscheidung voller Tatendrang war. »Und schon einmal gar nicht an Françoise. Vielleicht sogar überhaupt nicht.«

»Okay«, erwiderte Anna zögerlich. »Geht es dir gut, Imogen? Du wirkst etwas aufgewühlt.«

»Wir können das nicht bringen, Dad noch einmal das Herz zu brechen.« Imogen lief auf den dunklen Holzdielen auf und ab. »Er braucht uns jetzt.«

»Dads Herz ...« Anna rieb sich mit der Hand über die Stirn. »Wovon redest du? Und was meinst du – könntest du dich vielleicht hinsetzen, während wir das alles besprechen? Mir wird nämlich ganz schwindelig, wenn ich dir zuschaue.«

»Tut mir leid.« Imogen setzte sich hin, vorne auf die Sofakante. »Es ist nur ... Ich habe heute Dad gesehen, Anna. Na ja, ich habe ihn nicht direkt gesehen. Er ist völlig durch den Wind. Er wollte nicht mit mir reden, und ich habe gesehen, dass er all seine Figuren in der Werkstatt zerschlagen hat.«

»Oh Gott, im Ernst?«, fragte Anna mit weit aufgerissenen Augen und setzte sich auf. »Das klingt überhaupt nicht nach Dad. Was um Himmels willen ist da los?«

»Wie es scheint, hat Françoise Martin Druck gemacht, das Haus hier zu verkaufen«, erklärte Imogen und deutete auf die Wände des Hauses, in dem ihr Dad seine gesamte Kindheit verbracht hatte. »Was natürlich verständlich ist angesichts der Erbschaftssteuer und allem – aber sie wollen es an einen Bauunternehmer verkaufen, der alles abreißen will. Die beiden haben nicht einmal eine Woche gewartet, um es Dad mitzuteilen.«

»Diese Frau ...!«, empörte sich Anna und schüttelte den Kopf. »Ich weiß, dass sie eigentlich zur Familie gehört, aber so hat sie sich noch nie verhalten. Martin wäre niemals auf diese Idee gekommen, wenn er noch alleinstehend wäre.«

»Na ja, daran können wir jetzt nichts mehr ändern. Aber was wir ändern können, das ist *das* hier.« Sie nahm das Fotoalbum vom Couchtisch und blätterte zum Bild zurück, das das Sunset 99s an seinem Eröffnungstag zeigte.

»Sieh dir das bloß einmal an, Anna«, rief Imogen. »Das ist das Sunset 99s über all die Jahre hinweg. Hier ist ein Foto aus den Sechzigerjahren, auf dem Dads Motorrad draußen vor dem Laden parkt – sieh dir bloß mal seine Frisur an! Und dieses Schild hier war cool, nicht wahr? Das mit den orange- und rosafarbenen Buchstaben?«

Anna lächelte. »Das ist wirklich hübsch. Aber ich verstehe nicht, was …«

»Damals war der Laden so etwas wie Dads zweites Zuhause«, erklärte Imogen. »Du weißt doch, wie er immer davon geschwärmt hat. Wir können nicht zulassen, dass das letzte Stück von Granny Vs Erbe auch noch verschwindet. Zumindest nicht, bevor wir es nicht versucht haben.«

»Denkst du, was ich gerade denke?«, fragte Anna zögerlich.

»Stell dir doch bloß mal vor, wir könnten die glorreiche Zeit wieder zurückholen!« Ein Strahlen machte sich auf Imogens Lippen breit. »Für Dad. Für Granny V!«

Anna hielt einen Augenblick inne. »Ich weiß nicht«, gestand sie. »Das kommt jetzt alles ein bisschen plötzlich. Das ist schon ein ganz schöne Menge, die man da in Angriff nehmen müsste.«

»Wie lautete noch mal dieser Satz, den Granny V an dieser Stelle immer zitiert hätte?«, fragte Imogen. »Der aus *Alice im Wunderland*? ›*Zuzeiten habe ich vor dem Frühstück bereits bis zu sechs unmögliche Dinge geglaubt.*‹ Anna, ich habe meine Meinung geändert, und es wird Zeit, dass wir an ein paar unmögliche Dinge glauben. Ich finde, wir sollten dem Ganzen eine Chance geben.«

»Nach dem heutigen Tag klingt das alles ziemlich verlockend«, erwiderte Anna und lächelte. »Ich denke, wir könnten es wirklich tun, oder?«

Imogen nickte. »Warum nicht?«

Eine Weile lang saßen sie schweigend da, während sie die Entscheidung, die sie gerade getroffen hatten, sacken ließen.

»Aber …«, fing Anna an. »Ich dachte, du willst nach Thailand zurück?«

»Das will ich auch«, nickte Imogen. »Wirklich. Aber es kommt mir im Augenblick nicht richtig vor, wo es Dad so schlecht geht. Ich könnte so lange bleiben und dir helfen, bis alles wieder aufgebaut und hergerichtet ist und wir einen guten Angestellten gefunden haben, der mich ersetzen kann.«

»Und dann gehst du zurück nach Thailand?«

»Ja. Mein Flugticket ist noch sechs Monate lang gültig. Ich muss nur eine geringe Gebühr zahlen, um das Datum zu ändern.«

»Und was ist mit diesem Typ, den du kennengelernt hast, Luca?«

Imogen tastete nach der Kette mit dem Haifischzahn und dachte an ihn.

»Ich werde ihm alles erklären«, entschied sie. »Ich weiß nicht genau, wie er reagieren wird, aber ich muss jetzt meine Familie an die erste Stelle setzen.«

Imogen wählte Lucas Handynummer und hörte den ausländischen Klingelton. Ihr klopfte das Herz bis zum Hals, während sie darauf wartete, dass er ranging.

»Imogen«, begrüßte er sie verschlafen.

Sie warf einen Blick auf Viviens Standuhr. Mist, es müsste dort drüben jetzt mitten in der Nacht sein – sie hatte die Zeitverschiebung vollkommen vergessen.

»Hi, Luca!«

»Du bist fast schon zuhause«, murmelte er schläfrig.

Die Worte, die sie sagen wollte, blieben ihr im Hals stecken.

»Alles ist vorbereitet – die Jungs im Komodo haben uns für die Willkommensparty am Donnerstagabend einen Bereich reserviert, und ich habe Santiana, Davy und all deine Tauchfreunde eingeladen.«

»Vielen Dank«, erwiderte Imogen. Die Schuld angesichts der Dinge, die sie ihm sagen musste, lag schwer auf ihren Schultern. »Aber das ist genau der Grund, warum ich anrufe. Ich weiß, eigentlich sollte ich morgen nach Hause fliegen, aber wie es aussieht, kann ich jetzt noch nicht zurückkommen.«

»Du machst Witze«, erwiderte Luca, plötzlich hellwach und alarmiert.

»Ich muss erst noch ein paar familiäre Angelegenheiten klären. Das ist wirklich wichtig.«

»Und ich … Was bin ich, Imogen? Gott, ich wusste, dass du so etwas tun würdest. Über welchen Zeitraum reden wir?«

»Ich erwarte nicht von dir, dass du auf mich wartest.«

»Wie lange?«

»Vier Monate, vielleicht fünf«, erwiderte sie. »Ich bin definitiv im September wieder da, allerspätestens, aber eher im August.«

»September. Das meinst du doch nicht wirklich ernst?«

»Du könntest jederzeit … herkommen und mich hier besuchen. Wenn du willst«, fuhr Imogen fort. Aber noch während sie sprach, wurde ihr klar, dass das wohl kaum passieren würde.

»Na gut«, antwortete Luca, und Imogen hörte deutlich den

Schmerz heraus, der in seiner Stimme mitschwang. »Hör mal, ich muss darüber nachdenken. Ich weiß im Augenblick nicht mehr, was ich dir noch glauben kann.«

Kapitel 6

»Hier.« Am darauffolgenden Freitag reichte Jon Anna einen Tee in ihrer Lieblingstasse mit einem Design von Orla Kiely. Sie zog die Beine, über denen eine Decke lag, an und schloss die Hände um die Tasse. Dann trank sie einen Schluck.

»Danke. Ich kann eine kleine Aufmunterung gebrauchen, um für heute gewappnet zu sein«, stellte sie fest.

Jon ließ sich neben ihr auf dem Bett nieder und knöpfte sein Hemd zu.

»Es ist dir wirklich ernst mit dieser Sache, oder?«, fragte er und schaute sie mit seinen grünen Augen an. »Das kam alles so schnell. Montagabend habe ich zum ersten Mal überhaupt davon gehört, und dann habe ich dich seitdem kaum noch gesehen, weil du mit Imogen jeden Abend über dem Businessplan für den Laden hängst.«

»Da sagst du was«, erwiderte Anna. »Ich bin mir selbst noch nicht sicher, ob die ganze Sache vielleicht nicht nur ein Hirngespinst oder aber eine echte Chance für uns beide ist, unser eigenes Geschäft zu betreiben. Ich weiß nur, dass wir es herausfinden müssen.«

Sie fühlte sich immer noch wie benebelt von der langen Nacht, die hinter ihr lag; Imogen und sie hatten bis drei Uhr in der Frühe die letzten Details besprochen.

»Heute sollten wir eine klarere Vorstellung von allem bekommen«, stellte sie fest. »Die Beraterin für Unternehmensgründungen hat uns sehr weitergeholfen, als wir uns am Mittwoch mit ihr getroffen haben. Jetzt, wo wir ihr mehr Informationen vorlegen können, sollte sie uns definitiv helfen können, alles unter Dach und Fach zu bringen.«

»Na dann viel Glück«, antwortete Jon und küsste sie auf die Nase. »Es ist schön zu sehen, wie viel Leidenschaft du dafür entwickelst – selbst wenn ich nicht ganz verstehe, warum du die Sicherheit aufgeben willst, die dein Job dir bietet. Aber wie es klingt, musst du es einfach probieren und durchziehen.«

»Es besteht überhaupt kein Risiko – zumindest jetzt noch nicht«, versicherte Anna ihm. »Wenn die Zahlen nicht stimmen sollten, dann kann ich immer noch in meinen alten Job zurückkehren. Ich habe nämlich bislang im Büro noch niemandem etwas gesagt – meinem Boss habe ich erzählt, dass ich heute zuhause ein paar Handwerkerarbeiten zu erledigen hätte.«

»Klingt gut. Damit hältst du dir alle Möglichkeiten offen. Was sagen denn deine Eltern dazu?«

»Die sind ganz aufgeregt. Offenbar hat unsere Entscheidung eine große Wirkung auf Dad. Laut Mum war es die Nachricht, dass wir doch den Laden übernehmen wollen, die Dad dazu bewogen hat, ihr die Tür vom Schuppen aufzumachen.«

»Und ihr seid sicher, dass er sich nun nicht vergebens Hoffnungen macht?«, hakte Jon nach und fummelte an seinem Krawattenknoten herum. »Ich will nicht den Teufel an die Wand malen, aber wie es scheint, ist er im Augenblick doch ziemlich anfällig.«

»Er weiß, dass wir noch ganz am Anfang stehen. Aber die Hauptsache ist doch, dass es Dad etwas besser geht, selbst wenn er sich immer noch weigert, zum Arzt zu gehen. Obwohl uns das natürlich immer noch ziemliche Sorgen macht. So ist er noch nie gewesen, und ganz gleich, wie sehr Mum ihn liebt, so ist sie doch, was diese Gefühlsdinge angeht, nicht gerade sonderlich zugänglich.«

»Das ist eben nicht leicht«, erwiderte Jon, »egal, wie alt man ist. Ich kann mir gar nicht vorstellen, wie es ist, einen Elternteil zu verlieren, dem man nahesteht.«

»Ich weiß«, antwortete Anna. »Imogen und ich beschweren uns zwar gern über Mum, aber ohne sie wären wir aufgeschmissen. Sie ist immer ein Teil von uns gewesen und war immer für uns da. Vielleicht hat sie uns manchmal auf die Palme gebracht, aber sie war immer da.«

»Das ist das Wichtigste«, nickte Jon. Anna merkte, dass er nicht ganz bei der Sache war, und sah nach einem Blick auf ihren Wecker, dass es höchste Zeit für ihn wurde, zur Arbeit zu fahren. Er nahm seine Arbeitstasche. »Ich drücke dir für heute die Daumen«, erklärte er und beugte sich hinunter, um sie zu küssen. »Sag Bescheid, wie es gelaufen ist.«

»Danke, werde ich machen.« Anna lächelte, stand auf und zog sich den Morgenmantel über. »Jetzt muss ich aber erst mal meine mögliche Geschäftspartnerin wecken gehen.«

Als Jon die Wohnung verlassen hatte, klopfte sie an die Tür des Gästezimmers. »Imogen«, rief Anna, öffnete die Tür einen Spalt und blickte hinein. »Wir müssen in einer halben Stunde los.«

Imogen seufzte und schlug die Augen auf. »Ist es schon Morgen? Ich könnte schwören, dass ich gerade erst ins Bett gegangen bin.«

»Leider ja. Es ist acht Uhr. Um neun Uhr haben wir den Termin mit der Beraterin für Unternehmensgründungen, also leg mal einen Zahn zu. Wenn du magst, kannst du was von mir anziehen«, fuhr Anna fort. »Ich werde den Hosenanzug tragen – den schwarzen. Wir sollten schauen, dass wir einen guten Eindruck machen.«

Imogen rümpfte die Nase.

»Komm schon«, forderte Anna sie auf. »Es ist nur ein Termin – und stell dir das bloß einmal vor, wenn wir unser Vorhaben tatsächlich auf den Weg bringen, dann kannst du jeden Tag Jeans zur Arbeit anziehen.«

Imogen schlug die Bettdecke zurück. »Okay, geht klar. Und was ist mit dem Businessplan?«

»Den habe ich auf meinem iPad, aber auch einmal ausgedruckt, damit wir ihr eine Kopie dalassen können.«

»Ich bin etwas nervös«, gab Imogen zu und blieb in ihrem Pyjama auf der Bettkante sitzen.

»Ich auch«, nickte Anna. Ihr war so flatterig, dass sie beim Frühstück kaum ihren Tee herunterbekommen hatte. »Aber vielleicht ist das ein gutes Zeichen.«

Nach dem Termin traten Anna und Imogen hinaus auf die Straße und blinzelten, während sich ihre Augen an die helle Morgensonne gewöhnten.

»Kaffee?«, fragte Anna.

»Definitiv«, nickte Imogen und deutete auf ein nahe gelegenes Café. »Ich brauche einen Moment, um das alles erst einmal sacken zu lassen.«

»Sie schien doch ganz positiv gestimmt zu sein, oder?«

»Ich denke auch«, erwiderte Imogen und stieß die Tür des Cafés auf.

»Wir haben es aber auch als ziemlich einzigartig dargestellt: eine ›Gourmet-Eisdiele im Retrostil mit köstlichen Geschmacksrichtungen‹.«

»Da ist unsere Fantasie aber ein bisschen mit uns durchgegangen, oder?«

»Vielleicht ein ganz kleines bisschen«, lachte Anna und

schaute zur Speisekarte hinauf, die über der Ladentheke hing. »Aber nach allem, was sie gesagt hat, können wir es schaffen. Granny Vs Geld wird ausreichen, um den Laden zu eröffnen und die ersten drei Monate zu überbrücken. Damit haben wir genug Spielraum, um einen Kundenstamm aufzubauen und alle Hygiene-, Gesundheits- und Sicherheitsauflagen zu erfüllen. Das klingt durchaus machbar.«

»Ja, ich denke schon. Aber zuerst einmal brauche ich dringend eine Ladung Coffein.«

»Was nimmst du?«

»Für mich bitte einen Cappuccino.«

»Einen Cappuccino und einen Eiskaffee, bitte«, bestellte Anna bei dem Mann hinter der Theke. »Sollen wir damit auf die Dachterrasse gehen, Imogen? Heute ist so ein schönes Wetter. Man hat fast das Gefühl, als sei der Frühling schon da.«

»Klar, lass uns raufgehen.«

Mit dem Kaffee in der Hand stiegen sie die Treppe hinauf und traten auf die mit Blumen geschmückte Terrasse hinaus. Von hier aus hatte man einen wunderbaren Ausblick auf ganz Brighton, vom Royal Pavilion bis hin zum Pier. Zwischen diesen beiden Sehenswürdigkeiten bildeten die Reihen von weißen georgianischen Häusern ein Labyrinth von Straßen.

»Manchmal denke ich, dass es keinen schöneren Ort zum Leben geben kann«, gestand Anna und blickte über die Stadt. »Und stell dir bloß mal vor, wir könnten jeden Morgen aufstehen und unsere eigene Eisdiele öffnen.«

»Klingt verdammt gut, wie du das so sagst.«

»Ich weiß«, erwiderte Anna. »Ich kann mich nicht erinnern, wann ich das letzte Mal so aufgeregt war. Ich habe mich entschieden – ich ziehe das durch. Am Montag reiche ich meine Kündigung ein.«

»Wirklich?«

»Ja. Was du heute kannst besorgen, das verschiebe nicht auf morgen, oder? Vielleicht ist es eine völlig waghalsige Schnapsidee, aber ich will es ausprobieren – und ehrlich gesagt könnte ich es nicht ertragen, weitere sieben Jahre in diesem Büro zu arbeiten.«

»Was glaubst du, wie dein Chef darauf reagieren wird?«

Anna dachte einen Augenblick darüber nach. »Keine Ahnung. Ein Kollege von mir hat vor Kurzem gekündigt, und ihm wurde die meiste Zeit seiner Kündigungsfrist erlassen. Ich hoffe natürlich, dass sie mir das Gleiche anbieten. Hier gibt es so viele arbeitslose Akademiker, dass es wahrscheinlich nicht lange dauern wird, jemanden zu finden, der in meine Fußstapfen tritt. Aber das ist nicht mein Problem.«

»Ich bin stolz auf dich«, lobte Imogen.

»Ich glaube, ich bin auch ein bisschen stolz auf mich selbst«, lachte Anna. »Solche Sachen habe ich noch nie gemacht.«

»Wann legen wir los?«

»Mir ist klar, dass wir das so in unserem Businessplan nicht beschrieben haben, aber wie wäre es, wenn wir erst einmal langsam anfangen, während wir uns einarbeiten?«, schlug Anna vor. »Am Anfang könnten wir den Laden während der ersten Wochen als eine Art Retro-Eisladen laufen lassen mit fertigen Eisprodukten. Damit die Leute den Laden und uns kennenlernen und wir nach und nach unsere eigene Eispalette einführen können.«

»Retro-Eis«, sinnierte Imogen. »Meinst du damit Eis aus unserer Jugend wie Flutschfinger, Calippo und Nogger?«

»Ganz genau. Und dieses knallig rote Bum Bum, mit Kaugummi im Stiel? Schüler fänden das bestimmt klasse, außerdem hat doch jeder eine Schwäche für Nostalgie. Eltern könnten endlich einmal das Eis mit ihren Kindern essen, das sie in ihrer Kindheit geliebt haben.«

Imogen grübelte darüber nach. »Das finde ich eine gute Idee«, erklärte sie schließlich lächelnd. »Eine essbare Momentaufnahme der Jugend.«

»Prima. Wir können heute Abend mal nachsehen, was die Eislieferanten im Angebot haben. Ich bin sicher, dass diese Eissorten noch hergestellt werden. Wenn wir große Mengen abnehmen, wird es sicherlich ziemlich günstig.«

»Das ist eine tolle Idee, um die Aufmerksamkeit auf den Laden zu lenken und loszulegen«, nickte Imogen. »Damit hätten wir gleichzeitig etwas mehr Zeit, um uns auf die Renovierung zu konzentrieren. Wo wir gerade beim Thema sind: Bevor wir irgendetwas tun, müssen wir eine Sache immer noch besprechen. Ein sehr wichtiges Detail.«

»Ach ja?«, hakte Anna nach.

»Ich finde, wir brauchen für diese neue Ära einen neuen Namen. Meinst du nicht?«

»Doch. Aber wir wollen doch das Sunset 99s nicht so ganz ablegen, oder? Granny V wird doch immer ein Teil des Ladens sein.«

»Genau. Warum benennen wir also die Eisdiele nicht nach ihr?«

»Viviens?«, ließ Anna den Namen klingen. »Gefällt mir. Aber wissen die Leute dann gleich, was sie zu erwarten haben?«

»Wie wäre es mit Viviens Eiscafé?«, schlug Imogen vor. »Nein, da fehlt noch irgendwas.« Auf der Suche nach Inspiration schaute sie sich auf der Terrasse um, bevor ihr Blick zum blauen Himmel über ihnen wanderte. »Ohne jetzt total fromm klingen zu wollen, aber: Hast du nicht manchmal das Gefühl, dass Granny V von oben auf uns herunterschaut?«

»Doch«, lachte Anna. »Das ist auch ein Grund, warum ich ein bisschen Angst davor habe, alles in den Sand zu setzen.«

»Na, wie wäre es denn dann mit ›Viviens himmlisches Eiscafé?«

»Super«, befand Anna. »Klingt perfekt.«

Mehr als eine Woche später, an einem Samstag, schickten sich Anna und Imogen an, im Laden für Ordnung zu sorgen – Hepburn im Schlepptau. Bewaffnet mit mehreren Dosen Farbe in Weiß, Rosa und Pistazie, die sie im örtlichen Baumarkt gekauft hatten, machten sie sich auf den Weg zum Viviens, um den Laden zu renovieren. Annas Chef hatte die Kündigung am Montag relativ gut verkraftet und zugestimmt, dass sie ihre Kündigungsfrist verkürzen dürfte, wenn sie einige ihrer Projekte als freie Mitarbeiterin beendete. Darum hatte sie nun freie Bahn, um sich auf die Eisdiele zu konzentrieren.

Motown-Hits dröhnten aus dem Radio, während Anna im Overall und mit Gummihandschuhen den Küchenbereich des Eisladens schrubbte.

»Love don't come easy … it's a game of give and take …« Viviens Radio war immer noch auf einen Lokalsender eingestellt, Golden Oldies FM, der Hits aus den Sechziger- und Siebzigerjahren in Dauerschleife spielte. Anna und Imogen hatten beschlossen, den Sender nicht zu wechseln. Die Melodien brachten die Erinnerung an ihre Großmutter zurück, die die Girl-Group-Hits immer fröhlich mitgesummt hatte. Hepburn schaute ihnen von seinem Sitzplatz auf einer der Bänke aus zu.

Imogen hatte Viviens Fotoalbum mitgebracht und hielt es ihrer Schwester hin. »Zur Inspiration«, verkündete sie. »Die Bilder aus der Zeit, als Granny V und Grandpa Stanley den Laden in den Fünfzigern eröffnet haben, sind perfekt. Wir können die

Originalteile benutzen, die aus der Zeit noch vorhanden sind, und den Rest relativ einfach beschaffen.«

Mit dem Schwamm in der Hand erhob sich Anna. »Sie sah immer wunderbar aus, nicht wahr?«, stellte sie fest, während sie ein Foto von Vivien hinter der Ladentheke im Sunset 99s betrachtete. »Die Haare immer toll frisiert, und dazu ihre handgenähten Kleider.«

»Meistens habe ich nicht einmal Lust, mir die Haare zu föhnen«, nickte Imogen. »Aber bei ihr sah alles immer so mühelos aus.«

»Und das jeden Tag, obwohl sie hier sechs Tage die Woche gearbeitet hat.«

»Unglaublich«, nickte Imogen. »Ich hoffe, dass wir beide den Laden genauso gut führen können, wie sie es allein geschafft hat. Sie hat es wirklich mit absoluter Hingabe gemacht.«

»Als Grandpa Stanley gestorben ist, hat sie den Laden schon am nächsten Tag wieder aufgeschlossen. Erinnerst du dich noch? Wir waren da zwar noch Kinder, aber ich weiß noch, dass Dad sich mit ihr darüber unterhalten und versucht hat, sie dazu zu überreden, sich ein paar Tage freizunehmen. Aber sie hat darauf bestanden und erklärt, dass der Laden das Einzige sei, was sie jetzt noch aufrecht halte.«

Mit einem Quietschen öffnete sich die Eingangstür und unterbrach das Gespräch.

Als sich Anna und Imogen umdrehten, erblickten sie eine Frau von etwa Ende vierzig in einem Dufflecoat, die ihr graues Haar zu einem strengen, hohen Zopf frisiert hatte. Anna erkannte zwar das Gesicht, konnte es aber nicht zuordnen.

»Hallo«, grüßte die Frau. »Ich hoffe, es macht Ihnen nichts aus, dass ich einfach so vorbeikomme, aber ich habe im Vorbeigehen gesehen, dass Sie beide hier arbeiten. Sie müssen Viviens

Enkelinnen sein. Ich hab gehört, dass Sie die Eisdiele vielleicht übernehmen.«

Sie kam weiter in den Laden herein und streckte die Hand aus, um Annas Hand zu schütteln. »Ich bin Sue«, erklärte sie. Anna hob die Hände, die immer noch in Gummihandschuhen steckten, und lächelte entschuldigend. »Hallo, Sue, ich bin Anna, und das ist meine Schwester Imogen.«

»Hi«, grüßte Imogen in einem leicht kühlen Tonfall. »Wir verpassen dem Laden einen ordentlichen Frühjahrsputz. Wie sich herausstellte, war das ja dringend nötig.«

Sue runzelte die Stirn, und da Anna die plötzliche schlechte Stimmung bemerkte, versuchte sie, die Atmosphäre ein wenig aufzulockern. »Unsere Großmutter hat mir von Ihnen erzählt. Sie war Ihnen sehr dankbar, dass Sie ihr ausgeholfen haben. Wohnen Sie hier in der Stadt?«

»Ich wohne oben in Hove, nicht weit vom Haus Ihrer Großmutter entfernt. Schon als Knirps bin ich früher hergekommen, deswegen war es wie ein Traum, der in Erfüllung gegangen ist, als Ihre Großmutter mir hier einen Job angeboten hat. Sie brauchte Hilfe, hat sie gesagt. Es war alles zu viel geworden für sie.«

Anna nickte. »Ich wünschte nur, sie hätte das ein bisschen früher erkannt.«

»Ja. Wir waren alle sehr traurig, als wir von ihrem Tod erfahren haben«, antwortete Sue. Alle drei verharrten eine Weile schweigend.

»Ich denke mal, Sie beide können noch Hilfe brauchen, oder?«, fragte Sue. »Ich könnte Ihnen zeigen, wie bei Ihrer Großmutter und mir alles abgelaufen ist.«

Anna zögerte. »Na ja, vielleicht. Jedenfalls vielen Dank, dass Sie vorbeigekommen sind, Sue. Möchten Sie Ihre Telefonnummer hierlassen, damit wir uns melden können, wenn wir Genaueres hinsichtlich des Eröffnungstermins wissen?«

»Meine Nummer steht im Adressbuch«, erwiderte Sue lächelnd und deutete auf das schwarze Buch auf der Ladentheke. »Aber ich komme hier ohnehin fast täglich vorbei, ich werde einfach noch einmal hereinschauen, wie weit Sie sind.«

»Wir bleiben in Kontakt«, antwortete Imogen.

Sue drehte sich um und verließ das Ladenlokal.

»Anna«, rief Imogen und verdrehte die Augen. »Du bist einfach viel zu nett. So wirst du niemals eine erfolgreiche Geschäftsfrau.«

»Granny V hat gesagt, dass Sue gerade harte Zeiten durchmacht.«

»Das tut mir wirklich leid, aber wir sind doch nicht die Heilsarmee, Anna! Wir haben hier die Chance, einen Neuanfang zu wagen. Aber wenn wir dafür diese Frau einstellen, kann ich dir jetzt schon prophezeien, dass wir es vermasseln werden!«

»Granny muss ihre Gründe gehabt haben, warum sie diese Frau eingestellt hat«, entgegnete Anna und versuchte, im Hinblick auf Sue ein Auge zuzudrücken.

»Ja, wir wissen ja, dass sie sich immer für Außenseiter und Underdogs eingesetzt hat. Jedenfalls«, versuchte Imogen das Thema zu wechseln und deutete auf die Bodenfliesen im Schachbrettmuster, »sieht das hier von Nahem betrachtet gar nicht mal so schlecht aus. Wenn man ordentlich schrubbt, könnte das wieder schön werden.«

»Da stimme ich dir zu«, erwiderte Anna. »Es sieht auf jeden Fall wie aus den Fünfzigerjahren aus, außerdem weiß ich nicht, ob wir uns einen neuen Bodenbelag überhaupt leisten können, zumindest nicht nach all der Farbe, die wir eben gekauft haben. Ich hole mal den Schrubber raus.«

Sie füllte heißes Wasser in einen Eimer und gab ein wenig Bodenreiniger hinzu. Hepburn sprang um ihre Füße herum, und sie bückte sich, um ihm die Ohren zu kraulen. »Ich habe ihn ziemlich lieb gewonnen.«

»Er ist gar nicht mal so übel«, räumte Imogen ein. »Für einen Hund.«

Anna tauchte einen Lappen in die Seifenlauge und machte sich an die Arbeit, den Boden zu putzen. Hepburn sprang immer wieder auf den Wischer, jagte ihm hinterher und bellte, während Anna damit über die Fliesen wirbelte und das schwarzweiße Schachbrettmuster unter dem Dreck immer mehr zum Vorschein kam. »Irgendwie gehört er hierher. Dank ihm fühlt man sich hier zu Hause.«

»Na ja, trotzdem sollten wir ihn besser aus der Küche heraushalten, wenn die Kontrolleure vom Gesundheitsamt vorbeikommen.«

»Wie findest du das?«, rief Imogen von der klapprigen Leiter herunter, auf der sie stand. Seit drei Stunden waren sie schon bei der Arbeit, und sie strich gerade einen pistazienfarbenen Streifen oben entlang der weißen Wände. »Das habe ich mal in einer dieser Renovierungssendungen im Fernsehen gesehen.«

»Sieht super aus!« Anna legte eine kaputte Glühbirne auf der Ladentheke ab. Dank der neuen, helleren Lampen, die sie angebracht hatte, wirkte allmählich alles viel freundlicher. »Zeit für eine Teepause!«

Imogen nickte. Anna holte ein Packung Kekse aus ihrer Tasche und setzte Teewasser auf.

»Ich habe heute Morgen drei Eismaschinen im Internet bestellt«, erklärte sie. »Die sind zwar recht schlicht, aber sie sollten für den Anfang reichen.«

»Prima.« Imogen durchforstete einen Schrank, bis sie eine Schachtel mit Teebeuteln fand. »Ich habe keine Ahnung, was wir damit anstellen sollen, aber das gehört doch zu dem Spaß hier dazu, oder?«

»Ganz genau. Sie werden Anfang nächster Woche geliefert, es dauert also nicht mehr lange, bis wir mit unseren Eisexperimenten loslegen können.«

Anna holte ein paar Tassen aus dem Schrank und hielt dann inne. »Meinst du, wir sollten noch ein paar Nachbarn auf einen Tee einladen? Ich habe Evie neulich kennengelernt, sie ist wirklich nett.«

»Klar, warum nicht?«

»Okay, ich bin in einer Minute wieder da.«

Anna verließ das Viviens und entdeckte die Freundin ihrer Großmutter hinter einem Regal mit Eimern, Schaufeln und aufblasbaren Wassertieren und -bällen. »Hallo!«, rief sie ihr zu. Evie war etwa genauso alt, wie Vivien es gewesen war, aber anstatt Viviens Fünfzigerjahrekleidern und der typischen Schürze trug sie eine Jeans sowie eine taillierte Bluse; das zuckerwatterosafarbene Haar hatte sie zu einem lockeren Knoten frisiert. Sie schien Anna nicht zu erkennen.

»Evie, nicht wahr?«, fragte Anna, umrundete einen aufblasbaren Fisch und ging auf die Ladentheke zu. »Ich bin Anna, Viviens Enkelin. Meine Schwester und ich haben gerade die Eisdiele übernommen.«

»Anna. Oh, natürlich! Hallo!«, begrüßte Evie sie mit einem Lächeln. »Jetzt erinnere ich mich wieder. Vivien hat mir von ihrer Hoffnung erzählt, dass ihr beide eines Tages den Laden übernehmen würdet. Obwohl wir alle natürlich wünschten, dass das nicht so früh passiert wäre.«

»Ja«, erwiderte Anna leise.

»Ich wäre gern zur Beerdigung gekommen, aber …« Sie verstummte kurz. »Na ja, es gibt bestimmt viel, worüber ihr hinsichtlich des Ladens nachdenken müsst.«

»Hätten Sie Zeit für eine Tasse Tee?«, fragte Anna. »Wir haben auch Kekse.«

Evie lächelte. »Könnt ihr Gedanken lesen? Ich hänge kurz ein Schild in die Tür, aber wenn ich nicht hier bin, wissen die meisten meiner Kunden ohnehin, dass sie mich drüben im Eisladen finden können.«

Anna grinste. »Schön. Dann können Sie auch meine Schwester kennenlernen.«

Zusammen gingen sie zur Eisdiele hinüber. Anna hielt die Tür auf, um Evie den Vortritt zu lassen.

»Wow«, rief Evie überrascht, als sie sich im Laden umsah. »Hier sieht es ja schon deutlich besser aus!«

»Hier herrschte das totale Chaos, als wir zum ersten Mal herkamen«, erklärte Imogen und trat hinter der Theke hervor. »Entschuldigung – hallo, ich bin Imogen.«

»Evie.« Beide schüttelten einander die Hand. »Es freut mich, euch beide kennenzulernen. Ich muss gestehen, dass ich mich schon öfter gefragt habe, ob es eine so gute Entscheidung von eurer Großmutter war, Sue einzustellen, aber ihr wisst ja, wie sie immer versucht hat, in allen Leuten das Gute zu sehen. Ich habe Sue allerdings nie auch nur einen Finger rühren sehen, wenn sie hier war.«

»Das ist auch der Eindruck, den wir gewonnen haben«, gestand Imogen und warf ihrer Schwester einen *Siehst-du*!-Blick zu.

»Ihr wisst ja, wie eure Großmutter war; sie hat nie aufgehört zu arbeiten. Aber seitdem Sue für sie eingesprungen ist, wurde hier nichts mehr erledigt. Natürlich hatte Sue alle Hände voll zu tun – allerdings mit dem Kreuzworträtsel, Sudokus, dem Handy …«

»Milch und Zucker?«, hakte Anna nach.

»Beides, bitte. Oh, Kekse«, strahlte Evie dann und griff zu. »Auch noch meine Lieblingskekse.«

»Evie«, wandte sich Imogen an sie und schaute sie neugierig an. »Seltsame Frage, ich weiß, aber haben Sie schon mal bei einem Dreibeiner-Wettlauf mitgemacht?«

Evie lächelte. »Ja, habe ich. Warum fragst du?«

Imogen nahm Viviens Fotoalbum von der Theke und brachte es zum Tisch herüber. »Ich habe diesen Zeitungsausschnitt in dem Album gefunden, das Granny uns vermacht hat.« Sie blätterte durch das Album und schlug die entsprechende Seite auf. »Der Ausschnitt ist von 1989. ›Wohltätigkeitsveranstaltung – Geschäftsinhaber gewinnen Dreibeiner-Strandlauf‹«, las sie vor.

»Das war vielleicht ein Brüller!«, nickte Evie und betrachtete das Foto von Vivien und ihr, wie sie, die Arme umeinandergeschlungen, stolz ihre Medaille in die Kamera hielten. »Wir hatten schon viel Spaß miteinander, eure Großmutter und ich. Ohne sie ist es schrecklich still hier. Wir sind jeden Morgen vor Geschäftsöffnung schwimmen gegangen. Hat sie euch das je erzählt?«

»Oh ja!«, nickte Anna. »Das hat sie geliebt. Allerdings habe ich keine Ahnung, wie ihr das durchgezogen habt, es muss doch eisig kalt sein im Wasser.«

»Wir sind halt zähe alte Biester«, grinste Evie. »Ich gehe jetzt immer allein schwimmen.«

»Wow, ich bin ehrlich beeindruckt«, gestand Anna.

»Es ist schön, hier wieder Nachbarn zu haben«, erklärte Evie. »Und ich freue mich darauf, dass die Eisdiele bald wieder zu dem wird, was sie einmal war.«

»Wir geben unser Bestes«, versicherte ihr Imogen.

An jenem Abend trat Anna nach der harten Arbeit des Tages blitzsauber aus der Dusche. Es hatte lange gedauert, den Schmutz aus dem Laden von ihren Armen und aus dem Gesicht zu waschen und die Fingernägel wieder sauber zu bekommen.

»Komm mal her«, rief Imogen. »Du hast immer noch Farbkleckse im Haar.« Sie zupfte an einer farbverschmierten Strähne.

»Lass das!«, schrie Anna entrüstet. »Besorg uns lieber einen Wein! Ich denke, den haben wir uns redlich verdient.«

»Ich bin voll und ganz deiner Meinung«, erwiderte Imogen, wählte eine Flasche von Annas bestem Malbec aus dem Weinregal aus und öffnete sie.

Wenn es jemals einen Abend gab, an dem man eine teure Flasche Wein genießen sollte, dann war es dieser, dachte Anna, nach all der Arbeit an diesem ersten Tag, um den Laden wieder auf Vordermann zu bringen. Imogen schenkte ihnen großzügig ein und reichte Anna ein Glas.

»Ich weiß, dass wir gerade erst angefangen haben, aber wann, glaubst du, können wir eröffnen?«, fragte Imogen.

Anna sah zum Kalender hinüber. »Wie wäre es mit dem ersten Samstag im Mai? Dann hätten wir noch drei Wochen. Wir könnten Mum und Dad einladen und ihnen den Laden zeigen.«

»Gute Idee. Ich bin schon so aufgeregt, dass Dad alles sehen wird!«, rief Imogen.

»Hast du noch irgendwas Neues gehört?«, fragte Anna.

»Es geht auf und ab, sagt Mum. Er ist jedoch immer noch völlig in sich gekehrt und will nicht über Granny reden.«

»Was ist denn mit seinen Freunden? War irgendwer mal da, um ihn zu besuchen?«

»Er will keinen Besuch, wie es scheint. Ich bin sicher, dass ihm ein Ausflug hierher guttun würde. Mum sagt, er freut sich über Neuigkeiten von uns, wie es mit der Renovierung klappt.«

»Prima. Ich denke, die Eröffnung wird genau das Richtige sein, um ihn aus seinem Tief rauszuholen.«

Am Montagmorgen zuckte Anna beim Alarm von Jons Wecker zusammen und bereitete sich schon mental darauf vor, sich wie gewohnt für die Arbeit fertig zu machen. Dann wurde sie jedoch von einer Woge der Erleichterung und Aufregung gepackt. *Sie musste nicht mehr ins Büro gehen!*

»Heute fängt dein neues Leben an«, erklärte Jon und gab ihr zärtlich einen Kuss auf die nackte Schulter.

»Ich hätte nie für möglich gehalten, das einmal über meine Arbeit zu sagen«, gestand Anna und rieb sich den Schlaf aus den Augen. »Aber weißt du was? Ich kann es gar nicht abwarten loszulegen!«

Jon lächelte und stand langsam auf. »Viel Glück, Süße«, wünschte er und schnappte sich ein Handtuch.

Anna lauschte, wie der Wasserkocher ansprang, stand auf und ging in die Küche, um Imogen und sich selbst einen Kaffee zu kochen. Nachdem sie die Tür des Gästezimmers geöffnet hatte, reichte sie einer verschlafenen Imogen eine große türkisfarbene Tasse. »Hier. Bist du fertig, damit wir loslegen können?«

»Ich habe geträumt, dass ich tauchen war«, erklärte Imogen vergnügt und rieb sich die Augen. »Zusammen mit Anemonenfischen und Mantarochen. Das waren vielleicht Farben!«

»Okay, du Träumerin. Dafür haben wir heute leider keine Zeit. Wir haben noch eine größere Säuberungsaktion im Laden vor uns.«

Langsam setzte sich Imogen im Bett auf, und Anna zeigte ihr die To-do-Liste, die sie notiert hatte.

»Oh, und ich habe noch ein bisschen im Internet gesurft, nachdem du ins Bett gegangen bist«, fuhr Anna fort. »Ich habe einen Lieferanten für die Retro-Lollis gefunden und auch einen für Softdrinks. Mit etwas Glück haben wir schon bald genug davon auf Lager, dass wir wie besprochen Anfang Mai eröffnen können – vorausgesetzt, wir haben im Laden alles fertig renoviert und dekoriert.«

»Du meine Güte, da haben wir aber noch eine ganze Menge zu tun, was?« Imogen überflog die Liste.

»Wir waren uns doch einig, dass wir uns der Herausforderung stellen wollen.«

»Ich weiß, ich weiß«, nickte Imogen. »Ah. Eines hast du aber vergessen. Wir müssen Sue noch anrufen und ihr sagen, dass wir sie entlassen.«

»Autsch«, erwiderte Anna. »Du hast recht. Das mache ich nicht so gern.«

»Ich weiß, ich auch nicht. Nach allem, was wir wissen, wäre sie eher eine Last für uns – außerdem können wir uns kein Personal leisten. Wir müssen ihr gegenüber einfach ehrlich sein.« Imogen zog die Nase kraus. »Dann wird sie es schon verstehen.«

Bis zum Mittag waren alle Gefriertruhen und Schränke leer und gesäubert, und die beiden Schwestern waren sich einig, dass der Laden nun viel frischer aussah.

Anna und Imogen schauten auf ihre To-do-Liste, auf der nur noch »Sue anrufen« der einzige Punkt war, der noch nicht abgehakt war.

»Sollen wir eine Münze werfen?«, fragte Anna in einem Anflug von Scheu.

»Das könnte ein bisschen zu spät sein«, erwiderte Imogen und nickte zur Tür, die Sue gerade aufstieß.

»Sue«, rief Anna und atmete langsam aus. »Hi. Wie nett von Ihnen, dass Sie noch einmal vorbeischauen.«

»Na ja, ich habe von Ihnen nichts gehört, daher dachte ich, ich sollte besser einmal vorbeikommen«, erklärte sie und klang ein wenig verärgert.

»Die Sache ist nur …«, geriet Anna ins Stottern. Ihr Mut schwand dahin.

»Es tut mir leid, Sue«, schaltete sich Imogen nun souveräner ein. »Aber leider können wir Sie nicht mehr einstellen. Ich weiß, dass Sie unserer Großmutter eine große Hilfe waren, aber wir sind jetzt zu zweit und planen, den Laden allein zu betreiben.«

»Sie feuern mich?«, fragte Sue mit erstickter Stimme, völlig geschockt.

»Nein, so kann man das nicht sagen«, entgegnete Anna. »Aber wir können Ihnen leider unter unserer Leitung des Viviens keinen Job anbieten. Natürlich werden wir dafür sorgen, dass Sie als eine Art Abfindung ein volles Monatsgehalt erhalten.«

»Ihre Großmutter würde sich im Grabe herumdrehen!«, rief Sue entsetzt.

Anna hatte Mühe, die passenden Worte für eine Antwort zu finden.

»Na, dann viel Glück«, fuhr Sue fort. »Sie werden es brauchen.« Und mit diesen Worten drehte sie sich auf dem Absatz um und verließ den Laden.

Als die Tür ins Schloss fiel, drehte sich Anna zu ihrer Schwester um und lachte nervös. »Wow, das hat ja prima geklappt.«

Imogen musste lachen, und auch Anna ließ sich davon anstecken und kicherte.

»Oje.« Anna suchte an der Theke Halt. »Das war schrecklich.«

»*Sie* war schrecklich«, präzisierte Imogen. »Aber besser jetzt als später.«

»Wahrscheinlich«, nickte Anna.

»Ein Neubeginn.«

»Ich habe trotzdem ein schlechtes Gewissen.«

»Das musst du nicht. Und ich wechsele jetzt offiziell das Thema«, erklärte Imogen. »Ich habe einen fantastischen Schildermacher in der Stadt gefunden, der auch individuell gefertigte Schriftzüge im Stil der Fünfzigerjahre anbietet, die sich genau für unser neues Schild eignen würden. Hier, sieh mal.« Sie ging zu ihrem Laptop hinüber und zeigte ihrer Schwester den Internetauftritt der Firma.

Anna schaute sich die wunderschönen Retroschriftzüge an und wusste im Nu, welcher der richtige für den Laden war. »Die Schriften sind toll«, befand sie, klickte sich durch die Galerie und arbeitete sich dann zur Seite mit den Preisen durch. »Aber nicht gerade billig, was?«, stellte sie ein wenig verhalten fest.

Sie warf einen Blick auf ihr Ausgabenbuch, beschloss jedoch, es nicht aufzuschlagen. Sie hatten das Geld von ihrer Großmutter bekommen, um neu anzufangen, und ein auffallendes Ladenschild war wichtig, wenn sie sich erfolgreich neu aufstellen wollten. »Lass es uns bestellen.«

»Und nun folgt der zweite Schritt im großen Eisprojekt der McAvoy-Schwestern!«, rief Imogen später in jener Woche, als sie am Nachmittag wieder in Annas Wohnung waren.

»Ausstattung: KOMPLETT!« Anna holte die Eismaschinen aus den Kartons und zog dann ein Thermometer hervor.

Imogen musterte es argwöhnisch. »Wofür soll das denn sein?«

»Ich habe irgendwo gelesen, dass es sicherer ist, mit einem Thermometer zu arbeiten.« Anna nahm eines und hielt es ins Licht. »Darum habe ich für jede Maschine eines gekauft.«

»Meinst du, wir brauchen mehr als einen Durchgang, um mit den Maschinen klarzukommen?«, fragte Imogen.

»Alles wird gut«, stellte Anna voller Zuversicht fest und freute sich auf die Zubereitung der Eissorten, die nun vor ihr lag. »Du wirst schon sehen.«

Den ganzen Nachmittag und Abend lang mixten, erhitzten und rührten sie gemeinsam. Sie verloren dabei jedes Zeitgefühl, so sehr konzentrierten sie sich auf ihre Eiskreationen. Sie hatten gerade einen Schwung Blaubeereis fertiggestellt, als sie hörten, wie Jon von außen seinen Schlüssel ins Schloss der Haustür steckte.

»Wow.« Jon kam in die Küche und musterte das Chaos, das Anna und Imogen dort angerichtet hatten. Auf allen nur möglichen Ablageflächen standen Rührschüsseln, und sämtliche Wände waren mit Eisspritzern versehen, die in alle Richtungen geflogen waren, als sie bei ihrem ersten Versuch die Eismaschine überfüllt hatten. »Was um alles in der Welt …?«

»Wir haben herumexperimentiert«, unterbrach ihn Imogen und hielt ihm eine Schüssel mit ihrer fertigen Eiskreation hin. »Hier. Das ist Blaubeer.«

»Danke«, erwiderte Jon mit einem Nicken, drehte sich um, stellte Teewasser auf und holte seine Tasse aus dem Schrank. »Will jemand einen Tee?«, fragte er.

»Wir haben gerade schon einen getrunken, danke. Aber mal im Ernst, Jon, probier das mal!«, rief Imogen und hielt ihm einen Silberlöffel mit Blaubeereis hin.

Anna schüttelte den Kopf und deutete Imogen an, den Löffel wegzulegen. »Er ist nicht gerade der ideale Eis-Tester.«

»Bedauerlicherweise leide ich unter einer Laktoseintoleranz«, erklärte Jon und fügte seinem grünen Tee einen Spritzer Sojamilch hinzu. »Und selbst wenn, versuche ich, mich gesund zu ernähren. Tut mir leid. Aber es sieht köstlich aus.«

»Na gut.« Lächelnd drehte sich Imogen zu Anna um. »Dann bleibt mehr für uns.«

Jon nahm seinen Tee ins Wohnzimmer mit, während Imogen die erste ihrer Eiskreationen – ein Vanilleeis – in eine Gefrierdose von Tupper umfüllte. »Für den ersten Versuch gar nicht mal schlecht.«

»Ich finde, wir haben heute sehr viel geschafft«, stellte Anna fest. Sie ließ Wasser ins Spülbecken laufen.

Als sie den Schneebesen unter dem Hahn abspülte, wurde ihr etwas klar. Sie waren dabei – oder vielmehr würden es bald sein –, das zu tun, wovon Anna immer geträumt hatte: den Lebensunterhalt damit zu verdienen, kulinarische Leckereien zu verkaufen. Natürlich auch, um Geld zu verdienen, aber auch, um hoffentlich einige Menschen damit glücklich zu machen.

»Alles in Ordnung mit Jon?«, flüsterte Imogen ihrer Schwester zu, nachdem er den Raum verlassen hatte.

»Oh, doch, ihm geht's gut. Manchmal braucht er seine Freiräume, das ist alles.«

»Es liegt an mir, oder? Ich habe anfangs gesagt, dass ich ein paar Nächte bleiben würde, und jetzt gehe ich euch zweieinhalb Wochen später immer noch auf die Nerven. Aber: keine Sorge«, beschwichtigte Imogen ihre Schwester. »Ich habe die Schlüssel zu Granny Vs Haus. Mum hat vorgeschlagen, dass ich dort für eine Weile einziehe und nach dem Rechten sehe. Sie glaubt, dass sie Françoise und Martin erst einmal davon abgehalten hat, das Haus an diesen Bauunternehmer zu verkaufen. Aber sie weiß immer noch nicht so ganz, wozu die beiden fähig sind.«

»Bist du sicher? Du kannst wirklich gern hierbleiben. Mach dir keine Sorgen um Jon, wirklich. Schließlich gehörst du zur Familie.«

»Schon gut«, winkte Imogen ab. »Ehrlich. Du warst schon großzügig genug, außerdem liegt das Haus gleich um die Ecke. Nächstes Wochenende ziehe ich um.«

»Alfie!«, rief Anna. Eine Woche war vergangen, und die Schwestern saßen am Abend vor der Geschäftseröffnung in Annas Wohnung zusammen. »Könntest du kommen und uns helfen? Imogen und ich müssen etwas ausmalen.«

Alfie kam aus seinem Zimmer geflitzt und folgte Anna ins Wohnzimmer, wo der Boden mit Zeitungspapier ausgelegt war. In der Mitte des Zimmers lag ein großes Banner, auf das Imogen gerade einen Schriftzug gemalt hatte: ERÖFFNUNGSTAG!

»Warte, ich besorge dir eine Malschürze«, rief Anna und kam einen Moment später mit einem Kittel in Kindergröße zurück. »Wir haben Farbe und Wachsmalstifte. Meinst du, du kannst uns helfen?«

»Ja!«, nickte Alfie, kniete sich aufgeregt hin und suchte sich einen leuchtend roten Wachsmalstift aus, während Imogen ihm die Bänder der Schürze umband. »Alfie malt das A rot aus.« Er malte über die Umrandung und drückte den Stift fest auf.

»Ich nehme einen blauen Stift«, erklärte Imogen, nahm eine Wachskreide und malte auf allen vieren einen anderen Buchstaben aus.

»Ist das für Eis?«, fragte Alfie Anna und lehnte den Kopf an sie, als sie in die Hocke ging.

»Ja, das ist für den Laden«, antwortete sie und lächelte zu Imogen hinüber. »Wir eröffnen nämlich morgen.«

Jon, der durch den Lärm angelockt worden war, kam herein. »Was macht ihr da, und kann ich mitmachen?«

»Hier, Daddy«, rief Alfie und reichte ihm einen Pinsel.

»Je mehr wir sind, desto besser!«, lächelte Anna. »Das Banner hier soll draußen über dem Laden hängen«, erklärte sie. »Das wird wohl kaum zu übersehen sein, oder?«

»Es sieht toll aus«, befand Jon. »Fällt auch gut auf. Habt ihr denn alle Flyer verteilen können?«

»Ja«, nickte Imogen. »Wir haben sie die ganze Woche über hier und da mal eine Stunde lang verteilt, wir sollten also gut aufgestellt sein.«

»Es tut mir leid, dass Alfie und ich nicht dabei sein können«, entschuldigte sich Jon und machte ein enttäuschtes Gesicht. »Aber wir hatten die Verabredung mit Mum und Dad schon seit Wochen geplant.«

»Kein Problem, das verstehe ich vollkommen«, winkte Anna ab. »Und um ehrlich zu sein, werden wir wahrscheinlich vor lauter Arbeit ohnehin kein Bein auf den Boden bekommen.« Sie drehte sich zu Alfie um. »Du fährst morgen mit Oma und Opa in den Safaripark, nicht wahr?«

Er richtete sich zu seiner vollen Größe auf und brüllte. »Löwen!«, rief er dann triumphierend.

»Offenbar haben wir alle ein aufregendes Wochenende vor uns«, stellte Imogen fest und machte sich an den nächsten Buchstaben. »Ich kann es kaum abwarten, wie die Leute gucken werden, wenn sie den Laden sehen!«

»Wir ziehen das tatsächlich durch, nicht wahr?«, lächelte Anna ihre Schwester an.

»Oh ja!«, erwiderte Imogen lachend. »Uns hält nichts mehr auf!«

Kapitel 7

Endlich war das erste Maiwochenende da, und alles war für die große Eröffnung vorbereitet. Alles, dachte Imogen, als sie in der Wohnung ihrer Schwester durchs Fenster sah, gegen das Regen und Sturm peitschten, während laute Donnerschläge hallten – alles außer dem Wetter.

»Oh Gott, Anna«, seufzte Imogen, die sich die Nase beinahe am Fenster plattdrückte. »Wie sollen wir denn bei dem Wetter Eis verkaufen?«

Der Wetterdienst hatte einige der heftigsten Gewitterstürme überhaupt vorhergesagt, die auf die Südküste treffen sollten. Und so wie es aussah, war das Unwetter schon angekommen.

Schon in der Nacht hatte Imogen den Regen gehört, der in den frühen Morgenstunden immer heftiger geworden war. Sie hatte nicht schlafen können und sich im Bett gedreht und gewälzt und dabei gebetet, dass sich ihr Eröffnungstag nicht zu einem Schlag ins Wasser entwickeln würde.

»Zieh dir Gummistiefel an, Imogen«, rief Anna. »Ein Rückzieher kommt jetzt nicht mehr in Frage. Wir haben überall für die Eröffnung Werbung gemacht und können jetzt nicht wegen des bisschen Regens da draußen unsere Meinung ändern.«

»Ein bisschen Regen?«, entgegnete Imogen. »Das ist wohl etwas untertrieben, Schwesterlein. Das sieht mir eher wie ein Taifun aus. Während wir hier reden, trommelt Noah wahrscheinlich gerade schon die Tiere zusammen.«

»Du warst zu lange nicht mehr in Großbritannien, Imogen«, stellte Anna fest. »Du brauchst ein bisschen mehr Biss und Entschlossenheit. In einer Stunde ist bestimmt alles schon wieder vorbei. Schnapp dir ein Paar Gummistiefel aus dem Flurschrank, und lass uns losziehen.«

In leuchtend gelben Regenmänteln kämpften sie sich zur Küste hinunter und schauten verzweifelt, dass ihnen ihre Regenschirme nicht fliegen gingen. In Windeseile hängten sie das Banner vor dem Laden auf, obwohl ihnen klar war, dass es innerhalb von nur wenigen Minuten klatschnass und verlaufen sein würde. Vom Wind fortgeblasene, durchnässte Flyer klebten am Boden. Nachdem sie den Laden betreten hatten, schalteten sie das Licht an, drehten die Heizungen auf, kehrten zur Glasfront des Ladens zurück und schauten hinaus.

»Bist du sicher, dass der Regen gleich aufhören wird?«, fragte Imogen traurig. Die Regenwand war beinahe horizontal und hielt selbst die hartgesottensten Spaziergänger von einer Wanderung zur Küste ab.

Als das Telefon klingelte, zuckten sie beide überrascht zusammen. »Ich gehe ran«, rief Anna.

»Oh, okay, Mum. Dann bis in einer halben Stunde.« Sie legte den Hörer wieder auf die Gabel. »Mum ist unterwegs. Dad hat sich dem Ausflug nicht gewachsen gefühlt.«

Imogen spürte, wie sich Enttäuschung in ihr breitmachte. Aber, dachte sie dann im nächsten Augenblick, vielleicht war das besser, als dass ihr Dad den Laden so menschenleer sah. Es wurde immer offensichtlicher, dass die einzigen Leute, die sich zur Küste hinuntergewagt hatten – in regensicheren Hosen und Anoraks, wie die pflichtbewussten Gassigänger –, nicht auf Eis aus waren.

»Meinst du, wir sollen einfach schließen?«, fragte Imogen

und musterte die Stapel von Calippo, die in ihren Gefriertruhen lagen.

»Natürlich nicht!«, erwiderte Anna entrüstet. »Es ist noch früh, und ich bin sicher, dass ich einen hellblauen Flecken Himmel gesehen habe. Du wirst überrascht sein, wie schnell sich das Wetter an Tagen wie diesem ändern kann!«

»Versprochen?« Imogen starrte in die Ferne und versuchte, gegen ihre Zweifel anzukämpfen. Die Wolken waren grau und schwer, und gerade ließ ein Blitzschlag den Himmel hell aufleuchten.

»Oh, Mädchen!«, rief Jan, als sie durch die Cafétür trat und sich umdrehte, um ihren klatschnassen Regenschirm draußen auszuschütteln, bevor sie ihn auf den Boden legte. »Ihr habt aber ein schreckliches Pech mit dem Wetter!«

Imogen sah zu ihrer Schwester hinüber. »Wirklich?«, flüsterte sie sarkastisch. »Ist uns gar nicht aufgefallen.«

»Bitte sei nett zu ihr!«, flüsterte Anna hastig zurück.

»Vielen Dank, dass du hergekommen bist, Mum!«, bedankte sich Anna, lief zu ihrer Mutter hinüber und nahm ihr den nassen Regenmantel ab. »Den hänge ich mal über die Heizung. Imogen, könntest du bitte Teewasser aufstellen?«

»Hi, Mum«, grüßte Imogen pflichtbewusst und holte ein paar Tassen aus dem Schrank. »Was sagst du?«, fragte sie und breitete die Arme aus, um Jan die neue Gestaltung der Eisdiele zu zeigen.

»Sehr hübsch«, lobte Jan und umarmte ihre Tochter. »Ihr habt das wirklich toll gemacht. Wenn man bedenkt, wie wenig Zeit und Geld ihr zur Verfügung hattet.«

Anna kehrte zurück. »Lasst uns uns hinsetzen«, schlug sie vor. »Schließlich ist es nicht so, als könnten wir uns vor lauter Kunden nicht retten, wie du sehen kannst.«

»Wirklich schade«, schüttelte Jan den Kopf. »Ihr hättet ruhig etwas sagen können. Dann hätten wir in der Agentur etwas machen können, so einen … Wie heißt das?« Ihr Blick wanderte nach links oben und suchte nach der passenden Bezeichnung. »Wir hätten über Twitter einen Tweet hinausschicken können«, fuhr sie fort. »Wir haben dort jetzt nämlich auch einen Account. ›At‹ soundso. Das ist unser Name dort. Die Praktikantin hat uns das eingerichtet.« Jan lächelte stolz.

»Wir haben uns um Werbung gekümmert«, entgegnete Imogen und dachte an die vielen Stunden zurück, die sie mit Anna sowohl online als auch auf der Straße verbracht hatte, um Werbung für die Eisdiele zu machen.

»Na, das ist gut«, lobte Jan. »Aber es schadet nicht, die Experten zu fragen, mehr sag ich doch gar nicht. Besonders, wenn sie zur Familie gehören – es gibt für euch auch Vorteilspreise!« Imogen starrte sie an. »Ich will euch gar nicht das Ruder aus der Hand reißen, Liebes. Ich sage ja nur, dass wir sicherlich ein paar Leute aus Lewes hätten herlocken können. Schon traurig, wie leer es hier ist. Denn nicht jeder lässt sich von so einem bisschen Regen abschrecken.«

»Vielleicht beim nächsten Mal«, erwiderte Anna diplomatisch. Als sich der Wasserkocher mit einem Klicken ausstellte, nutzte sie die Gelegenheit, um aufzustehen.

»Dad hat es also nicht geschafft«, stellte Imogen fest. »Vielleicht war es auch besser so, alles in allem.«

»Er wollte wirklich mitkommen, mein Schatz«, erwiderte Jan. »Er hat neulich noch davon gesprochen. Aber heute Morgen dann … Na ja, macht euch nichts draus«, schüttelte Jan den Kopf. »Eure Mutter ist jetzt hier – das ist doch auch schon was, oder?« Sie setzte ein Lächeln auf, doch ihr Gesichtsausdruck blieb angespannt und traurig.

»Du musst uns nichts vormachen, Mum. Wenn irgendwas nicht stimmt, dann sollten wir es alle erfahren«, stellte Imogen klar. Anna kehrte zurück und stellte drei Tassen auf dem Tisch ab.

»Es gibt keinen Grund, Trübsal zu blasen, oder?«, fragte Jan. »Warum sollten wir alle mit großen schwarzen Wolken über unseren Köpfen herumrennen?«

»Können wir irgendwas tun, Mum?«, fragte Anna. »Vielleicht könnte eine von uns mit ihm reden?«

»Ihr könnt es gern versuchen.« Als Jan mit den Schultern zuckte, wurde allmählich ihr Frust offensichtlich. »Aber er …« Sie verstummte.

»Alles in Ordnung mit dir?«, fragte Anna und legte eine Hand auf den Arm ihrer Mutter.

»Nein, Anna«, bellte Jan. »Nein, nichts ist in Ordnung.« Tränen traten ihr in die Augen. »Es ist einfach nur schrecklich«, platzten die Worte schließlich aus ihr heraus, als könne sie sie nicht mehr länger für sich behalten.

Verdutzt schwiegen Anna und Imogen.

»Tut mir leid«, fuhr sie fort. »Jetzt seht bloß, was ich angestellt habe. Das wollte ich nicht an euch auslassen.« Jetzt liefen ihr die Tränen über die Wangen. »Aber es ist entsetzlich, ihn so zu sehen. Heute wollte er nicht mal aus dem Bett aufstehen und hat kein Wort mit mir gesprochen. Einen Tag denke ich, dass es ihm besser geht, und hege die leise Hoffnung, dass alles wieder normal wird, doch am nächsten Tag ist dann alles wieder so wie vorher. Unser Hochzeitstag diese Woche ist natürlich auch sang- und klanglos vorbeigegangen. Aber von uns beiden hätte ja ohnehin keiner etwas unternehmen wollen.«

»Ich bin sicher, dass er mit der Zeit …«, stotterte Anna. »Es ist ja alles noch ganz frisch.«

»Das kann sein«, erwiderte Jan. »Aber ich garantiere dir, du würdest das nicht sagen, wenn du bei uns im Cottage leben würdest, tagein, tagaus. Ich weiß, dass er nichts dafür kann. Und ich möchte ihn ja auch unterstützen. Aber ich *kann* es nicht. Er ist der Stärkere von uns beiden – Tom ist mein Fels in der Brandung. Das war er immer schon. Ich habe keine Ahnung, wie ich sein Fels in der Brandung sein kann.«

Jan blieb eine weitere Stunde und entschuldigte sich dann, um nach Hause zu gehen, die Augen ganz rot und verquollen. Kurz darauf steckte ein junger Mann, etwa Ende zwanzig, das dunkelblonde Haar klatschnass vom Regen, seinen Kopf zur Ladentür herein.

»Hi«, grüßte er mit einem herzlichen Lächeln. »Wie geht's?«

Imogens Laune hob sich sofort. War dies etwa ihr erster Kunde?

»Ich bin Finn«, stellte der Mann sich vor und trat in den Laden. Regentropfen hingen an den Spitzen seiner Wimpern und Haare und tropften auf das Kapuzensweatshirt. In der Hand hielt er zwei Pappbecher. »Mir gehört die Surfschule ein Stückchen weiter.«

»Oh, hi«, rief Anna. »Unsere Großmutter hat uns von dir erzählt.«

»Ich habe gesehen, dass ihr heute den Laden eröffnet. Ihr habt aber auch echt Pech mit dem Wetter, was?«, stellte er mitfühlend fest.

»Ich weiß«, erwiderte Anna lächelnd. »Man kann bisher nicht gerade behaupten, dass sich die Leute aufs Eis stürzen würden …«

»Ich dachte, ihr könntet vielleicht einen heißen Kakao vertragen. Andy und ich haben gerade einen für unsere Kunden gekocht, weil wir die Surfkurse für heute absagen mussten.«

Er reichte ihnen beiden jeweils einen Pappbecher mit dampfendem Kakao.

»Vielen Dank«, bedankte sich Imogen und trank einen Schluck von dem köstlichen, cremigen Kakao. »Lecker!« Sie wischte sich den Schokoladenschnurrbart ab, den das Getränk auf ihrer Oberlippe hinterlassen hatte.

Finn sah sich in der leeren Eisdiele um. »Ich bin sicher, dass ihr euch hier bald vor Kunden nicht mehr retten könnt«, er sah sie aufmunternd an, »wenn die Leute erst einmal sehen, dass der Laden wieder geöffnet ist.«

»Vielen Dank«, erwiderte Anna ernst. »Das hoffen wir. Immerhin hat unsere Großmutter die Eisdiele über Jahrzehnte geführt – wir wollen unsere Aufgabe mindestens genauso gut, hoffentlich sogar noch besser machen. Aber wahrscheinlich braucht das Zeit«, schloss sie mit einem Schulterzucken.

»Stimmt«, nickte Finn. »Und eine ordentliche Ladung Sonnenschein kann dabei auch nicht schaden.«

Anna grinste. »Der Tag heute ist wirklich eine Katastrophe«, erwiderte sie traurig.

»Ein kleiner Durchhänger«, entgegnete Finn lächelnd. »Ehe ihr euchs verseht, wird der Laden brummen. Eure Großmutter Vivien hat es immer geschafft, dass man sich hier wie zu Hause gefühlt hat. Sie war wirklich eine tolle Frau. Ich war zwar bei der Beerdigung, aber ich habe euch beide da gar nicht gesehen. Was aber auch nicht verwunderlich war, immerhin war ja halb Brighton dort versammelt. Wir alle vermissen sie, besonders natürlich Evie. Und unsere Kunden haben sie wirklich geliebt – sie haben sich immer schnell ein Eis bei ihr geholt, wenn zum Surfen nicht genügend Wellengang vorhanden war.«

»Apropos Eis«, fiel es Anna siedend heiß ein. »Wo sind denn bitte unsere Manieren? Kann ich dir ein Calippo oder ein Bum

Bum anbieten?« Sie nahm ein Eis aus der Gefriertruhe und hielt ihm das leuchtend rote Eis am Stiel hin.

»Danke, im Augenblick nicht«, lehnte er ab, »mir ist gerade erst ein bisschen warm geworden. Aber das ist toll – so ein Bum Bum habe ich seit meiner Kindheit nicht mehr gegessen! Na, dann werden wir uns ja in den kommenden Monaten öfter sehen. Aber in der Zwischenzeit viel Glück!«

Später am Abend, nachdem sie den Laden geschlossen hatten, schleppte Imogen ihre Koffer und Taschen aus Jons Auto in das Haus ihrer Großmutter.

Imogen betrat den Hausflur, der kalt und still vor ihr lag, und ging dann ins Wohnzimmer durch. Sie, ihr Dad und Martin hatten einige von Viviens Wertgegenständen in Kisten gepackt, doch der Großteil ihrer Möbel war im Haus verblieben: der Ohrensessel, das Sofa, der goldene Spiegel über dem Kamin. Zum ersten Mal seit drei Wochen sollte Imogen nun für sich allein sein. Vorsichtig stellte sie ihre Kamera und die restliche Fotoausrüstung auf eines der Regale im Wohnzimmer.

Erneut warf sie einen Blick auf ihr Handy. Luca hatte auf keine ihrer Nachrichten reagiert, die sie ihm mit der Bitte geschickt hatte, noch einmal miteinander über alles zu reden. Wahrscheinlich sollte sie es aufgeben. Doch sie hoffte immer noch, dass er es sich vielleicht anders überlegen und zustimmen würde, auf sie zu warten – und an diese Hoffnung klammerte sie sich.

Imogen ging die Treppe in Viviens großzügigem Haus im viktorianischen Stil hinauf. Im ersten Stock befanden sich drei Schlafzimmer sowie ein Badezimmer, und es führte eine Holztreppe in die zweite Etage hinauf, in der sich noch einmal zwei kleinere Zimmer befanden.

Einen Augenblick lang war die erste Etage von Gelächter erfüllt, als sich Imogen daran erinnerte, wie sie und Anna dort als Kinder immer gespielt hatten – wie sie die Treppen hinauf- und hinuntergestürzt waren und sich in Wäscheschränken und unter Betten versteckt hatten. Da sie sonst nur die beengten Verhältnisse im Cottage ihrer Eltern gewohnt gewesen waren, war ihnen dieses Haus hier wie ein Schloss vorgekommen. In dem Wissen, dass sie die beiden oberen Zimmer am liebsten hatten, da diese mit einem kleinen Durchgang miteinander verbunden waren, hatte Vivien sie für sie immer besonders hergerichtet.

Imogen ging ins Schlafzimmer ihrer Großmutter. In diesem Raum hatten Tom, Martin und sie kaum etwas angerührt, deswegen befand sich hier noch alles an Ort und Stelle, wo Vivien es liegen gelassen hatte. Auf dem Kaminsims stand ein Hochzeitsfoto von Stanley und ihr, das in den frühen Fünfzigerjahren aufgenommen worden sein musste. Damals musste Vivien etwa zwanzig Jahre alt gewesen sein, Stanley nur ein Jahr älter. Imogen nahm das Bild in die Hand und betrachtete die lächelnden Gesichter. Es fühlte sich komisch an zu wissen, dass sie selbst jetzt schon älter war als Vivien damals bei ihrer Hochzeit, als sie sich mit dem Mann niedergelassen hatte, mit dem sie den größten Teil ihres Lebens verbracht hatte. Es war romantisch und süß, jedoch nichts, was Imogen derzeit anstrebte. Sie war eher eine ruhelose Seele, und vielleicht würde das auch immer so bleiben. Natürlich vermisste sie Luca, doch bei dem Gedanken, mit einer einzigen Person für alle Zeiten an einem Ort zu bleiben – selbst wenn dieser Ort die Insel sein sollte –, machte sich in ihr ein klaustrophobisches Gefühl breit; so unendlich viel würde dadurch unerforscht bleiben.

Sie schlenderte zur Frisierkommode. Die Broschen, die Vivien stets getragen hatte, lagen immer noch da, und leuchtend bunte Glasperlenketten hingen über dem Spiegel. Viviens Bürste mit einer Perlmuttintarsie lag da, als warte sie darauf, in die Hand genommen zu werden.

Imogen ließ den Blick ein letztes Mal durch das Schlafzimmer gleiten, den größten Raum im Haus. Weder hier noch in einem der benachbarten Zimmer, in denen so oft Freunde und Besucher übernachtet hatten, konnte sie schlafen. So machte sie sich auf den Weg in das oberste Stockwerk, hinauf in die Zimmer im Dachgeschoss, die Anna und sie immer als »ihre Zimmer« betrachtet hatten. Sie sahen immer noch genau so wie früher aus, doch während Anna nun wahrscheinlich mit dem Kopf an die Decke stoßen würde, passte Imogen, die die Größe ihrer Mutter geerbt hatte, perfekt hinein. Sie nahm auf dem Bett Platz und zog sich die Schuhe aus; sie war müde und enttäuscht von diesem ersten Tag im Laden. In diesem Zimmer hier würde sie heute Nacht schlafen.

Kapitel 8

»Imogen hätte nicht ausziehen müssen, weißt du?«, stellte Jon fest, während er seine DVD-Sammlung sortierte und ein paar ältere Filme für einen Wohltätigkeitsbasar aussortierte. Er war frisch rasiert und trug eine Jeans zu einem grauen T-Shirt.

»Ach, das ist schon okay«, erwiderte Anna und setzte sich aufs Sofa. »Es macht ihr nichts aus. Es hat außerdem auch keinen Sinn, Grandmas Haus leer stehen zu lassen. Und da wir jetzt ohnehin jeden Tag zusammenarbeiten, ist es vielleicht sogar besser, wenn jede von uns mal für sich sein kann.«

Anna dachte an die erste Verkaufswoche in der Eisdiele zurück. Imogen und sie hatten wirklich alles getan, um einander bei guter Laune zu halten, je länger das schlechte Wetter anhielt. Ihre regelmäßigsten Besucher waren Evie, während ihrer Kaffeepause, sowie ein älteres Pärchen, das vorbeischaute, um Hepburn Hallo zu sagen. Nach einer Woche waren erst drei zahlende Kunden da gewesen.

»Weißt du, was du brauchst?«, fragte Jon, kam zum Sofa herüber, auf dem Anna saß, setzte sich neben sie und strich ihr zärtlich übers Haar.

»Keine Ahnung«, entgegnete sie und drehte sich ein wenig, um ihn mit einem hoffnungsvollen Lächeln anzusehen. Vielleicht war ja Jon eine geniale Lösung eingefallen – eine Idee, wie sie Kunden aus ihren warmen, trockenen Häusern heraus und zu dem Teil des Strandes locken konnten, wo nicht so viel los war, um dort ein Eis zu essen. Auf das Wetter hatten sie keinen Einfluss, aber vielleicht gab es einen Werbetrick, auf den sie noch nicht gekommen waren?

»Eine Pause«, erklärte Jon und küsste sie sanft auf den Hals. »Lass uns dieses Wochenende wegfahren.«

»Bist du sicher?«, erwiderte sie. Normalerweise hätte sie sich darum gerissen, ein wenig Zeit mit Jon allein zu verbringen. Aber nicht jetzt, wo doch mit dem neuen Unternehmen so viel auf dem Spiel stand. »Der Laden …«, fing sie an. »Und was ist mit Alfie?«

»Mias Eltern sind dieses Wochenende da, und sie hat gefragt, ob er bei ihr bleiben kann, damit ihre Eltern ihn sehen können. Wir hätten also dieses Wochenende freie Bahn. Imogen kann sich doch auch allein um den Laden kümmern, oder? Außerdem sagst du doch selbst, dass ihr im Augenblick so gut wie keine Kunden habt.«

Das stimmte – dennoch versetzten Jons Worte Anna einen kleinen Stich. »Ich weiß nicht …«, erwiderte sie zögernd.

»Fahr dieses Wochenende mit mir weg, Anna. Ich werde uns irgendwo ein nettes Hotel buchen. Wir fahren Freitagabend los und haben dann das gesamte Wochenende nur für uns. Keine Eisdiele, keine Kleinkinder … nur wir. Na, wie klingt das?«

»Klingt ziemlich gut«, gestand Anna und schmiegte sich in seine Arme. Sosehr sie es genoss, Zeit mit Alfie zu verbringen – die Aussicht, ein Wochenende mit Jon allein zu sein, hatte schon etwas. »Wo willst du denn hin?«

»Ich würde dich gern überraschen«, entgegnete Jon grinsend. »Pack einfach deine Reisetasche, und sei abfahrbereit.«

Am Freitagabend fuhren Jon und Anna die Küstenstraße entlang, während der Regen auf Jons Autodach prasselte. Seit mehr als einer Woche hingen diese dicken Gewitterwolken nun schon über ihnen, und es schien nicht so, als würde die Sonne in den nächsten Tagen die Wolken durchbrechen können. Doch als Anna die Füße ausstreckte, fühlte sie etwas, das sie schon seit Monaten nicht mehr empfunden hatte – sie merkte, wie sie sich ein wenig entspannte.

Das dicht gedrängte Ortsbild von Brighton und Hove wurde von den sanften, saftig grünen Hügeln von Sussex abgelöst, und allmählich fielen der Stress der vergangenen zwei Wochen und die Last des nur schleppenden Geschäftsbeginns immer mehr von Anna ab.

»Hey, Träumerin!«, rief Jon und sah zu ihr hinüber, die Hände fest am Lenkrad.

»Ich schalte gerade ein bisschen ab«, erwiderte Anna mit einem zufriedenen Lächeln. »Ganz langsam. In letzter Zeit musste ich über so viele Dinge nachdenken. Grannys Beerdigung, der Laden … und dann hattest du bei der Arbeit auch noch alle Hände voll zu tun. Wir hatten kaum Zeit für *uns.*«

»Genau das, was ich gedacht habe«, nickte Jon. »Aber jetzt haben wir eine ungestörte Zeit vor uns, nur wir beide. Also mach dich bereit für eine geballte Portion *Wir*-Zeit«, lachte er.

Etwa zwanzig Minuten später erreichten sie die Außenbezirke eines kleinen Dorfs, wo Jon nach rechts auf einen schmalen Feldweg abbog. Vor ihnen lag eine Eichenallee, an deren Ende sich ein herrschaftliches Hotel in einem malerischen Gebäude im edwardianischen Stil befand.

Anna war vollkommen überwältigt. »Das ist atemberaubend schön!«, sagte sie, als die Autoreifen über die Kieselsteine der Auffahrt knirschten.

Jon grinste. »Du hast dir etwas Besonderes verdient«, stellte er fest und küsste sie. »Jetzt lass uns unsere Taschen zusammenpacken und hineingehen!«

Gemeinsam schritten sie durch den Haupteingang und bekamen von der Empfangsdame ihre Schlüssel überreicht. Ihr Zimmer befand sich am Ende einer steilen Holztreppe; Annas Aufregung steigerte sich mit jeder Stufe. Jon stieß die schwere Holztür auf, hinter der sich ein Himmelbett, ein riesiges Sofa sowie eine weitere Tür zur Linken verbargen, die zu einem luxuriösen En-suite-Badezimmer führte.

Anna ging schnurstracks zum Bett, setzte sich und hüpfte sanft darauf auf und ab. »Das ist toll!«, schwärmte sie. »Komm her, und probiere es selbst mal!«

Jon setzte die Koffer ab und ließ sich neben ihr nieder. »Nett«, nickte er. »Hast du eigentlich daran gedacht, deinen Bikini einzupacken? Unten gibt es nämlich sowohl einen Pool wie auch einen Wellnessbereich.«

»Da musst du mich nicht zweimal fragen«, grinste Anna. Schnell stand sie auf, öffnete den Reißverschluss ihres Koffers und holte ihre Schwimmsachen hervor. Unten stellten sie dann fest, dass sie den gesamten Poolbereich für sich allein hatten.

»Whirlpool?«, schlug Anna vor.

Zusammen kletterten sie in das Becken und genossen, wie das Wasser um sie herum blubberte, bis Anna Jon durch den Wasserdampf kaum noch sehen konnte. Er streckte die Hand durch den Schaum aus und strich an ihrem Bein hinauf, woraufhin Anna ein wohliger Schauer über den Rücken lief.

»Daran könnte ich mich glatt gewöhnen«, stellte Anna fest und tauchte tiefer ein, damit das Wasser ihr den Nacken wärmte.

»Ich mich auch«, grinste Jon.

»Das erinnert mich daran, wie es war, als wir zusammengekommen sind. Das Blind Date, bei dem wir bis zum Morgengrauen unterwegs waren und nichts anderes im Kopf hatten, als die Gesellschaft des anderen zu genießen.«

»Du warst genauso hübsch und wunderbar, wie Ed und Jess dich beschrieben hatten. Ich konnte mein Glück gar nicht fassen.«

»Ach, du alter Charmeur!«, lachte Anna. »Obwohl ich zugegebenermaßen auch ziemlich glücklich war. Das war ein tolles erstes Blind Date!«

»Und ich habe mir noch Sorgen gemacht, dass ich dich als ein in Trennung lebender Vater mit einem kleinen Baby abschrecken könnte. Ich konnte ja nicht ahnen, dass du dich noch mehr in Alfie verknallen würdest als in mich.«

»Da hättest du keine Angst haben müssen. Und wer würde sich bitte nicht in Alfie verknallen?«, fragte Anna und fuhr mit dem Finger durch die Blasen auf der Wasseroberfläche.

»Ich bin froh darüber, wie sich alles entwickelt hat«, gestand Jon.

»Es ist toll – mit dir zusammen zu sein«, erwiderte Anna. »Ich würde nichts daran ändern wollen.«

»Das Essen wird in einer halben Stunde hochgebracht«, rief Jon, legte den Telefonhörer auf, nachdem er den Zimmerservice bestellt hatte, und lehnte sich im Bett wieder in die Kissen zurück. Wind und Regen peitschten an die Fenster des Hotelzimmers, doch drinnen war es warm und gemütlich. »Sie sagten, sie lassen es vor der Tür stehen.«

Anna kam in ihrem flauschigen Morgenmantel herüber und legte sich zu ihm. Ein Drei-Gänge-Menü, gekocht von einem Sternekoch – und sie mussten sich nicht einmal anziehen, um es zu genießen. Dies war eine völlig neue Ebene von Luxus.

Jon gab Anna einen Kuss, stand auf und ging zur Minibar hinüber. Dort öffnete er die Tür und holte eine Flasche Champagner heraus. »Zeit für einen Schampus«, verkündete er, nahm zwei Gläser und ließ den Korken knallen. Dann reichte er Anna ein Glas.

»Wow«, nahm sie das Glas lächelnd entgegen. »Gibt es etwas zu feiern?«

»Eine kleine Auszeit mit meiner Freundin«, erwiderte Jon, beugte sich zu ihr vor, um sie zu küssen, und zog sie an sich heran. »Brauche ich noch irgendeinen anderen Vorwand?«

Nach ihrem Kuss trank Anna einen Schluck Champagner und genoss das Prickeln auf ihrer Zunge.

»Ah«, rief Jon. »Ich merke gerade, dass ich etwas vergessen habe. Ich bin gleich zurück.« Er stand aus dem Bett auf und streifte sich Hose und Pullover über. »Ich muss kurz zum Auto runter.«

»Okay«, erwiderte Anna ein wenig verwirrt. Hatten sie denn nicht alles, was sie brauchten, hier?

Mit einem Augenzwinkern schloss Jon die Hotelzimmertür hinter sich. Anna lehnte sich in die Kissen zurück. Es sei denn, es handelte sich um …

Annas Blick wanderte von dem Glas Champagner in ihrer Hand durch das kostspielige Zimmer; dann erinnerte sie sich an den gemeinsamen romantischen Augenblick, als sie kürzlich bei Jess' und Eds Hochzeit getanzt hatten. Ihr Herz raste mit einem Mal, und sie trank schnell einen weiteren Schluck. Er würde doch nicht … oder?

Jons Handy auf dem Tischchen neben dem Bett klingelte und riss sie aus ihren Gedanken. Als Anna aus dem Fenster blickte, entdeckte sie Jon auf dem Parkplatz neben dem Auto, wie er sich die Jacke über den Kopf hielt, um sich vor dem Regen zu schützen.

Annas Blick wanderte zu seinem Handy. Mias Name blinkte auf. Sie zögerte. Normalerweise würde sie nicht drangehen – aber was, wenn es wichtig war?

»Hallo?«, meldete sich Anna schließlich.

»Oh Anna, hi«, grüßte Mia. »Anna, du bist es, oder?«

»Ja«, erwiderte Anna. »Tut mir leid, Jon ist kurz zum Auto runter. Aber kann ich ihm was ausrichten?«

»Ja, bitte.« Mia klang gestresst. »Es tut mir wirklich leid, ich weiß, dass ihr übers Wochenende weggefahren seid. Aber es geht um Alfie. Wir waren heute den ganzen Tag mit meinen Eltern unterwegs, und jetzt hat er ziemlich hohes Fieber. Er ruft immer wieder nach seinem Dad. Könntest du Jon bitten, mich zurückzurufen, wenn er wieder da ist?«

»Der arme Alfie!«, rief Anna. »Natürlich. Ich sage Jon, dass er dich sofort anrufen soll.«

Kapitel 9

Imogen, die in der Eisdiele auf einem Retrostuhl an der Bar hockte, öffnete ihren Laptop. Sie widerstand jedoch der Versuchung, Facebook aufzurufen – da es draußen immer noch ganz grau und verregnet war, war der Anblick ihrer Freunde am thailändischen Strand so ziemlich das Letzte, was sie jetzt brauchen konnte. Ob sie wollte oder nicht: Sie fragte sich immer noch, was Luca wohl gerade machte. Seit mehr als einem Monat hatte sie jetzt schon nichts mehr von ihm gehört.

Sie weigerte sich jedoch, sich länger mit diesem Gedanken zu beschäftigen. Heute war sie nämlich auf der Suche nach *Inspiration*. Für Anna und sie wurde es nun Zeit, eine Schippe draufzulegen. Anhand der Abrechnungen war klar ersichtlich, dass das, was sie im Laden anboten, nicht ausreichte, um die Ortsansässigen anzulocken, ganz zu schweigen von den Londonern oder anderen Südküstentouristen.

Sie rief die Website von Ben & Jerry's auf und las die Geschichte, wie aus der kleinen Eisdiele ein weltweit operierendes Speiseeisunternehmen geworden war, nachdem man in einer alten, umgebauten Tankstelle das erste Geschäft eröffnet, kostenloses Eis an Freunde verteilt und einen Pianisten angestellt hatte, der die Kunden in den langen Warteschlangen unterhalten sollte. Na, das war doch mal was, dachte Imogen grinsend. Schnell sah sie sich um, wo man einen Flügel unterbringen konnte. Vielleicht musste es aber auch ohne ihn gehen.

Sie klickte eine neue Seite an – die Geschichte eines Mannes, der den weltweit ersten LKW mit Flüssigstickstoff auf die Straße gebracht und Geschmacksrichtungen von Portwein bis Stilton-Käse kreiert hatte. Er hatte sogar mit Quallen herumexperimentiert, um Eis herzustellen, das im Dunkeln leuchtete. Die Kunden waren scharenweise zu ihm gekommen. Doch Imogens Instinkt sagte ihr sofort, dass skurrile Erfindungen und Klavierspieler beim Viviens nicht funktionieren würden. Wenn man den meistbesuchten Cafés in den Brightoner Lanes glauben durfte, waren es allein hochqualitatives Essen und saisonal abhängige Zutaten, für die sich die ortsansässigen Kunden am meisten interessierten.

Imogen wurde klar – mit der geeigneten Herangehensweise konnten sie die Arches, diesen entlegenen Teil der Küste, zu einem Anziehungspunkt für Gourmeteis machen. Jedoch würden ein oder zwei Nachmittage in Annas Küche mit den aus dem Internet ausgedruckten Rezepten nicht ausreichen. Das Viviens musste etwas Besonderes anbieten – Köstlichkeiten, die ihnen das gewisse Etwas verliehen, wodurch sie ein fester Bestandteil der Südküsten-Feinschmeckerlisten werden würden. Es war höchste Zeit, sich fortzubilden.

Sie surfte durch die Angebote für Gelato-Workshops und -Kurse der Spitzenklasse, bevor ihr Blick auf die Kosten fiel. Okay, das würde richtig teuer werden, aber sie konnten es sich immer noch leisten, wenigstens eine von ihnen beiden hinzuschicken. Anna war schon immer eine begnadete Köchin gewesen; ihre Leidenschaft für das Kochen und Backen könnte sich als ihr wichtigstes Gut für ihr Unternehmen entpuppen. Nach einer gewissen Investition und ein paar Tagen, während deren sie die Herstellung von Eis von der Pike auf lernte, würde Anna doch sicherlich in der Lage sein, hochqualitatives Eis herzustellen? Dann könnte sie Imogen zeigen, wie es geht, sodass sie beide eine fundierte Ausbildung hätten. Das sollte doch nicht so schwer sein.

Imogens Aufregung stieg, als sie die Details einer Londoner Kochschule durchlas: »Wir bringen Ihnen bei, wie Sie Sorbets und auf Puddingpulver basierendes Eis herstellen …« Was war aber mit dem cremigen, köstlich aussehenden Eis, dem echten *gelato*?

Na klar, dachte Imogen, schlug sich mit der Hand vor die Stirn und musste über ihre eigene Dummheit lachen. *Italien*!

Als sie die neuen Schlüsselworte für die Internetsuche eingab, öffnete sich auf ihrem Bildschirm eine Nachricht in ihrem Chatprogramm.

Von: Santiana

Imogen strahlte. Seit mehr als vierzehn Tagen hatte sie nichts mehr von ihrer besten Freundin auf der Insel gehört. Allein ihren Namen nur zu lesen kam ihr wie ein Sonnenstrahl vor.

Imogen, hi!

Hallo!, tippte Imogen schnell zurück. Wie geht's? Vermisst ihr mich?

Ja, na klar. Ohne dich ist alles anders.

Anders?, dachte Imogen verwundert und runzelte die Stirn. Komische Ausdrucksweise. Sie tippte eine Antwort.

Wie anders? Langweilig? Einsam ohne deine Trink- und Tauchpartnerin?

Imogen starrte auf den leeren Bildschirm.

Imogen, kam schließlich die Antwort, ich muss dir was erklären.

Der ernste Tonfall von Santianas Nachricht war eine ziemliche Überraschung. Ihre Freundschaft war unkompliziert: Sie aßen zusammen, schwammen und lachten zusammen. Tiefer gehende Gespräche führten sie nicht. Neue Textzeilen erschienen mit einem »Ping«.

Bevor du irgendwas auf Facebook liest

Tut mir echt leid

Luca und ich

Imogen fühlte sich, als hätte ihr jemand in den Magen geboxt.

In einem Extrafenster öffnete sie Facebook und klickte sich zu Lucas Seite durch. Sofort fiel ihr Blick auf das Foto auf seiner Pinnwand – er und Santiana, die Arme umeinandergeschlungen, sich küssend. Das Bild war in der Komodo-Bar aufgenommen worden, wo Luca die Willkommensfeier nach ihrer Rückkehr hatte feiern wollen.

Luca hatte gesagt, dass er Zeit zum Nachdenken bräuchte – aber wie passte es dazu, dass er mit ihrer angeblich besten Freundin herummachte?

Eine neue Nachricht von Santiana:

Sorry

Hoffe, wir können immer noch Freundinnen sein

Imogens Hände erstarrten auf der Tastatur, als sie mühsam versuchte, das Geschehene zu begreifen. So hätte das nicht laufen sollen.

Sie hörte, wie sich die Ladentür öffnete und eine Männerstimme ihre Gedanken durchbrach. »Na, heute alleine?«

Sie sah auf und erblickte Finn, der in der Tür stand. »Ja. Hi, Finn.«

Ihre Finger schwebten über der Tastatur. Was sollte sie Santiana antworten? Wie sollte sie in Worte fassen, was sie gerade empfand?

»Ich habe mich nur gefragt, ob du vielleicht Hilfe brauchen kannst«, bot sich Finn an. »Für die Kurse heute hat sich niemand angemeldet, deswegen hätte ich jetzt Zeit.«

»Vielen Dank«, erwiderte Imogen und wandte sich wieder ihrem Notebook zu, wo Alles in Ordnung? gerade auf dem Bildschirm aufgetaucht war. »Aber nicht nötig. Heute ist es ziemlich ruhig hier, aber das wird nicht mehr lange so bleiben«, erwiderte sie und zwang sich zu einem Lächeln. »Ich arbeite an ein paar Akquisitionsplänen.«

»Klingt interessant.«

»Ja, ja, das ist es auch«, erwiderte Imogen und wartete ungeduldig darauf, die Unterhaltung beenden zu können, um sich dann wieder dem Laptop zuzuwenden.

Finn lächelte entschuldigend. »Irgendwie werde ich das Gefühl nicht los, dass ich dich bei irgendwas störe.«

»Das tust du nicht«, entgegnete Imogen, doch ihr Blick wanderte von seinen Augen hin zu ihrem Bildschirm.

»Okay, in dem Fall lasse ich dich mal lieber in Ruhe«, erwiderte Finn, drehte sich um und ging.

»Du bist aber früh zurück«, stellte Imogen fest und starrte Anna an, die, mit einem aufgespannten Schirm bewaffnet, draußen vor der Haustür ihrer Großmutter stand.

»Ich weiß«, entgegnete Anna niedergeschlagen.

»Es ist nur … Ich habe dich so früh nicht zurückerwartet. Ich dachte, ihr wolltet das ganze Wochenende wegfahren?«

»Das dachte ich auch.« Anna trat ein und stellte den Schirm in eine Ecke.

»Ich koche uns mal einen Tee.«

Anna folgte Imogen in die Küche; Hepburn trottete ihnen sofort hinterher. Dort stellte Imogen den Wasserkocher an. »Wir haben Freundschaft geschlossen, als du weg warst«, stellte sie fest und nickte in Hepburns Richtung. »Allmählich gewöhne ich mich an ihn. Aber jetzt zu dir. Was ist passiert?«

»Alfie ist krank«, antwortete Anna. »Das arme Würmchen. Jon und ich waren in diesem wunderbaren Hotel – mit Wellnessbereich, unglaublich leckerem Essen, die absolute Glückseligkeit –, aber dann kam der Anruf, sodass wir wieder zurückgefahren sind. Ich habe Jon bei Mia abgesetzt. Und da bin ich.«

»Ist es was Ernstes?«, erkundigte sich Imogen besorgt.

»Ich glaube nicht, Gott sei Dank«, erwiderte Anna. »Jon hat mir eine SMS geschickt, dass er jetzt Alfie eine Geschichte vorliest. Er hat sich wohl wieder beruhigt, und es geht ihm gut. Als wir ankamen, war sein Fieber schon wieder gesunken.«

»Wie schade, dass ihr nicht mal über Nacht bleiben konntet, aber wie es klingt, habt ihr das Richtige getan«, nickte Imogen. »Es ist immer besser, vorsichtig zu sein.«

»Oh, natürlich«, pflichtete Anna ihr bei. »Außerdem hätten wir uns wohl kaum entspannen und Spaß haben können mit dem Wissen, dass es Alfie nicht gut geht. Es ist nur …«

»Ja?«

»Das klingt vielleicht albern, aber wir waren in diesem superromantischen Hotel, und Jon war gerade zum Auto hinunter, um etwas zu holen. Ich habe einen Augenblick lang gedacht, dass er mir einen Ring schenken würde.«

»Oooh!«, erwiderte Imogen. »Verständlich. Obwohl du damit natürlich die wahrscheinlichere Antwort außer Acht lässt.«

»Und die wäre …?«

»Kondome«, erwiderte Imogen schulterzuckend.

»Oh.« Anna wurde rot. »Oh Gott, du hast recht. Das wird es wohl gewesen sein. Jetzt komme ich mir ziemlich dämlich vor.«

»Ach Quatsch! Das war doch eine naheliegende Schlussfolgerung, wenn man den spontanen Wochenendtrip und das noble Hotel bedenkt. Und wer weiß, vielleicht hättest du auch recht gehabt? Hier.« Imogen reichte ihr eine Tasse Tee. »Lass uns ins Wohnzimmer gehen.«

»Wie ist es im Laden gelaufen?«, erkundigte sich Anna ein wenig benommen und machte es sich auf dem Chesterfield-Sofa bequem. »Ist immer noch alles ruhig geblieben?«

»Ja, alles unverändert. Keine Neuigkeiten – wenn man davon absieht, dass Luca und ich jetzt definitiv nicht mehr zusammen sind.«

»Tatsächlich?«, fragte Anna.

»Yep. Santiana hat mir eben berichtet, dass sie jetzt zusammen sind. Auf Facebook gibt es sogar Fotos, die das beweisen. Sie hat tatsächlich gefragt, ob wir befreundet bleiben könnten.«

»Was für eine Frechheit!«, protestierte Anna und regte sich im Namen ihrer Schwester auf. »Aber betrachte das alles mal von Lucas Seite aus …«

»Ich weiß«, erwiderte Imogen. »Mir ist klar geworden, dass ich ihm kaum eine Alternative gelassen habe. Sicherlich wäre es einfacher gewesen, wenn er sich eine andere ausgesucht hätte, aber letztlich kann ich es ihm nicht mal übelnehmen.«

»Jedenfalls tut es mir sehr leid.«

»Ich komme mir ziemlich doof vor, aber ich denke, ich habe mich entschieden. Wahrscheinlich bedeutet das dann eben, dass wir nicht füreinander bestimmt waren.«

»Vielleicht. Du bedauerst es also nicht, hiergeblieben zu sein?«

»Nein«, schüttelte Imogen den Kopf. »Natürlich nicht.«

Anna zog fragend die Augenbrauen hoch.

»Okay, vielleicht ein bisschen. Aber es wird auch wieder besser, das weiß ich. Und ich weiß auch, wie es besser werden kann.«

»Ach, tatsächlich?«, fragte Anna. »Vielleicht sollte ich mal öfter wegfahren.«

»Witzig, dass du das sagst. Wie wäre es denn mit einem Ausflug nach Italien? Ich habe nämlich das Gefühl, dass wir genau das brauchen könnten, um unser Geschäft anzukurbeln.«

TEIL 2

Nicht aufgeben, weiterbilden

KAPITEL 10

Anna wartete darauf, dass ihre Koffer auf dem Gepäckband des kleinen, betriebsamen Flughafens von Pisa auftauchten. Als sie wenige Minuten zuvor auf die Start-und-Lande-Bahn hinausgetreten war, war ihr sofort die Hitze entgegengeschlagen, und auch in der Ankunftshalle wurde es immer stickiger.

Eine Reihe von schwarzen und grauen Taschen zog zum dritten Mal an ihr vorbei, gefolgt von einem rosafarbenen Hartschalenkoffer, der mit Aufklebern der Boyband One Direction sowie einigen Herzen verziert war. Anna suchte nach ihrem roten Koffer. Was, wenn er nicht ankam? Sie biss sich auf die Lippe, dachte an die verschiedenen Outfits, die sie eingepackt hatte, und wurde immer nervöser beim Gedanken an all das, was vor ihr lag. Sollte Jon etwa recht behalten, der die Reise als eine völlig überhastete Unternehmung bezeichnet hatte?

Hier war sie nun in Italien – Anfang Juni, zwei Wochen nachdem Imogen diese Reise vorgeschlagen hatte. Hatte es wirklich Sinn, in ein anderes Land zu fliegen, hunderte Meilen von dem Mann entfernt, den sie liebte?

Aha! Anna entdeckte ihren Koffer und schlängelte sich höflich an einer jungen italienischen Familie vorbei, um sich ihr Gepäck zu schnappen.

Dabei war sie schon ziemlich aufgeregt, in Italien zu sein. Während sie ihren Rollkoffer in Richtung des Bahnhofs hinter sich herzog, dachte sie darüber nach, was sie jetzt wohl alles erwarten würde. Anna war nie sonderlich gern und viel verreist, doch ihr war klar, wie glücklich sie sich schätzen konnte, dass die Reise nach Florenz ging, in eine der schönsten Städte der Welt, die für ihr köstliches Eis bekannt war. Ab Montag würde sie von Bianca Romeo höchstpersönlich lernen, wie Eis hergestellt wurde. Sie war eine lebende Legende, was kulinarische Genüsse anbelangte, einer der wichtigsten Menschen in Sachen Eis in ganz Italien, und sie unterrichtete an der international bekannten Accademia di Gelateria. Dies war eine einmalige Chance für Anna. Darum war sie natürlich aufgeregt, zudem befand sie sich definitiv weit außerhalb des Umfeldes, in dem sie sich wohlfühlte.

Wie es schien, hatte Imogen da wirklich etwas Tolles ausfindig gemacht. Trotz all ihrer verrückten Pläne war und blieb Imogen eine Expertin darin, große Pläne zu schmieden; und da sie jeden Tag der Wahrheit ins Auge schauen mussten, dass ihre Eisdiele kaum Kunden hatte und somit nichts als Verluste schrieb, war Anna klar, dass sie Imogens Visionen derzeit mehr als alles andere auf der Welt nötig hatten. Denn wenn sie etwas Besonderes und zudem beste Qualität bieten konnten, würden die Kunden auch den weiteren Weg in Kauf nehmen und zu ihnen kommen. Jeder liebte doch ein kulinarisches Abenteuer, oder? Und dafür war man auch bereit, weitere Wege zurückzulegen. Für *Rick Steins Fish & Chips* fuhr man in entlegene Fischerdörfchen, und so würde man auch für echtes italienisches Eis, das das Viviens demnächst im Angebot hatte und bei dem einem das Wasser im Munde zusammenlief, den Strand entlangspazieren oder zu den Granville Arches fahren.

Meine Aufgabe ist es, dachte Anna auf dem Weg zu Bahnsteig drei, *dafür zu sorgen, dass die Kunden bei ihrer Ankunft etwas so Umwerfendes vorgesetzt bekommen, dass sich der Weg gelohnt hat*. Schnell überprüfte sie den Zielort vorne am Zug – *Firenze* – und stieg ein.

Der Zug verließ den Bahnhof von Pisa, und nur wenige Minuten später tauchte Anna schon in die Landschaft draußen vor dem Zugfenster ein: in Sonnenlicht getauchte Weinberge, Hügel, an die sich verstreut einige goldgelbe Häuser mit Terrakottadachziegeln schmiegten, Zypressen, die in der toskanischen Landschaft emporragten, aufrecht und elegant. Anna lehnte sich in ihrem Sitz zurück und musterte die neue Umgebung. Seit Jahren war sie nicht mehr im Ausland gewesen: Da Alfie sie an den meisten Wochenenden besuchen kam, unterschieden sich Jons und ihre Prioritäten von denen anderer junger Paare. Doch die Farben der Felder und das beeindruckende Blau des Himmels hoben ihre Stimmung, und allmählich ließ auch ihre Aufregung nach.

In ihrer Handtasche fand sie den braunen Umschlag, öffnete ihn und las sich die Details durch, wo sie in Florenz übernachten würde. Die *pensione*, die Pension, in der sie ein Zimmer gebucht hatte, befand sich allem Anschein nach nicht weit von der Accademia di Gelateria entfernt.

Imogen und Anna hatten sich jede einzelne Schule und Universität von Sizilien bis Venedig angeschaut, die Kurse im Eismachen anbot, Kochblogs gelesen und Bewertungen überprüft, bis sie sich für die Accademia entschieden hatten – dort hatte Anna einen praktischen Kurs über die Herstellung von Eis in Verbindung mit einem zusätzlichen Abendkurs über Sorbets und Gramolatas belegt. Als sie die Kursmaterialien durchblätterte, lief ihr allein schon beim Gedanken an die bevorstehenden Eiskreationen das Wasser im Munde zusammen. Und als sich der Zug Florenz näherte und die Weinberge Häusern mit grünen Fensterläden und Balkonen wichen, zwischen denen Wäsche zum Trocknen hing, konnte Anna es kaum noch abwarten, endlich loszulegen.

Draußen am Taxistand vor dem Bahnhof stieg Anna in einen Wagen ein und zeigte dem schnauzbärtigen Fahrer, wo sie hinwollte. Er nickte, nahm ihr den Koffer ab und warf ihn in den Kofferraum. Sie bemerkte, wie er mit seinen Augen ihr Dekolleté geradezu verschlang. Anna wurde rot, zog sich das Oberteil höher und stieg schnell ein. An diesem brütend heißen Sommertag und ohne Klimaanlage schwitzte Anna so sehr, dass ihr der Schweiß im Nacken hinunterlief und Haarsträhnen dort kleben blieben. Sie kurbelte das Fenster herunter und hoffte auf eine kühlende Brise – doch die Luft schien geradezu zu stehen; draußen war es genauso heiß wie drinnen.

Während sie die engen Straßen entlangrasten, ertönten von überall her Hupen, und der Fahrer stieß eine ganze Tirade von Schimpfwörtern aus. Anna hielt sich mit einer Hand am Türgriff fest. Da die Laune des Taxifahrers sich immer weiter verschlechterte, überlegte sie kurz, ob es nicht besser wäre, zu Fuß zu gehen, als hier mit einem Wahnsinnigen in diesem Wagen eingesperrt zu sein. Jon wäre entsetzt gewesen, hätte er in diesem Taxi gesessen – jetzt gerade wichen sie mit quietschenden Reifen einer alten Dame mit einem Einkaufstrolley aus. Als Anna wieder aufschaute, hatte sich innerhalb weniger Minuten die Umgebung vollkommen geändert. Als sich der Verkehrsstau immer weiter auflöste, stellte Anna fest, dass sie sich umgeben von atemberaubender Architektur befanden – hier eine Kirche mit einer kunstvollen Fassade, dort ein wunderhübsches Stadthaus mit Fresken, drüben eine geschäftige Piazza.

»Via Fortiori, eh«, rief der Fahrer. »Pensione Giovanna.«

»Si«, erwiderte Anna.

Er zeigte auf ein hohes Wohnhaus und schien ihr damit andeuten zu wollen, dass sie angekommen waren. Es handelte sich um ein vierstöckiges Stadthaus mit schmiedeeisernen Zierbalkonen, die aussahen, als würden sie bei der kleinsten Berührung zusammenbrechen.

Anna ließ den Blick über den Marktplatz schweifen. Restauranttische drängten sich auf dem Kopfsteinpflaster, Gäste saßen an diesem späten Nachmittag an den Tischen, in den Läden und Boutiquen wurden glitzernde High Heels, Hochzeitskleider und frisches Gemüse angeboten. Anna war umhüllt von Gerüchen, dem Anblick des Marktplatzes und all den Geräuschen. Der berauschende Platz sprudelte geradezu vor Leben.

»Okay«, verkündete der Fahrer, sprang aus dem Taxi und holte ihr Gepäck aus dem Kofferraum. Da sie die Summe nicht verstand, die er ihr nannte, reichte Anna ihm einen Zwanzig-Euro-Schein und hoffte, dass es reichte.

Mit einem letzten lüsternen Blick auf ihren Busen stieg der Fahrer wieder ins Auto, trat aufs Gaspedal und stürzte sich wieder in das Verkehrschaos auf den florentinischen Straßen. Anna schüttelte sich vor Widerwillen und machte sich dann auf den Weg zu dem Gebäude, auf das der Taxifahrer gedeutet hatte. Ein Buchstabe der Neonanzeige *Pensione* leuchtete noch; die anderen sahen aus, als seien sie schon vor längerer Zeit erloschen.

Anna überprüfte kurz die Hausnummer und klopfte dann fest mit dem großen Türklopfer in Form eines Löwenkopfes an. Der Lärm des Klopfers ging in dem Getümmel auf dem Marktplatz unter, sodass sich Anna fragte, ob sie wohl überhaupt gehört worden war. Einen Augenblick später öffnete jedoch eine korpulente grauhaarige Mittfünfzigerin die Tür.

»Signora McAvoy!«, rief sie herzlich.

Anna lächelte. »Anna bitte.«

Die Frau deutete auf ihre üppige Oberweite und lächelte ebenfalls. »Giovanna. Willkommen!«, erwiderte sie mit einem starken Akzent. »Kommen Sie herein.«

Anna fiel angesichts ihrer freundlichen Miene ein Stein vom Herzen. Giovanna führte sie eine schmale Steintreppe hinauf, bis sie ein kleines Zimmer erreichten. Der schlichte Raum, der mit einem Einzelbett mit einem schmiedeeisernen Rahmen neben dem Fenster ausgestattet war, verfügte zudem über eine Kommode, einen Kleiderschrank und ein kleines Waschbecken. »*E piccolo*«, stellte Giovanna mit einem Schulterzucken fest. »Und Sie sind *alta*, groß«, lachte sie und deutete auf Anna.

Anna setzte ihren Koffer ab und lächelte höflich, da sie Kommentare zu ihrer Größe schon gewohnt war. Das Zimmer war in Wirklichkeit kleiner, als es auf der Internetseite ausgesehen hatte, doch es besaß durchaus Charme – und es gab ein hübsches Fenster mit Fensterläden, von dem man einen wunderbaren Ausblick auf den Marktplatz hatte. Lächelnd nahm Giovanna Anna an die Hand und zeigte ihr das helle, sonnige Bad, in dem sich antike goldene Spiegel sowie eine große, freistehende Badewanne auf Löwentatzen befanden. Anna sah schon genau vor sich, wie sie hier heute Abend den Schmerz ihrer wunden Füße in einem Schaumbad lindern würde. »*Bello*«, stellte sie anerkennend fest und war dankbar, dass sie ihr Reisewörterbuch im Flugzeug kurz überflogen hatte.

Nebenan befand sich ein noch kleineres, leeres Zimmer, in dem ein Bett gemacht war – scheinbar erwartete Giovanna noch einen weiteren Gast.

Anna reckte und streckte sich ein wenig, um ihre Schultern nach der langen Reise zu lockern.

»*Stanca?*«, fragte Giovanna und deutete ein Gähnen an. Anna dachte kurz an all die Sehenswürdigkeiten in ihrem Reiseführer und wünschte sich inständig, sie wäre nicht so müde.

»Heute, ausruhen«, lächelte Giovanna. »Morgen dann, Sonntag, *godere*! Vergnügen!«

KAPITEL 11

Imogen schüttete Erdbeeren in den Mixer und schaltete ihn an. Es war zwar Mitternacht, doch sie war immer noch auf und bereitete in der Küche im Haus ihrer Großmutter selbstgemachtes Eis zu.

Ja, sie und Anna hatten eigentlich abgesprochen, noch eine Weile abzuwarten, bis Anna die Kurse absolviert und sie Imogen die Grundlagen beigebracht hatte, um dann eine ganze Palette selbstgemachter Eissorten auf den Markt zu bringen – doch Imogen musste etwas tun. Wenn sie sich nicht irgendwie beschäftigte, würde sie in Gedanken immer wieder zu Luca zurückkehren und ihr Bedauern über ihre Entscheidung immer mehr wachsen.

Darum hatte sie beschlossen, jetzt zwei Geschmacksrichtungen auszuprobieren, um erst einmal klein anzufangen – Schokolade und Erdbeere, mit Früchten, die sie am Ende des Tages reduziert beim Obst-und-Gemüse-Händler im Ort gefunden hatte. Imogen schleckte den Löffel ab und ließ sich die Mischungen auf der Zunge zergehen. Erdbeere war köstlich. Schokolade war auch nicht schlecht, aber bei Schokoladeneis konnte man auch nicht viel falsch machen, oder? Sie hatte zwar nicht all den Schnickschnack benutzt, den Anna ihr gezeigt hatte, aber sie hatte die Arbeit mit dem erledigt, was sie in Viviens Küche vorgefunden hatte. Imogen lächelte zufrieden – es fühlte sich gut an, etwas Kreatives zu tun, anstatt traurig dem hinterherzuhängen, was hätte sein können.

Schnell brachte sie die Schüsseln im Gefrierschrank unter, damit sie das Eis am nächsten Tag in den Laden mitnehmen konnte. Müde, aber zufrieden kletterte sie ins Bett, zog sich die Daunendecke bis zu den Ohren und fiel in einen tiefen, entspannenden Schlaf.

Am Sonntagmorgen holte Imogen die Tafel heraus, die sie im Vorratsraum des Ladens gefunden hatte, und schrieb mit für den Laden charakteristischer pistazienfarbener und hellrosa Kreide darauf:

Heute selbstgemachtes Eis

Lächelnd stellte sie die Tafel draußen auf und freute sich voller Aufregung auf den Tag, der vor ihr lag.

Die Morgensonne trocknete schnell den regennassen Beton vor dem Laden, und es sah tatsächlich so aus, als würde das Wetter einmal mit ihren Plänen kooperieren. Rollerblader fuhren die Promenade auf und ab, fuhren Schleifen um Hütchen herum, und sogar die Möwen schienen fröhlich zu schreien, als sie sich auf die Mülleimer an der Strandpromenade stürzten, um sich dort ihr Frühstück zusammenzuklauben.

Von seinem gewohnten Platz aus, vorne im Laden, bellte Hepburn die Vögel an. Imogen schlang sich die Strickweste enger um und schaute sich nach möglichen Kunden um. Sie erschrak jedoch, als ein Golden Retriever an ihr vorbeischoss und schnurstracks zu Hepburn lief.

»Tut mir leid!«, rief eine Frau mit einem dunklen Bob, holte den Hund ein und schnappte seine Leine.

Ein Mann im Regenmantel schloss zu den beiden auf und kam keuchend zum Halt. »Ah, du hast ihn, Jill. Prima.«

»Harry hat eine Vorliebe für Dackel«, entschuldigte sich die Frau. »Das ist übrigens Harry.« Sie deutete auf den Golden Retriever. »Nicht er!«, lachte sie und nahm die Hand ihres Partners.

»Ach, der alte Eisladen. Das trifft sich gut, wir wollten ohnehin mal vorbeischauen«, erklärte der Mann. »Wir haben gehört, dass die Besitzer gewechselt haben. Jeffrey und Jill, erfreut, Sie kennenzulernen.«

Imogen lächelte und schüttelte den beiden die Hand. »Imogen, ebenfalls. Und ja, wir sind die neuen Besitzer. Alles ist in der Familie geblieben, obwohl wir uns eigentlich ›Viviens und Enkelinnen‹ nennen sollten. Meine Schwester und ich haben das Geschäft übernommen.«

»Es sieht fantastisch aus«, stellte die Frau fest und ließ den Blick über die frisch gestrichenen Wände und das Retrodesign schweifen. Anna und Imogen hatten eine Lampe aus Eisportionierern gebaut, an denen Glühbirnen hingen – ein Kernstück ihrer Deko. »Unseren Enkeln würde das wahnsinnig gut gefallen, nicht wahr, Jeffrey?«

»Ja, da bin ich mir sicher. Nächstes Mal kommen wir mit ihnen gemeinsam her. Wir nehmen erst einmal zwei Eis, bitte«, fuhr Jeffrey fort. »Sie haben Schokolade und Erdbeer im Angebot, oder?« Imogen nickte. »Dann nehme ich Schokolade, und ein Erdbeerhörnchen für meine Frau, bitte.«

Imogen füllte die Waffelhörnchen mit Eis und passte auf, die feinen Waffeln nicht zu zerbrechen. Sie hatte extra diese Eishörnchen gekauft, da sie besser waren als die gewohnten, die es überall gab.

»Sieht köstlich aus«, lobte Jill, als sie Imogen das Geld reichte. Gemeinsam machten sich die beiden auf den Weg zum Ausgang, wobei Harry dieses Mal an der kurzen Leine gehalten wurde. Vorsichtig streckte Hepburn seinen Kopf aus dem Hinterzimmer heraus und sah Imogen mit seinen großen braunen Augen fragend an.

»Jetzt ist die Luft rein, Hepburn, kannst rauskommen«, flüsterte Imogen. »Wir haben gerade die ersten Kunden verabschiedet, die unser eigenes Eis gekauft haben.«

Voller Anerkennung bellte er kurz heiser.

»Meinst du, unsere Nachbarn wollen auch das Eis probieren?«, fragte ihn Imogen.

Wieder bellte er und wackelte dieses Mal sogar mit dem Schwanz. Imogen wertete dies als Zustimmung. Sie verließ den Laden und lief die Strandpromenade zu Evies Souvenirladen hinunter. Die Ladenklingel bimmelte beim Eintreten.

»Evie, hallo!«, rief Imogen, als sie Evie erblickte. »Kann ich dir ein selbstgemachtes Eis anbieten?«

»Oh, Liebes, sehr gern«, erwiderte Evie, die hinter der Ladentheke stand. »Wie nett, dass du fragst. Aber mein Arzt würde mich einen Kopf kürzer machen. Er sagt, ich muss auf mein Cholesterin achten.«

»Oh, okay. Ich will dich nicht in Schwierigkeiten bringen! Dann müssen wir uns wohl eine gesunde Alternative für dich einfallen lassen.«

Ein kleiner sommersprossiger Junge drängte sich an Imogen vorbei und hielt seinen großen aufblasbaren Hai hoch. »Der hat ein Loch!«, jammerte er.

»Die Pflicht ruft«, seufzte Evie mit einem Lächeln. »Aber warum fragst du nicht einfach Finn? Jede Wette, dass er sich über die Einladung sehr freuen wird.«

»Klar, mache ich«, rief Imogen.

Sie lief den Arkadengang bis zu Finns Surfschule hinunter. Draußen stand eine Gruppe Surfer, die sich gerade darauf vorbereiteten, surfen zu gehen. Finn stand in der Ladentür.

»Genießt die Brandung!«, rief Imogen der Gruppe zu. »Hinterher gibt es drüben im Viviens für alle unser selbstgemachtes Eis zum halben Preis!« Sie deutete auf den Laden.

»Klingt verführerisch«, erwiderte eine der Frauen im Neoprenanzug. »Aber ich glaube, dass uns nach dem Surfen schon kalt genug sein wird.«

»Ich habe die Wissenschaft auf meiner Seite«, reagierte Imogen spontan. »Je niedriger die innere Körpertemperatur, desto wärmer fühlt man sich.« Das hatte sie irgendwo mal gelesen. Ob es nun stimmte, wusste sie nicht, aber zumindest klang es gut.

Einer der Männer in der Gruppe, groß gewachsen, mit schwarzem, kurzem Haar, vom Typ her ziemlich dunkel, zwinkerte Imogen zu, als er seinen Neoprenanzug bis oben schloss. Sie kam nicht umhin zu bemerken, dass der Gummianzug genau an den richtigen Stellen wie angegossen saß.

»Wir kommen«, erklärte er.

An jenem Nachmittag ließ Imogen den Blick voller Stolz über die volle Eisdiele schweifen. Die Bestellungen von Finns Surferklasse waren so umfangreich und schnell eingegangen, dass sie zunächst Mühe gehabt hatte, alles auch nur zu notieren. Wie es schien, hatten sie ihr die Innen-/Außentemperatur-Geschichte abgekauft. Nach einem langen Morgen voller Surfunterricht auf dem Meer bestellten sie Eis in rauen Mengen, um gegen das Kältezittern nach dem Surfen anzukämpfen.

»Das schmeckt unglaublich lecker!«, rief der Typ mit den schwarzen Haaren Imogen zu.

»Hier, probier erst mal Erdbeer!« Ein anderer junger Mann schob ihm seinen Eisbecher hin.

Voller Stolz beobachtete Imogen, wie sie gierig das Eis löffelten.

Kapitel 12

Anna verließ Giovannas Haus und betrat die Piazza Santa Maria de Novella, auf der sich die Menschenmenge drängte, die aus der Sonntagsmesse kam. Sie setzte ihre Sonnenbrille auf. Anna war am Morgen frisch und ausgeruht aufgewacht und war bereit, die Stadt zu erkunden; da nur noch ein Tag blieb, bis der Eislehrgang begann, freute sie sich darauf, die verbleibende Zeit zu nutzen.

Die Sonne stand hoch am Himmel, und in ihrem weiten, fließenden türkisfarbenen Kleid und den goldenen Sandalen genoss Anna es, sich von der Sonne wärmen zu lassen. Nach dem offiziell regnerischsten Mai, den Großbritannien je erlebt hatte, sog sie den Vitamin-D-Lieferanten geradezu in sich auf. Erfreulicherweise war die einzige Entscheidung, die sie heute treffen musste, die, was sie sich zuerst ansehen wollte. Nach einem letzten Blick in ihren Reiseführer entschied sie sich für den Arno, über den sich historische Brücken streckten und der die dicht gedrängte Stadt in zwei Teile trennte. Als sie das Kopfsteinpflaster hinunterging, konnte sie am Ende der Straße den Sonnenschein entdecken, der sich im Wasser spiegelte. Unwillkürlich beschleunigte sie ihre Schritte und lief, bis vor ihr die Ponte Vecchio auftauchte: die charakteristische Sehenswürdigkeit, die sie schon so oft auf Postkarten und in Büchern gesehen hatte: eine Brücke mit Häusern darauf, die so winzig wie Kinderspielzeuge aussahen und über das Wasser ragten. Die Kulisse, die sich dahinter eröffnete, war die üppige, grüne toskanische Landschaft, in der hohe Zypressen wuchsen. Anna holte tief Luft – selbst die roch hier anders. Ein Hauch von italienischem Kaffee aus einem nahe gelegenen Restaurant lag in der Luft, gemischt mit dem schwachen Parfumduft einer Frau, die gerade vorbeiging.

»Signora«, rief ein junger Mann mit einem strahlenden Lächeln und bot ihr eine unechte Gucci-Handtasche an.

Höflich schüttelte Anna den Kopf und betrat die Brücke.

»Könnten Sie vielleicht ein Foto von uns machen?«, fragte ein japanisches Pärchen mit aufgeregten Kindern ganz höflich.

»Natürlich«, erwiderte Anna und nahm die Kamera. Als sie zurücktrat und durch die Kameralinse schaute, entdeckte sie, dass die kleinen Häuser, die sie gesehen hatte, in Wahrheit Schmuckgeschäfte waren. Die Sonne spiegelte sich in den Schaufenstern, in denen Diamantringe und filigrane Halsketten aus Gold ausgestellt waren.

»Vielen Dank«, bedankte sich die Frau und nahm den Fotoapparat wieder entgegen. »Eine tolle Stadt, nicht wahr?«, sagte sie langsam. »So romantisch.«

»Ich bin gerade erst angekommen«, erwiderte Anna lächelnd. »Aber ich sehe schon, was Sie meinen.«

Sie überquerte die Brücke und setzte sich für das Mittagessen auf einen schattigen, ruhigen Platz in San Spirito auf der anderen Flussseite. Abseits der touristischen Gebiete war die Gegend um sie herum ausschließlich mit Einheimischen bevölkert; Kinder spielten im Springbrunnen, eine Großmutter schaute aus einem mit Läden versehenen Fenster. Anna bestellte sich Tagliatelle mit Muscheln und Knoblauch und dazu ein Glas Weißwein.

Sie lächelte, als der Kellner ihr einen dampfenden Teller mit Pasta brachte und ihr den Wein servierte. Anna trank einen

Schluck und genoss die Aussicht auf den Platz. Nachdem das Essen ein wenig abgekühlt war, wickelte sie die Tagliatelle um die Gabel und probierte einen Bissen – die Nudeln waren frisch und hatten die genau richtige Geschmacksbalance. Es schmeckte traumhaft.

Nach dem Mittagessen, angenehm schummrig vom Weißwein, setzte Anna ihren Spaziergang fort und spazierte vorbei an eleganten Kunstgalerien, Museen und Jugendlichen, die neben der David-Statue von Michelangelo für Fotos posierten. Als sich die Sonne langsam senkte und der heiße Tag in einen milden Abend überging, wurde ihr klar, dass sie sich den wichtigsten Punkt für den Schluss aufbewahrt hatte. Es war höchste Zeit, hier vor Ort hergestelltes Eis zu probieren. Giovanna hatte morgens beim Frühstück eine Gelateria empfohlen, und Anna fand tatsächlich den Namen, den sie in ihr Notizbuch geschrieben hatte: Vivoli.

Die Eisdiele befand sich gut versteckt in einem Viertel namens Santa Croce, einen zehnminütigen Fußweg entfernt. Als Anna sie entdeckte, fand sie eine lange Warteschlange, die sich aus der Eisdiele hinaus- und die schmale Straße hinaufschlängelte. Die Italiener vor ihr unterhielten sich aufgeregt, und Anna schnappte ab und an ein paar Worte auf, die ein Geschmackserlebnis versprachen: »Cioccolato … stracciatella … frutti di bosco«. Während ihr Alltagsitalienisch recht begrenzt war, so kannte sie sich doch mit Eissorten mittlerweile ziemlich gut aus. Ihr Herz raste, als die Schlange vor ihr immer kleiner wurde und sie der Verkaufstheke so nahe kam, dass sie die verführerischen pastellfarbenen Eissorten in der Glasvitrine sehen konnte. Die Aufregung, die sie gestern noch bei ihrer Ankunft in der unbekannten Stadt verspürt hatte, war fort. Hier – mit der Eisauswahl und den Sorbets vor sich – fühlte sie sich wie zu Hause.

Als sie endlich an der Reihe war, deutete sie mit einem begeisterten Lächeln auf ein Doppelkopfhörnchen, das oben am Rand in Schokolade getaucht und mit Haselnussstücken bestreut war, und zeigte dann auf die Eissorte Dunkle Schokolade, in der Hoffnung, der junge Mann hinter der Theke würde sie verstehen. »Cioccolato?«, versuchte sie verlegen.

»Und die zweite Kugel?«, erwiderte der junge Mann lächelnd und fehlerlos auf Englisch.

»Sie sprechen Englisch«, stellte Anna erleichtert fest. »Von dem Himbeersorbet, bitte.«

»Ich habe früher in London gelebt«, antwortete er. »Mir hat es dort sehr gut gefallen, nur *eines* hat mir gefehlt.« Er nickte in Richtung des Eises und füllte eine großzügige Kugel des dunkelrosafarbenen Sorbets in ihr Waffelhörnchen.

Anna bedankte sich, nahm das Eis entgegen und ging. Als die dunkle Schokolade auf ihre Lippen traf, war sie vollkommen entzückt: Das Eis war zum Dahinschmelzen cremig. Während sie zwischendurch auch immer wieder das Himbeersorbet kostete – frisch, köstlich und intensiv fruchtig –, fand sie unter dem sternenklaren Himmel ihren Weg zu Giovanna zurück. Na, daran könnte ich mich durchaus gewöhnen, dachte sie.

Florenz ist wunderschön, simste Anna ihrer Schwester auf dem Weg zur Pension, und das Eis schmeckt galaktisch gut. Wie geht's dir? LG

Das Handy piepte kurz, als unmittelbar darauf Imogens Antwort eintraf.

Hey, Schwesterherz. Bin grün vor Neid. Apropos Eis: Ich habe heute mein erstes Eis gemacht und verkauft! Ich weiß, wir wollten damit eigentlich noch warten … Aber es war DER Hit! ☺ LG

Anna musste grinsen, als sie die Nachricht las – sie war also nicht die Einzige, die heute inspiriert worden war. Ohne sie schien Imogen im Laden aufzublühen und ihre kulinarischen Flügel auszubreiten. Nur noch einmal schlafen, dann würde sie das Gleiche tun.

KAPITEL 13

»Imogen«, rief Finn. Sein Blick aus haselnussbraunen Augen war ernst. »Was um alles in der Welt hast du gemacht?«

Er stand vor seiner Surfschule, als sie gerade auf dem Weg war, das Viviens an diesem Montagmorgen aufzuschließen. Seinem Blick nach zu urteilen, war er nicht gut gelaunt. Hepburn bellte zur Begrüßung fröhlich, sodass Imogen sich zu ihm hinunterbeugte, um ihn zu beruhigen.

»Was meinst du?«, fragte Imogen und versuchte, die unbequemen Zweifel beiseitezuschieben, die sofort auftauchten. Sie zermarterte sich das Hirn … Gestern Abend hatte sie den Laden abgeschlossen und war dann anschließend nach Hause gegangen, um sich eine DVD anzuschauen. Hatte sie irgendwas angestellt, bevor sie heimgegangen war? Etwa die Mülltonne auf Finns Platz gestellt? Er schien der Typ Mann zu sein, der sich über so etwas aufregen könnte.

Erschöpft schüttelte er den Kopf. »Der Nachmittagskurs mit meiner Surferklasse gestern war ein einziges Desaster. Bis auf einen, Paul – der nach dem Mittagessen zu uns gekommen ist –, hat sich der Rest des Kurses nur noch übergeben.«

Oh nein, dachte Imogen, als ihr die Bedeutung seiner Worte klar wurde.

Oh NEIN.

»Ganz genau«, fuhr Finn fort. Er runzelte die Stirn und fuhr sich mit der Hand durch das dunkelblonde, wellige Haar. »Und glaub mir, es war schlimmer, als du es dir vorstellen kannst. Kieselsteinstrand, keine Toilette weit und breit – und dann zehn Schüler mit einer akuten Lebensmittelvergiftung. Es hätte witzig sein können, wenn es nicht so eine verdammte Katastrophe gewesen wäre.«

Imogen zuckte zusammen, als sie sich die Szene ausmalte.

»Und du bist sicher, dass es am Eis gelegen hat?«, fragte sie und war sich im Klaren, dass sie sich nur an einen Strohhalm klammerte.

»Ich bin ziemlich sicher, weil es das Einzige war, was alle gemeinsam gegessen haben. Ich würde ja sagen, frag sie selbst«, fuhr er verärgert fort, »aber sie sind alle zu Hause und hängen über der Kloschüssel.«

»Wie schrecklich!«, erwiderte Imogen.

»Ich verstehe das nicht. Hast du dich an ein Rezept gehalten?«

»Ja«, entgegnete Imogen und stellte fest, wie abwehrend ihre Stimme auf einmal klang. »Ich fand, das Eis sah okay aus.« Rückblickend musste sie zugeben, dass sie ein paar Rezeptpunkte übersprungen hatte, die vielleicht wichtig gewesen waren. Aber die Buchstaben tanzten ihr manchmal vor den Augen, wenn sie las. Das war schon immer so gewesen.

Sie wusste genau, was sie sagen sollte, die drei kleinen Worte: *Tut mir leid.* Doch sie konnte nicht über ihren Schatten springen und zugeben, einen so dummen Fehler gemacht zu haben.

»Ich habe keine Ahnung, ob es diesen Schülern morgen wieder gut genug geht, um den Surfkurs fortzusetzen. Und da ich ihnen eure Eisdiele auch noch empfohlen habe, kommt es mir nicht richtig vor, von ihnen Geld zu nehmen, oder? Aber du kannst auch nicht so weitermachen, sonst ruinierst du den Ruf der Arches … Habt ihr euch darum gekümmert, eine Hygienebescheinigung zu bekommen?«

»Nein«, erwiderte Imogen. Diese stand auf der Liste, die Anna ihr angefertigt hatte, der letzte langweilige Punkt am Ende, den Imogen bislang noch aufgeschoben hatte.

Imogen schloss die Ladentür und drehte den Schlüssel um. Ein paar Minuten friedlicher Stille, das brauchte sie jetzt. Mit dem Rücken zur Tür ließ sie sich an einem der Tische nieder und schlug die Hände vors Gesicht. Anna war erst zwei Tage weg, und doch hatte sie es schon geschafft, alles gründlich zu vergeigen. Sie holte tief Luft, dann noch einmal. Finn hatte Unrecht, redete sie sich ein. Vielleicht hatte etwas anderes die Übelkeit bei der Gruppe hervorgerufen – vielleicht der Norovirus? Wie sie gehört hatte, schienen sich viele damit angesteckt zu haben. Imogen wollte nicht zulassen, dass er ihr ein schlechtes Gewissen einredete, wo noch gar nichts bewiesen war.

Imogen baute auf ihre innere Stärke, erhob sich und ging zur Ladentür, um sie wieder aufzuschließen. Dort stand das Pärchen, das gestern in der Eisdiele gewesen war; Jeffrey, seine Frau Jill und ihr Golden Retriever. Das Paar war kreidebleich.

»Guten Morgen«, grüßte Jill höflich. »Tut uns leid, Sie zu stören, aber wir wollen fragen, ob vielleicht gestern mit dem Eis etwas nicht gestimmt hat. Es ist nämlich so, dass …«

»Uns wurde urplötzlich schlecht«, fuhr Jeffrey fort. »Als wir uns übergeben mussten, haben wir dann bei der Beratungshotline des Gesundheitsdienstes angerufen. Wir waren uns nämlich nicht sicher, wissen Sie, ob wir in die Notaufnahme fahren sollten.«

»Oh Gott.« Imogen biss sich auf die Unterlippe. »Kommen Sie doch herein.« Sie winkte die beiden herein und deutete ihnen an, Platz zu nehmen. Ihre Körperhaltung war leicht gebeugt, als ob die beiden über Nacht um ein Jahrzehnt gealtert wären. Sie schienen sehr erleichtert zu sein, sich hinsetzen zu können. Die feinen Fältchen in ihrem Gesicht waren ziemlich tief geworden.

»Ich habe das schlimme Gefühl, dass das alles mein Fehler ist«, gestand Imogen. »Es tut mir unendlich leid!«

»So was passiert«, erwiderte Jill freundlich. »Und uns geht es heute auch schon viel besser, nicht wahr, Jeffrey?« Ihre Stimme klang angespannt und schwach.

»Ich habe es geschafft, heute Morgen einen Kräcker zu essen«, berichtete Jeffrey, den Hauch eines Lächelns auf den Lippen. »Und Jill hat ihre Tasse Tee bei sich behalten.« Er beugte sich vor, um ihren Golden Retriever zu streicheln. Sogar er schien heute Morgen deutlich weniger lebhaft zu sein und reagierte kaum auf Hepburn, der in der Küche schmollte und sich rarmachte.

»Oje«, schüttelte Imogen den Kopf, als sich ihr schlechtes Gewissen meldete und sich ihr Magen verkrampfte. »Ich befürchte, Sie sind nicht die Einzigen, die es getroffen hat.«

»Tatsächlich?«, erkundigte sich Jill.

»Ja, ich habe es geschafft, einen der Surfkurse zu vergiften«, erwiderte Imogen beschämt. »Wie kann ich das je wiedergutmachen?«, fragte sie. »Kann ich Ihnen irgendetwas als Entschädigung anbieten?«

»Machen Sie sich keine Sorgen«, beschwichtigte Jill sie und tätschelte beruhigend Imogens Hand. »Jeder macht mal Fehler, meine Liebe. Außerdem wissen wir ja, dass Sie gerade erst anfangen.«

»Aber so krank, wie Sie waren, waren Sie gezwungen, zu Hause zu bleiben …«, widersprach Imogen. »Ich fühle mich deswegen schrecklich.«

»Wir sind immer zu Hause«, grinste Jeffrey. »Das macht also

keinen Unterschied. Das waren zwar nicht die angenehmsten vierundzwanzig Stunden, aber wir sind erleichtert, dass es nichts Ernsthaftes ist, nicht wahr, Jill?«

»Stimmt«, nickte sie. »Wir sind schon fast wieder auf dem Damm.«

»Na ja, ich könnte es Ihnen jedenfalls nicht vorwerfen, wenn Sie uns am liebsten geschlossen sehen würden«, erwiderte Imogen.

»Aber wir wissen doch, dass Sie und Ihre Schwester noch neu in der Branche sind. Und als wir so alt waren wie Sie, hatten wir auch mal eine richtige Pechsträhne.«

»Du meinst dieses Barbecue damals?«, lachte Jeffrey.

»Ich ertrage es kaum, daran zu denken«, erwiderte Jill mit einem Kopfschütteln. »Die Hälfte unserer Freunde musste sich krankschreiben lassen, nachdem sie bei uns nicht ganz durchgegartes Hühnchen gegessen hatten. Wir müssen also ganz leise sein. Aber Sie haben aus der Sache gelernt und sind beim nächsten Mal vorsichtiger, nicht wahr?«

»Glauben Sie mir«, entgegnete Imogen, »ich habe meine Lektion gelernt. Ich verkaufe erst einmal kein selbstgemachtes Eis mehr.«

»Dann verabschieden wir uns jetzt. Aber wir hielten es für das Beste, vorbeizukommen und Sie darüber zu informieren.«

»Vielen Dank«, bedankte sich Imogen. »Vielen, vielen Dank. Ich hoffe, es geht Ihnen bald wieder gut.«

Das Pärchen verließ die Eisdiele und schleppte sich in den düsteren grauen Morgen hinaus, zwei angeschlagene Schatten, die jedoch immer noch zärtlich miteinander scherzten.

Imogen stieß langsam die Luft aus, die sie angehalten hatte. Manche Leute trugen so viel Liebenswürdigkeit in sich, dachte sie voller Erleichterung und Dankbarkeit. Sie sehnte sich danach, dass Anna endlich wieder nach Hause zurückkehrte und die Ordnung wiederherstellte. Wie war sie bloß auf die Idee gekommen, allein die Eisdiele betreiben zu können? Wie sich herausstellte, war eine Woche schon eine ziemlich lange Zeit, wenn es nicht besonders gut lief.

Am folgenden Morgen zwang sich Imogen dazu, aufzustehen und sich anzuziehen. Für den Weg zum Laden füllte sie Kaffee in eine Thermoskanne. Wenn sie nicht verklagt wurde, dann würde sie wie gehabt weitermachen. Nur dass sie kein selbstgemachtes Eis mehr anbieten würde.

»Du bist kein Drückeberger«, ermahnte sich Imogen, als sie auf dem Weg zum Viviens an der Küste entlanglief. »Heute ist ein neuer Tag.« Als sie an der Tür anlangte, fühlte sie sich bereit, die Eisdiele wieder zu öffnen. Heute könnte der Tag sein, an dem vielleicht alles besser wurde.

Auf der Fußmatte lag ein Stapel mit Post. Imogen bückte sich, um ihn aufzuheben, und legte die Werbezettel und die Stadtzeitung auf die Theke. Danach schaltete sie die Stereoanlage an und steckte einen Holzkeil unter die Eingangstür, damit diese offen blieb und die Eisdiele einladender wirkte.

Sie sortierte die Briefe, hob eine Stromrechnung auf und warf ein paar Werbezettel weg. Da keine Kunden in Sicht waren, schlug sie die Stadtzeitung auf und überflog die Schlagzeilen – Bilder von Wohnhäusern, die von der Flutwelle kürzlich beschädigt worden waren, mit traurig dreinschauenden Bewohnern davor. Sie konnten sich glücklich schätzen, dass Viviens Haus nicht in Mitleidenschaft gezogen worden war, dachte Imogen.

Sie blätterte zu Seite drei um und hätte es beinahe überlesen. Doch dann blieb ihr Blick an dem Bericht hängen:

Strandeisdiele vergiftet
ein Dutzend Gäste in Brighton

Imogen musste nach Luft schnappen, als sie den Artikel las – das Viviens wurde genannt und der Vorfall vom Sonntag mit den Lebensmittelvergiftungen war dort schwarz auf weiß nachzulesen.

Oh mein Gott, dachte Imogen und zwang sich, die Zeitung zuzuschlagen. Was sollten sie jetzt bloß tun?

Dann, als sie sich ganz langsam auf einen Stuhl sinken ließ, wurde aus ihrer Panik Verwirrung. Der Artikel selbst war recht vage geschrieben, die Leute, die betroffen waren, wurden namentlich nicht genannt, doch es wurden Details über die Geschichte der Eisdiele und das Pachtobjekt preisgegeben, die beunruhigend konkret waren. Diese Informationen konnte nur eine Person wissen, die selbst in den Arches arbeitete. Scheinbar setzte irgendwer alles daran, ihr Geschäft zu ruinieren, und es war höchstwahrscheinlich wohl jemand direkt vor ihrer Nase.

Ihrer Intuition folgend lief Imogen mit der Zeitung in der Hand zu Finns Surfschule hinüber.

»Finn. Weißt du irgendwas hierüber?«, fragte sie und hielt ihm den Artikel hin.

Finn schaute sie verständnislos an, nahm dann aber die Zeitung entgegen. Schnell überflog er die Seite. »Oje, das ist gar nicht gut, oder?«, stellte er fest.

»Mir ist klar, dass die Sache mit der Lebensmittelvergiftung nicht hätte passieren dürfen, aber musstest du wirklich mit der Lokalpresse reden?«

»Damit habe ich nichts zu tun.«

»Ach, tatsächlich?« Imogen glaubte ihm kein Wort. »Nur komisch, dass du der Einzige bist, der meines Wissens wirklich sauer über die Sache war. Vielleicht hast du ja auch irgendeinen Vorteil, wenn unser Laden den Bach runtergeht?«

»Ich habe nichts damit zu tun«, erwiderte Finn mit einem Schulterzucken. »Und ich habe keine Ahnung, warum du annimmst, ich könnte davon profitieren, wenn das Viviens durch die Geschichte einen Schaden nimmt. Wir Ladenbesitzer sind hier unten aufeinander angewiesen und unterstützen uns gegenseitig. Das war schon immer so. Das ist der Grund, warum ich mich in dieser Sache von dir im Stich gelassen gefühlt habe.«

»Aber in dem Artikel stehen Sachen, die nur einer von uns Geschäftsinhabern wissen kann.«

»Du kannst es nicht auf sich beruhen lassen, oder? Okay, Imogen. Finde Beweise, dann lasse ich dich gern ausreden.«

»Das werde ich«, entgegnete Imogen. »Weil es nämlich nicht fair ist, uns so etwas anzutun!«

Kapitel 14

»Sie fügen nun 50 Gramm Sahne hinzu«, trug Bianca Anna auf, lehnte sich über deren Arbeitsfläche und deutete auf die große silberne Rührschüssel.

Anna hörte der italienischen Ausbilderin aufmerksam zu und versuchte, ihre zitternde Hand unter Kontrolle zu bekommen. Da war sie also, eine blutige Anfängerin, und stand neben Bianca Romeo, der kulinarischen Legende. Das hier wollte sie nicht vermasseln. Bianca nickte anerkennend und ging zum nächsten Tisch weiter.

Bianca war eine elegante, charismatische Frau Mitte dreißig, deren Leidenschaft für Essen und Lebensmittel bei jedem Wort deutlich zu spüren war. Anna achtete auf die Menge der Zutaten und rührte sie vorsichtig zusammen, um auch ja den Rezeptanweisungen zu folgen.

Beim Kaffee, den sie heute Morgen im Foyer getrunken hatte, hatte sie vier der anderen Kursteilnehmer kennengelernt, die allesamt eine ziemlich internationale Gruppe bildeten. Da waren Georgios, ein rundlicher Grieche mittleren Alters, Sian, eine freundliche Absolventin der Kunsthochschule aus Irland, sowie Ria und Hiro, ein Paar aus Japan, das sich in seinen Flitterwochen befand.

Nervös und aufgeregt hatten sie dann im Gänsemarsch den Raum betreten. Dieser besaß eine hohe Decke, elegante, große Fenster, verblasste Freskenmalereien an den Wänden sowie verschnörkelte Ornamente an der weißen Decke. Bianca hieß sie zum Workshop willkommen und kam dann gleich auf den Punkt. »Erst wenn Sie hochqualitatives Eis herstellen können, erhalten Sie Ihr Zertifikat – sonst wird dieser Kurs eine Zeitverschwendung für Sie und mich.«

Danach hatte sie die Kursteilnehmer in Zweiergruppen eingeteilt, woraufhin Georgios schnurstracks auf Annas Tisch zugestürzt war.

»Sie sind gut darin, oder?«, ertönte seine dröhnende Stimme neben Anna, gefolgt von einem Ellbogenstups in die Rippen. »Ich wusste gleich, dass ich mir eine tolle Partnerin ausgesucht habe. Ich sehe Ihnen an, dass Sie eine hervorragende Köchin sind«, lachte er.

»Das können Sie?«, fragte Anna und lächelte überrascht. »Dabei habe ich ganz sicher noch nie ein Eis gemacht. Das hier ist alles absolutes Neuland für mich.« Sie wog den Zucker ab und schüttete ihn in die Schüssel. »Wie sieht es denn bei Ihnen aus, Georgios? Haben Sie schon mal Eiscreme hergestellt?«

Anna blickte kurz zu ihm hinüber. Für die Küche war er sehr unpassend gekleidet; über seinen eleganten dunklen Anzug und das aufgeknöpfte Hemd mit gelockerter Krawatte hatte er eine Küchenschürze gezogen.

»Noch nie«, erwiderte er. »Aber es wurde Zeit, mal etwas Neues auszuprobieren«, fuhr er mit einem Schulterzucken fort. »In Athen … Ich bin sicher, Sie haben davon gehört. Dort sieht es derzeit nicht gerade rosig aus.«

Anna nickte: Die Situationsbeschreibungen in den Medien waren nicht zu übersehen.

»Keine Sorge«, grinste er. »Stimmt, es gibt wirtschaftliche Probleme – große wirtschaftliche Probleme. Und mein Schuhladen … Ich habe früher High Heels für Damen verkauft, wunderbare Schuhe! Die hätten Sie mal sehen sollen, Anna!« Je mehr er sich aufregte, desto lauter wurde seine Stimme, als er die Schuhe beschrieb. »Seide – die allerfeinsten Materialien …« Als Bianca ihn mit einem strengen Blick bedachte, schien er wieder auf den Boden der Tatsachen zurückzukehren. »Jedenfalls sind das alles nur noch süße Träume«, flüsterte er Anna zu. »Mittlerweile bleiben uns die Kunden aus.«

»Das tut mir sehr leid«, erwiderte Anna und dachte daran, wie herzzerreißend es sein musste, einen Laden schließen zu müssen, in den man so viel investiert hatte.

»Aber jede Krise birgt auch eine neue Chance«, fuhr Georgios fort. »Mir ist klar, dass das nicht leicht wird. Meine Frau sagt mir immer, dass ich in der Küche die reinste Katastrophe bin. Aber ich habe das hier«, er deutete auf seinen Kopf. »Ich habe Lust und ein gutes Gespür für Geschäfte. In einem Jahr – warten Sie nur ab, Anna – habe ich ein Eisimperium aufgebaut. Ich habe früher viel Geld verdient, und das werde ich auch wieder. Es wird nur sehr viel mehr harte Arbeit damit verbunden sein. Wir werden mit unseren Kindern auf die griechischen Inseln ziehen, vielleicht nach Naxos, und dort eine Eisdiele für die Touristen aufbauen«, erklärte er. »Fantastico!«

»So, wie geht es hier voran?« Bianca tauchte so plötzlich neben ihnen auf, dass Anna kurz zusammenzuckte. »Anna, lenkt Georgios Sie von Ihren Aufgaben ab?«

Anna schüttelte den Kopf, um Georgios nicht in Schwierigkeiten zu bringen.

»Heute Abend möchte ich hier ein vorzügliches Vanilleeis kosten. Und wenn Sie sich weiter so unterhalten wie bisher, weiß ich nicht, wie Sie dafür noch Zeit finden wollen.«

Die Tür zum Kurszimmer flog auf, und Bianca und Anna drehten sich um. Ein junger Mann von etwa dreißig Jahren, bekleidet mit einer Jeans und einem karierten Hemd, kam in den Unterrichtsraum und wirkte dabei so entspannt, als sei er hier zu Hause. Anna hielt den Atem an, als sie eine bessere Sicht auf sein dunkles Haar und die warmen braunen Augen hatte. Es war derselbe Mann – nur dieses Mal bekleidet. Heute Morgen hatte sie in Giovannas Pension durch ihre halb geöffnete Zimmertür einen Blick auf ihn erhascht, als er nur mit einem Handtuch um die Hüften zum Badezimmer gegangen war. Offenbar hatte er sie nicht gesehen.

»Signora Bianca«, begrüßte er die Kursleiterin mit einem Lächeln und küsste sie auf die Wange. Dann unterhielt er sich mit ihr auf Italienisch in einem fast singenden Tonfall, als würde er sie schon lange kennen.

»Matteo«, erwiderte Bianca zurückhaltend. »Während der Kursstunden reden wir Englisch – das ist für alle hier leichter. Du kannst mit Sian dort drüben am Fenster zusammenarbeiten.«

Matteo ging zu seiner neuen Partnerin hinüber. Anna atmete erleichtert auf, als er sie nicht zu erkennen schien, und widmete sich wieder dem Rezept. Sie kratzte die Vanilleschote aus, die Georgios und sie bekommen hatten, warf das Innere in den Müll und gab die Schote in die Mischung.

»Tut mir leid, Anna, meine Liebe«, unterbrach Georgios sie freundlich. »Aber ich glaube, dass wir diesen Teil gerade falsch gemacht haben.« Anna musterte das kostbare Vanillemark, das jetzt im Mülleimer lag, obwohl es eigentlich in der Rührschüssel sein sollte. Mist, dachte sie. Wie dumm kann man sich denn anstellen? Sie hatte den besten Teil weggeschmissen.

»Ich frage sie, ob sie noch eine Vanilleschote hat«, erklärte Anna und ging nach vorn. Dort entschuldigte sie sich bei Bianca für ihren Fehler. Als sie zur Arbeitsplatte zurückkehrte, hatte Georgios bereits die Eismaschine angeschaltet.

»Haben Sie vorher alles erhitzt?«, fragte Anna.

»Sollte ich das?« Georgios wurde leicht panisch.

»Ja«, nickte Anna. Schnell schaltete sie die Eismaschine ab und versuchte, die Zutatenmischung zu retten, doch das, was übrig war, war eine traurige, schmierige Masse. Die konnte nur noch in den Mülleimer wandern.

»So, Leute«, verkündete Bianca und rief die Kursteilnehmer zur Ordnung. »Dann wollen wir uns mal Ihre Kreationen anschauen. Und, noch wichtiger: Probieren wollen wir sie auch!«

»Tut mir leid, Anna«, entschuldigte sich Georgios, als er Annas Enttäuschung bemerkte, die schon an Verzweiflung grenzte. Anna wünschte sich, der Boden würde sich vor ihr auftun und sie – sowie die Eiskatastrophe vor ihr – verschlucken. Warum war das alles hier so viel schwieriger als in ihrer eigenen Küche, wo sie das simple Rezept perfekt hinbekommen hatte? Sie hatten eine geschmacklose, schale Eismasse geschaffen, und sie schämte sich, diese den anderen präsentieren zu müssen.

Bianca stand vor Sians und Matteos Arbeitsfläche; als sie einen Löffel Eis aus der Eismaschine probierte, geriet sie in Entzückung. »Na das ist wirklich köstlich«, rief sie. »Kommen Sie alle her, und probieren Sie es.«

Widerwillig machte sich Anna auf den Weg, nahm sich einen frischen Löffel und probierte das Eis. Es war gut. Ärgerlicherweise war es sogar richtig, richtig gut.

»Aber Sie haben auch einen Vorteil«, wandte sich Bianca an Sian, »mit diesem Italiener hier in Ihrem Team. Hat er Ihnen erzählt, dass er einer der bekanntesten Familien Italiens entstammt, die Eis herstellen?«

Matteo winkte ab. »Ach, genug davon, Bianca. Du weißt genau, dass sie mir nichts beigebracht haben. Ich bin also wie alle anderen hier nur ein Anfänger.«

Freundlich ließ er den Blick über die übrigen Kursteilnehmer schweifen und blieb einen Moment lang an Annas Augen hängen. Wenn seine Familie tatsächlich so tolles Eis herstellte, warum war er dann hier?

»Gar nicht mal schlecht«, befand Bianca, als sie Rias und Hiros Eis probierte. »Das hat durchaus Potential. Sie müssen es insgesamt nur noch ein bisschen süßer machen.«

Anna hegte für den Bruchteil einer Sekunde die Hoffnung, dass Bianca dort den Rundgang abbrechen würde, weil sie genug probiert hatte. Doch sie ging weiter und kam zu Annas und Georgios' Arbeitsfläche.

»So, die … Wow.« Bianca runzelte die Stirn, als beleidige Annas und Georgios' nicht vorhandene Fachkenntnis die Regionalgeschichte der Eisherstellung. »Das ist ein ziemlicher Murks, oder? Aber da das Aussehen oftmals täuschen kann, werde ich das Eis natürlich dennoch probieren«, verkündete sie. Doch sobald sie den Löffel zum Mund geführt und von dem Matsch gekostet hatte, verzog sie das Gesicht.

»Das ist Ihr erster Tag«, fuhr Bianca dann ein wenig sanfter fort. »Und dazu sind erste Tage eben da. So, und das gilt für alle!« Sie drehte sich zum Rest des Kurses um. »Machen Sie ihre schrecklichsten Fehler jetzt – wie Georgios und Anna es so furchtlos demonstriert haben –, und dann, bitte, bitte, sorgen Sie dafür, dass das, was Sie den Rest der Woche produzieren, viel besser wird.«

Anna schrumpfte in ihren 39½-Sandalen und wäre am liebsten im Boden versunken.

»Du bist doch auch in Giovannas Pension untergebracht, nicht wahr?«, fragte Matteo, als die beiden den Kursraum mit den anderen Teilnehmern verließen.

»Stimmt«, erwiderte sie und merkte, wie ihr die Schamesröte ins Gesicht stieg. Er hatte sie am Morgen also *sehr wohl* gesehen.

»Na, warum gehen wir dann nicht zusammen zur Pension zurück?«, schlug er herzlich vor. Sein Englisch war beinahe fehlerlos, und er sprach mit einem leicht amerikanischen Akzent, als hätte er seine Fähigkeiten verbessert, indem er sich Filme im Original angeschaut hatte, anstatt die Sprache in Englischkursen zu pauken.

»Na klar«, erwiderte Anna. Nach den Erlebnissen des heutigen Tages konnte sie ein wenig Gesellschaft gut gebrauchen. Die Scham angesichts der missratenen Eiscreme spürte sie immer noch. Kochen war etwas, das sie eigentlich gut können sollte. Hatte sie mit der Annahme, den Kurs locker zu schaffen, denn so falsch gelegen?

Offenbar konnte Matteo ihre Gedanken lesen. »Du brauchst kein schlechtes Gewissen zu haben«, erklärte er. »So ist Bianca eben. Sie fordert sehr viel von den Kursteilnehmern. Das ist ihre Art, gute Ergebnisse zu erzielen.«

Seine Worte beruhigten Anna. Vielleicht hatte er recht.

»Woher kennst du sie?«

»Ich bin hier aufgewachsen. Sie ist die beste Freundin meiner Schwester Carolina. Als ich noch klein war, haben die beiden mich immer aufgezogen.«

Anna grinste. »Und jetzt? Wenn du von hier bist, warum wohnst du dann in der Pension?«

»Meine Familie ist nach Siena gezogen, darum bin ich jetzt als Tourist hier«, lachte er. »Und dafür könnte ich mir keine bessere Stadt vorstellen.«

»Ich glaube, da kann ich zustimmen«, nickte Anna. »Egal, um welche Straßenecke ich gehe – überall entdecke ich Schönes, das man sich unbedingt anschauen will.«

»Oder das man essen will«, fuhr Matteo lächelnd fort. »Das ist etwas, was ich dir garantieren kann: Es wird dir schmecken. Hast du noch ein paar Minuten Zeit?«

Anna nickte. »Zum ersten Mal in meinem Leben bin ich nicht in Eile.«

»Toll, dann lass uns doch Essen holen, das wir mit in die Pension nehmen. Wir können dort auf der Terrasse zu Abend essen. Ich habe nämlich Giovanna versprochen, dass ich sie heute Abend bewirten werde.«

Anna spazierte mit Matteo eine Straße mit Kopfsteinpflaster hinunter, bis sie einen Laden erreichten, in dem reger Betrieb herrschte und vor dem draußen große Schinken und Wildschweinkeulen hingen.

»Komm rein«, rief Matteo, als er Annas Zögern bemerkte. »Und probier das hier mal.« Er bat den rundlichen, bärtigen Ladenbesitzer, eine Scheibe von einem Käse abzuschneiden, damit Anna ihn probieren konnte. »Frischer Büffelmozzarella.«

Anna strahlte vor Begeisterung, als der köstliche Käse ihr auf der Zunge zerging. »Lecker«, rief sie lachend.

»Was meinst du?«, fragte Matteo sie. »Sollen wir auch von dem Fleisch hier mitnehmen?« Er deutete auf das verblüffende Angebot von gepökelten und geräucherten Fleischsorten in der Glasvitrine.

»Das sieht köstlich aus«, befand Anna. Matteo nickte, und bevor Anna sichs versah, hatte sie einen kleinen Teller mit Probierhäppchen vor sich.

»Wenn das so weitergeht, werde ich gleich kein Abendessen mehr brauchen«, lachte Anna.

Anna kehrte in ihr Hotelzimmer zurück und schloss die Tür hinter sich. Matteo, Giovanna und sie hatten zusammen oben auf der Dachterrasse ein köstliches Abendessen eingenommen, und sie verspürte ein warmes Glühen sowohl von der Unterhaltung als auch von dem Rotwein, den sie getrunken hatte. Da Matteo für sie hatte übersetzen können, hatte sie viel freier mit Giovanna reden und ihr Fragen über ihre Kinder und Enkelkinder stellen können. So hatte sie einen guten Eindruck davon bekommen, was es hieß, in Florenz groß zu werden.

Anna holte ihren Laptop aus der hölzernen Kommode, rief Skype auf und baute eine Videoleitung zu Jon auf. Sie konnte es kaum abwarten, ihm von der bisherigen Reise zu berichten.

»Hi«, grüßte Jon, als er in den Fokus des Bildschirms kam. »Wie geht's, wie steht's?«

»Gut!«, erwiderte Anna. »Na ja, heute war eine ziemliche Katastrophe, aber jetzt sieht die Welt schon wieder anders aus.«

»Eine Katastrophe?«

»Gott sei Dank nicht vulkanischen Ausmaßes«, entgegnete Anna und konnte jetzt schon wieder über alles lachen. »Ich habe ein wirklich gruseliges Eis hergestellt.«

»Das ist alles?«, fragte Jon.

»Ja, jetzt, wo ich es erzähle, klingt es in der Tat ziemlich albern. Aber wie sieht's denn zu Hause aus?«

»Alles bestens«, erwiderte Jon. »Hier regnet es immer noch. Oh, und Ed und Jess sind nicht in ihre Flitterwochen gefahren.«

»Oh, nein – wie schade! Was ist passiert?«

»Der Reiseveranstalter ist pleitegegangen. Ed geht jetzt wieder arbeiten, und Jess sitzt anscheinend schmollend im Schlafanzug in der Wohnung und schaut sich die Wiederholungen von *Desperate Housewives* an.«

»Die Ärmste«, seufzte Anna. »Und ich kann es ihr nicht einmal verübeln. Die beiden haben sich so auf die kleine Auszeit gefreut. Sie muss ziemlich deprimiert sein.«

»Offenbar lässt sie ihren Frust an Ed aus. Er war derjenige, der eigentlich eine Reiseversicherung hätte abschließen sollen. Insgesamt nicht gerade der rosigste Weg, eine Ehe zu beginnen, wie es scheint.«

»Die beiden haben aber auch ein Pech! Wie geht es denn allen anderen? Und was macht Alfie?«

»Alles gut. Alfie geht es prächtig, ihm gefällt die Kita, und er hat auch schon eine beste Freundin gefunden – ihr Name ist Poppy. Bei den Frauen hat er immer einen ziemlichen Schlag.«

»Wie süß!«, rief Anna und stellte sich Alfie vor, wie er lächelte. »Gib ihm einen Kuss von mir, ja? Und wie läuft es bei der Arbeit?«

»Viel zu tun«, erwiderte er knapp. »Ich mache Überstunden, ich dachte, das mache ich so lange, wie du in Italien bist. Und bei dir? Wie ist Italien?«

Anna fehlten irgendwie die richtigen Worte, um Jon all die neuen Dinge zu erklären, die sie sah und erlebte.

»Schön«, antwortete sie darum nur. »Hör mal, du siehst ziemlich müde aus. Du nutzt am besten die Lage zu Hause aus und gehst früh schlafen. Das sollte ich auch besser tun, wenn ich morgen im Kurs besser abschneiden will als heute.«

»Okay«, nickte Jon. »Dann eine gute Nacht.«

»Ich liebe dich.«

»Ich dich auch.«

Widerwillig klappte Anna den Laptop zu und verstaute ihn wieder in der Kommode. Danach schaute sie aus dem kleinen Fenster in ihrem Zimmer. Die Piazza vor der Pension sprühte vor Leben; dort saßen Pärchen, aßen im Kerzenschein und tranken Wein. Wenn Jon hier wäre, würde er den Zauber von Florenz auch verstehen, dachte Anna.

KAPITEL 15

Die Nachrichten von heute sind morgen längst vergessen, redete sich Imogen immer wieder ein und hoffte, dass es sich in ihrem Fall bewahrheiten würde. Es war aber auch schwierig zu beurteilen, ob es das düstere, trostlose Wetter oder der Skandal um die Lebensmittelvergiftungen war, was die Leute davon abhielt, ins Viviens zu kommen.

Es war früh am Nachmittag, und der ältere Mann, der an ihrem Strandabschnitt gestreifte Liegestühle vermietete, war Imogens einziger Kunde. Er schlürfte eine Tasse heißen Tee und wartete darauf, dass der schlimmste Teil des Gewitters vorüberzog. Imogen fragte sich allmählich, ob es in diesem Jahr überhaupt einmal richtig Sommer werden würde. Mittlerweile war es Juni, doch bis jetzt hatten sie kaum einen Sonnenstrahl zu sehen bekommen. Standen ihnen noch weitere graue Wochen mit wolkenverhangenem Himmel sowie Regengeprassel an den Fensterscheiben bevor?

»Ziemlich trostlos da draußen, nicht wahr?«, sagte der Mann und sprach Imogens Gedanken aus. Sie nickte und zwang sich zu einem Lächeln.

Imogen wünschte sich inständig, dem Ganzen entfliehen zu können. Das Leben auf der Insel hatte ihr mehr gelegen als das hier. Doch sie war es nicht nur ihrer Großmutter, sondern auch ihrem Vater schuldig – und auch Anna, ermahnte sie sich streng –, nicht aufzugeben. Sie konnte nicht zulassen, dass Anna aus Italien zurückkehrte und gleich mit den Gerüchten um miserable Hygienezustände konfrontiert würde. Sie musste für eine positive Presseresonanz für das Viviens sorgen, um die Negativpresse des Zeitungsartikels auszugleichen. Und das musste sehr schnell passieren.

Eine positive Einstellung war als Erstes nötig, ermahnte sie sich, als sie die Löffel spülte. Nach Annas Rückkehr wäre es nur noch eine Frage der Zeit, bis sie ein Produkt präsentieren konnten, auf das sie zu Recht stolz sein konnten. Damit die Öffentlichkeit auch davon erfuhr, musste sie eine richtig gute Werbung organisieren.

Imogen schaute zur Wand hinter der Theke, wo sie ein paar der Fotos aus Viviens Album gerahmt und aufgehängt hatten: Kinder, die am Strand vor dem Laden spielten, Eltern, die sich dazwischen auf Liegestühlen entspannten. Sie brauchten etwas, das ein gewisses Sommerfeeling heraufbeschwor. Eis = sonnige Kindheitstagträume. Aber wenn der Himmel so grau war, was konnten Anna und sie schon tun, um die Kunden an jene warmen Sonnentage zu erinnern?

Leise ertönte in ihrem Kopf eine Melodie. Beim Klang jener blechern klingenden Töne hatten Anna und sie als Kinder immer die Ohren gespitzt; schnell waren sie dann zu ihren Eltern gelaufen, um Geld für ein Eis zu bekommen.

Das ist es, dachte Imogen. Festivals, Strände, Picknicke im Park. Genau das war der Plan, den das Viviens brauchte.

Sie wurde aus ihren Gedanken gerissen, als sich die Ladentür öffnete. »Habt ihr noch einen Sitzplatz?«, fragte Jess grinsend und kam herein.

»Ich glaube, wir können dich irgendwo noch dazwischenquetschen.«

»Ich hab den Artikel über euch gelesen«, erklärte Jess und

nahm auf einem der Hocker an der Theke Platz. »Was für ein Alptraum!«

»Da sagst du was.«

»Ärger dich nicht. Heutzutage liest doch niemand mehr diese Blättchen.«

»Ich bete, dass du recht hast«, erwiderte Imogen.

»Außerdem sieht es hier deutlich besser aus als früher.«

»Danke. Wir haben ordentlich geschrubbt. Aber was machst du eigentlich hier? Ich dachte, ihr wärt mittlerweile auf Antigua und sonnt euch?«

»Dieser verdammte Reiseveranstalter!«, fauchte sie. »Wir hatten Gutscheine für unsere Flitterwochen im Wert von mehreren hundert Pfund zur Hochzeit bekommen, die auf unserer Wunschliste gestanden hatten – und da der Reiseveranstalter pleitegegangen ist, sind all unsere Geschenke natürlich auch futsch. Und in dem Moment, als Eds Arbeitgeber mitbekommen hatte, dass unser Antigua-Urlaub den Bach runter war, hat er die Chance genutzt und ihm noch mehr Arbeit aufgehalst. Darum bin ich jetzt allein unterwegs. Frisch verheiratete Ehefrau auf Balkonien.«

»Das ist übel«, schüttelte Imogen den Kopf. »Hasst du mich, wenn ich dir sage, dass ich mich freue, dich zu sehen? Und dass ich eigentlich ziemlich froh bin, dass du hier bist?«

»Ja, schon«, erwiderte Jess. »Um diese Frechheit wiedergutzumachen, hätte ich gern einen großen Becher heißen Kakao, bitte. Jetzt sitze ich also immer noch im verregneten England und bin ganz allein. Sogar Anna hat die Fliege gemacht.«

Imogen ging zur Theke hinüber, um Jess einen Kakao zu kochen.

»Ganz mutterseelenallein bist du nicht«, stellte Imogen einen Moment später fest und reichte ihr eine heiße Tasse.

»Tut mir leid«, entschuldigte sich Jess. »Es ist toll, dass du da bist. Die Woche war einfach nur grausam. Aber wie geht es eigentlich Anna? Gefällt es ihr in Italien?«

»Sie schickt ab und an eine SMS«, erwiderte Imogen. »Wie es klingt, hat sie viel Spaß.«

Jess grinste. »Prima, das hat sie auch verdient, nicht wahr? Ihre Leidenschaft fürs Kochen könnte also noch auf etwas anderes hinauslaufen als darauf, dass mir ihre Kreationen eine oder zwei Kleidergrößen mehr bescheren.«

»Definitiv«, antwortete Imogen. »Jede Wette, dass sie die Kursbeste ist? Die Superstreberin?«

»Auf jeden Fall.« Jess rührte träge in ihrem Kakao herum.

»Jess«, rief Imogen. »Da du nun schon einmal hier bist …«

Argwöhnisch zog Jess die Augenbrauen hoch.

»Könnte ich kurz was mit dir besprechen? Wenn du einen Transporter kaufen willst, wo würdest du anfangen zu suchen?«

»Einen Transporter?«, fragte Jess grinsend. »Willst du irgendwohin reisen? Anna hat immer schon angedeutet, dass du ein kleiner Hippie bist.«

»Der Wagen ist nicht für mich«, widersprach Imogen schnell. »Es soll ein Eiswagen fürs Geschäft sein. Ich habe beschlossen, dass es höchste Zeit wird – also, wenn Anna wieder zurück ist –, mobil zu werden. Was hältst du davon?«

»Ein Transporter.« Jess schob sich ihre widerspenstigen schulterlangen Locken hinter die Ohren und dachte über die Idee nach. »Also wie ein alter Verkaufswagen, mit dem der Eismann früher unterwegs war?«

»Ganz genau.«

»Die Idee gefällt mir. Ein Freund von Ed unten in Worthing motzt alte Vans auf, alte VW-Busse und so was. Jede Wette, dass du da fündig wirst.«

»Hervorragend.« Beim Gedanken daran hellte sich Imogens Miene auf.

»Es kommt jedoch darauf an, wie viel du über Automotoren weißt«, entgegnete Jess. »Bei einigen der Autos muss noch jede Menge Arbeit reingesteckt werden.«

»Oh, ich bin handwerklich ganz geschickt«, erwiderte Imogen. Sie hatte bereits einige Reifen gewechselt und ihr Fahrrad mehrmals repariert.

»Prima«, nickte Jess. Sie kritzelte die Adresse der Webseite auf eine Serviette. »Hier. Frag nach Graham. Es ist wahrscheinlich das Beste, wenn du selbst mal runterfährst, damit du dir den Wagen auch anschauen und eine Entscheidung treffen kannst.«

»Träume auf Rädern«, las Imogen laut vor und musste über den Namen lachen. »Genau das meine ich, Jess. Auf diese Art und Weise können wir unsere Eisträume auf die Straße bringen.«

»Aber verrat deiner Schwester bloß nichts davon, dass ich dich dazu ermutigt habe«, warnte Jess. »Ich bin nicht sicher, ob das bei ihr so gut ankommt, wenn ich dir bei diesem verrückten Plan auch noch helfe.«

»Von mir erfährt sie kein Wort«, versprach Imogen und griff schon nach ihrem Handy, um die Webseite aufzurufen. »Und der Plan ist alles andere als verrückt, das kann ich dir versichern.«

Imogen nahm sich Annas Rad und radelte zu der Adresse, die sie im Internet gefunden hatte. Auf dem Kiesweg vor »Träume auf Rädern« hielt sie an und lehnte das Rad an die Backsteinmauer. Der Werkstattbesitzer rollte unter einem orangefarbenen VW-Bus hervor und drehte den Kopf, um sie zu begrüßen. Sein Gesicht, sehr grob, aber doch irgendwie attraktiv – der Haaransatz wanderte schon langsam ein wenig nach hinten –, war ölverschmiert, und er trug einen dunkelblauen Overall.

»Sie müssen Jess' Freundin sein. Imogen, nicht wahr?«, fragte er, rollte nun vollständig unter dem Autobus hervor und stand langsam auf.

»Ja, das bin ich«, erwiderte Imogen lächelnd. »Die Eisfrau.« Er streckte ihr seine ölverschmierte Hand entgegen, zog sie aber wieder zurück, als er ihr Zögern bemerkte, und wischte sich die Hände an seinem Overall ab.

»Lieber nicht, was?«, lachte er.

»Na ja, ich muss sagen, dass es sich wie ein echter Glücksfall anhörte, als Sie anriefen. Ich habe hier nämlich einen alten Eiswagen – original aus den Siebzigern, den ich schon seit einer ganzen Weile loswerden möchte. Das ist natürlich kein Wagen für gewöhnliche Kunden, aber bei Ihnen könnte das ganz gut passen. Der Bus braucht nur ein klein bisschen Farbe – aber kommen Sie nur, und schauen Sie ihn sich an.«

Graham führte Imogen in den hinteren Teil seiner Werkstatt, vorbei an einer ganzen Reihe von Transportern und Bussen sowie an einem gelben Schulbus und einem Transporter, auf dem seitlich »Pfadfinderinnen« stand.

»Wenn Sie Interesse haben, kann ich Ihnen einen ziemlich guten Preis machen. Siebenhundert sollten in Ordnung sein, da der Wagen hier schon eine Weile herumsteht und ich ehrlich gesagt den Platz brauche. Er ist gut in Schuss und ist immer noch mit Tiefkühltruhen und dergleichen ausgestattet.«

Nachdem sich Imogens Augen an das düstere Licht im hinteren Teil der Werkstatt gewöhnt hatten, konnte sie den Eiswagen vor sich erkennen. Stimmt, er sah ein wenig verblasst aus, aber er hatte vier Räder und ein wunderbares Eishörnchenmodell oben auf dem Dach. Perfekt.

»Das ist er«, rief Imogen. Sie konnte es schon bildlich vor sich sehen – den Aufdruck »Viviens« in Schreibschrift auf der

Seite –, wie sie Eis auf Festivals verkauften, an anderen Stränden der Südküste, in Parks in der Stadt. Wenn Anna wieder zurück war, würde sie sich genauso sehr in diesen Eiswagen verlieben. Außerdem würde sie dann die anderen Dinge, die während ihrer Abwesenheit vorgefallen waren, nicht so wichtig nehmen.

»Ich gebe Ihnen vierhundert«, schlug Imogen vor. In ihrer Umhängetasche hatte sie fünfhundert Pfund an Bargeld dabei, das war der letzte Rest des Geldes, das ihre Grußmutter ihnen vererbt hatte, um das Geschäft anzukurbeln. Okay, Anna und sie hatten es eigentlich für Zutaten vorgesehen gehabt, aber sobald sie den Eiswagen auf der Straße hatten, könnten sie das Geld innerhalb einer Woche schon wieder hereinholen.

»Vierhundertfünfzig«, entgegnete Graham fest entschlossen, doch mit einem Lächeln im Blick. »Dann gehört er Ihnen.«

Kapitel 16

Giovanna hatte zum Frühstück eine ganze Reihe köstlich aussehender Pasteten und Gebäckstücke auf der Dachterrasse bereitgestellt. Sian und Matteo saßen bereits am Tisch und tranken Kaffee.

»Guten Morgen zusammen«, grüßte Anna mit einem strahlenden Lächeln und setzte sich zu ihnen. »Ich wusste gar nicht, dass du hier untergebracht bist, Sian.«

»Ich bin auch erst letzte Nacht hierher umgezogen«, erwiderte sie. »Ursprünglich hätte ich in einem Hostel in der Nähe wohnen sollen, aber das war eine echte Absteige. Offen gestanden war ich ziemlich verzweifelt, doch dann hat Matteo mir diese Pension empfohlen – und glücklicherweise gab es noch ein freies Zimmer.«

Anna lächelte und setzte sich zu ihnen an den Tisch. Von der Dachterrasse aus hatte man einen wunderbaren Blick über den hübschen Platz, und nur etwa hundert Meter entfernt befand sich die charakteristische Silhouette der Kathedrale von Florenz, die bekannteste Sehenswürdigkeit der Stadt. Anna beugte sich über einen Teller mit Cannoli, einem süßen, gefüllten Gebäck. Als sie einen Bissen davon probierte, zerging ihr der Blätterteig auf der Zunge. Das Gebäckstück war noch warm, frisch aus dem Ofen.

»Mmm«, schwärmte Anna mit unverhohlener Begeisterung. »Die sind unglaublich lecker!«

»Ziemlich gut, was?«, nickte Matteo und schenkte ihr einen

Kaffee ein. »Ich glaube, ganz Italien weiß, wie gut Giovannas Backwaren schmecken.«

»Woher kennst du sie?«, fragte Sian.

»Sie war unsere Nachbarin, bevor wir nach Siena gezogen sind. Meine Mutter und mein Vater hatten beschlossen, dass sie etwas Neues machen wollten, und haben stattdessen ein Eiscafé aufgebaut. Sie meinten allerdings, hier sei der Wettbewerb dafür zu groß, zu politisch.«

»Und du?«, erkundigte sich Anna und nippte vorsichtig an ihrer Tasse, die immer noch heiß war. Sie zuckte ein wenig zusammen – der Kaffee war stärker, als sie es gewohnt war.

»Während meines Studiums war Siena super«, erwiderte Matteo und strich sich eine dunkle Locke aus den Augen. »Meine Eltern wollten, dass ich etwas anderes lerne, darum habe ich zunächst eine Ausbildung als Buchhalter gemacht. Aber das war nichts für mich, überhaupt nicht«, lachte er. »Wenn ich aufwache, ist mein erster Gedanke das Essen, und wenn ich schlafen gehe, muss ich ebenfalls an Essen denken. Ich träume sogar von Eis! Wie könnte ich da irgendetwas anderes machen?«

Anna musste lächeln, weil sie sich in dieser Beschreibung wiedererkannte. Einen Augenblick lang fragte sie sich, wie sie so lange an ihrem Job im Marketing hatte festhalten können.

»Als mir das klargeworden ist«, fuhr Matteo fort, »war natürlich Biancas Schule die einzige Wahl für mich, um dort meine Ausbildung zu machen. Ich hoffe, dass ich, wenn ich hier fertig bin, in Siena irgendwann eine eigene Eisdiele aufmachen kann.« Er grinste freundlich, und dabei bildeten sich um seine Augenwinkel kleine Fältchen. »Aber ich wollte euch gar nicht meine gesamte Lebensgeschichte erzählen.«

Sian hörte Matteo ganz gespannt zu, und auch Anna merkte, dass sie das Gebäck auf ihrem Teller kaum angefasst hatte.

»Wie gefällt euch denn Florenz bisher?«, fragte er die beiden.

»Es ist wunderschön hier«, antwortete Sian.

»Stimmt. Sogar noch schöner, als ich erwartet hatte«, fügte Anna hinzu. Sie konnte gar nicht aufhören, die Eleganz jedes einzelnen Brunnens und jede Besonderheit an den hohen Stadthäusern zu bewundern. Selbst die unwichtigsten Bauten waren so gestaltet, als seien sie ein Kunstwerk und nicht etwa ein funktionales Objekt.

»Wusstet ihr, dass es noch einen weiteren Grund gibt, warum Florenz die geeignete Stadt ist, um zu lernen, wie man Eis herstellt?«

»Ach, tatsächlich?«, fragte Anna verwundert.

»Ja, und zwar gibt es hier das bekannte Eisfestival.«

Anna dachte an ihren Reiseführer und fragte sich, ob sie beim Durchblättern wohl etwas überlesen hatte. Hier in Florenz sollte ein Eisfestival stattfinden? Wie konnte sie das nur übersehen haben?

»Nächste Woche«, erwiderte Matteo. »Es beginnt an dem Tag, an dem unser Kurs zu Ende geht. Dann wird die Stadt wie verwandelt sein.« Seine Augen leuchteten auf. »Sorbets, Eis, Granitas – egal was, ihr werdet es hier probieren können.«

Anna grinste aufgeregt. »Das ist ja eine tolle Überraschung!«, rief sie begeistert. Sie würde noch einen Tag lang in den Genuss des Festivals kommen, bevor sie wieder nach Hause fliegen würde.

»Klingt wie die perfekte Gelegenheit, um nach der harten Arbeit im Kurs zu feiern«, stellte Sian fest und band sich ihr langes blondes Haar mit einem Gummiband zusammen. »Aber dann sitze ich leider schon wieder im Flieger zurück nach Dublin.«

»Ach, Pläne«, erwiderte Matteo mit einem verschmitzten Blick. »Das Beste an Plänen ist doch«, fuhr er fort, »dass man sie jederzeit ändern kann.«

Sian lächelte. Anna fühlte sich plötzlich unbehaglich, als sollte sie nicht hier sein. Lief da etwa was zwischen Matteo und Sian, das ihr bisher entgangen war?

»Na gut«, seufzte sie und warf einen Blick auf die Uhr. »Halb acht. Ich gehe mal ein bisschen früher los und nehme den langen Weg am Fluss entlang. Wir sehen uns beim Kurs!«

»Heute«, verkündete Bianca, »werden Sie lernen, wie Sie ein Feige-Mandel-Eis herstellen.« An ihrer Miene konnte Anna ablesen, dass dies eine von Biancas Lieblingseissorten war. Und sobald sie die Feigen auf den Arbeitsflächen erblickte – voll und reif, sie platzten fast, so saftig waren sie –, verstand sie auch, warum.

»Das sieht gut aus«, flüsterte Sian Anna zu. Nach dem schrecklichen Eis vom Vortag war Anna überaus erleichtert, dass ihr dieses Mal Sian zugeteilt worden war. Sie konnte schon sehen, wie Georgios und Hiro sich an der benachbarten Arbeitsfläche mit der Zutatenliste abmühten.

»Heute wird es ernst«, verkündete Bianca. »Wir haben nicht viel Zeit, insgesamt nur eine Woche, darum müssen Sie in diesem Kurs wirklich hart arbeiten, und ich erwarte von Ihnen, dass Sie gute Resultate liefern. Nur diejenigen, die drei Eissorten auf höchstem Niveau abliefern, bekommen am Freitag von mir ein Zertifikat überreicht.«

Anna musste an das gestrige Chaos zurückdenken; das Eis war meilenweit davon entfernt gewesen, in den Wettbewerb einsteigen zu können. Doch heute, schwor sich Anna und band sich die Schürze um, war ein neuer Tag.

»Na gut. Sie haben nur eine halbe Stunde Zeit«, stellte Bianca klar. »Also fangen wir besser gleich an.«

Voller Neid blickte Anna kurz zu Matteo und Ria hinüber:

Die beiden wirkten so organisiert und hatten es geschafft, innerhalb weniger Minuten ihren Arbeitsplatz einzurichten und loszulegen. Matteo schälte schon die Feigen und schnitt sie in kleine Stücke.

Nun machten sich auch Anna und Sian an die Arbeit und hatten innerhalb kürzester Zeit neben den Mandeln genügend Feigen für das Eis vorbereitet. Sie unterhielten sich bei der Arbeit, und Anna fand, dass ihr alles schon viel leichter von der Hand ging als noch am Tag zuvor. Nach einer Viertelstunde hatten sie eine Mischung fertig, die zum Gefrieren in die Eismaschine wandern konnte.

»Sieht ziemlich gut aus«, stellte Bianca fest, als sie an Annas und Sians Platz vorbeikam. »Ich glaube, ich habe Sie unterschätzt, Signora McAvoy.«

Der Ausflug am Nachmittag sollte eigentlich eine kleine Belohnung sein, doch als Anna die steilen Stufen der Kathedrale keuchend emporschnaufte, fragte sie sich so langsam, ob man nicht doch lieber im Kursraum hätte bleiben können.

»Nicht schlappmachen!«, rief Bianca, als ihr Kurs immer weiter hinter ihr zurückfiel. »Wir haben die Hälfte des Weges fast geschafft!«

Nachdem sie am Morgen recht erfolgreich Eis hergestellt hatten, hatte Bianca vorgeschlagen, eine Stunde früher Schluss zu machen, den schönen Sommertag zu nutzen und einen Ausflug mit dem gesamten Kurs zu machen. »Ich bin normalerweise die Erste, die darauf pocht, wie wichtig es auch ist, Eis herzustellen«, erklärte sie dem Kurs nach der kurzen Mittagspause. »Aber Sie können nicht die ganze Woche über hier in Florenz sein, ohne sich eine der schönsten Sehenswürdigkeiten der Welt anzuschauen.«

»Und was passiert nach der Hälfte des Weges?«, erkundigte sich Hiro.

»Das werden Sie gleich sehen. Treten Sie einfach durch.«

Bianca deutete auf einen kleinen Durchgang in der Steinmauer links von ihr und lotste sie dann nacheinander hindurch.

Anna konzentrierte sich auf Matteo, der vor ihr ging, und versuchte, nicht darüber nachzudenken, wie hoch sie bis jetzt schon hinaufgeklettert waren. Als sie ihm durch die Öffnung folgte, befanden sie sich mit einem Mal auf einer kreisförmigen Plattform, die an der Innenseite des Doms entlangführte. Hinter dem niedrigen Mäuerchen, das sie davor bewahren sollte hinunterzufallen, konnte sie Menschen ausmachen, winzige Punkte, die auf dem Boden der Kathedrale herumliefen. Übelkeit stieg in ihr auf, und sie krallte sich an der Mauer fest.

»Alles in Ordnung mit dir?«, fragte Matteo und schaute zu ihr zurück.

»Geht so«, erwiderte Anna und lächelte. »Ich habe Höhenangst.«

»Dann versuch, nicht nach unten zu schauen«, riet er ihr und legte ihr beruhigend die Hand auf den Arm. Anna ließ ihn gewähren. Seine Berührung fühlte sich gut an, und physische Nähe hatte hier eine ganz andere Bedeutung, fand sie.

»Aber warum solltest du auch nach unten sehen? Schau mal nach oben, Anna!« Er deutete auf die Fresken an der Decke der Kathedrale, auf die leuchtenden Blautöne und die Verzierungen aus Blattgold – eine Darstellung des Himmels.

»Wow«, staunte sie und vergaß vollkommen ihre Höhenangst.

»Gefällt es dir?«

»Es ist so wunderschön, dass ich glatt vergesse, in welcher Höhe wir uns hier befinden«, lächelte sie.

Gemeinsam umrundeten sie die Hälfte der Kuppel und kehrten dann durch einen anderen Durchgang wieder zu den Treppenstufen zurück. Auf dem Weg hinauf zum nächsten Treppenabsatz blieb Anna an einem kleinen Fensterchen stehen und deutete auf eine Reihe von Vorhängeschlössern aus Metall, die an dem Gitter hingen. »Wozu sind die gut?«

»Als Erinnerung«, erklärte Matteo. »Schau mal.« Er deutete auf Schlösser, auf die Leute ihre Initialen geschrieben oder etwas in das Metall hineingeritzt hatten. »Man kommt mit einer besonderen Person her, die einem wichtig ist, und lässt dann als Erinnerung ein solches Schloss hier. Damit es für immer und ewig hierbleibt.«

Anna musste unweigerlich an Jon denken. Er war nicht sonderlich versessen darauf, auf Reisen zu gehen. Bislang hatte er Großbritannien erst ein einziges Mal verlassen – bei einem Junggesellenabschied, bei dem alle nach Amsterdam gefahren waren. Aber vielleicht konnte sie ihn ja überreden herzukommen. Dann könnten sie versuchen, den Weg hierher zurückzuverfolgen, und hier ihr eigenes Schloss aufhängen. Bei dem Gedanken daran wurde ihr ganz warm ums Herz.

»Schön, oder?« Matteo lächelte und blickte den menschenleeren Treppenaufgang hinauf. »Die anderen sind schon vorgegangen. Vielleicht können wir sie ja wieder einholen.«

Anna legte an Tempo zu, sodass sie nach wenigen Minuten die Spitze erreicht hatten. Sie trat auf die Freiluftplattform an der Spitze der Kathedrale hinaus und hatte von dort eine Aussicht, die ihr den Atem raubte. Es war ein klarer, sonniger Tag, sodass man meilenweit schauen konnte, weit hinaus über die Stadt, vorbei am glitzernden Fluss und bis in die toskanische Landschaft.

»Was sagen Sie dazu?«, fragte Bianca und deutete um sich. »Das war es wert, oder?«

Anna ging bis zum Rand der Plattform, wo ihre Kurskameraden standen und Fotos machten. Dann trat sie jedoch ein wenig beiseite, um in Ruhe die Aussicht genießen zu können.

»Stimmt«, erwiderte Anna. »Die Aussicht ist unglaublich.« Matteo kam zu ihr herüber und blieb neben ihr stehen.

»Wie es ausschaut«, stellte er fest, »ist deine Höhenangst kuriert.«

KAPITEL 17

Nur mit Boxershorts bekleidet öffnete Jon die Tür. »Imogen«, grüßte er überrascht.

»Oh, tut mir leid, Jon!« Imogen hielt den Hausschlüssel in der Hand, den sie sich von Anna ausgeliehen hatte. »Ich habe gedacht, es sei niemand zu Hause.«

»Komm rein«, antwortete er, immer noch mit einem verlegenen Gesichtsausdruck. »Ich weiß, normalerweise wäre ich gar nicht hier, aber heute arbeite ich von zu Hause aus.« Sein Haar stand in alle Richtungen ab, als sei er gerade erst aufgewacht.

»Ich bin auch in einer Minute wieder weg«, stellte Imogen klar. »Ich muss nur kurz etwas holen.« Sie ging ins Badezimmer durch, fand gleich ihre Kulturtasche und verstaute sie in ihrer Umhängetasche. Im Hintergrund hörte sie, wie leise der Fernseher lief. Irgendwie klang das nicht gerade nach Arbeit, dachte sie grinsend.

Sie streckte den Kopf zur Wohnzimmertür hinein, wo Jon auf dem Sofa saß.

»Wenn du nachher Zeit hast, würde ich mich freuen, wenn du mir in der Eisdiele zur Hand gehen könntest.« Sie setzte ihr freundlichstes Lächeln auf.

»Tut mir leid, aber ich habe einen langen Tag vor mir. Wie läuft es denn bei euch?«

»Gut«, erwiderte Imogen. »Besser. Im Viviens tut sich was.«

»Was, etwa durch Annas Kurs?«

»Mehr als das«, nickte Imogen. »Komm doch vorbei, und sieh es dir selbst an.« Sie nickte zum Fenster.

Jon stand auf. Imogen wischte über das beschlagene Fenster, sodass sie beide hinausschauen konnten.

»Imogen, was um alles in der Welt parkt da vor unserem Haus?«, fragte Jon und deutete entsetzt auf den Eiswagen.

»Es geht nicht so sehr darum, was es ist«, entgegnete Imogen voller Stolz, »sondern darum, was es wird.«

Später, als Imogen wieder im Café war, wurde die Liste, die sie erstellte, immer länger:

- Glastonbury
- Secret Garden
- Isle of Wight
- Sussex Food and Drink Festival

Wenn sie erst einmal erstklassiges Eis im Angebot hatten, wäre es umso besser, je mehr Menschen es probieren würden. Nachdem sie nach dem Besuch in Annas Wohnung im Laden angekommen war, hatte sie den Van geschrubbt und gesäubert, sodass er so weit vorbereitet war, um angestrichen zu werden. Nun saß sie an der weitaus angenehmeren Aufgabe, darüber nachzudenken, welche Orte sie anfahren könnte. Im Internet überprüfte sie die Kosten für einen Standplatz und notierte sie.

Danach rief Imogen die Website des Ladens auf und lud ein paar Fotos des Vans hoch für den Blog, den sie schrieb. Besucher der Internetseite würden so mitverfolgen können, wie der Eiswagen in seinen verschiedenen Bearbeitungsstadien aussah, um dann herauszufinden, wo sie vorbeikommen und Eis kaufen könnten. Der Bildschirm lud sich neu, und die Fotos gingen online.

Sie sollte auch einen Link zu TripAdvisor einbauen – das Portal nutzte heutzutage doch jeder. Sie öffnete ein neues Fenster, tippte die Adresse der Touristikwebsite mit den Erfahrungsberichten ein und suchte nach dem Viviens.

Eine Bewertung mit nur einem Stern prangte auf der Seite. Oje, dachte Imogen. Wie sollen wir denn da eine Chance haben? Vollkommen geschockt las sie die Bewertung durch:

Viviens himmlisches Eiscafé, Hove, direkt an der Küste.

Nur widerwillig gebe ich diesen einen Stern, weil man hier leider nicht die Möglichkeit hat, keinen *Stern zu vergeben. Warum sie diese Klitsche als himmlisch bezeichnen, ist mir unbegreiflich. Unterirdisch trifft es eher, wenn Sie mich fragen! Ich mochte den Laden sehr, als er noch von der alten Dame betrieben wurde – dort wurde man stets warmherzig empfangen. Doch seitdem ihre Enkelinnen das Geschäft übernommen haben, geht alles den Bach runter. Nicht nur die Ausstattung – weiß Gott, was den beiden durch den Kopf gegangen ist, als sie diese Farben und diese Deko ausgesucht haben –, sondern auch der Kundenservice ist miserabel. Was Getränke oder Snacks angeht, gibt es so gut wie keine Auswahl, darum hat der Laden die Bezeichnung »Eisdiele« überhaupt nicht verdient.*

Imogen nahm alle Kraft zusammen und las den letzten Absatz.

Grottig. Geben Sie Ihr hart verdientes Kleingeld lieber woanders aus, bis der Laden von anderen übernommen wird.
1 von 10 Sternen.

Von: TheRoadLessTravelled

Die Worte starrten Imogen an – *Grottig. Unterirdisch* … Ein winziger Hoffnungsschimmer war, dass der Zwischenfall mit der Lebensmittelvergiftung nicht erwähnt worden war. Dennoch blieb es eine vernichtende Kritik, die erste, die mögliche Kunden lesen würden. Sie klickte sich zu einem weiteren Bewertungsportal durch und sah, dass genau der gleiche Kommentar gepostet worden war – und auf noch einer Seite und noch einer. Alle Kommentare unter dem gleichen Namen, und es gab nicht eine einzige positive Bewertung, die dies wieder wettmachen konnte.

Waren diese Kommentare von der gleichen Person verfasst worden, die auch mit der Presse gesprochen hatte? Oder versuchte gerade jemand, sie mürbe zu machen? Imogen wusste nur eines: Falls sie nach dieser desaströsen Woche jemals wieder auf die Beine kommen sollten, musste sie herausfinden, von wem die Kommentare stammten.

»Ta-da!«, rief Jess und legte ihr iPad auf die Theke des Viviens. »Ich glaube, ich hab's. Was sagst du dazu?«

Imogen betrachtete das Logo, das Jess entworfen hatte. »Viviens« stand da, in einer geschwungenen Retroschrift. Der gesamte Entwurf war relativ schlicht, doch ziemlich stylisch – auf dem Eiswagen würde es fantastisch aussehen.

»Das ist perfekt«, erwiderte Imogen.

»Danke. Und ich musste dafür nicht mal bis spät in die Nacht hinein arbeiten. Mir kam das alles so zugeflogen.«

Imogen verstummte.

»Warum machst du so ein langes Gesicht?«, fragte Jess.

»Ach, ich habe nur gerade im Internet eine ganz schlimme Kritik über unseren Laden gelesen. Aber nichts, worüber man sich Sorgen machen müsste.«

»Es gibt schon ziemlich gehässige Menschen da draußen, aber versuch einfach, es zu vergessen«, riet ihr Jess. »Und wenn du mich fragst, dann ist der einfachste Weg, das zu tun, mein fabelhaftes Logo an die Außenseite des Eiswagens zu malen.«

»Bitte sag, dass du Zeit hast?«, bettelte Imogen. »Ich habe den Wagen vorbereitet, gesäubert und komplett geschrubbt. Aber ich bin leider keine Künstlerin.«

»Ich gehöre dir«, erwiderte Jess. »Aber nur für einen begrenzten Zeitraum. Ich habe mir auch schon meine besten Arbeitsklamotten angezogen.« Jess' lockiges Haar war zu einem Knoten hochgesteckt, und sie trug eine verwaschene Jeans zu einem ausgeblichenen T-Shirt.

»Vielen Dank!«, rief Imogen. »Dich schickt der Himmel! Na gut, was brauchen wir alles …?«

Sie öffnete den Küchenschrank unter der Spüle und holte die Dosen mit dem Autolack hervor, die sie schon gekauft hatte – Zuckerwatterosa und Pistaziengrün, damit es zum Retrodesign der Eisdiele passte. »Ich denke, wir haben alles da.«

»Dann lass uns anfangen«, schlug Jess voller Tatendrang vor.

Draußen drehten sie das Autoradio laut auf und machten sich an die Arbeit. Jess malte das Logo vor, damit sie es danach ausmalen konnten.

»Oooh, was ist denn hier los?«, fragte Evie und steckte den Kopf aus ihrem Laden heraus.

»Darf ich Ihnen das neueste Teammitglied vorstellen, Evie?«, übertönte Imogen die Musik und deutete auf den Eiswagen.

»Er gefällt mir«, nickte Evie. »Kann er auch die Musik nach draußen übertragen?«

Jess griff nach innen und drückte auf den Knopf, durch den dann über einen kleinen Lautsprecher die sommerliche Musik nach draußen schallte. Evie lachte überrascht auf. »Toll!«

»Stimmt, nur sollten wir das so schnell nicht noch einmal tun, da wir noch nichts zu verkaufen haben.«

»Das wird sich bald ändern. Anna kommt doch nächste Woche schon wieder zurück, oder?«, fragte Evie und lehnte sich an den Türrahmen. »Dann könnt ihr das gute Stück auf die Straße bringen.«

»Glauben Sie mir: Ich zähle die Tage!«, erwiderte Imogen.

Als die Sonne über dem Meer unterging und sich die Luft langsam abkühlte, beendete Imogen die letzten Malerarbeiten am Eiswagen. Jess war schon nach Hause gegangen, doch sie hatte so viel vorgezeichnet, dass Imogen die letzten Striche allein erledigen konnte.

»Gehört der dir?«, ertönte eine männliche Stimme.

Imogen rutschte das Herz in die Hose. Finn.

»Ja.« Sie erhob sich aus ihrer gebückten Haltung und schaute ihm in die Augen.

»Meinst du nicht, dass du damit losrennst, bevor du überhaupt gehen kannst?«

»Hör mal, Finn«, rief sie angriffslustig und wischte sich die farbverschmierten Hände an ihrem Overall ab. Sie musste an die böse Kritik denken, die sie gelesen hatte. Ob Finn die wohl geschrieben hatte? Sie zögerte kurz, beschloss dann jedoch, dass es wohl besser wäre, sich zu versöhnen.

»Tut mir leid, was neulich passiert ist«, entschuldigte sie sich so ruhig wie möglich. »Aber was soll ich denn noch tun? Ich habe das Eis aus dem Verkauf genommen, und bis Anna zurückkommt, bieten wir nur fertige Produkte an. Der Eiswagen kommt erst zum Einsatz, wenn wir eigenes Eis herstellen.«

»Ich kann euren Kunden zuliebe nur hoffen, dass ihr das Eis vorher ausreichend testet.«

»Natürlich!«, blaffte Imogen eingeschnappt. »Ich mische mich auch nicht in dein Geschäft ein, Finn, also wie wäre es dann, wenn du …«

Finn fiel ihr ins Wort. »Imogen, du *hast* dich bereits in mein Geschäft eingemischt – schon komisch, dass du das nicht zu verstehen scheinst. Ich musste der Hälfte meiner Kursteilnehmer die Gebühren zurückerstatten. Normalerweise sind wir in den Granville Arches füreinander da und vertrauen einander – aber offenbar ändern sich die Zeiten. Vielleicht hast du recht – jeder sollte sich wohl besser um seinen eigenen Kram kümmern.«

»Klingt gut.«

»Du kannst ihn nicht für eine Minute ans Telefon holen, oder?«, fragte Imogen ihre Mutter. Sie saß in Viviens Haus im Schlafzimmer im obersten Stockwerk, die Bettdecke bis zum Kinn hochgezogen. »Ich muss dringend mit ihm reden.«

Nach dem Tag, den sie hinter sich hatte, war ihr Dad der einzige Mensch, durch den es ihr wieder besser gehen konnte.

»Schlechter Zeitpunkt«, erwiderte Jan. »Dein Dad ist sehr, sehr müde.«

»Immer noch?«

»Es geht ihm nicht besser«, fuhr Jan fort. »Na ja … eigentlich wollte ich euch nichts davon sagen, bis Anna wieder zurück ist, aber es geht ihm bedeutend schlechter.«

»Schlechter?«, wiederholte Imogen. »Was ist los, Mum?«

Am anderen Ende der Leitung wurde es kurz mucksmäuschenstill.

»Wir hatten gestern Besuch, Françoise und Martin waren da. Sie beharren darauf, den Hausverkauf anzutreiben. Aber das war noch nicht alles. Françoise versucht, deinen Vater dazu zu überreden, dass ihr der Laden überlassen wird.«

»Wie bitte?« Mit einem Ruck setzte sich Imogen auf. »Das kann sie nicht tun!«

»Sie sagt, dass es schlechte Kritiken und negative Werbung für den Laden gab – sie argumentiert, dass der Laden unter eurer Leitung bankrottgehen wird«, erklärte Jan.

»Mit welchem Recht glaubt sie, sich einmischen zu dürfen?«

»Sie hat kein Recht, das weiß ich, aber das scheint sie nicht abzuschrecken. Imogen, ich weiß nicht, wozu sie fähig ist. Aber Martin und sie scheinen es darauf anzulegen, eurem Vater das Herz zu brechen.«

Kapitel 18

»Es ist toll hier, Imogen. Einfach wunderbar – die Sonne scheint –, ganz anders als zu Hause.« Anna spazierte, das Mobiltelefon am Ohr, über den gepflasterten Marktplatz vor den Uffizien. Dort hatten Sian und sie ihre Mittagspause verbracht und sich in der Gemäldesammlung die Meisterwerke der Renaissance angeschaut – Leonardo da Vinci und Botticelli, deren Originalbilder direkt vor ihnen gehangen hatten. Sian war in einem der Räume zurückgeblieben, um Zeichnungen anzufertigen.

»Und die Leute sind alle so freundlich!«, schwärmte Anna weiter. »Kannst du dich erinnern, wie ungern ich immer allein reisen wollte? Aber seit meiner Ankunft hier war ich kaum einen Augenblick allein.«

»Das habe ich dir doch gesagt«, erwiderte Imogen. »Aber der Workshop gefällt dir?«

»Er ist wirklich fantastisch. Und am nächsten Wochenende beginnt hier ein Eisfestival – ich bin genau noch so lange da, dass ich kurz hingehen kann«, berichtete Anna voller Begeisterung. »Das Festival findet nur einmal im Jahr statt, Imogen. Ist das nicht ein fabelhaftes Timing, dass ich genau *jetzt* hier bin? Die besten Eishersteller des Landes kommen her – es gibt alle möglichen experimentellen Geschmacksrichtungen … Oh, ich schweife ab, oder? Wie geht es dir denn? Was macht der Laden?« Anna erinnerte sich daran, dass ihre Schwester irgendetwas davon gesagt hatte, selbst Eis herzustellen und es zu verkaufen: Es schien, als zeige ihre kleine Schwester endlich, was sie wirklich draufhatte, ohne dass sie jemand dazu drängte.

»Oh, prima«, erwiderte Imogen übertrieben munter. »Alles läuft bestens. Hab viel Spaß, und bring uns ein paar neue Geschmacksrichtungen für unsere Kunden mit!«

»Das werde ich«, erwiderte Anna. »Auf jeden Fall.« Sie wollte gerade schon das Gespräch beenden, als ihr noch etwas einfiel, das ihr keine Ruhe ließ. »Hör mal, Imogen – schon komisch, dass ich so was frage, ich weiß, aber du hast nicht zufällig was von Jon gehört, oder? Ich habe den ganzen Morgen über versucht, ihn bei der Arbeit zu erreichen, aber er geht nicht ran.«

»Ich habe ihn gestern gesehen«, antwortete Imogen. »Ich bin kurz bei euch in die Wohnung gesprungen, da kam er mir in Unterhosen entgegen.«

»In seinen Unterhosen?«

»Das war jetzt nicht so heikel, wie es klingt«, versicherte Imogen ihr. »Er hat von zu Hause aus gearbeitet. Versuch es doch einfach mal auf seinem Handy.«

»Okay, das mache ich. Bis bald, Imogen!«

»Tschüss!«

Anna legte auf und spazierte langsam zu ihrem Eiskurs zurück. Angetrieben von den wunderschönen Kunstwerken, die sie gerade gesehen hatte, fühlte sie sich richtig inspiriert, sich an neuen Kreationen zu versuchen. Das Thema, das Bianca für heute ausgegeben hatte, lautete Fruchtsorbets, und sie und Matteo, die zum ersten Mal eine Gruppe bildeten, hatten sich für Waldbeeren entschieden – saftige rote Beeren, die im Eis perfekt schmeckten. Durch Matteos Wissen und ihr sorgsames Abschmecken funktionierten die Geschmacksrichtungen hervorragend miteinander. Der vierte Kurstag könnte sich als Annas bislang bester Tag entpuppen.

Zur gleichen Zeit wie die anderen kehrte sie in den Kursraum zurück, und es herrschte ein lautes Stimmengewirr, als alle wieder ihre Plätze einnahmen. »Klassenbeste, was?«, rief Georgios Anna mit einem herzlichen Lächeln zu, als er an ihrem Arbeitsplatz vorbeiging. Gestern hatte Bianca ihr für ihr Kaffeeeis den begehrten Rang der Kursbesten zugesprochen, und seitdem hatte sie vor Freude gestrahlt. Es hatte nicht viel zu bedeuten, wirklich nicht – es gab immerhin nur sechs Kursteilnehmer, aber genau das war die Bestätigung gewesen, die Anna gebraucht hatte, um zu wissen, dass sich der Kurs auszahlen würde.

»Sie werden der nächste«, scherzte Anna lächelnd. Es war ziemlich offensichtlich, dass Georgios derjenige war, der nur ganz, ganz langsam Fortschritte machte. Doch er war immer voller Begeisterung bei der Arbeit, und auch Bianca hatte in seinem Fall die Hoffnung noch nicht ganz aufgegeben.

»Hey, jetzt aber schnell wieder an die Arbeit!«, rief Matteo, stupste sie gutmütig in die Seite und deutete ihr an, das vorbereitete Obst in die Sorbetmischung zu geben. Ihre Blicke trafen sich.

»Und was jetzt?«, fragte Anna, warf einen Blick auf das Rezeptbuch, um die letzten Anweisungen nachzulesen. Nach einem weiteren köstlichen Frühstück heute Morgen auf der Terrasse, versüßt durch eine lockere Unterhaltung mit Sian und Matteo, hatte sie ganz vergessen, ihre Brille mitzunehmen. Sie konnte die Wörter kaum erkennen. Normalerweise war sie diejenige, die Imogen die Rezepte vorlas, deswegen zuckte sie überrascht zusammen, als eine Stimme sanft hinter ihr erklang. »Jetzt überprüfst du den Zuckergehalt«, erklärte Matteo, »mit diesem – wie heißt das? Mit diesem Messgerät.« Irgendetwas an seinem Tonfall ließ ihr ziemlich deutlich bewusst werden, wie nah er hinter ihr stand. Sie spürte seinen warmen Atem in ihrem

Nacken, wenn er sprach, und roch seinen sauberen, dezent nach Moschus riechenden Duft.

»Na gut, dann wollen wir mal«, erwiderte Anna hastig. Sie sollte Jon erwähnen. Gleich, jeden Moment, würde sie erzählen, dass sie einen Freund hatte, und das ein für alle Mal klarstellen.

Zusammen beendeten sie die Zubereitung, doch Anna sagte kaum noch ein Wort. Nachdem sie endlich fertig waren, wollte sie die Sorbetmischung in den Gefrierschrank stellen. Als sie Platz für die Schüssel machen wollte, entdeckte sie dort eine weitere Schüssel, die neben der mit dem Eis stand, das sie am Morgen zubereitet hatten. »Was ist das?«, fragte Anna überrascht.

»Das habe ich während der Mittagspause gemacht«, erwiderte Matteo. Dann lachte er. »Aber bitte ruf jetzt nicht gleich die Lehrerin … Ich hatte einfach Zeit und wollte ein bisschen herumexperimentieren.«

Anna nahm die Schüssel aus dem Gefrierschrank, schob die Frischhaltefolie zurück und betrachtete das hellgrüne Sorbet. »Kiwi?«, riet sie, woraufhin Matteo nickte. »Und *popone*.« Anna fand, dass bei ihm »popone« wie die exotischste, köstlichste Frucht überhaupt klang. »Melone, meine ich natürlich«, korrigierte er sich.

»Probier doch mal«, schlug er dann vor. Er steckte einen Löffel in das Sorbet und reichte ihn Anna. Sie nahm ihn entgegen und machte sich schon auf die Kälte gefasst, die sie gleich auf ihrer Zunge spüren würde. Da sie den ganzen Tag über Eis hergestellt hatte, hatte sie sich allerdings fast schon an das frostige Gefühl im Mund gewöhnt, das sie bis in die Zehenspitzen fühlen konnte – selbst an einem heißen Sommertag wie diesem, an dem die Luft draußen so schwül und stickig war, dass man es nur in luftiger Kleidung wie dem lilafarbenen Sommerkleid aushalten konnte, das Anna am Morgen ausgewählt hatte.

Doch es war nicht die Kälte, die ihr als Erstes auffiel. Es war der Geschmack – zuerst das feine Prickeln der Kiwi, dann die dezente Geschmacksnote der Melone als Basis. Darunter befand sich noch ein weiterer Geschmack, vielleicht Minze, der das Sorbet köstlich abrundete.

Sie merkte, dass sich sofort ein Lächeln in ihrem Gesicht breitgemacht hatte, dass ihre Lebensgeister unmittelbar auf diese unglaublich köstliche Kombination reagierten. Ihr Gesichtsausdruck spiegelte sich in Matteos Miene wider. Er grinste und beobachtete, wie seine Kreation den beabsichtigten Zauber auf Anna ausübte.

Anna wollte gar nicht, dass der Geschmack im Mund aufhörte; sie genoss die letzten winzigen Eiskristalle und die Art, wie ihre Geschmacksnerven darauf reagierten.

»Magst du es?«, fragte Matteo. Anna nickte. »Warte nur bis zum Eisfestival – dagegen ist das hier noch gar nichts. Da wirst du Sachen schmecken, die du im Leben nicht für möglich gehalten hast. Warum gehst du nicht an deinem letzten Abend mit mir und ein paar Freunden von mir hin? Elena, Caro und Saverio – du wirst sie mögen – sprechen alle ein bisschen Englisch. Wir können dich gern überall herumführen.«

»Das klingt toll«, erwiderte Anna aufgeregt.

Es war Freitag, und der Kurs neigte sich langsam dem Ende zu. Anna stärkte sich dafür ein weiteres Mal beim Frühstück oben auf der Dachterrasse mit dem feinen Gebäck – nur hatte sie dieses Mal Giovanna selbst als Gesellschaft. Sie fragte sich, wo Sian und Matteo wohl abgeblieben waren, und schloss dann, dass die beiden früh losgezogen sein mussten.

»Haben Sie gesehen?«, fragte Giovanna und deutete über die niedrige Terrassenmauer auf den belebten Marktplatz hinunter.

Auf dem Kopfsteinpflaster wurden Marktstände aufgebaut, um die herum sich Leute lebhaft miteinander unterhielten. Ein großes Banner war über Nacht aufgetaucht:

FIRENZE – FESTIVAL DEL GELATO

Die Stadt schien in den Farben des Festivals überzusprudeln. »Das sieht wundervoll aus!«, rief Anna begeistert.

»Es ist mehr als das«, widersprach ihr Giovanna. »Es ist *delizioso*!«

Anna freute sich auf den Tag und den Abend, die vor ihr lagen. Solange es keine größeren kulinarischen Katastrophen mehr gab, würden sie am Ende des Kurses ihre Zertifikate überreicht bekommen, und zum Abschluss würde der gesamte Kurs mit Bianca in einem der besten Restaurants von Florenz, wie sie versichert hatte, essen gehen. Danach, dachte Anna mit einem strahlenden Lächeln, würde sie noch Zeit haben, um mit Matteo und seinen Freunden das Eisfestival zu erkunden.

Sie war jedoch ein wenig traurig darüber, dass Sian aufgrund ihres frühen Rückfluges nicht mehr mitkommen konnte. Nachdem sie sich bis spät am Abend noch miteinander unterhalten und zusammen am Fluss Prosecco getrunken hatten, standen sie einander recht nahe, und Anna bedauerte, sich nun so bald von ihrer neuen Freundin verabschieden zu müssen.

Nach dem Frühstück packte sie ihre Sachen für den letzten Kurstag zusammen und trat dann auf den Marktplatz hinaus. Die Kirchturmuhr stand auf halb acht. Jon würde wahrscheinlich gerade erst aufgestanden sein, doch Anna sehnte sich nach seiner Stimme, nachdem sie am Vortag mehrmals erfolglos versucht hatte, ihn zu erreichen. Sie holte ihr Handy heraus und wählte seine Nummer.

»Anna?«, rief er, nachdem es gerade ein einziges Mal geklingelt hatte.

»Hi, Jon!«, begrüßte sie ihn und entspannte sich sofort beim vertrauten Klang seiner Stimme. »Wie geht es dir?«

»Schön, von dir zu hören! Aber hör mal, ich bin gerade auf dem Weg zu einem Meeting. Gibt es denn etwas Wichtiges?«

»Nein, nein, nichts Dringendes«, erwiderte Anna und versuchte, ihre Enttäuschung zu unterdrücken. »Ich wollte nur mit dir reden, ein bisschen nachholen, weil wir uns so lange nicht mehr gesprochen haben.«

»Na klar. Hier ist alles bestens. Es tut mir leid, aber hat unser Gespräch vielleicht noch Zeit bis morgen?«, fragte Jon. »Ich stehe heute ziemlich unter Zeitdruck. Aber ich komme dich vom Flughafen abholen. Du kommst doch um elf Uhr abends an, oder?«

»Um elf Uhr zwanzig morgens«, entgegnete Anna. »Ich habe dir die Flugnummer gemailt. Ich kann es kaum abwarten, dich wiederzusehen!«

»Okay, Liebes, bis dahin!«

»Ich hab dich lieb!«, antwortete Anna.

»Ich dich auch«, erwiderte er leise, wie er es im vollbesetzten Büro immer tat. »Einen guten Rückflug!«

Am Ende des letzten Kurstages hatte Bianca allen ein Zertifikat überreicht und darauf bestanden, dass sie sich alle einen Applaus verdient hatten. »Um diesen Abschluss zu feiern«, verkündete sie, »werden wir heute Abend essen gehen. Sie alle werden das beste Essen bekommen, das Florenz zu bieten hat.«

Die Schüler der Accademia und ihre stolze Lehrerin nahmen in einer gemütlichen Pizzeria Platz, einem Familienbetrieb mit rot-weiß karierten Tischdecken, Holzmobiliar und einer Speisekarte voller deftiger Pasta, Pizzen und Risottos. Anna war erleichtert, dass Bianca mit ihrer Ankündigung kein edles Restaurant mit Michelinstern gemeint hatte – ihr Budget hätte dafür nämlich niemals ausgereicht.

Anna bestellte eine Pizza, die mit frischen Artischocken und Pilzen serviert wurde und im Steinofen gebacken worden war. Da sie den Tag über hart in der Küche gearbeitet hatte und jetzt vor Hunger fast umkam, biss sie herzhaft in ein Stück Pizza. Sie war sehr zufrieden mit ihrem heutigen Experiment, einem erfrischenden, leichten Quitteneis – wahrscheinlich war es sogar das beste Eis, das sie in dieser Woche hergestellt hatte. Doch trotz ihres kulinarischen Erfolgs hatte sie sich nicht entspannen können. Zwar konnte sie nicht genau ausmachen, was nicht stimmte, aber irgendetwas in Jons Tonfall hatte sie beunruhigt. Sie selbst konnte es kaum abwarten, Alfie und ihn wiederzusehen – aber warum kam es ihr dann so vor, als stünde sie momentan ganz unten auf seiner Prioritätenliste? Verlangte sie zu viel? Sie nahm sich fest vor, Jon nach ihrer Rückkehr mehr Raum zu lassen. Wenn es ein Problem gab, dann würde er es ansprechen, wenn er so weit war.

»Herzlichen Glückwunsch«, rief Bianca und hob ihr Rotweinglas. Anna, Georgios, Sian, Matteo, Ria und Hiro stießen quer über den Tisch hinweg mit ihr an. Anna lächelte. Sie hatten den Kurs überstanden und, sogar noch besser, ein paar Rezepte gemeistert, die sie in ihre jeweiligen Heimatländer mitnehmen würden und bei denen einem wirklich das Wasser im Mund zusammenlief.

»Auf die beste Lehrerin!«, rief Georgios und hob ein weiteres Mal das Glas. »Auf *bella* Bianca!«, lächelte er. Begeistert stimmten alle in den zweiten Toast ein. Trotz all ihrer recht harschen Kritik war zu merken, dass Bianca wirklich etwas an ihren Schülern lag. Innerhalb nur weniger Tage hatte sie das Beste aus ihnen allen rausgeholt. Bianca strahlte.

Nach dem Essen scharte sich die Gruppe auf dem Fußgängerweg vor dem Restaurant zusammen, alle tauschten Kontaktdaten aus und umarmten sich zum Abschied.

»Vielen Dank«, wandte sich Anna an Bianca, die ein wenig abseits der Gruppe stand. »Die vergangene Woche war sehr inspirierend für mich.«

»Sie sind also so weit?«, fragte sie. »Um nach Hause zu fahren und in Ihrem eigenen Laden loszulegen?«

»Ich denke schon.«

»Schicken Sie mir auf jeden Fall bitte Fotos«, beharrte Bianca. Dann fuhr sie mit gesenkter Stimme fort. »Er ist ein guter Fang, wissen Sie?« Sie nickte zu Matteo hinüber, der Sian dabei half, ihr Gepäck ins Taxi zu verfrachten. »Und ich glaube, er hat ein … wie sagt man? Ein Auge auf Sie geworfen.« Sie zwinkerte Anna zu, doch bevor sie darauf antworten konnte, überraschte Georgios Bianca mit einer ungestümen Umarmung.

Nachdem Sians Taxi abgefahren war, kam Matteo zu Anna hinüber. »Sollen wir gehen?«, fragte er sie. »Ich habe mit Saverio, Elena und Caro ausgemacht, dass wir uns an der Kathedrale treffen.«

»Klar.« Anna versuchte zu vergessen, was Bianca ihr gerade gesagt hatte, doch es wollte ihr nicht recht gelingen. »Lass uns losgehen.«

Gemächlich spazierten Anna und Matteo über den Marktplatz, wo das Festival um sie herum in vollem Gange war. »Sie müssen jeden Moment hier sein«, erklärte Matteo, und Anna glaubte, in seiner Stimme einen Hauch von Nervosität zu spüren. Krampfhaft versuchte sie, sich etwas einfallen zu lassen, was sie sagen könnte, damit sich die Atmosphäre zwischen ihnen ein wenig entspannte.

»Ciao, Matteo!« Ein junges Pärchen sowie eine weitere Frau

Mitte zwanzig kamen um die Ecke geschlendert und begrüßten sowohl ihren Freund als auch Anna mit einem Kuss auf die Wange. Danach unterhielten sie sich locker auf Italienisch. Gelegentlich verstand Anna zwar ein Wort, doch sie wünschte sich, die Sprache besser verstehen zu können. Sie war erleichtert, als sich eine der Frauen zu ihr umdrehte und sich ihr schüchtern vorstellte. »Hi, ich bin Caro. Du bist Engländerin, nicht wahr? Freut mich, dich kennenzulernen. Ich muss dringend Englisch üben!«

Aufgeregt schnatternd machte sich die kleine Gruppe auf den Weg zur ersten Eisverkostung des Abends. Matteo reichte Anna ein Mandeleis in einer mit Schokolade überzogenen Waffel. Schon beim ersten Lecken genoss sie die Kälte der Eiskugel an diesem brütend heißen Sommerabend. Nach einem Augenblick entfaltete sich der Geschmack – mit einer Raffinesse, die das Eis unwiderstehlich machte. Glücklich und zufrieden aß sie weiter und merkte zunächst gar nicht, dass Matteo und seine Freunde ohne sie schon zum nächsten Stand weitergegangen waren. Als sie sich schließlich beeilte, um zu ihnen aufzuschließen, war sie entschlossener als je zuvor, nach ihrer Rückkehr herausragendes Eis herzustellen – auch wenn sie es mangels Kunden selbst essen müsste. Cornetto-Hörnchen oder Viennetta-Packungen reichten nicht mehr, nachdem sie nun einmal dieses Eis hier probiert hatte.

»Anna, *cioccolato*!«, rief Matteo und drehte sich mit einem Probierlöffel zu ihr um. »Aber das ist kein gewöhnliches Schokoeis«, warnte er sie mit einem Augenzwinkern.

Anna probierte das Eis, und nach dem beruhigenden Schokoladengeschmack prickelten die anderen Aromen in ihrem Mund – Chili, ein echter Kick. »Wow!«, rief sie begeistert.

»Gut?«, wollte Matteo wissen.

»Fantastisch«, erwiderte Anna und lachte aus heller Freude über diese köstliche Entdeckung.

»Das ist ein mexikanisches Rezept, das Eis der Azteken.«

Matteo bat um weitere Kostproben, doch die Gruppe vor dem Stand wurde weitergedrängt, als von hinten neue Kunden herbeigeströmt kamen. Annas Bein wurde einen Moment lang an Matteos gepresst. Verlegen angesichts dieser Berührung schaute sie zu Matteo auf, und ihre Blicke trafen sich. Er sah ihr ganz selbstverständlich in die Augen. Da klingelte plötzlich Annas Handy in ihrer Tasche, und sie war ziemlich erleichtert, damit eine Entschuldigung zu haben, um den Blick abzuwenden. Sie holte das Handy heraus und freute sich, dass Jon Zeit gefunden hatte, sie zurückzurufen. Jetzt konnte sie auch Matteo erklären, dass ihr Freund sie anrief. Doch anstatt Jons Namen im Display zu lesen, sah Anna, dass sie nur eine SMS von Jess bekommen hatte:

> Nur falls du schon überlegt haben solltest: ein nettes Olivenöl und eine Packung von diesen knusprigen Keksdingern, bitte. Kann es kaum erwarten, dass du zurückkommst. LG Jess

Anna musste grinsen. »Eine Freundin«, erklärte sie den anderen.

Es war beinahe zwei Uhr in der Frühe, und Anna musste am Morgen nach Pisa fahren, um dann dort den Flieger zu bekommen, doch sie wollte am liebsten dort bleiben, wo sie war. Saverio hatte sie alle zu einem Aussichtspunkt gefahren, von dem man einen wunderbaren Panoramablick über die Stadt und den dunklen Sternenhimmel über ihnen hatte. Alle fünf lehnten sie mit dem Rücken an dem weißen Cinquecento, in den sie sich auf dem Weg hier herauf gequetscht hatten, die Ferngläser in den Händen.

»Jemand noch Limoncello?«, fragte Matteo.

»Ein bisschen mehr schadet bestimmt nicht«, lächelte Anna und hielt ihr Glas hin. Sie hatte noch Spuren des süßen Zitronenlikörs an den Lippen. Die anderen diskutierten in der Zwischenzeit, welche Musik im Auto laufen sollte.

Matteo füllte ihr Glas auf, und wieder trafen sich ihre Blicke. »Anna, ich wollte dir die ganze Zeit schon etwas sagen. Seit dem ersten Tag …«

Aus dem Autoradio dröhnte Musik, die ihm das Wort abschnitt. Matteos Freunde lachten und fanden endlich den Lautstärkeregler, um die Musik leiser zu machen.

»Das ist nicht nötig«, erwiderte Anna sanft. Sie musste an Biancas Worte denken und empfand mit einem Mal eine Mischung aus Schuldgefühlen und Verwirrung. Sie hätte gleich von Beginn an ehrlich sein und Jon erwähnen sollen. Sie hatte die falsche Entscheidung getroffen, heute Abend herzukommen.

»Das ist mein letzter Abend hier, Matteo. Lass uns den einfach genießen.«

KAPITEL 19

WEGEN EINES DRINGENDEN NOTFALLS GESCHLOSSEN

Imogen heftete den Zettel an die Eingangstür und schloss am Mittag den Laden. Schließlich würde ihnen dadurch nicht gerade ein Riesengeschäft durch die Lappen gehen, redete sie sich ein. Ihre einzigen Kunden am Morgen war eine Gruppe zugedröhnter Studenten Anfang zwanzig gewesen, die gefühlte Stunden damit zugebracht hatten, die Feinheiten der Liebesperlen auf den Fab-Lollis zu bewundern.

Sie konnte einfach nicht im Laden sitzen und warten, während sie genau wusste, wie viel Druck Françoise auf ihren Dad ausübte, dass es ihm dadurch noch schlechter ging. Imogen warf ihren kleinen Rucksack auf den Beifahrersitz des Eiswagens und kletterte auf den Fahrersitz.

Dann ließ sie den Motor an und bog auf die Hauptstraße ab. Sie hatte zwar keine Ahnung, was sie tun sollte, wenn sie das Cottage ihrer Eltern erreichte, aber falls Françoise dann immer noch da sein sollte, würde sie sich bald wünschen, es nicht mehr zu sein.

Eine Dreiviertelstunde später öffnete Jan ihr die Tür.

»Sind sie immer noch da?«, erkundigte sich Imogen.

»Wer ist hier?«, fragte Jan und starrte sie misstrauisch an. »Meinst du deinen Onkel und deine Tante? Wenn ja: Sie sind immer noch da.«

Jan schaute an ihrer Tochter vorbei in die Einfahrt und entdeckte den Eiswagen, der dort parkte. »Imogen, was ist das da in unserer Einfahrt?«

»Nichts«, erwiderte Imogen. »Ich erklär euch das später. Lass mich erst mal hereinkommen und mit den beiden reden.«

»Okay«, gab Jan nach und trat beiseite. »Aber«, warnte sie im Flüsterton, »bitte mach keinen Aufstand. Deinen Vater regt das Ganze schon genug auf.«

Imogen ging mit großen Schritten in die Küche, wo ihr Onkel und ihre Tante mit ihrem Vater zusammen am Tisch saßen.

»Hi«, grüßte sie. Ihr Vater sah müde und ein wenig verwirrt aus. Als sie sich zu ihm hinunterbeugte, um ihn zur Begrüßung zu umarmen, schien er ihre Anwesenheit kaum wahrzunehmen.

»Tante Françoise!«, rief Imogen und drehte sich zu ihr um. »Könnte ich mal kurz mit dir reden?«

Hilfesuchend drehte sich diese zu Martin um, doch er zuckte nur mit den Schultern. Widerwillig schob Françoise ihren Stuhl zurück und folgte Imogen ins Wohnzimmer.

Dort schloss Imogen die Tür hinter ihnen.

»Was habt ihr Dad gesagt?«, fragte sie sie wütend.

»Nur die Wahrheit«, entgegnete Françoise. »Was im Übrigen jeder in Brighton sagt. Wie ich höre, stand die Geschichte sogar in der Zeitung. Ihr beide fahrt Viviens Laden an die Wand und ruiniert den guten Ruf, den sie einmal hatte.«

»Das stimmt nicht«, entgegnete Imogen. Es traf sie schmerzlich, dass Teile der Vorwürfe stimmten – vielleicht. Ein wenig zumindest. »Wir haben Stunde um Stunde hart dafür gearbeitet, den Laden auf Vordermann zu bringen. Anna ist bei einem Workshop in Italien, um die Produkte, die wir verkaufen, verbessern zu können. Wie könnt ihr es da wagen, euch so einzumischen?«

»Ich habe nur das Beste für die Interessen deines Vaters und

Martins im Blick«, zischte Françoise. »Und mittlerweile ist es ziemlich offensichtlich, dass euer Laden eine neue Richtung braucht. Ich habe eurem Vater mit Martins Zustimmung meinen eigenen Businessplan vorgelegt. Es ist allein Toms Entscheidung, ob er mit dir und Anna darüber spricht. Aber ich habe ihm schon deutlich zu verstehen gegeben, dass der Laden eurer Großmutter in Martins und meinen Händen eine deutlich bessere Chance hätte.«

Tränen der Wut traten Imogen in die Augen. »Wie konntest du nur?«, rief sie. »Du weißt doch genau, wie aufgebracht er ohnehin schon seit Grannys Tod ist!«

»Aber du glaubst doch nicht ernsthaft, dass es ihm hilft, dabei zuzusehen, wie der Laden seiner Mutter den Bach runtergeht, oder, Imogen?«

Einen Augenblick lang fehlten Imogen die Worte. Ihr Argument war wirkungslos geblieben.

»Du bist also fest entschlossen, Anna und mir alles kaputt zu machen.«

»Ich finde, du überdramatisierst.«

»Ich denke nicht.«

Imogen drehte ihrer Tante den Rücken zu, verließ das Zimmer und kehrte in die Küche zurück. Sie holte tief Luft und versuchte ihrem Vater zuliebe ruhig zu bleiben.

»Tut mir leid, dass ich hier so reingeplatzt bin«, entschuldigte sich Imogen. »Ich hätte nicht kommen sollen.« Mit einem Kuss verabschiedete sie sich von ihren Eltern. »Ich muss wieder los, aber ich komme bald wieder.«

»Okay, Liebes«, erwiderte ihr Vater abwesend. »Es ist immer schön, dich zu sehen.«

Jan umarmte ihre Tochter und flüsterte ihr dann ins Ohr: »Wir klären das, keine Sorge.«

Imogen verließ das Haus, stieg in den Eiswagen ein und fuhr los. Auf der Hauptstraße setzte sie im Kreisverkehr links den Blinker, um auf die Bundesstraße nach Brighton aufzufahren. Dabei hatte sie immer noch Françoises Gesicht vor Augen, skrupellos und entschlossen. »Wie kann sie es nur wagen!«, rief Imogen laut aus, als sie den Moment im Geiste noch einmal wiederaufleben ließ.

Sie gab Gas und sauste aus dem Kreisverkehr hinaus. Unmittelbar darauf kam der Wagen jedoch plötzlich zum Stillstand. Voller Panik ließ sie den Motor wieder an. Einen Augenblick lang hatte sie Hoffnung, doch dann stotterte der Motor und starb endgültig ab.

Autos hupten und betätigten die Lichthupe, doch ganz gleich, wie oft sie es versuchte: Sie konnte den Motor nicht mehr anlassen.

»Was hast du dir bloß dabei gedacht?«, fragte Jess, als sie zwanzig Minuten später eintraf.

Imogen unterschrieb gerade auf dem Klemmbrett des Pannendienstes, dass sie Mitglied werden wollte, damit sie abgeschleppt werden und zu den Arches zurückkehren konnte. »Du kannst von Glück sagen, dass du überhaupt so weit gekommen bist«, fuhr Jess fort. »Ich dachte, du würdest den Wagen zur Inspektion bringen, bevor du losfährst.«

»Ich musste einfach los«, erwiderte Imogen. Tränen traten ihr in die Augen, doch sie kämpfte mit ihnen und konnte sie zurückhalten. »Ich dachte, es sei schon okay.«

»Na ja, es hat keinen Sinn, sich jetzt noch damit herumzuquälen«, entgegnete Jess. »Der Eiswagen wird jetzt abgeschleppt. Komm, ich fahre dich nach Hause.«

»Vielen Dank.« Damit stieg Imogen in Jess' Auto.

»Was bitte war so dringend, dass du den Laden schließen und hierherfahren musstest?«, hakte Jess nach, als sie losfuhren.

»Familienangelegenheiten«, erwiderte Imogen. »Lange Geschichte.«

»Haben wir es denn eilig?«

»Also, um es kurz zu machen: Dad ist seit Grannys Tod total deprimiert und niedergeschlagen, und jetzt versucht unsere Tante auch noch, ihn zu manipulieren.«

»Klingt unangenehm.« Jess zog die Nase kraus. »Ihn in einer solchen Situation auch noch so auszunutzen ist nicht gerade schön.«

»Sie redet ihm ein, dass wir nicht in der Lage sind, den Laden zu betreiben, damit sie ihren Geschäftsplan durchziehen kann.«

»Das wird sie nicht schaffen«, entgegnete Jess.

»Ich würde dir ja gern glauben, aber du kennst meine Tante Françoise nicht.«

»Anna hat erzählt, dass sie ziemlich verbissen sein kann, wenn sie etwas wirklich will.«

»Ganz genau«, erwiderte Imogen, lehnte sich in den Autositz zurück und fuhr sich mit der Hand durchs Haar. »Oh Gott, Jess, ich habe das totale Chaos verursacht, auf der ganzen Linie. Und jetzt brauchen wir auch noch mehr Geld, um den Eiswagen reparieren zu können. Anna wird mich umbringen.«

KAPITEL 20

Im Zug auf dem Sitzplatz neben Anna nestelte eine wohlproportionierte italienische Mama an der breiten Krempe ihres lilafarbenen und mit unechten Blumen geschmückten Hutes herum. Sie unterhielt sich dabei lebhaft mit einer Frau in einem türkisfarbenen Kleid auf der anderen Seite des Ganges, und den paar Brocken nach, die Anna zwischendurch verstand, schienen sie sich über eine Hochzeit zu unterhalten. Ihre Aufmerksamkeit wanderte von dem munteren Gespräch zu der Aussicht draußen.

Sie beobachtete, wie die spektakuläre Landschaft an ihr vorüberzog, die gleichen Zypressen und gelben Häuser, die ihr vor einer Woche ihre Ankunft in Italien signalisiert hatten. Der Gedanke, das alles zurückzulassen – vielleicht für immer –, versetzte ihr einen Stich. Doch es war nur ein Urlaub gewesen, redete sie sich ein. Es wäre albern, es als irgendetwas anderes zu betrachten.

Anna hatte sich selbst nie als abenteuerlustig gesehen. Als sie und Imogen noch klein gewesen waren, war immer Imogen diejenige gewesen, die mit Insekten herumexperimentiert, mit ihrem Dad Höhlen gebaut und tödlich aussehende Zaubertränke gemixt hatte. Anna dagegen war stets im Haus geblieben und hatte dort für gewöhnlich gekocht – sie war immer der Meinung gewesen, lieber in der Küche herumzuwerkeln, als in der Wüste unter dem Sternenzelt zu campen oder durch den Regenwald zu wandern.

Als sie sich jedoch dem Flughafen von Pisa näherten und sie Häuser und Kirchen einer Kleinstadt passierten, fragte sich Anna, ob die Geschichte, die sie sich selbst eingeredet hatte – darüber, wer sie war und was sie vom Leben erwartete –, immer noch stimmte. Italien hatte ihr die Augen geöffnet und ihr eine Welt nähergebracht, die voller Abenteuer und Energie war, sowie ein Leben, in dem gutes Essen eine zentrale Rolle spielte.

Als sie an die Rückreise dachte und daran, was sie hier alles zurückließ, ließen ihre Sinne eine Erinnerung wiederaufleben: den Geschmack von Kiwi und Melone. Matteos Sorbet. Die Wirkung der Erinnerung war fast so echt wie die echten Empfindungen, als sie den ersten Löffel probiert hatte. Fruchtige Frische, gemischt mit einem Hauch von Schärfe – das war ein Aroma, für das die Leute ein halbes Land durchqueren würden. So etwas hatte sie noch nie geschmeckt – und sie bezweifelte stark, dass sie einen solchen Geschmack jemals noch einmal irgendwo finden würde.

Es sei denn … Sie fischte in ihrer Handtasche herum, vorbei am Handy, am Lippenstift und an der nachgemachten Prada-Sonnenbrille. In der Tasche befand sich ein gefaltetes Stück Papier; vor ihrer Abreise hatte sie ihre Kurskollegen dazu überredet, ihre Kontaktadressen darauf zu notieren. Sie ließ den Blick über die Anschriften schweifen, bis dieser bei Matteos Adresse Halt machte; Matteo hatte sowohl seine E-Mail-Adresse wie auch einen Hinweis auf sein Profil bei Facebook aufgeschrieben.

Es könnte lohnenswert sein, mit ihm in Kontakt zu bleiben, dachte Anna mit einem winzigen Anflug eines schlechten Gewissens. Jon fände das sicherlich nicht gerade toll – aber er musste davon ja gar nichts erfahren. Sie würden gerade so viel in Kontakt bleiben, dass sie von ihm das Rezept erbitten und sie vielleicht auch künftig bei ihm noch einmal Rat suchen könnte. Die Eisdiele – sie musste ein Dutzend oder mehr erstklassige Eisrezepte für den Neustart des Viviens sammeln. Schnell tippte sie Matteos E-Mail-Adresse in ihr iPhone ein und drückte auf »Speichern«.

Jon nahm Anna in die Arme und küsste sie zärtlich auf den Mund und den Hals, sobald sie durch die Tür getreten waren und er ihren Koffer im Flur abgestellt hatte. Er hatte sie in der Ankunftshalle am Flughafen Gatwick abgeholt, und noch auf dem Weg in die Wohnung hatte sie ihm alle Details über Florenz und den Kurs berichtet – die vielen Geschmacksrichtungen, die sie probiert hatte, sowie die Eissorten, die sie hergestellt hatte.

»Ich habe dich vermisst«, stellte Jon fest und schmiegte sich an ihre Schulter.

»Ich dich auch.« Anna erwiderte seinen Kuss. »Sollen wir?« Sie nickte in Richtung des Schlafzimmers. Dies ließ er sich nicht zweimal sagen.

Langsam knöpfte Jon ihre Bluse auf und strich mit der Hand über ihren BH und den nackten Bauch. Instinktiv prickelte ihre Haut, und auch ihre Hände fanden ihren gewohnten Platz auf seinen Armen und seiner Brust. Doch geistig war sie nur zur Hälfte anwesend, da sie immer noch in Erinnerungen an Sonnenschein, gepflasterte Marktplätze und köstliche Aromen schwelgte. Doch als Jon ihre Schulter hinunterküsste und ihr zärtlich die Bluse auszog, kamen ihre Gedanken in Bewegung, sodass sie wieder nach Brighton zurückkehrte. Dennoch stellte sich damit nicht die Entspannung ein, wieder zu Hause zu sein; vielmehr wurden Gedanken und Sorgen wach, die sich um den Laden drehten.

»Jon«, rief sie inmitten seiner immer drängenderen Küsse, bis sich Jon zurücklehnte und sie halb ungeduldig, halb abgelenkt anschaute. »Mh-mmmm«, murmelte er, während er noch am Verschluss ihres BHs herumfummelte.

»Vielleicht sollte ich sie anrufen«, fragte sich Anna, schloss die Häkchen wieder und wich einen Hauch zurück. »Also Imogen. Um sicher zu sein, dass alles gut gelaufen ist.«

»Ernsthaft?«, fragte Jon und runzelte die Stirn. Seine Wangen röteten sich leicht, als er sprach. »Du bist doch gerade erst angekommen, Anna, und wir waren über eine Woche lang getrennt!«

»Tut mir leid«, entschuldigte sich Anna und gab sich wirklich Mühe, ihre Zweifel und Befürchtungen zum Schweigen zu bringen und sich zu entspannen. Imogen hatte ihr am Telefon versichert, dass alles in Ordnung war; sie sollte ihr einfach vertrauen. »Du hast recht«, erwiderte sie darum. »Wo waren wir stehen geblieben?« Anna lächelte, als er sie wieder in seine Arme zog.

Eine Stunde später wurde Anna wach, nachdem sie in Jons Armen eingeschlafen war. Ihr Blick wanderte zum Wecker, der sieben Uhr anzeigte.

»Jon«, rief sie und weckte ihn sanft. »Wir müssen eingeschlafen sein. Es ist gleich Zeit fürs Abendessen.«

Langsam bewegte er den Kopf auf dem Kopfkissen und regte sich. »Abendessen«, wiederholte er und öffnete die Augen. »Ich glaube nicht, dass wir etwas zu essen im Haus haben«, stellte er entschuldigend fest. »Was hältst du davon, essen zu gehen?«

»Super«, erwiderte Anna und richtete sich mit einem Gefühl der Geborgenheit und Sicherheit im Bett auf, das Laken um sich gewickelt. »Wie wäre es mit dem Gianni's?«

Ihnen beiden hatte das Gianni's immer schon gefallen. Das romantische und von Kerzen beleuchtete Restaurant lag versteckt in den Lanes abseits der Touristenwege; hier tummelten sich an den meisten Abenden italienischstämmige Familien und die ortsansässigen Brightoner. Jon und sie waren bei ihrem zweiten Date hergekommen, und das Restaurant war eines ihrer Lieblingsorte für spezielle Gelegenheiten geblieben. Zudem würde der Geschmack von Giannis Pasta oder Pizza am heutigen Abend das Urlaubsgefühl noch ein wenig verlängern.

»Weißt du«, gab Jon zu bedenken und stützte sich auf seinen Ellbogen, »eigentlich ist mir heute mehr nach Curry. Wäre das okay für dich?«

»Curry.« Anna zwang sich, das Essen, das sie sich schon ausgemalt hatte, wieder zu vergessen. »Klar. Also Curry.«

»Papadam?«, fragte Jon und brach eine der knusprigen Scheiben entzwei.

Anna nahm ihr Stück entgegen; Jon löffelte ein wenig Mangochutney auf seines. Sie beide waren die einzigen Kunden im Restaurant, einem ruhigen Souterrainraum, gleich um die Ecke von ihrer Wohnung. Der etwa zwanzigjährige Kellner war daher besonders aufmerksam.

»Ich sterbe vor Hunger«, erklärte Jon lächelnd.

Anna überflog die Speisekarte und sehnte sich nach einem Risotto, saftig durch sonnengereifte Tomaten, oder frischen Tagliatelle mit einer köstlichen Trüffelsauce … Indisches Curryhühnchen, entschied Anna. Das musste reichen. Sie war mit Jon zusammen, ermahnte sie sich, das war alles, was zählte. Sie war wieder zu Hause, bei dem Mann, den sie die ganze Zeit über vermisst hatte.

»Madam«, wandte sich der Ober mit leuchtenden Augen an sie. »Haben Sie sich schon entschieden?«

»Das indische Curryhuhn und Naan-Brot mit Knoblauch, bitte«, bestellte Anna. »Und ein Cobra-Bier.«

»Und Sie, Sir?«

»Für mich bitte das Chicken Tikka Masala und normales Naan-Brot.« Jon legte die Speisekarte beiseite.

Sein Blick wanderte vom Ober zu Anna. »Jetzt geht es mir schon viel besser, nachdem die Bestellung auf dem Weg ist«, grinste er.

»Hast du auch anständig gegessen, während ich weg war?«, fragte Anna.

»Oh, ja. Also, nicht komplette Mahlzeiten wie sonst, aber ich lebe noch, wie du siehst. Ich nehme mal an, Imogen hat mit dir gesprochen?«

»Nein«, erwiderte Anna verwirrt. »Worüber denn?«

Er schüttelte den Kopf. »Ach, nichts. Sie hat mich neulich nur ein bisschen überrumpelt. Ich habe einen Tag lang von zu Hause aus gearbeitet, und ausgerechnet da kam sie vorbei.«

»Ach, doch, das hat sie erwähnt«, erwiderte Anna. »Sie sagte irgendwas davon, dass du nur in Unterhosen warst. Tut mir leid, ich hätte dir vielleicht sagen sollen, dass sie noch einen Schlüssel hat.«

»Wäre hilfreich gewesen«, entgegnete Jon und schaute ein wenig beschämt drein.

»Aber das ist wirklich prima, dass du auch von zu Hause aus arbeiten kannst«, stellte Anna fest. »Das ist nützlich, wenn Alfie mal krank ist.«

»Stimmt«, erwiderte Jon. »Da hast du recht. Alfie hat übrigens nach dir gefragt. Er schwärmt immer noch von eurem selbstgemachten Eis.«

»Wie schön! Ich habe ihn richtig vermisst. Was gibt es Neues?«

»Er malt immer noch sehr viel. Oh, und er kann es kaum abwarten, Hepburn wiederzusehen! Obwohl ich gestehen muss, dass ich ganz froh war, als Imogen ihn mitgenommen hat und ich mal Ruhe vor seinem Gewinsel hatte.«

Als ihnen das Naan-Brot serviert wurde, riss Anna sofort eine Ecke ab und kaute darauf herum. »Vielleicht hat er sich einsam gefühlt«, überlegte sie. Es fühlte sich beinahe so an, als sei sie nie weg gewesen.

»Anna«, rief Imogen. »Wir müssen reden.«

Anna war schon früh am Montagmorgen ins Viviens gekommen – voller Begeisterung, endlich mit der Arbeit loslegen zu können. Dort traf sie jedoch schon auf ihre Schwester, die mit banger Miene hinter der Theke stand.

»Während du weg warst, sind ein paar Dinge passiert.«

»Ein paar Dinge?« Anna setzte sich lieber hin. *Dinge* – das konnte auch etwas Positives sein, oder? Warum auch nicht? Imogens Gesichtsausdruck nach zu urteilen, traf jedoch eher das Gegenteil zu. »Von welchen Dingen sprechen wir?«

»Zuerst einmal habe ich einen Eiswagen gekauft.«

»Okay«, erwiderte Anna. »Aber nachdem wir den Kurs bezahlt hatten, war doch kaum noch Geld da. Wie bist du an einen Eiswagen gekommen?« Ärger stieg in ihr auf – sie und Imogen hatten zu Beginn eine Abmachung getroffen, dass keine von beiden größere Summen ausgeben durfte, ohne die andere zu fragen.

»Ich habe das restliche Geld von Granny V genommen«, gestand Imogen.

Anna merkte selbst, wie ihre Wangen feuerrot aufleuchteten, sodass ihre Verärgerung sich nicht mehr länger verbergen ließ. »Das war das Geld, das wir für Zutaten beiseitegelegt hatten, Imogen. Und das wusstest du auch.«

»Aber es schien mir eine so günstige Gelegenheit zu sein«, entgegnete Imogen. »Ein echter, alter Eiswagen. Jess hat das Logo aufgezeichnet … und dann haben wir ihn gemeinsam angestrichen, und …«

»Warum habe ich das Gefühl, dass da noch ein ›Aber‹ folgt?«, fragte Anna.

»Er ist super gelaufen, als ich das erste Mal mit ihm gefahren bin. Jetzt braucht er nur eine kleine Reparatur, bis er wieder läuft. Dann können wir dein Eis auf die Straße schicken … zu Festivals.« Jetzt sprudelten die Worte nur so aus Imogen heraus. »Aber dann ist was passiert, woraufhin ich versucht habe, mit dem Eiswagen zu fahren – dabei ist mir dann plötzlich der Motor verreckt …«

»Oh Gott. Du hast also nicht nur einen Eiswagen gekauft, ohne vorher mit mir darüber zu reden, sondern willst mir jetzt auch noch sagen, dass die Karre ein Blindgänger ist? Imogen, jetzt spuck es endlich aus, denn ich glaube nicht, dass ich deine Verzögerungstaktik hier noch weiter ertragen kann. Was ist sonst noch alles passiert, während ich weg war?«

Imogen berichtete ihrer Schwester von dem Debakel mit den Lebensmittelvergiftungen, vom Zeitungsartikel, den vernichtenden Kritiken im Internet und von dem Streit mit Finn. Danach hoffte Anna inständig, dass nun endlich alles vom Tisch war.

»Und das war's«, schloss Imogen und biss sich auf die Lippe.

»Ich glaube dir kein Wort«, entgegnete Anna.

»Das war's, jedenfalls fast«, fuhr Imogen fort. »Da gibt es außerdem noch ein paar Familienangelegenheiten, von denen du wissen solltest.«

»Familienangelegenheiten?«

»Dad ist immer noch niedergeschlagen und depressiv, und Tante Françoise hat versucht, ihn zu nötigen. Ihm und Onkel Martin gegenüber hat sie schlecht über uns geredet, damit sie Druck auf uns ausüben kann, alles zu verkaufen. Damit sie dann dort ein kleines Schickimicki-Restaurant aufziehen kann«, erklärte Imogen.

»Wie schrecklich! Armer Dad, dass er genau zwischen den Stühlen sitzt. Ich rufe gleich Mum an, um rauszufinden, was wir tun können, um die Wogen wieder zu glätten.«

»Na, viel Glück dabei«, entgegnete Imogen. »Sich mit Françoise zu unterhalten ist, wie mit einem Pitbull zu verhandeln.«

»Dad zuliebe müssen wir es wenigstens versuchen«, erwiderte Anna. »Aber jetzt raus mit der Sprache: War das jetzt wirklich alles?«

»Ja«, nickte Imogen kleinlaut. »Aber wir müssen noch ein paar Konsequenzen besprechen.«

»Konsequenzen?«

Imogen zog die Nase kraus.

»Wir haben kein Geld mehr«, stellte Anna fest, als ihr die Wahrheit wie Schuppen von den Augen fiel.

»Die Grundzutaten sind gesichert – das ist kein Problem. Nicht aber die speziellen saisonalen Zutaten, die wir für die Rezepte brauchen, von denen du mir erzählt hast.«

»Wie konnte das passieren?«, stammelte Anna, als ihre Eisträume mit jedem Wort ihrer Schwester dahinschmolzen. »Wir hatten mehrere tausend Pfund, Imogen! Und jetzt … ist davon nicht mehr als eine Gefriertruhe mit Eis am Stiel übrig!«

Jess und Anna saßen nach Geschäftsschluss zusammen im Laden, aßen frisch zubereitetes Haselnuss-Brezel-Eis. »Was für ein Pech«, stellte Jess fest. »Aber das sind doch bloß Kinderkrankheiten, oder?«

»Ich wünschte, ich wäre so zuversichtlich wie du«, erwiderte Anna. »So ein Chaos! Ehrlich gesagt habe ich das alles noch gar nicht begriffen. Ich war doch nur eine Woche weg!«

»Du bist sauer auf Imogen, oder?«

»Ich kann nicht anders«, entgegnete Anna. »Du weißt, wie

lieb ich sie habe, aber mal im Ernst: Wie hat sie es bloß geschafft, innerhalb so weniger Tage die Kontrolle über alle Geschäftsbereiche zu verlieren?«

»Es ist immer heikel, so etwas mit Familienmitgliedern durchzuziehen«, antwortete Jess.

»Ich frage mich schon die ganze Zeit: Haben wir die Sache vielleicht überstürzt und vorher nicht genug darüber nachgedacht, ob wir zusammenarbeiten können? Als Schwestern miteinander auszukommen ist eine Sache, aber ein Geschäft miteinander zu betreiben ist doch etwas anderes.«

»Jetzt kannst du nicht mehr zurück – wie man sich bettet, so liegt man.«

»Ist das so? Wir haben doch gerade erst angefangen, und den Anfang kann man doch getrost vergessen. Der Ruf des Ladens ist ernsthaft beschädigt und unser Budget ziemlich knapp.«

»Hast du denn eine Wahl? Du und Imogen, ihr habt doch schon so viel in diesen Laden reingesteckt!«

»Meine Tante Françoise will ihn kaufen«, gestand Anna. »Anfangs war ich total dagegen, aber mittlerweile? Ich weiß es einfach nicht.«

»Du bist doch gerade erst zurückgekommen«, erwiderte Jess. »Du musst dem Ganzen ein bisschen Zeit geben. Wenn du mich fragst, hat sich Imogen wirklich angestrengt. Ich glaube auch, dass der Eiswagen eine super Sache ist, wenn er wieder läuft. Du meine Güte, wer hätte gedacht, dass ich hier an der Südküste sitze und einen Eiswagen anmale, anstatt mich in einem Vier-Sterne-Hotel zu sonnen?«

Anna lächelte. »Es war toll von dir, dass du geholfen hast. Das Logo ist perfekt, und ich stimme dir zu, was den Eiswagen betrifft. Glaube ich zumindest. Auch wenn er für eine lange Zeit erst mal nirgendwo hinfahren wird.«

»Es hat mir sogar richtig Spaß gemacht«, erwiderte Jess. »Mir die Hände mal so richtig schmutzig zu machen war eine nette Abwechslung von der Büroarbeit«, fuhr sie fort und steckte sich einen weiteren Löffel Eis in den Mund. »Übrigens, das ist total lecker!«

»Wow«, grinste Anna. »Wenn du so etwas sagst, weiß ich, dass es richtig gut sein muss!«

»Das kannst du mir glauben«, erwiderte Jess. »Es lohnt sich, dafür etwas zu investieren. Das ist auf jeden Fall schon mal eine sicherere Nummer als Eds und meine Flitterwochen. Aber ich muss leider los, ich habe Ed nach seinem Feierabend einen Quickie versprochen, bevor es Abendessen gibt.«

»Na, das ist ja mal romantisch«, erwiderte Anna grinsend.

»Ich feiere die Feste, wie sie fallen«, lachte Jess.

Nachdem sie einander einen Abschiedskuss gegeben hatten, verließ Jess voller Elan die Eisdiele.

Eine Stunde später, als Anna alles sauber gemacht hatte, klappte sie ihren Laptop auf, um ihre E-Mails zu lesen und zu schauen, was sie sonst noch so alles verpasst hatte. Inmitten der vielen Spammails und Nachrichten von Lieferanten wartete eine private Nachricht für sie:

An: Anna
Von: Matteo

Hi, Anna,
wie geht es dir?

In Italien ist es ziemlich still ohne dich, aber ich habe die Tage mit meiner Lieblingsbeschäftigung verbracht – mit ganz viel Eis. Diese Woche habe ich ein Prosciutto-Parmesan-Eis ausprobiert, köstlich.

Das Parmesaneis ist leider keine Neuerfindung von mir, sondern basiert auf einem hundertfünfzig Jahre alten Rezept, darum kann ich dafür keine Lorbeeren einheimsen. Aber der Prosciutto hat dem Ganzen eine ganz besondere Note verliehen. Ich arbeite jetzt in der Eisdiele eines Freundes, und die Warteschlange gestern Nachmittag reichte bis auf den Marktplatz!

Erzähl mal, welche Geschmacksrichtungen du ausprobiert hast – Wimbledon-Eis vielleicht mit Erdbeeren und Sahne?

Liebe Grüße

Dein Freund Matteo

Trotz ihrer Sorgen musste Anna lächeln. Innerhalb einer Sekunde hatte Matteo es geschafft, sie daran zu erinnern, worum es in diesem Laden hier ging – nämlich nicht nur um eine ausgeglichene Buchführung, sondern auch darum, die echte, wahre Freude an Eis mit anderen zu teilen.

Sie tippte eine Antwort.

An: Matteo
Von: Anna

Hi,

wie witzig, dass du fragst, denn ausgerechnet heute habe ich etwas Neues ausprobiert. Ein Haselnusseis mit Schokosplittern und Brezelstückchen – und das Ganze mit Karamellsauce überzogen. Die Süße und das Salzige haben köstlich miteinander harmoniert. Meine Freundin war voll des Lobes (und sie ist eine wirklich schwierige Kundin!).

Es gibt zudem noch etwas, das ich gern ausprobieren würde (aber bitte lach nicht, ich habe schließlich auch nicht über dein Prosciuttoeis gelacht – und du meine Güte, das klingt echt ekelhaft!). Hast du schon mal was von Earl-Grey-Tee gehört? Ich habe vor, daraus ein Sorbet zu machen, vielleicht klappt es ja. Ich sag dir auf jeden Fall Bescheid!

Ich habe keine Ahnung, ob du Earl-Grey-Teebeutel in Italien bekommst, darum sende ich dir jetzt erst einmal nur das Rezept für das Haselnuss-Brezel-Eis. Vielleicht kannst du es ja selbst mal ausprobieren.

Anna

Kapitel 21

In Toms und Jans Wohnzimmer herrschte eine regelrecht vergiftete Atmosphäre. Anna und Imogen saßen auf dem einen Sofa, Françoise und Martin ihnen direkt gegenüber, und ihr Vater hockte betreten in seinem Sessel, während Jan mit der Teekanne wie ein aufgescheuchtes Huhn zwischen ihnen umherlief.

»Vielen Dank, dass ihr alle gekommen seid«, fing Jan an. »Wie es scheint, hat es in letzter Zeit einige Missverständnisse gegeben, und ich dachte, wir sollten gemeinsam versuchen, die besser früher als später aus dem Weg zu räumen.« Nachdem alle mit einem Kopfschütteln mehr Tee abgelehnt hatten, setzte sich Jan auf die Lehne von Toms Sessel. Er schien durch die Hauswände hindurch zu einem Ort zu schauen, zu dem niemand Zutritt hatte. Imogen fragte sich, ob er überhaupt aufnahm, worüber sie sich unterhielten.

»Mit Missverständnissen, Mum«, unterbrach sie Imogen, die den Streit von neulich noch gut in Erinnerung hatte, »meinst du, dass Françoise versucht hat, Dad einzuschüchtern und unter Druck zu setzen.«

»Das habe ich nicht getan«, protestierte Françoise, setzte die Teetasse auf die Untertasse und beides entrüstet auf den Tisch neben sich. »Ich habe einzig und allein versucht, die Interessen deiner Familie zu wahren, Imogen. Und wenn das eure oberste Priorität gewesen wäre, hätte ich gar nichts sagen müssen.«

»Tut mir leid«, erwiderte Anna höflich, »aber das ist nicht

sehr fair, Tante Françoise. Imogen und ich haben wirklich alles versucht, dass der Laden läuft. Alle neuen Unternehmen haben eben ihre Kinderkrankheiten.«

»Wie man hört, sind das wohl deutlich mehr als Kinderkrankheiten«, entgegnete Françoise. »Und Martin hat es ganz und gar nicht gefallen, all die schlechte Berichterstattung mitzubekommen, die den Ruf und das Erbe eurer Großmutter schädigt. Nicht wahr, Martin?«

»So war es nun auch wieder nicht«, entgegnete Martin verlegen. »Ich muss zugeben, dass ich mich natürlich nicht gerade gefreut habe, als Françoise mir den Zeitungsartikel gezeigt hat. In all den Jahren, die Mum dort gearbeitet hat, hat es nie Probleme mit der Lebensmittelhygiene gegeben. Es ist wirklich eine Schande, dass die Leute jetzt Negatives mit dem Laden verbinden.«

»Und dadurch ist Martin zu der Überzeugung gekommen, dass der Laden unter unserer Leitung besser aufgehoben wäre«, fuhr Françoise fort.

»Komm schon«, wandte sich Martin leise an seine Frau. »So habe ich das nicht gesagt!«

Imogen kochte vor Wut. Anna hatte beschwichtigend eine Hand auf ihren Arm gelegt, damit Imogen ihrem Zorn nicht freien Lauf ließ, und sprach nun betont ruhig. »Uns beiden tut dieser Zwischenfall sehr leid. Es war ein Unfall, aus dem Imogen und ich aber gelernt haben. Das wird nicht noch einmal passieren.«

»Nein, sicherlich nicht«, entgegnete Françoise entschlossen.

»Granny V hat *uns* den Laden vermacht«, stellte Imogen klar und merkte, wie ihre Wangen puterrot wurden. »Und sie hat es uns zugetraut, die Eisdiele zu führen. Du kannst nichts kaufen, was wir nicht verkaufen wollen.«

»Ich denke, das ist noch so ein Missverständnis«, fuhr Françoise mit einer Unschuldsmiene fort. »Seht mal, ich weiß das – und ich will beileibe nicht versuchen, euch zu irgendwas zu zwingen. Aber Martin und Tom haben das Recht zu wissen, was ihr mit dem Geschäft eurer Großmutter anstellt. Dann ist es auch ihre Entscheidung, wenn sie mit euch über das Geschäft reden wollen.«

»Weißt du was, Françoise?«, fragte Tom, rutschte auf die Kante des Sessels und ließ Imogen zusammenschrecken. »Ich glaube, es wird Zeit, dass ich jetzt mal meine Meinung dazu abgebe.«

Abwehrend schlug Françoise die Beine übereinander.

»Denn ich bezweifle, dass es dir nur darum geht, das Beste für Martin und mich zu wollen. Keineswegs. Denn wenn das so wäre, wärst du nicht hergekommen und so erpicht darauf, dass wir Mums Haus an Leute verkaufen, die das Haus dem Erdboden gleichmachen, bevor wir überhaupt ihre Asche verstreuen konnten.«

»Oh Tom«, schmollte Françoise, »es tut mir leid, dass dich das so aufbringt, aber irgendjemand muss hier doch praktisch denken. Schließlich müssen wir Erbschaftssteuer zahlen und …«

»Und *jetzt*«, fuhr Tom laut fort, um ihr das Wort abzuschneiden, blieb dabei aber ruhig und gelassen, »scheinst du mich und meinen Bruder – und es tut mir leid, Martin, aber ich habe lange genug geschwiegen, ohne zu sagen, was ich denke – dazu bringen zu wollen, Imogens und Annas Fähigkeiten anzuzweifeln.«

Françoise verstummte, während Martins Blick unbehaglich umherirrte, ohne irgendwo hängen zu bleiben.

Jan tätschelte den Arm ihres Mannes und nickte ihm beinahe unmerklich zu, um ihn zum Weiterreden zu ermuntern.

»Aber du scheinst nicht zu erkennen«, sagte Tom, »dass wir …«, er nahm Jans Hand, »fest davon überzeugt sind und darauf vertrauen, dass unsere Töchter immer das Richtige tun.«

Imogen schaute zu ihm hinüber. Er schien mit einem Mal deutlich mutiger und stärker zu sein als in den vergangenen Wochen. *Los, Dad, zeig's ihr*, feuerte sie ihn innerlich an.

»Ganz gleich, welche Fehler sie machen oder wie weit sich ihre Ideen und Vorstellungen von den unsrigen unterscheiden. Sie sind zielstrebig und begabt, und wir könnten nicht stolzer sein auf die Frauen, die aus ihnen geworden sind. Ihre Großmutter hat an sie geglaubt, und ich habe das Gefühl, dass du, Martin, das auch tust.«

Martin rutschte unbehaglich auf seinem Sitz herum. »Natürlich tue ich das. Hört mal, ich will kein Theater machen«, stellte er klar. »Das Ganze war eigentlich nur als Argument für eine Diskussion gedacht ...«

»Und wenn du, Françoise, auch nur einen Moment lang glaubst, dass du so lange auf mich einreden kannst, bis ich meinen eigenen Töchtern den Rücken zukehre«, fuhr Tom fort, »dann muss ich dir leider sagen, dass du hier in diesem Haus nicht mehr willkommen bist.«

Anna und Imogen stiegen am späten Nachmittag wieder in Annas Auto ein. Beide waren von den Geschehnissen des Tages noch völlig perplex und fuhren schweigend los und dann auf die Bundesstraße auf. Irgendwann fand Imogen ihre Sprache jedoch wieder. »Na, damit hätte wohl keiner gerechnet, was?«

»Nein«, erwiderte Anna. »Er hat sie richtig in ihre Schranken verwiesen, nicht wahr?«

»Er war sensationell. Meinst du, das hat zu bedeuten, dass der alte Dad wieder da ist?«

»Hoffentlich! Heute sah es jedenfalls sehr danach aus. Aber vielleicht sollten wir nicht zu viel erwarten. So was braucht Zeit.«

»Jedenfalls war Françoise erst mal ziemlich sprachlos. Als ich neulich mit ihr geredet habe, hat meine Wut sie nur noch mehr in ihrem Vorhaben bestärkt. Aber als Dad sie jetzt zurechtgewiesen hat, hat er sie regelrecht zusammengefaltet.«

»Mit ein bisschen Glück war das das Letzte, was wir zu diesem Thema gehört haben. Françoise muss einfach akzeptieren, dass Granny uns den Laden vermacht hat, und es dabei belassen.«

»Und dir tut es kein bisschen leid?«, fragte Imogen.

»Was genau meinst du?«

»Wir beide wissen zwar, dass Françoise ein echter Alptraum ist, aber sie war immerhin eine potentielle Käuferin. Ich bin nicht verblendet, Anna. Ich weiß, wie sauer und enttäuscht du seit deiner Rückkehr bist, als du gehört hast, was in der Zwischenzeit so alles passiert ist. Ich kann es dir nicht mal verübeln, und ich hätte sogar Verständnis, wenn du keine Lust mehr auf eine weitere Zusammenarbeit hast. Oder du sogar alles verkaufen willst.«

»Tut mir leid, Imogen«, erwiderte Anna. Sie hielt an einer roten Ampel an, ließ die Hände am Lenkrad, drehte sich jedoch zu ihrer Schwester um. »Du hast recht. Ich habe dir misstraut. Uns.«

Imogen schluckte ihren Stolz hinunter und bemühte sich, sich nicht verletzt zu fühlen. Anna bestätigte nur, was sie längst schon vermutet hatte. »Ich hatte so große Hoffnungen und Pläne, als ich in Italien war, wie die Eisdiele werden sollte, was wir daraus machen könnten«, fuhr Anna fort. »Ich kam zurück und war wie beflügelt. Als ich dann mit alldem … mit der Wirklichkeit konfrontiert wurde und es nur Probleme gab, die es zu lösen galt – das war schon schwierig. Was aber nicht heißt, dass ich dich jetzt weniger lieb habe. Du bist immer noch die beste Schwester, die man sich wünschen kann.«

»Verstehe ich«, erwiderte Imogen. »Und danke, dass du mich immer noch lieb hast.« Sie grinste. »Keine Ahnung, welcher

Teufel mich da geritten hat zu denken, ich könnte das auch allein hinbekommen. Das war nämlich verdammt schwierig, viel schwieriger, als ich gedacht hatte. Und die Wahrheit ist, dass ich mein altes Leben immer noch vermisse, auch wenn ich mich auf diese Sache hier eingelassen habe. In Thailand war alles so einfach.«

»Aber jetzt gib ja nicht auf!«, warnte Anna. »Jetzt habe ich nämlich gerade das Gefühl, dass wir endlich einen Fortschritt gemacht haben. Ich habe eine Fortbildung gemacht, und dank Dad, der rechtzeitig seine Stärke gezeigt hat, droht wenigstens nicht ein Familienstreit das, was wir erreicht haben, wieder kaputt zu machen.«

»Aber welchen Fortschritt meinst du?«, hakte Imogen nach. »Dank mir wird das Geld nicht nur knapp, sondern verdammt knapp sein.«

»Uns fällt schon etwas ein«, beschwichtigte sie Anna. »So, wo soll ich dich absetzen? Zuhause?«

»Kannst du mich an der Eisdiele rauslassen? Ich weiß, du hast mir gerade erst verziehen, aber ich habe Angst, dass ich die Tür nicht abgeschlossen habe.«

Imogen verabschiedete sich von Anna und lief die Stufen zum Küstenabschnitt hinunter. Im verblassenden Licht des Sonnenuntergangs sah der Pier schaurig-schön aus. Die Granville Arches lagen still und ruhig vor ihr. Imogen ließ den Blick dorthin wandern, wo der Mann vom Automobilclub den Eiswagen neulich hingeschleppt hatte, einen kurzen Fußweg von der Eisdiele entfernt. Dank des riesigen Eishörnchens auf dem Dach war die Silhouette des Eiswagens nicht zu übersehen.

Als sie sich jedoch dem Wagen näherte, sah sie, dass die Motorhaube geöffnet war und sich ein Mann über den Motor beugte.

»Was um alles in der Welt tun Sie da?«, rief Imogen instinktiv.

Der Mann richtete sich auf und kam näher. Imogen blinzelte, um ihn zu erkennen – graues T-Shirt, Jeans, dunkelblondes Haar … Nun fiel von der Surfschule her seitlich Licht ins Gesicht des Mannes.

»Finn?«

»Ja«, erwiderte er gelassen. »Was hast du denn gedacht?«

»Ich habe überhaupt nicht gedacht, dass sich jemand an dem Eiswagen zu schaffen macht«, entgegnete sie. »Schließlich gehört er uns.«

»Sehr viel mehr Schaden, als ohnehin schon vorhanden ist, hätte ich dem Wagen sowieso nicht zufügen können«, erwiderte Finn und wischte sich die schmutzigen Hände an der Jeans ab.

»Was dich aber nicht davon abgehalten hat, es dennoch zu versuchen«, stellte Imogen fest. »Was gibt dir eigentlich das Recht …« Sie merkte, wie ihr die Zornesröte ins Gesicht stieg.

»Imogen«, beschwichtigte er sie. »Vielleicht hörst du eine Minute lang einfach mal auf, voreilige Schlüsse zu ziehen?«

»Okay«, erwiderte Imogen und atmete tief durch. »Dann verrat mir bitte mal den Grund, der dich dazu berechtigt, unter der Motorhaube herumzubasteln!«

»Offen gestanden habe ich keine Ahnung, warum ich mir Gedanken gemacht habe«, erwiderte Finn und schüttelte den Kopf. »Aber ich habe neulich zufällig gesehen, wie der Eiswagen hierher abgeschleppt wurde, und – na ja, ich habe mal eine Lehre als Automechaniker gemacht. Ich dachte, ich könnte vielleicht herausfinden, was mit dem Wagen nicht in Ordnung ist.«

»Oh.« Imogen fehlten die Worte.

»Und ich denke, das habe ich auch, wenn du mir zuhören möchtest. Sollen wir dazu vielleicht kurz reingehen?«

Kleinlaut folgte Imogen ihm in die Surfschule. An den Wänden lehnten Surfbretter in verschiedenen Formen und Größen, und in der Ecke befand sich ein kleiner Küchenblock mit einem alten Wasserkessel und einigen Tassen, die dort an der Wand hingen.

»Also gut«, ergriff Finn das Wort. »Das Wichtigste zuerst: Möchtest du eine Tasse Tee? Oder etwas Stärkeres?«

»Ein Bier wäre prima«, antwortete Imogen.

Finn holte eine Bierflasche aus dem Kühlschrank, öffnete sie und reichte sie Imogen.

»Es fällt mir leichter, mich zu entschuldigen, wenn Alkohol in der Nähe ist«, stellte Imogen fest. Sie fasste sich ein Herz. »Ich habe mich geirrt, was dich betrifft«, fuhr sie fort. »Und es tut mir wirklich leid.«

»Danke. Entschuldigung angenommen. So, können wir uns jetzt bitte wie ganz normale Menschen miteinander unterhalten?«, fragte er und nahm Platz.

»Ja«, nickte Imogen. »Ja, bitte. Du warst nicht derjenige, der die Geschichte an die Presse weitergereicht hat – das habe ich jetzt verstanden.«

»Natürlich war ich das nicht«, entgegnete Finn. »Das ist das Letzte, was ich tun würde.«

»Ich habe die Situation falsch gedeutet, weil ich nicht klar denken konnte. Bei uns kam eins zum anderen, das war eine ganz seltsame Zeit. Erst der Artikel, dann war meine Tante noch ein wahrer Alptraum. Zu allem Überfluss hat dann auch noch jemand im Internet schlimme Beurteilungen über uns gepostet.«

»Oh, ernsthaft?«, erwiderte Finn. »Das ist gemein.«

»Genau«, nickte Imogen. »Die Beurteilungen sind auf mehreren Seiten veröffentlicht worden. Es wäre ja okay, wenn der Eindruck mit positiven Bewertungen wieder wettgemacht worden wäre, aber im Augenblick haben wir dazu einfach nicht genügend Kunden. Ich denke, dass das die gleiche Person war, die die Geschichte mit den Lebensmittelvergiftungen an die Presse weitergegeben hat.«

»Hast du irgendeine Ahnung, wer das gewesen sein könnte? Nachdem du mich ja nun hoffentlich ausgeschlossen hast?«

»Unsere Tante Françoise hat eine Weile lang versucht, uns das Leben schwer zu machen, aber das ist einfach nicht ihre Art. Aber abgesehen von ihr …« Imogen schaute auf die vergangenen Wochen zurück und versuchte, die Sache objektiv zu betrachten. Sie hatte sich so sehr darauf versteift, Finn zu beschuldigen, dass ihr vielleicht etwas entgangen war. »Tatsächlich gab es da jemanden, den wir sehr verärgert haben.«

»Und das wäre …?«

»Sue.« Imogen erinnerte sich lebhaft und klar an Sues Gesicht. »Das ist die Frau, die meiner Großmutter im Laden geholfen hat.«

»Ach, ja, jetzt erinnere ich mich wieder. Sie war sehr oft da, schien aber nie etwas zu tun.«

»Ganz genau«, nickte Imogen. »Das hatten wir auch vermutet; das war auch einer der Gründe, warum wir ihr den Job nicht mehr angeboten haben. Das sowie die Tatsache, dass wir kein Geld haben, von dem wir ihr Gehalt zahlen könnten.«

»Jetzt hat sie natürlich ein Hühnchen mit euch zu rupfen«, stellte Finn fest. »Das klingt, als sei sie eine geeignete Kandidatin.«

»Keine Ahnung, warum ich auf sie nicht schon längst gekommen bin«, wunderte sich Imogen. »Was sollen wir denn jetzt tun?«

»Wenn du meine ehrliche Meinung hören willst, dann würde ich an eurer Stelle gar nichts tun.«

»Nichts? Aber was diese Frau macht, ist einfach nicht fair!«

»Sie hat etwas an die Presse weitergegeben, das – und bitte reiß mir dafür jetzt nicht den Kopf ab – der Wahrheit entspricht. Und sie hat ihrem durchaus verständlichen Ärger online ein bisschen Luft gemacht. Jedem Betrieb passiert es bestimmt schon mal, dass irgendwelche Irren verrückte Kommentare hinterlassen. Ihr beiden habt weitergemacht, ihr macht eine Fortbildung – bald schon wird es positive Mund-zu-Mund-Propaganda geben, wartet es nur ab. Und das ist das Einzige, was zählt.«

»Ich soll das also einfach ignorieren?«, erwiderte Imogen und nippte an ihrem Bier.

»Ihr habt's in der Hand. Aber höchstwahrscheinlich ja. Ihr werdet es überstehen«, fuhr Finn fort. »Außerdem wird der Frau irgendwann die Luft ausgehen.«

»Da könntest du recht haben.«

»Ich will damit nur sagen: Wenn ihr euch von ein paar negativen Bewertungen schon so aus der Bahn werfen lasst, dann könnt ihr auch gleich die Flinte ins Korn werfen. Mittlerweile hast du gelernt, dass man ein dickes Fell haben muss, wenn man ein eigenes kleines Unternehmen hat. Andy und ich haben in den ersten drei Jahren viel Geld verloren, aber wir haben weitergemacht, und das hat sich ausgezahlt.«

»Du willst damit sagen, wir müssen härter werden?«, fragte Imogen.

»Na, ich finde, du kannst schon ganz ordentlich deine Krallen ausfahren«, lachte Finn. »Die solltest du von jetzt an vielleicht auch bei der Arbeit zeigen – aber nicht deinen Nachbarn gegenüber.«

Imogen grinste. »Vielen Dank, dass du das so leicht wegsteckst.«

»Kein Thema«, erwiderte er. »War ein Missverständnis.«

Einen Augenblick lang standen sie schweigend da.

»Und wenn du mich lässt«, sagte Finn nun, »kann ich dir den Eiswagen reparieren. Die Bauteile sollten eigentlich nicht so teuer sein.«

»Das wäre toll«, erwiderte Imogen und war unglaublich erleichtert.

Am Himmel leuchtete der Vollmond, und nachdem sie überprüft hatte, ob die Eingangstür auch wirklich verschlossen war, schlug Imogen den langen Heimweg über den Brighton Pier ein. Die frische Luft bescherte ihr einen klaren Kopf, und am Strand wimmelte es von Leuten, die rund um Lagerfeuer feierten, grillten und Musik machten. Das Bier, das sie mit Finn getrunken hatte, wärmte sie innerlich, und sie passte ihre Schritte dem Rhythmus der Bongos an.

Imogen erinnerte sich an die Partys, die sie bei Vollmond immer in Thailand gefeiert hatten – sie hatten stets mit alten und neuen Freunden, die sie kennengelernt hatten, getanzt und jonglieren gelernt. Diese Partys fanden draußen auf den Inseln wahrscheinlich immer noch statt, am anderen Ende der Welt. Sie versuchte den Wunsch zu verdrängen, jetzt dort zu sein.

Kapitel 22

Anna schaute sich im Internet die TripAdvisor-Seite des Viviens an und entdeckte zwei Bewertungen mit jeweils einem Stern, die erst kürzlich abgegeben worden waren. Die Benutzernamen waren neu, der Tonfall klang jedoch unverkennbar vertraut:

> Dies war einmal ein liebevoll geführtes, freundliches Eiscafé, aber seit die neuen Besitzer den Laden übernommen haben, ist man dort ziemlich eingebildet. Grottig – besser fernhalten.

»Das ist sie schon wieder, oder?«, fragte Anna.

Imogen beugte sich über Annas Schulter und las langsam mit. »Auf jeden Fall«, nickte sie verärgert. »Da besteht kein Zweifel. Das ist zwar ein anderer Name, aber das merkt man doch – sie hat sogar im Laufe der Bewertung ein paarmal die gleichen Ausdrücke benutzt. *Grottig* – das ist eines ihrer Lieblingswörter.«

»Das ist ganz klar Sue«, befand Anna und drehte sich auf ihrem Stuhl um, damit sie Imogen anschauen konnte. »Ich weiß gar nicht, wie wir das übersehen konnten. Was meinst du, wie sie von den Lebensmittelvergiftungen erfahren hat?«

»Keine Ahnung, aber die Leute reden eben, oder? Vielleicht kennt sie auch Jill und Jeffrey, das Ehepaar, das betroffen war.«

»Das ist durchaus möglich«, nickte Anna. »Hör mal. Ich weiß, wir hatten eigentlich ausgemacht, die ganze Sache zu ignorieren, aber ich habe das Gefühl, dass wir langsam etwas unternehmen sollten. Was, wenn es noch schlimmer wird?«

»Da stimme ich dir zu«, erwiderte Imogen zögerlich. »Ich bezweifle, dass sie den Mut haben wird, etwas zu tun, bei dem sie sich nicht hinter dem PC und einem falschen Namen verstecken kann, aber man weiß ja nie.«

»Aber was sollen wir tun?«

Imogen nahm das Adressbuch zur Hand und blätterte es durch, bis sie Sues Namen fand. Wie erhofft stand dort auch, wo sie wohnte. »Hier ist ihre Adresse drin«, verkündete sie und deutete auf das Büchlein.

»Du meinst also, wir sollten bei ihr vorbeigehen und sie mit unserem Verdacht konfrontieren?«, fragte Anna.

»So was in der Art«, nickte Imogen. »Jetzt reg dich nicht auf, aber ich würde vorschlagen, dass *du* das übernimmst. Mir ist klar, dass es zum Teil meine Schuld ist, dass wir in dieser Situation stecken, aber dem Laden zuliebe solltest wirklich du hingehen.«

»Ich?« Anna merkte, wie mit einem Schlag Adrenalin durch ihre Adern schoss. »Warum? Ich kann das nicht.«

»Du kannst das«, entgegnete Imogen. »Im Lösen von Konflikten bist du um einiges besser als ich.«

»Du meinst das wirklich ernst, oder?«, hakte Anna nach. »Du willst mich wirklich dazu bringen, da allein hinzugehen!«

»Du weißt doch genau, was passiert, wenn ich gehe«, hielt Imogen dagegen. »Ich werde mich nicht zurückhalten können und der Frau an den Kopf werfen, was ich wirklich über sie denke – und wir beide wissen, dass das alles nur noch schlimmer machen würde.«

»Okay.« Anna gab sich einen Ruck und notierte die Adresse auf einen Bestellzettel. Sue wohnte nicht weit von Viviens Haus entfernt – sie könnte in zehn Minuten da sein. Schnell riss sie das Blatt vom Block und steckte es in ihr Portemonnaie. »Wünsch mir Glück.«

»Toi, toi, toi!«, rief ihr Imogen hinterher.

Auf dem Weg zu Sue ging Anna in Gedanken immer wieder durch, was sie sagen wollte. Ruhig und höflich bleiben, ermahnte sie sich immer wieder. Solange sie das befolgte, würde alles in Ordnung sein.

Sie warf einen letzten Blick auf den Zettel mit der Adresse, als sie in Sues Straße einbog. Hausnummer 3a. Sie holte tief Luft, ging zur Haustür und klingelte.

Die Tür öffnete sich einen Spaltbreit, mehr ließ eine Sicherheitskette nicht zu. Sues Augen starrten ihr durch den Spalt entgegen.

»Sie!«, rief Sue böse. »Ich hab Ihnen nichts zu sagen.«

Dann schlug sie Anna die Tür vor der Nase zu. Anna blieb verdutzt auf der Matte stehen. Wie sollte sie sich vernünftig mit einer Frau unterhalten, die sich so darauf versteift hatte, Imogen und sie zu hassen? Sie überlegte, einfach wieder zu gehen, klingelte dann jedoch noch einmal. Wenn ihre Großmutter etwas gefunden hatte, das sie an Sue mochte und schätzte, dann musste es einen Weg geben, dass sie selbst dies auch konnte.

»Ich dachte, ich hätte mich eben klar ausgedrückt«, rief Sue wieder durch den Türspalt.

»Fünf Minuten«, erwiderte Anna. »Um mehr bitte ich gar nicht. Hören Sie mich nur kurz an.«

Die Tür schloss sich, und Anna hörte, wie drinnen die Kette klirrte, als Sue sie öffnete. »Sie haben fünf Minuten. Und ich tue das nur Ihrer Großmutter zuliebe.«

Sue trat zurück, damit Anna an ihr vorbei in die Diele gehen konnte. »Hier entlang«, erklärte Sue und deutete Anna an, in das kleine Wohnzimmer durchzugehen. Anna setzte sich hin und versuchte sich daran zu erinnern, was sie eigentlich hatte sagen wollen.

Sue nahm gegenüber von ihr auf einem geblümten Sessel neben dem Gasofen Platz. Auf dem Kaminsims standen gerahmte Familienfotos – ein junger Mann und eine junge Frau auf einem Hochzeitsbild, ein kleines Baby mit einem rosafarbenen Mützchen. Trotz des abweisenden Gesichtsausdrucks wirkte Sue hier in ihren eigenen vier Wänden deutlich sanfter.

»Sue, es tut mir leid, was passiert ist«, fing Anna an.

Völlig unbeeindruckt zog Sue eine Augenbraue hoch.

»Ich will sagen, dass es mir wirklich sehr leidtut, was wir getan haben. Wir haben Sie entlassen, obwohl unsere Großmutter große Stücke auf Sie gehalten hat – sie hat es mir damals selbst gesagt.«

»Hat sie das?«, fragte Sue.

»Ja. Und wenn wir nicht schon zu zweit in der Eisdiele arbeiten würden, wären wir sicherlich zu einer anderen Entscheidung gekommen.« Eine kleine Notlüge schadete nicht, redete Anna sich ein.

»Das war ziemlich grausam«, erwiderte Sue. »Und es kam alles so plötzlich. Denn als ich hörte, dass der Laden im Familienbesitz bleibt, hatte ich angenommen, dass mein Job sicher sei. Ich dachte eben, Sie würden sich um mich kümmern, wie Vivien es getan hat. Ich hätte nicht gedacht, dass Sie mich wie Abfall entsorgen.«

»Es war nicht unsere Absicht, Ihnen dieses Gefühl zu vermitteln.« Anna dachte daran zurück, wie sie und Imogen reagiert hatten, nachdem Sue die Eisdiele verlassen hatte – mit erleichtertem Gelächter. Rückblickend kam ihr das nun ziemlich herzlos vor. »Es tut mir leid. Wir mussten einen Wirtschaftsplan erstellen, und es war kaum noch Geld übrig, nachdem wir die wesentlichen Punkte einkalkuliert hatten. Es war eine rein geschäftliche Entscheidung, ganz schlicht und einfach.«

»Ich kann ein Lied davon singen, was es heißt, kaum Geld übrig zu haben«, erwiderte Sue. »Das Ding hier« – sie deutete auf den Gasofen neben sich – »hatte ich im Winter kaum an. Und das bisschen, was Jamie mit nach Hause brachte« – sie schaute zu dem Foto des jungen Mannes am Tag seiner Hochzeit – »fällt jetzt auch weg, weil er jetzt im Knast sitzt.«

»Das muss ziemlich schwer für Sie sein.«

»Schon. Aber längst nicht so schlimm wie die Verurteilungen«, entgegnete Sue und schüttelte den Kopf. »Die Nachbarn, die einen anstarren. Ich weiß, dass sie sich das Maul über mich zerreißen, weil sie der Meinung sind, ich sei eine schlechte Mutter. Seine Frau, Sally, wird genauso behandelt. Sogar die kleine Carrie-Ann muss in der Schule darunter leiden – die Kleine ist sieben und wird schon gemobbt, weil ihr Vater gestohlen hat.«

Sues Hände lagen zusammengefaltet in ihrem Schoß. »Es war falsch, was er getan hat«, stellte sie klar. »Aber Jamie ist kein schlechter Kerl. Ein halbes Jahr arbeitslos – und das mit einer Hypothek auf dem Buckel und einem Kind, das er versorgen muss –, das hat ihn dazu gebracht.«

Anna hörte zu und nickte.

»Aber es war auch nicht richtig, was ich gemacht habe«, fuhr Sue fort. »Ich weiß, warum Sie hier sind. Die Kommentare und Bewertungen, die ich geschrieben habe. Aber ich war so sauer!«

»Ich verstehe jetzt, warum«, entgegnete Anna.

»Ihre Großmutter war die erste Person hier, die mich nicht verurteilt hat. Als es herauskam, was Jamie getan hatte, haben alle Nachbarn sich das Maul darüber zerrissen. Die dachten wohl, ich könnte sie nicht hören, aber natürlich konnte ich das. Und wissen Sie, was Ihre Großmutter getan hat?«

Anna wartete darauf, dass sie weitersprach.

»Sie stand sofort bei mir auf der Matte und klopfte an die Tür. Sie gab mir ihre Karte und ein Kuscheltier für Carrie-Ann. Sie sagte, dass sie an uns denken wird. Zwei Wochen später hat sie mir den Job angeboten.«

Typisch Granny V, dachte Anna. So war sie schon immer gewesen. Und der heutige Tag hatte gezeigt, dass Imogen und sie in Sachen Mitgefühl noch viel zu lernen hatten.

»Ich kannte sie nicht besonders gut«, erzählte Sue. »Aber diese Frau hatte etwas Besonderes an sich.«

»Sie hatte ein gutes Herz«, nickte Anna. »Wie lange dauert es noch, bis Jamie wieder zu Hause ist?«

»Zwei Monate«, erwiderte Sue langsam. »Sally hat einen Job in der Imbissbude, während die Kleine in der Schule ist. Das macht es alles ein bisschen einfacher. Ich mache mir nur Sorgen über Jamies Zukunftsaussichten, wenn er entlassen wird.«

»Tut mir leid, dass wir nicht mehr für Sie tun können«, entschuldigte sich Anna.

»Alles verändert sich«, stellte Sue fest. »Das hätte ich vielleicht besser schon früher verstehen sollen. Es ist nicht Ihr Fehler oder der Ihrer Schwester. Nicht ursächlich jedenfalls. Das war natürlich die einfachste Antwort, aber seien wir mal ehrlich – das Leben ist eben nicht immer einfach und überschaubar, nicht wahr?«

»Nein«, schüttelte Anna den Kopf, als ihr bewusst wurde, wie kompliziert die Wirklichkeit war. »Das ist es nicht.«

»Hi, Mum, ist Dad da?«, fragte Anna. »Ich will ihn fragen, wie es ihm geht – nach allem, was passiert ist.«

»Ja, Liebes«, erwiderte Jan und klang so positiv wie schon lange nicht mehr. »Ich hol ihn mal ans Telefon.«

»Hi, Anna«, begrüßte sie ihr Vater. »Wie geht's dir?«

»Gut. Und dir? Wie ist es neulich noch gelaufen, nachdem wir gegangen sind?«

»Es war nicht gerade gemütlich, wie du dir sicherlich vorstellen kannst. Aber Françoise und Martin waren höflich genug, dann schnell nach Hause zu fahren.«

»Vielen Dank, dass du dich so für uns eingesetzt hast.«

»Dafür musst du mir nicht danken«, entgegnete Tom. »Ich habe nur das getan, was jeder Vater getan hätte. Seit dem Tag ihrer Hochzeit lässt Martin schon zu, dass diese Frau über die Stränge schlägt und über sein Leben bestimmt. Aber der Teufel soll mich holen, wenn sie ernsthaft denkt, dass sie sich auch in unsere Familienangelegenheiten einmischen kann.«

Anna musste lachen. »Du klingst schon viel besser.«

»Na ja, es ist ein ständiges Auf und Ab, aber der Streit hat mich auf jeden Fall wachgerüttelt. Und es fühlt sich toll an, wieder etwas zu empfinden.«

»Du vermisst Granny V immer noch sehr, oder?«

»Natürlich«, erwiderte Tom. »Vor allem ihre Anrufe jeden Tag. Und ihre selbstgebackenen Kekse, die sie immer in Paketen rübergeschickt hat – erinnerst du dich noch?«

»Klar. Die vermisse ich auch.«

»Es fühlt sich immer noch so an, als klaffe mitten in unserer Mitte dort ein Loch, wo sie immer war. Mir ist es schwergefallen, mich in ihrem Haus aufzuhalten, in den Räumen, die sie immer mit ihren Erzählungen und ihrem Gelächter gefüllt hatte. Jetzt kam es mir so groß und leer vor. Aber das Haus ist eines der letzten Dinge, die wir von ihr noch haben, und ich habe Martin klargemacht, dass ich es noch eine ganze Weile behalten möchte.«

»Hat er zugestimmt?«

»Ja«, antwortete Tom. »Er hat den Plan mit dem Bauunternehmen abgesagt. Wenn wir allein miteinander reden, können wir immer alle Probleme aus dem Weg räumen. Erst wenn Françoise dabei ist, fangen die Probleme an. Jedenfalls wird sie jetzt erst einmal ihre Nase aus eurem Geschäft heraushalten. Ihr solltet also vorläufig keine Probleme mehr mit ihr haben.«

»Ja, hoffentlich«, erwiderte Anna. Wie konnte sie nur alles schönfärben und so tun, als sei alles in bester Ordnung? Er hatte es verdient zu wissen, wie es um den Laden wirklich bestellt war. »Eigentlich wollte ich mit dir noch etwas besprechen.« Anna holte tief Luft. »Wie du weißt, hatten wir ein paar Anlaufschwierigkeiten. Was ich dabei aber nicht erwähnt hatte, ist die Tatsache, dass wir deutlich knapper bei Kasse sind als erwartet.«

»Hat Mum euch denn nicht Geld für den Neuanfang hinterlassen?«

»Doch«, erwiderte Anna. »Aber das haben wir schon viel schneller ausgegeben, als wir gedacht hatten. Ich habe schon darüber nachgedacht, einen Kredit aufzunehmen, mit dem wir das Gröbste überbrücken können.«

»Klingt vernünftig«, erwiderte ihr Vater, ohne zu zögern. »Die meisten Kleinbetriebe greifen irgendwann darauf zurück, nicht wahr? Ich bin sicher, dass die Entscheidung, die ihr trefft, die richtige sein wird.«

»Okay.« Erleichtert nahm Anna die Reaktion ihres Vaters auf. Es fühlte sich so an, als habe er ihr die Erlaubnis gegeben, diesen in ihren Augen doch recht riskanten Schritt zu tun. »Vielen Dank, Dad!«

Nachdem sie mit ihrem Vater gesprochen hatte, erörterte Anna ihren Plan mit Imogen. Danach rief sie in der Bank an und vereinbarte einen Termin. Kurz darauf traf sie sich mit der gleichen Kundenberaterin wie schon zuvor, und die Dame hatte Verständnis für die Anforderungen, mit denen sie zu kämpfen hatten. Sie konnte zwar keine großen Geldsummen in Aussicht stellen, aber mit dem Kredit, den sie von der Bank bekommen konnten, hätten sie genug, um wieder auf die Beine zu kommen. Das Viviens bekam noch einmal eine Chance.

Als Anna auf die vielbefahrene Hauptstraße hinaustrat, holte sie ihr Handy heraus und rief Imogens Nummer auf.

»Jetzt wird es Zeit, Feigen und Vanilleschoten zu besorgen«, erklärte Anna.

»Ehrlich?«, rief Imogen begeistert.

»Ja, wir haben einen neuen Kredit bekommen. Aber versprich mir bitte, dass du dieses Mal …«

»Ich werde nichts kaufen«, fiel ihr Imogen mit ernster Stimme ins Wort. »Ich wiederhole: Ich werde nichts kaufen – nicht mal ausgefallene Waffelhörnchen –, bevor ich dich nicht vorher gefragt habe.«

»Korrekt.«

»Noch eine andere Nachricht«, fuhr Imogen fröhlich fort. »Der Eiswagen ist repariert, und es hat uns kaum einen Penny gekostet. Finn hat sich darum gekümmert. Hättest du Lust auf eine Testfahrt?«

»Sehr gern! Und jetzt, wo mein Ärger verpufft ist, meine ich das auch wirklich ernst. Aber gleich nach der Arbeit möchte ich zu Jon – ich würde ihn gern auf den neuesten Stand bringen.«

»Okay, dann sehen wir uns morgen im Laden, dann können wir Vorräte einkaufen gehen. Vielen Dank, Anna, ich weiß, wir schaffen das!«

»Das werden wir!«, erwiderte Anna und hatte zum ersten Mal seit Tagen das Gefühl, dass es auch wirklich stimmen könnte.

Langsam spazierte sie durch die Lanes und steuerte dabei

Jons Büro an; sie freute sich darauf, die guten Nachrichten hinsichtlich der Eisdiele mit ihm zu teilen. In letzter Zeit hatte sie ihm schließlich beinahe nur Dinge zu berichten gehabt, die schiefgegangen waren.

Das aus Stahl und Beton gebaute Bürogebäude seines Markenmanagement-Unternehmens, EnVision, war hinter den niedrigen Häusern im georgianischen Stil leicht zu erkennen. Anna lief zum Eingang und trat durch die gläserne Drehtür, durch die sie zur Rezeption gelangte.

»Hi«, begrüßte sie die junge Frau hinter dem Empfang. »Könnten Sie bitte Jon Garrehy anrufen? Ich bin Anna, seine Freundin.«

Als die Rezeptionistin ihre Telefonliste durchging, schaute sich Anna im Empfangsbereich um, in dem leuchtend bunte Ruhestühle und Sitzsäcke standen. Plötzlich kam sie sich ein wenig fehl am Platz vor mit ihrem recht steifen Anzug, den sie beim Banktermin getragen hatte.

»Tut mir leid, das geht leider nicht«, entschuldigte sich die Empfangsdame nach einer Weile.

»Sind Sie sicher? Das ist normalerweise nie ein Problem gewesen.«

»Es tut mir leid, aber ich kann Ihnen leider nicht weiterhelfen.«

Anna knöpfte sich den Blazer auf. Ihr war heiß, und sie fühlte sich unwohl.

»Warum nicht?«, fragte sie. »Das war wirklich nie ein Problem, und ich bin hier oft vorbeigekommen. Ich weiß, das ist ein privater Besuch, aber …«

Das Telefon klingelte.

»Daran liegt es nicht«, erwiderte die Dame und lächelte entschuldigend, als sie den Anruf annahm. »Jon Garrehy hat vor drei Wochen das Unternehmen verlassen. Er arbeitet nicht mehr hier.«

Anna stand einen Augenblick lang völlig verdutzt da und ging dann langsam wieder auf die Straße zurück. Dort kramte sie ihr Handy heraus und rief Jons Mobilnummer an. Da musste irgendein Fehler vorliegen! Die Frau am Empfang war neu, sie könnte sich also vertan haben.

»Dies ist die Mailbox von Jon Garrehy. Bitte hinterlassen Sie eine Nachricht nach dem Piep.«

Anna drückte auf den roten Hörer, rief aber sofort noch einmal an. Als das Gleiche noch einmal passierte, steckte sie ihr Handy wieder in die Handtasche zurück und holte tief Luft. Dafür musste es irgendeine Erklärung geben, redete sie sich ein; es hatte keinen Sinn herauszufinden, was los war, bevor sie nicht mit Jon gesprochen hatte. Was sie jetzt brauchte, war ein wenig frische Luft, um den Kopf frei zu bekommen. Automatisch steuerte sie die Royal Pavilion Gardens an.

Dort angekommen ließ sie sich auf einer Parkbank nieder, von der aus sie den großen weißen Palast im Blick hatte, für den sie so lange das Marketing betreut hatte. Jon hatte zwar erwähnt, dass sich seine Arbeitsbedingungen verändert hatten, aber mehr nicht. Ganz bestimmt hatte er nichts dergleichen gesagt, was vermuten lassen könnte, dass er das Unternehmen verlassen hatte. Ein letztes Mal wählte sie seine Nummer, legte dann aber auf, als sich wieder nur die Mailbox meldete.

Nach einer Weile stand sie auf und wollte gehen, entdeckte dann aber eine Telefonzelle. Sie betrat die Zelle, rief auf ihrem Handy Jons Mobilnummer auf und drückte die entsprechenden Tasten.

Nachdem es ein paarmal geklingelt hatte, nahm Jon ab. »Jon Garrehy. Hallo?«

Anna hielt den Atem an und versuchte, jedes Geräusch beim Ausatmen zu unterdrücken. Ihre Gedanken rasten. Warum hatte er all ihre Anrufe ignoriert, nur um dann ans Telefon zu gehen, wenn ihre Nummer auf dem Display nicht angezeigt wurde?

»Hallo?«, ertönte seine Stimme erneut.

Im Hintergrund ertönte das Gelächter eines Kleinkindes. Das hätte sie jederzeit und überall wiedererkannt.

Nachdem Anna später am Abend wieder nach Hause zurückgekehrt war, wartete sie auf dem Sofa. Der Fernseher lief, doch die Lautstärke war leise gedreht. Als sie endlich hörte, wie Jon den Schlüssel ins Schloss steckte, wurde ihr vor Nervosität ganz übel.

»Hi, Süße!«, rief er. Jon kam ins Wohnzimmer und beugte sich zu ihr herunter, um ihr einen Kuss zu geben. Sie drehte sich einen Hauch zur Seite, sodass sein Kuss auf ihrer Wange landete.

»Was ist los?«, fragte er und ließ sich neben ihr nieder.

»Ich bin verwirrt«, erklärte Anna. »Ich habe das Gefühl, dass all das, was ich zu wissen glaubte, keinen Sinn mehr ergibt.«

»Was meinst du damit?«, fragte Jon.

»Ich war heute bei dir in der Firma, aber da hat man mir gesagt, dass du dort nicht mehr arbeitest.«

Jon lockerte seine Krawatte. »Oh. Sie meinen natürlich, dass ich dort nicht mehr Vollzeit arbeite. Ich habe dir doch gesagt, dass sich meine Rolle ein bisschen verändert hat. Ich bin jetzt so etwas wie ein freiberuflicher Berater, sodass ich mehr an Meetings teilnehme, als dass ich in meinem Büro sitze. Außerdem arbeite ich jetzt für mehrere Auftraggeber, nicht nur für EnVision allein. Ich hatte noch nicht so viel Zeit, um dich über alles zu informieren, und du warst so beschäftigt mit der Eisdiele.«

Anna runzelte die Stirn. »Heute Nachmittag also warst du bei einem Kunden?«

»Ja. Bis jetzt gerade. Ist 'ne große Chance für mich, wenn das klappen sollte.«

Anna fühlte sich hin- und hergerissen: Seine Geschichte passte hinten und vorne nicht zusammen, und dennoch wollte sie ihn nicht der Lüge bezichtigen.

»Gibt es einen Grund, warum mir hier die spanische Inquisition bevorsteht?«, fragte Jon lachend. »Du siehst ziemlich elegant aus, um in einer Eisdiele zu arbeiten, fällt mir gerade mal auf.«

»Ich habe einen Kredit beantragt«, erwiderte Anna. »Fürs Geschäft.«

»Du hast was?«, fragte Jon und runzelte die Stirn. »Du steckst noch mehr Geld in den Laden?«

»Ja«, erwiderte sie ruhig. Dies war eine der wenigen Sachen, derer sie sich vollkommen sicher war.

»Imogen hat fast das gesamte Geld ausgegeben, das eure Großmutter euch vererbt hat – das ist dann die Art, wie du darauf reagierst?«

»Das ist doch unsere Entscheidung«, erwiderte Anna steif. »Meine und Imogens.«

Die Gefühle, die sie am Nachmittag empfunden hatte, als sein Handy geklingelt und immer weiter geklingelt hatte, kamen auf einmal in aller Deutlichkeit wieder hoch. »Wie kommt es, dass du heute nicht rangegangen bist, als ich dich angerufen habe?«

»Das habe ich dir doch gerade erklärt«, erwiderte er barsch. »Ich war in einem Meeting.«

»Mit *Alfie*?«, fuhr sie ihn an.

Jon starrte sie verblüfft an, brachte jedoch kein Wort über die Lippen.

»Hast du dazu nichts zu sagen?«, fragte Anna, nachdem zwischen ihnen Schweigen geherrscht hatte, das sich wie eine Ewigkeit angefühlt hatte.

»Sie haben mich gefeuert«, gab Jon schließlich zu.

»Bitte?«, fragte Anna ungläubig. Seit sie zusammengezogen waren, war Jon an jedem Morgen in aller Frühe aufgestanden und hatte im Anzug das Haus verlassen. Abends, beim Essen, hatten sie über seine Meetings und Besprechungen diskutiert. Was er da sagte, passte nicht dazu. »Wann?«

»Vor einem Monat. Ich wusste nicht, wie ich es dir sagen sollte.«

»Vor einem Monat … Du hast mich also etwa die Hälfte der Zeit, seit wir zusammenwohnen, angelogen?«

»Das wollte ich nicht. Ich wusste aber einfach nicht, wie ich dir die Wahrheit sagen sollte«, gab er zu, die Anspannung deutlich ins Gesicht geschrieben. »Irgendwie hat sich dazu nie eine Gelegenheit ergeben.«

»Okay«, erwiderte sie und massierte sich mit der Hand die Stirn, um die Situation zu begreifen. Jetzt wusste sie wenigstens, woran sie war. »Wir schaffen das, Jon. Du findest schon eine neue Stelle, oder wir lassen uns etwas einfallen. Alles wird gut.«

»Wird es nicht«, entgegnete er und wich ihrem Blick aus.

»Was meinst du damit?«

»Ich musste irgendwo hin, Anna. Ich brauchte ein Zuhause, und das hier fühlte sich nicht wie mein Zuhause an. Ich wollte dort sein, wo ich mich wieder wie ich selbst fühlen kann.«

»Wieder wie du selbst?«

»Keine Ahnung, wie ich es ausdrücken soll«, sagte Jon. »Ich weiß doch auch nicht, was das alles zu bedeuten hat. Aber dieser Ort, wo ich wieder ich selbst sein konnte, war bei Alfie. Und bei Mia.«

TEIL 3

Lektion gelernt

KAPITEL 23

»Das ist ein Mitarbeiterausweis«, erklärte Imogen und zeigte ihr Glastonbury-Ticket einem Wachmann am Begrenzungszaun.

»So einen habe ich noch nie gesehen«, erwiderte dieser und musterte das neonorange Schlüsselband mit Eintrittsausweis, das Imogen ihm gereicht hatte.

»Alle Lebensmittel- und Getränkeverkäufer haben so einen«, erwiderte sie und verlor allmählich die Geduld. Der Typ dachte doch wohl nicht ernsthaft, dass sie den Eiswagen aus Spaß mitgebracht hatte, um sich umsonst aufs Festivalgelände zu schleichen?

»Das muss ich kurz mit meinem Vorgesetzten klären«, brummte der Mann und stapfte in seinen khakifarbenen Gummistiefeln davon, wobei mit jedem Schritt Matsch durch die Gegend flog.

Imogen war kurz nach Mittag losgefahren. Sie hatte den Eiswagen mit den nötigsten Campingutensilien ausgestattet, ausgeliehen von Freunden, die regelmäßig solche Musikfestivals besuchten, dann die Gefriertruhen des Eiswagens mit verschiedenen Eissorten und Sorbets gefüllt sowie große Tüten mit Hörnchen und Waffeln bereitgelegt. Sie hoffte nur, dass das heiße Wetter anhielt – wenn das Festival wieder im Regen versank, wäre die ganze Angelegenheit nicht nur ein echtes Gesundheits- und Sicherheitsrisiko; Imogen war auch davon überzeugt, dass sich die Leute in einem solchen Fall lieber auf den Weg zur Bio-

Burger-Bude machen würden, anstatt sich über eiskalte Sorbets und Granitas herzumachen.

Es war sechs Uhr abends, als sie darauf wartete, dass der Wachmann ihr die Erlaubnis zur Durchfahrt gab. Die Straßen nach Somerset waren weitgehend frei gewesen, sodass sie gut durchgekommen war, bis nur noch wenige Kilometer vor dem Ziel der Verkehr zum Erliegen gekommen war. Die lange Warterei im Stau zusammen mit all den anderen Festivalbesuchern, die so früh angereist waren, hatte sie überstanden, indem sie das Autoradio laut aufgedreht hatte.

Anna hatte den Morgen über in der Eisdiele hart gearbeitet, um alle Eissorten für Imogen zum Mitnehmen zuzubereiten. Sie hatte so müde ausgesehen, dass Imogen ihr ihre Hilfe angeboten hatte, doch Anna hatte darauf bestanden, alles allein zu erledigen.

»Sie können durch«, erklärte der Wachmann schließlich, reichte Imogen ihr Schlüsselband mit der Eintrittskarte und winkte sie durchs Tor durch. »Hübscher Wagen übrigens.«

Imogen gab Gas, doch sofort soff der Motor ab. Sie bekam Angst – vielleicht hätte sie den Eiswagen doch von einem qualifizierten Automechaniker überprüfen lassen sollen, bevor sie sich mit ihm auf eine solch lange Reise machte? Sie versuchte, den Motor noch einmal anzulassen, doch dieses Mal sprang er zu ihrer großen Erleichterung wieder an. Zwar heulte er einmal laut auf, doch dann lief er tadellos, sodass Imogen mit dem Eiswagen über den unebenen, matschigen Untergrund ratterte und damit das Tor endlich passiert hatte.

Und dann war sie drinnen! Als sie auf das Festivalgelände fuhr, empfand sie angesichts des Wochenendes, das vor ihr lag, eine rauschhafte Aufregung. Ja, sie würde arbeiten, aber außerhalb der Grenzen der Eisdiele fühlte sie sich augenblicklich freier. Zu ihrer Linken und Rechten hatten sich Felder mit weißen Wigwams ausgebreitet, während kleinere Zelte sowie Essens- und Getränkestände sich noch mitten im Aufbau befanden. Eine Frau in einer grellen Sicherheitsweste warf einen Blick auf Imogens Zugangsberechtigung und winkte sie zu dem Feld durch, auf dem sie den Wagen abstellen durfte. Imogen überflog noch einmal die Details. Der Standort des Wagens war perfekt: Er befand sich einen kurzen Fußweg von der Jazz-und-Weltmusik-Bühne entfernt, wo die Festivalbesucher in der Sonne faulenzen würden und somit die Wahrscheinlichkeit am höchsten war, dass sie ein Eis essen wollten. Außerdem stand der Wagen etwa zehn Minuten von der großen Pyramid-Bühne entfernt, wo die Headliner auftraten und somit ein reger Publikumsverkehr garantiert war.

Imogen stellte den Eiswagen ab, stieg aus und reckte sich sanft, um die Muskeln zu entspannen, die sich während der Fahrt verkrampft hatten. Mit Stolz blickte sie zum Wagen zurück, der seine erste Langstreckenreise mit ihr als Besitzerin erfolgreich absolviert hatte. Dank der leuchtenden Pastellfarben, des auffallenden Logos und des Eishörnchens auf dem Dach war der Wagen nun sowohl hübsch wie auch funktional. Außerdem gab es weit und breit keinen zweiten Eiswagen, der so aussah. Auf dem Weg hierher hatten sogar ein paar Autos und Lastwagen bewundernd gehupt.

Jetzt war sie aber hier, und es wurde höchste Zeit, die Gegend zu erkunden. Sie schloss den Wagen mit ihren Habseligkeiten darin ab, streifte ihre Gummistiefel über, setzte den Cowboy-Strohhut auf und lief los, um sich mit der neuen Umgebung vertraut zu machen.

Imogen schlenderte über die Felder, bis sie nach einer Weile auf einer kleinen Anhöhe am Ende des weitläufigen Geländes auf einen Steinkreis stieß. Der Anblick der großen Steine erinnerte sie unweigerlich an eine Miniaturausgabe von Stonehenge. Eine Gruppe Männer und Frauen Mitte zwanzig saßen innerhalb des fast mystischen Kreises und sangen zu einer Gitarre, die jemand ganz miserabel zupfte.

»Habt ihr noch Platz für mich?«, erkundigte sich Imogen.

»Natürlich«, antwortete eine Frau mit Dreadlocks. »Kannst du singen?«

»Nein, aber dafür Gitarre spielen«, antwortete Imogen und setzte sich im Schneidersitz neben sie auf die Decke.

»Gott sei Dank«, erwiderte die Frau lachend. »Gib ihr die Gitarre, Rich!« Sie nahm ihrem Freund das Instrument weg, ignorierte seinen Protest und reichte es Imogen.

»Besondere Wünsche?«

»One Way or Another«, rief jemand.

Imogen klimperte auf der Gitarre herum und stimmte sie, bevor sie die Anfangsakkorde anschlug. Als sie spielte, füllte sich das Feld vor ihnen allmählich mit weiteren Gruppen junger Leute, die schon früh zum Festival angereist waren. Die Gruppe, der Imogen sich angeschlossen hatte, ließ eine Zwei-Liter-Flasche Cidre kreisen, und mit jedem Schluck wurde lauter gesungen.

»Spiel weiter«, rief einer der Männer, als Imogen den Versuch wagte, die Gitarre beiseitezulegen.

»Okay, aber nur noch einen Song«, erklärte sie. »Ich kann leider nicht die ganze Nacht hierbleiben. Ich muss morgen früh aufstehen, um den Wagen für die Kunden vorzubereiten.«

»Was verkaufst du?«, fragte ein attraktiver Typ mit Dreitagebart und einem Wollpulli. »Du wirkst wie eine von uns. Du bist aber nicht auf dem kapitalistischen Trip, oder?«

Imogen musste lachen. »Wohl kaum. Ich verkaufe Eis.« Die Miene des Mannes entspannte sich ein wenig. »Meine Schwester macht das Eis selbst. Wir beide haben zusammen einen kleinen

Laden in Brighton.« Der Mann lachte, ein träges, süßes Lächeln, das Imogens Aufmerksamkeit auf sich zog.

»Nett. Ich bin übrigens Brodie.«

»Imogen«, stellte sie sich vor.

»*All Along the Watchtower*«, rief ein betrunkener Freund von Brodie voller Ungeduld, um endlich weitersingen zu können.

»Okay, ihr habt es so gewollt«, erwiderte Imogen und stimmte fröhlich die ersten Akkorde an.

Das Geheul der betrunkenen Sänger hallte durch die sternenklare Nacht.

Imogen wachte mit dem Gefühl auf, als sei in ihrem Mund etwas gestorben. Ihre Zunge fühlte sich pelzig an, die Schläfen pochten, und sie musste dringend auf die Toilette. Anstatt früh zum Eiswagen zurückzukehren, wie geplant, war sie geblieben und hatte bis in die frühen Morgenstunden mit Brodies Freunden billigen Cidre getrunken. Sie zog sich den Schlafsack bis zur Nasenspitze hoch und versuchte, den Druck auf ihrer Blase zu ignorieren, doch es wurde nur noch schlimmer. Widerwillig kroch sie aus dem Schlafsack, zog sich eine Fleecejacke über und öffnete die Tür des Eiswagens. Nachdem sie die Beine hinausgeschwungen hatte, streifte sie ihre Gummistiefel über und machte sich bereit, das nächste mobile Toilettenhäuschen aufzusuchen.

Auf dem Weg dorthin stapfte sie durch dicken Morast und versuchte alles, um die Kopfschmerzen auszublenden. Die Sonne lugte durch die Wolken hindurch und leuchtete ihr schwach den Weg zu den Kunststoffkabinen. Als ihr der Gestank des Urins, vermischt mit den Toilettenchemikalien, in die Nase stieg, war der Moment gekommen, in dem sie sich einen Augenblick lang vollkommen sicher war, gleich noch einmal ein Wiedersehen mit dem Cidre feiern zu müssen, den sie mit dem sangesfreudigen Haufen in der Nacht gebechert hatte. Schnell hielt sie den Atem an, öffnete die Toilettentür und schloss sie hinter sich wieder.

Ein paar Minuten später, als sie wieder auf dem Weg zurück zum Eiswagen war, ließ sie den Blick über den Campingplatz schweifen. Es waren ein paar Leute unterwegs, die ganz offensichtlich die Nacht durchgemacht hatten, doch alles in allem war es rundum noch still und friedlich. Meilenweit erstreckten sich die Felder um sie herum, und einen Moment lang war sie von der schieren Schönheit der Landschaft von Somerset gefangen genommen: saftige, üppige grüne Felder und Bäume – wunderschön. Es war zwar nicht Thailand, dafür aber gar nicht mal so übel.

Am Morgen verkaufte Imogen eine Kugel von dem Earl-Grey-Sorbet und reichte das Waffelhörnchen einer hübschen blonden Festivalteilnehmerin: Sie sah aus wie eine jüngere Ausgabe der Fernsehmoderatorin Holly Willoughby, und dem makellosen Blümchenkleid nach zu urteilen, musste sie gerade erst eingetroffen sein.

Lächelnd nahm sie das Geld entgegen und wandte sich der nächsten Kundin zu.

»Was kann ich für dich tun?«

»Ich fasse es nicht, Sarah Canelli hat hier ein Eis gekauft!«, rief die nächste Frau in der Warteschlange.

»Sarah *wer*?«

»Die Frau, die du gerade bedient hast. Hast du die nicht erkannt? Sie moderiert diese bekannte Street-Dance-Show im Fernsehen. Sie ist mit einem bekannten Star zusammen … ach, habe ich vergessen. Sie ist jedenfalls total bekannt, meine Tochter redet nur über sie.«

»Tatsächlich?«, fragte Imogen interessiert. Neuerdings sah sie kaum noch fern. »Na ja, ein Star, der hier Eis kauft – keine schlechte Sache, schätze ich.«

»Das kann schon einiges bewirken.«

»Das können aber auch normale Kunden«, erwiderte Imogen lächelnd. »Was kann ich dir anbieten?«

»Eine Kugel Erdbeer-Sahne, bitte.«

Der Morgen verging wie im Fluge, trotz Imogens leichtem Kater. Die Sonne brannte auf die Felder von Somerset herunter, und die Temperatur näherte sich den 30° C, was beim Eiswagen für einen anhaltenden Strom von Kunden sorgte. Um die Mittagszeit herum zog sich Imogen bis auf ihr Trägerhemd und ihre Shorts aus und band sich das lange Haar zu einem Zopf zusammen.

Nachdem die Hitze für sie nun ein wenig erträglicher war, wandte sie sich dem nächsten Mann in der Warteschlange zu. Sie erkannte ihn sofort wieder – besonders das verschmitzte Blinzeln seiner Augen. Er war der Typ von der Gitarrenrunde am Vorabend. Brodie.

»Was ist denn eine Granita?«, fragte er, als er sich die Eiskarte durchlas und verwundert die Augenbrauen hochzog.

»Ich mache dir eine«, erwiderte Imogen. »Geht aufs Haus.«

Sie zerstieß das Eis und füllte es in einen hohen Plastikbecher. Mit gierigen Zügen leerte er den Becher, bis dieser fast leer war, und nickte dann anerkennend.

»Lass uns auch mal probieren«, rief eine junge Frau mit Dreadlocks, die plötzlich an Brodies Seite auftauchte. Er schob ihr einen vollen Löffel in den Mund und küsste sie dann anhaltend.

Imogen versuchte, ihre Enttäuschung herunterzuschlucken. Sie war beruflich hier, ermahnte sie sich. Das war alles.

KAPITEL 24

Jon starrte in den geöffneten Kühlschrank, als Anna die Küche betrat. Von hinten sah er in seinem weiß-marineblau gestreiften Schlafanzug immer noch aus wie der Mann, in den sie sich einmal verliebt hatte.

»Ich habe ein Chili aufgetaut«, erklärte sie und setzte sich an den Küchentisch, um ihre schmerzenden Füße zu entlasten. So schlimm die Lage auch war – ein anständiges Essen half immer, dachte Anna.

»Klar«, erwiderte Jon und drehte sich zu ihr um. »Das wäre toll. Vielen Dank.«

»Schon gut«, winkte sie ab. »Möchtest du Wein dazu? Ich bin nicht sicher, ob ich den heutigen Abend ohne Wein überstehen werde.«

Nach Jons Enthüllung im Hinblick auf Mia hatte sich Anna zwei Tage lang in einem Schockzustand befunden; und zwar in einem solchen Schock, der ein Gespräch nicht nur sinnlos, sondern unmöglich machte. Sie hatten sich schließlich darauf geeinigt, eine Nacht darüber zu schlafen – Anna in ihrem Bett, Jon im Gästezimmer. Aus einer Nacht waren zwei Nächte geworden. Schweigend waren sie umeinander herumgeschlichen wie zwei Geister, die sich eine Wohnung teilten. In beiden Nächten hatte Anna nicht viel geschlafen; sie hatte dagelegen, an die Decke gestarrt und versucht, ihre Gedanken zu unterbinden – die nagenden Zweifel, dass vielleicht alles ihre eigene Schuld war.

Sie schenkte sich ein Glas Rotwein ein. »Möchtest du dich vielleicht hinsetzen?«, fragte sie. »Und vielleicht kannst du mir mal verraten, was überhaupt los ist. Denn ein paar schlaflose Nächte haben mir auch nicht dabei geholfen, das alles zu verstehen. Mia und du, seid ihr wieder zusammen?« Diese Worte schmerzten sehr. »Oder machst du gerade irgendeine Krise durch, Jon?«

Jons Blick war auf eine Stelle auf dem Tisch zwischen ihnen beiden fixiert. Gedankenverloren strich er mit dem Finger über den Strich, den Alfie mit einem Filzstift dort hingemalt hatte. Den Fleck hatte Anna hinterher nicht mehr wegbekommen.

Er hob den Blick etwas, jedoch nicht genug, um Anna in die Augen zu sehen. »Ich weiß es nicht, Anna. Die Kündigung hat mich ziemlich umgehauen. Und ich hatte den Eindruck, dass du mit deiner Eisdiele so viel zu tun hattest, so viel Energie und Geld da hineingesteckt hast … Jedenfalls hatte ich nicht das Gefühl, mit dir darüber reden zu können, was los war.«

Anna holte tief Luft. »Jetzt versuch bitte nicht, mir die Schuld dafür in die Schuhe zu schieben. Zurück zu Mia … sie hatte also mehr Zeit für dich?«

»Sie kennt mich«, erwiderte Jon. »Wir haben so viel zusammen durchgemacht, Anna. Mit der Ehe, Alfie. Sie kam mir wie ein sicherer Hafen vor, als ich einen brauchte.«

»Hör mal, ich verstehe, dass du jemanden gebraucht hast, um dich auszusprechen«, erwiderte Anna, die Mühe hatte, ihren Schmerz und die Wut zu unterdrücken. »Und es tut mir wirklich leid, dass du das Gefühl hattest, ich sei nicht für dich da gewesen. Aber Jon – musstest du denn gleich mit ihr schlafen?«

Jon schaute weg. »Ich weiß, das war falsch, Anna. Und es tut mir ja auch leid.«

»Ganz sicher war das falsch!«, entgegnete Anna, der heiße

Tränen in die Augen traten. »Ich habe dir *vertraut*, Jon! Ich habe dir immer vertraut, jedes Mal, wenn du Alfie nach Hause gebracht hast, jedes Mal, wenn du mit ihr telefoniert hast. Erinnerst du dich noch daran, als wir das Hotel verlassen mussten, weil Alfie so krank war – nur, wie mir jetzt wieder einfällt, war er gar nicht … als du bei ihm warst, war er wundersamerweise plötzlich genesen. Ist da immer schon was zwischen euch gelaufen? War irgendetwas von uns, von dir und mir, überhaupt *echt*?«

Anna dachte an Alfie, als sie ihn beim Minigolfspielen unten am Brighton Pier am vergangenen Wochenende an der Hand gehalten hatte. Ob das wohl das letzte Mal gewesen war? Das letzte Mal, dass sie sein herzliches Lachen gehört hatte, das früher einmal das leise Gekicher eines Babys gewesen war? Sie musterte Jon und dachte an die Zukunft, die sie sich mit ihm erträumt hatte. Sollte das alles nur ein Traum bleiben?

»Natürlich war das echt«, entgegnete er und klang verletzt. »Und das ist es auch nach wie vor«, beharrte er. »Anna, ich habe einen dummen Fehler begangen.«

Angesichts seiner Wortwahl zog Anna die Augenbrauen hoch.

»Okay, *mehrere* Fehler, Mehrzahl. Aber ich habe meine Lektion gelernt, Anna. Ich war verwirrt und wusste nicht, was ich wollte, aber jetzt weiß ich es so sicher wie das Amen in der Kirche, was mir wichtig ist. Ich habe Mia erklärt, dass das, was passiert ist, nicht noch einmal passieren wird. Du bist diejenige, die ich liebe – und ich glaube, dass ein Teil des Geschehenen passiert ist, weil ich dich vermisst habe. Ich weiß, das klingt total verrückt, aber ich hatte das Gefühl, dich an etwas zu verlieren, das dir wichtiger ist als ich. Aber du bist alles, was ich will. Ich liebe dich, Anna.« Jon sah ihr nun in die Augen. »Ich wusste die ganze Zeit, dass ich dich liebe. Vielleicht war es für mich zu schwer zu glauben, dass ich diese tolle Beziehung, die wir haben, wirklich verdiene. Ich schätze, dass ich darum indirekt versucht habe, sie zu zerstören. Und Mia war die einfachste Möglichkeit, das zu tun. Ich bin ein Idiot, Anna. Aber ich weiß, dass es falsch war, was ich getan habe. Bitte lass zu, dass alles wieder wie vorher wird.«

Er streckte seine Hand aus und legte sie auf ihre Hand. Obwohl sie immer noch wütend und verletzt war, ließ sie ihn eine Weile gewähren.

KAPITEL 25

Imogen schloss den Eiswagen am Samstagabend um neun Uhr ab und machte sich auf den Weg zur Pyramid-Bühne, um sich dort noch den Auftritt des Festival-Headliners anzuschauen. Dort angekommen schlüpfte sie in ihre Strickjacke und ließ den Blick über die Menschenmenge vor ihr wandern: Da waren Teenager mit Cowboyhüten, eine walisische Flagge, die geschwenkt wurde, und die Scheinwerfer um die Bühne herum leuchteten grell. Imogen holte ihre Kamera aus der Tasche, schaute durch das Objektiv und machte Fotos, während sie sich zur Musik bewegte. Dabei ließ sie sich ganz von der Menschenmenge und dem Rhythmus tragen.

»Wie findest du die Band?«, rief ihr ein Mädchen, das neben ihr stand, laut zu, um die Musik zu übertönen.

»Super«, rief Imogen lächelnd. Sie versank völlig in der Musik und genoss das Gefühl, ein Teil der Menschenmenge zu sein. Sie war da, allein, inmitten eines Feldes – und hatte trotzdem das Gefühl, erfüllt zu sein.

Um sie herum war nichts außer der Natur und Menschen. Die Nacht wurde von Sternen erleuchtet, während in der Ferne die Lichter in den Dance-Zelten aufblitzten. Imogen musste an die Zeit im März denken, als Anna sie angerufen hatte. Damals hätte sie niemals damit gerechnet, so lange in Großbritannien zu bleiben. Selbst als sie sich verpflichtet hatte, beim Aufbau der Eisdiele zu helfen, war sie sicher gewesen, nach nur wenigen

Monaten wieder nach Thailand zurückzukehren. Doch irgendwann hatte sie mental die Tür zu Asien geschlossen. Warum? Es spielte keine Rolle, dass es mit Luca nicht funktioniert hatte. Schließlich war er nicht in erster Linie der Grund, warum sie auf die Insel gekommen war, und war auch ganz sicher nicht der Grund dafür, dass sie ihre Träume aufgab. Was sie betraf, konnten er und Santiana auch gern ein Paar sein.

Auf der Insel hatte sie sich jung und lebendig gefühlt, und das auf eine Art und Weise, wie es der Laden niemals zu tun vermögen würde. Natürlich bescherten ihr die Ausflüge mit dem Eiswagen eine Auszeit, doch wenn sie in Brighton bliebe, wäre der Großteil ihrer Zeit – die Führung der Eisdiele – bald schon Routine. Drei Jahre lang hatte sie Fotografie studiert, und wofür? Um das Fotografieren aufzugeben, bevor sie es überhaupt richtig versucht hatte?

Der Bass pulsierte durch ihren Körper, und sie ließ sich von ihm treiben. Für sie stand fest, dass das Thema Reisen und Abenteuer noch nicht abgeschlossen war. Überhaupt noch nicht.

Sie tanzte bis zwei Uhr morgens und kehrte dann langsam durch den Steinkreis zum Eiswagen zurück. Ihr schwirrte immer noch der Kopf vor Aufregung nach all den Bands, die sie gesehen hatte.

»Imogen!«

Beim Klang ihres Namens drehte sie sich um.

Vor dem Eingang eines Wigwam-Camps stand Finn.

»Imogen!«, rief er noch einmal. Sein Lächeln ließ seine Augen leuchten, als er sie zu sich herüberwinkte.

Imogen machte sich auf den Weg zu ihm.

»Was machst du denn hier?«, fragte er freundlich.

»Ich wollte dich gerade das Gleiche fragen«, erwiderte sie und lächelte überrascht.

Neben ihm brannte schwach noch ein Feuer, und er war von großräumigen Zelten umgeben. Das gesamte Szenario wirkte viel einladender als die Aussicht, gleich wieder zum Eiswagen zurückzukehren und entweder darin oder in ihrem feuchten, kleinen Zelt zu übernachten.

»Ich helfe einem Freund, der hier einen Verkaufsstand hat. Und du – bist du mit dem Eiswagen hier?«

»Ja«, antwortete Imogen stolz.

»Er hat den ganzen Weg bis hierher geschafft?«, hakte Finn nach und zog ungläubig die Augenbrauen hoch.

»Ja – und er hat sich kaum darüber beschwert«, lachte sie.

»Dann freue ich mich, dass meine Flickschusterei gehalten hat. Ich hätte nämlich mein schlechtes Gewissen nicht ertragen können, wenn der Wagen schon vor Stonehenge abgesoffen wäre.«

Imogen lächelte, bevor sich eine Weile lang Schweigen zwischen ihnen ausbreitete. In der Ferne erklang das Gelächter von Leuten, die noch rund ums Lagerfeuer saßen, sich unterhielten und offenbar Mühe hatten, den Reißverschluss ihres Zeltes zu finden. Doch rund um Finns und Imogens Fleckchen Feld herrschte Totenstille.

»Und deine Freunde?«, fragte Imogen schließlich.

»Sind mittlerweile schlafen gegangen«, erwiderte Finn. »Ich wollte nur noch das Feuer ausmachen und mich dann selbst aufs Ohr hauen.«

»Diese Wigwams sehen ziemlich gemütlich aus«, stellte Imogen fest. »Kann ich mir mal eines von innen anschauen?«

»Ja, mach ruhig«, nickte er und hob die weiße Leinenzeltklappe des nächsten Wigwams hoch.

Imogen stieß einen bewundernden Pfiff aus, als sie das von Lichterketten beleuchtete Innere und die Campingliegen erblickte. »Na sieh mal einer an, das ist wahres Luxus-Camping! Ist bestimmt angenehmer, als sich im Eiswagen den Hintern abzufrieren.«

»Ja, wahrscheinlich. Andy hat das alles organisiert, ich teile mir das Zelt mit ihm. Er meinte, er sei mittlerweile zu alt, um sich noch mit Zelten herumzuschlagen. Wir haben sogar eine richtige Toilette«, erklärte Finn und deutete auf ein nobel aussehendes Mobil-WC.

»Und wo ist Andy?«, fragte Imogen. »Hast du nicht eben gesagt, dass alle schlafen?«

»Er hat ein besseres Angebot gefunden«, lachte Finn. »Er hat heute Abend ein nettes Mädchen kennengelernt, und wie sich herausstellt, macht es ihm dann wohl doch nicht so viel aus, auch mal eine Nacht ohne Komfort auszukommen.«

»Der Glückspilz«, lachte Imogen.

»Ich hätte Verständnis, wenn du nicht willst«, stellte Finn klar und machte eine kurze Pause. »Aber Andys romantischer Erfolg bedeutet, dass sein Bett noch frei ist. Also, wenn es im Eiswagen wirklich so kalt ist. Hier sind noch eine unbenutzte Decke und ein Kissen, die du haben könntest – und ich schlafe meilenweit von dir entfernt auf der anderen Seite des Wigwams, du würdest wahrscheinlich nicht einmal etwas von meinem Schnarchen mitbekommen …«

Imogen dachte darüber nach. Die Idee war verrückt, wirklich, immerhin kannte sie Finn kaum. Aber andererseits – es sah hier drinnen wirklich ziemlich komfortabel aus.

»Okay«, erwiderte sie. Ihre Laune hob sich direkt, als sie an einen erholsamen Schlaf und eine anständige Toilette dachte. Sie betrat den Wigwam, und sofort wurde ihr wärmer. »Ich würde dein Angebot gern annehmen.«

»Kakao?«, fragte Finn und holte einen Campingkocher hervor, nachdem er die Glut des Lagerfeuers gelöscht hatte. »Ein echter Rock 'n' Roller würde zwar etwas anderes trinken, ich weiß, aber …«

»Ich hätte gern einen«, erwiderte Imogen und ließ sich auf ihrem Bett nieder. »Hat dir das Festival bis jetzt gefallen?«

»Es war toll«, grinste Finn. »Ich habe die meisten der Jungs hier seit einer halben Ewigkeit nicht mehr gesehen, deswegen war es echt klasse, sich gegenseitig bei ein paar Bierchen auf den neuesten Stand zu bringen und dabei noch gute Musik zu hören. Schon komisch, es gab Zeiten, da haben wir jede freie Minute miteinander verbracht, aber dann – na ja, die Zeiten ändern sich eben, nicht wahr? Die einen haben ihre Arbeit, andere heiraten …«

»Stimmt«, nickte Imogen. »Ich weiß, was du meinst. Man lässt sich häuslich nieder und vergisst dann, spannende, interessante Dinge zu tun.«

»Das ist es nicht ganz, was ich meinte«, lachte Finn.

»Tut mir leid«, entschuldigte sich Imogen. »Vielleicht habe ich da ein bisschen projiziert. Heute Abend ist mir nur noch einmal klargeworden, wie wichtig es ist, dass man weiterhin das tut, was einen lebendig hält.«

»Und was ist das für dich?«, fragte Finn neugierig nach.

»Das hier.« Imogen klopfte auf die Fotokamera in ihrer Tasche. »Fotos machen.«

»Hast du hier welche gemacht?«

»Ich habe viel im Eiswagen gearbeitet, aber ich habe heute Abend ein paar Bands sehen können«, erwiderte sie und packte die Kamera aus. Sie blätterte durch ihre Memorycard und rief die jüngsten Aufnahmen auf. »Willst du mal sehen?«

»Klar.« Finn kam zu ihr herüber und setzte sich neben Imogen.

»Bei dem hier kommt leider die Lichtshow nicht so durch, wie ich gehofft hatte, aber mir gefällt der Effekt eigentlich ganz gut«, erklärte sie. Finn nickte zustimmend. »Dann habe ich noch ein schönes Close-up von dieser Teenagergruppe in der Zuschauermenge.«

»Das gefällt mir gut!«, lobte Finn. »Man kann ihnen richtig ansehen, dass sie noch lange von den Erinnerungen an diesen Abend zehren werden, nicht wahr?«

»Ganz genau. Genau das wollte ich auf dem Bild festhalten. Und dann habe ich noch … Oh, jetzt bin ich zu weit gesprungen. Das sind nur Bilder aus Thailand.«

»Warte mal, blätter nicht zurück«, hielt Finn ihre Hand zurück. »Die sehen toll aus. Sind das Unterwasseraufnahmen?«

»Ja«, erwiderte Imogen und wurde plötzlich schüchtern. »Die sind mit meiner anderen Kamera aufgenommen. Ich bin auf Unterwasserfotografie spezialisiert. Ich *war* es zumindest …«

»Die Bilder sind wirklich atemberaubend«, staunte Finn, nahm die Kamera, die Imogen ihm hinhielt, und ging langsam die Aufnahmen durch. »Damit musst du unbedingt was machen. Ausstellen, verkaufen …«

»Vielen Dank. Das war der Plan«, erwiderte Imogen. »Obwohl mir das Leben in letzter Zeit ein bisschen dazwischengefunkt hat.«

»Das kann manchmal schon richtig ärgerlich sein«, nickte Finn lächelnd.

Während sie ihren Kakao schlürfte und Finn sich weiter ihre Fotos anschaute, wurde Imogen ziemlich schläfrig.

»Vielen Dank, dass du sie mir gezeigt hast.« Finn gab ihr die Kamera zurück. »Brighton muss dir im Vergleich ziemlich fade vorkommen.«

»Es gibt schon ein paar Dinge, die ich vermisse, das stimmt.

Obwohl es schon eine tolle Auszeit war, hierher zum Festival zu kommen.«

»Wo wir gerade darüber reden: morgen – White Stripes oder Arcade Fire?«, fragte Finn. »Welche Band siehst du dir an?«

»Arcade Fire«, erwiderte Imogen sofort. »Keine Frage.«

»Verlorene Liebesmüh.«

»Findest du?«, fragte Imogen lächelnd.

»Ich könnte dir ausführlich meine Gründe darlegen«, erwiderte Finn, »aber du siehst ziemlich müde aus, und es deprimiert mich, wenn mein Publikum mittendrin wegschnarcht.«

»Da könntest du recht haben«, lachte Imogen und machte es sich unter der dicken Decke gemütlich. »Das sollten wir uns für ein anderes Mal aufheben.« Sie war dankbar, in dieser kalten Nacht eine anständige Decke zu haben.

»Willst du zum Schlafen ein T-Shirt von mir haben?«

»Nein, nicht nötig«, erwiderte sie, streifte sich die Schuhe ab und zog nun auch die Beine auf die Liege hinauf.

»Hast du Lust, morgen nach der Arbeit zusammen mit mir das Festivalgelände unsicher zu machen?«

Schläfrig dachte Imogen an das Geld, das sie an ihrem ersten Tag schon verdient und das sie in einer Plastiktüte unten in einer der Gefriertruhen versteckt hatte. Die Anzahl der Scheine, die sie an diesem einen Tag eingenommen hatte, war in etwa das, was sie für das gesamte Wochenende erwartet hatte.

Müde lächelte sie Finn an. »Klar, ich wüsste nicht, warum wir nicht auch ein bisschen Spaß haben sollten.«

»Toll!«

Imogens Augenlider wurden schwerer, und das Letzte, was sie mitbekam, bevor sich ihre Augen schlossen, waren die Lichterketten, die um sie herum funkelten. Und Finns Stimme: »Träum was Schönes!«

Kapitel 26

»Woher kommt denn dieses Lächeln?«, fragte Anna Imogen am darauffolgenden Samstag. Imogen hockte an der Theke und blätterte durch ein Magazin.

»Nirgendwoher«, erwiderte Imogen. »Darf ich nicht einfach so mal gute Laune haben?«

»Ist schon eine ganze Weile her, seit ich dich das letzte Mal so habe grinsen sehen, das ist alles. Außerdem strahlst du schon die ganze Woche so«, entgegnete Anna und schenkte sich eine Tasse Kaffee ein. »Ist beim Festival etwas passiert?«, fragte sie. »Immerhin war unser Eis irgendwann ausverkauft, aber das kann ja nicht allein der Grund dafür sein, dass du wie ein Honigkuchenpferd grinst.«

»Mir hat der Tapetenwechsel ganz gutgetan«, erwiderte Imogen. »Ich habe da ordentlich Kraft getankt.«

»Okay«, nickte Anna. Das Campingwochenende hatte bei Imogen auf jeden Fall äußerlich etwas bewirkt; die Sonne hatte die goldblonden Strähnen in ihrem Haar noch weiter aufgehellt. Es war jedoch ihre Ausstrahlung, die sich hauptsächlich verändert hatte.

»Ach, ich habe noch ein paar gute Nachrichten«, fuhr Imogen strahlend fort.

»Schieß los«, rief Anna. »Ich könnte gerade ein paar vertragen.«

»Hast du schon mal was von Sarah Cavelli gehört? Oder Canelli?«

»Canelli«, erwiderte Anna. »Na klar – die kennt doch jeder. Sie ist diese Woche auf dem Titelblatt vom *Heat*-Magazin. Was ist mit ihr?«

»Sie ist unser größter Fan«, grinste Imogen. »Ich habe heute Morgen auf Twitter gesehen, dass sie von dem Earl-Grey-Sorbet geschwärmt hat, das sie beim Glastonbury Festival an unserem ›süßen Retro-Eiswagen‹ gekauft hat.«

»Du machst Witze!«, rief Anna, und ihre Laune verbesserte sich mit einem Schlag.

»Ich weiß. Tolle kostenlose Werbung, oder?«

»Genau das haben wir gebraucht!«, nickte Anna.

»Warum siehst du denn dann immer noch so geknickt aus, Schwesterherz?«, fragte Imogen. »Oder zumindest müde. Du hast dunkle Ringe unter den Augen. Spät geworden gestern?«

»Ja, ziemlich«, erwiderte Anna und wünschte sich, dass man ihr den Schlafmangel nicht direkt ansehen würde. »Obwohl ich nicht so viel Rock 'n' Roll wie du hatte. Ich war bis ein Uhr morgens auf und habe drei neue Ladungen Eis hergestellt: ›Pimm's-Likör-Sorbet‹, ›Wimbledon‹ – das ist ein Erdbeeren-Sahne-Eis – sowie ein sehr erfrischendes Gurkeneis.«

Nichts funktionierte besser als ein Liebesleben, das gerade Schiffbruch erlitten hatte, um die Produktivität in der Küche zu steigern. Nach ihrer Unterhaltung mit Jon in der letzten Woche hatte sie sich voll und ganz auf neue Eisrezepte konzentriert. Jon hatte so elendig und verletzt dagesessen. Ihr Verstand war immer noch wie umnebelt – ihr Vertrauen in Jon, in sie beide, war von Grund auf erschüttert. Das ließ sich über Nacht auch nicht wiedergutmachen. Aber einfach alles hinter sich lassen, was sie gehabt hatten, und Alfie im Stich lassen? Das brachte sie auch nicht übers Herz. Sie musste erst herausfinden, ob es etwas gab, das zu retten sich lohnte.

»Wow, du warst ja ganz schön fleißig«, staunte Imogen.

»Ich weiß.« Normalerweise hätte sie ihre Sorgen mit Imogen geteilt, aber im Augenblick half es ihr mehr, einfach so zu tun, als sei alles normal. »Wie findest du das? Ich nenne die Eissorten ›Die englische Sommerkollektion‹. Ich habe sogar spezielle Waffelhörnchen, in denen ich das Eis heute servieren werde.«

»Klingt gut«, erwiderte Imogen. »Klingt verdammt lecker. Aber was willst du damit anstellen? Du weißt ja, wie es hier war. Wer soll das Eis essen?«

»Werbegeschenke«, erwiderte Anna kurz. »Ich habe lange darüber nachgedacht – einige der Eisdielen in Italien verschenken Kostproben, und ich finde, das hat was. Wie sollen wir denn sonst Kunden davon überzeugen, in unsere Eisdiele zu kommen, wenn sie gar nicht wissen, was wir verkaufen? Jess will mir helfen. Dir macht es ja nichts aus, dich heute eine Weile lang allein um den Laden zu kümmern, oder?«

»Während du wie ein Affe schwitzt, wenn du Kühlboxen den Strand entlangschleppst? Gerne.«

Wenige Minuten später traf Jess auch schon ein, und gemeinsam mit ihr sortierte Anna die Eissorten durch und packte sie in die Kühlboxen, die sie sich umbanden.

»Ich komme mir wie ein Packesel vor«, lachte Jess. Dann schnappten sie sich eine Tüte mit Waffelhörnchen und machten sich auf den Weg zum Strand, und dabei staksten sie mit ihren Flip-Flops vorsichtig über die Kieselsteine.

»Ich bin froh, dass du die Sonne aus Italien mitgebracht hast«, erklärte Jess, deren Sommerkleid charmant in der leichten Brise flatterte. »Da macht diese Aktion hier gleich viel mehr Spaß.«

»Ich gebe mir Mühe«, entgegnete Anna. Es war schön mitzuerleben, wie die Küste wieder zum Leben erwachte, als die

Einheimischen die so lange vermisste Sonne genossen. »Ich glaube, ich sehe dort vorne schon unsere ersten Zielpersonen.« Sie deutete auf eine junge Familie, die Picknick machte und eine Wolldecke ausgebreitet hatte. Zwei Kinder, Kleinkinder, lachten und spielten mit einem Ball.

»Kostenloses Eis! Kommen Sie, und holen Sie sich Ihre Gratisportion Eis!«, brüllte Jess. Dank ihres Mangels an Schamgefühl, der Anna in all den Jahren doch die ein oder andere peinliche Situation beschert hatte, entpuppte sie sich heute als die ideale Partnerin.

Das größere der zwei Kleinkinder schaute auf und deutete lebhaft auf das Eis. »Dürfen die beiden ein Eis essen?«, fragte Anna die Mutter.

»Alles, damit die beiden nur still sind«, erwiderte die Frau und nahm dankbar zwei Eishörnchen entgegen.

»Da drüben«, rief ein Mädchen von ungefähr neun Jahren und deutete auf Anna. »Dort gibt es Eis umsonst!«

Innerhalb einer Viertelstunde waren Jess und Anna von Kindern und deren Eltern umringt, die sich darum rissen, ihr Eis zu probieren. Ein paar Stunden später waren die Kühlboxen leer.

»Alles weg«, erklärte Anna mit einem zufriedenen Seufzer, schloss ihre Kühlbox und ließ sich auf einer Bank nieder, von der aus sie aufs Meer hinausschauen konnte. »Ich finde, wir haben uns eine kleine Pause verdient, meinst du nicht?«

Jess setzte sich neben sie, grinste und schob sich den Strohhut nach hinten, damit die Sonnenstrahlen ihr Gesicht erwärmen konnten. Die »englische Sommerkollektion« war ein voller Erfolg gewesen; sie hatten sich allen Familien vorgestellt und ihnen Flyer von der Eisdiele mitgegeben.

»Wir waren ganz gut, oder?«, stellte Jess fest, und ihre Wangen waren von der Julisonne schon ein wenig gerötet.

»Sogar besser, als ich gedacht hatte«, nickte Anna.

»Ich würde mal behaupten, dass das Viviens damit wieder zurück im Spiel ist«, lachte Jess. Sie nahm Anna in den Arm, und deren Anspannung ließ merklich nach. Anna wollte nämlich liebend gern alles vergessen, was zwischen Jon und ihr gerade geschah. Glücklicherweise bot die Eisdiele die perfekte Ablenkung – und auch wenn sie noch kein Geld damit verdienten, so hatte sie heute doch erlebt, dass Imogens und ihr Instinkt richtig war – es gab definitiv einen Markt für Gourmeteis im Ort. Den Leuten, die ihr Eis heute probiert hatten, hatte das Eis aus dem Viviens unglaublich gut geschmeckt, und sie fanden es toll, dass es frisch aus saisonalen Produkten hergestellt war, die obendrein noch aus der Region stammten.

»Aber Anna, warum …«, fing Jess an, ihr Gesichtsausdruck plötzlich ganz ernst. Damit brachte sie nun die Blase zum Platzen, in der Anna sich sicher gefühlt hatte. »Also, ich will dir nicht zu nahe treten … Ich fand, dass der heutige Tag super gelaufen ist – aber warum siehst du dann nicht glücklicher aus?«

»Ach, mir geht's gut«, erwiderte Anna und wischte Jess' Sorge beiseite. »Dadurch, dass wir versucht haben, alles Schiefgelaufene wieder geradezubiegen, waren die letzten Wochen ziemlich hektisch, das ist alles.«

»Okay?« Jess schien darauf zu warten, dass Anna fortfuhr.

»Jess, wirklich, mir geht's gut!«, versicherte Anna ihr. »Jon und ich hatten in letzter Zeit ein paar Höhen und Tiefen zu bewältigen, aber welches Paar macht die nicht durch?«

»Solange es dir dabei gut geht«, erwiderte Jess. »Denk dran, ich bin immer für dich da, wenn du reden möchtest.«

»Das weiß ich sehr zu schätzen. Aber es ist wirklich nichts.«

Spezialität des Tages:

Birnen-Ingwer-Sorbet

Am folgenden Freitag kam Jess schon vor der Arbeit in der Eisdiele vorbei, als Anna gerade aufschließen wollte.

»Jess, ich hatte eine Idee«, verkündete Anna kurz darauf und rührte in ihrem Tee herum. »Nachdem wir letzte Woche unser Gratiseis verteilt hatten, war hier in der Eisdiele einiges los. Tatsächlich haben uns die Kunden geradezu die Bude eingerannt.«

Jess stand auf und verbeugte sich kurz. »Du brauchst mir nicht zu danken«, grinste sie.

»Trotzdem bin ich sehr dankbar«, erwiderte Anna. »Dein lautes Organ hat uns auf jeden Fall geholfen, die Aufmerksamkeit auf uns zu ziehen. Dabei bin ich auf eine Idee gekommen … Solche Aktionen können eine echte Veränderung bewirken. Vielleicht sollten wir eine besondere Veranstaltung organisieren.«

»Okay«, erwiderte Jess neugierig. »So etwas wie eine Indoor-Promotion-Aktion?«

»Ich dachte an eine Aktion für die Leute aus der Stadt. Viele Leute kommen nicht so weit zur Küste raus, es sei denn, sie haben einen bestimmten Grund – wenn sie z. B. von Finns Surfschule gehört haben. Wenn sie aber erst einmal hier waren, neigen sie dazu zurückzukommen. Die anderen Ladenbesitzer aus den Arches sind supernett – Evie und Finn und auch das Pärchen, das den Zeitungskiosk betreibt. Vielleicht könnte man eine gemeinsame Aktion starten, eine Party im Musikpavillon oder so etwas?«

»Die Idee gefällt mir«, rief Jess, und ihre Miene hellte sich augenblicklich auf. »Ich könnte Dan fragen, ob seine Band vorbeikommen will – du weißt schon, die Band, die bei unserer Hochzeit gespielt hat? Ab und zu spielen sie schon mal Gratiskonzerte für Freunde – solange sie ein paar ihrer CDs verhökern können, sind sie zufrieden. Dann gibt es noch die Brighton Community Brass Band – mit denen könntest du anfangen. Die sind bei den älteren Herrschaften sehr beliebt, und ich gehe jede Wette ein, dass sie sofort zusagen werden, wenn ihr Name dafür irgendwo in der Presse fällt.«

»Perfekt.« Anna hielt die Ideen in ihrem Notizbuch fest.

»Wir könnten auch am Strand ein Barbecue machen«, schlug Anna vor. »Ich könnte mir vorstellen, dass Finn das bestimmt gern organisieren würde; damit wäre auch so gut wie sicher, dass seine Surfer vorbeikommen. Hoffentlich kann Evie noch ein paar Wimpelketten oder selbstgebackene Kuchen beisteuern, die wir verkaufen können – darin ist sie nämlich ziemlich gut. An dem Tag könnte die ganze Gemeinde zusammenkommen und den Sonnenschein genießen, während wir das Augenmerk auf diesen Teil der Küste lenken können.«

»Was heckt ihr denn schon wieder aus?«, fragte Imogen, die gerade hereinkam. Sie zog sich die Jacke aus und hängte sie auf.

»Eine Party«, erwiderte Jess. »Obwohl ich besser nichts aushecken sollte«, fuhr sie nach einem Blick auf die Uhr fort, »da ich schon zu spät zur Arbeit komme. Irgendwie bin ich noch im Urlaubsmodus. Bis später!«

»Sommer in den Granville Arches«, erklärte Anna und wiederholte den Satz ein paarmal, als Jess durch die Tür nach draußen eilte. »Ein Event, bei dem die hier ansässigen Läden sich zusammentun und sich engagieren.«

»Super«, nickte Imogen anerkennend. »Was du heute kannst besorgen, das verschiebe nicht auf morgen – wie wäre es mit dem übernächsten Wochenende? Ich könnte Finn mal eben anrufen. Er ist zwar gerade für mehrere Wochen in einem Surfcamp in Cornwall, aber ich könnte ihn fragen, ob er sonst noch ein paar Ideen hat.«

»Aha?«, fragte Anna interessiert. »Seid ihr beiden jetzt miteinander befreundet?«

»So würde ich es nicht nennen«, erwiderte Imogen. »Aber ich denke, ich habe ihn einfach falsch eingeschätzt. Ich bin ihm beim Glastonbury Festival über den Weg gelaufen und fand ihn dann eigentlich ziemlich in Ordnung.«

»Es geschehen noch Zeichen und Wunder!«, erwiderte Anna grinsend.

»Es hat doch keinen Sinn, nachtragend zu sein«, erwiderte Imogen. »Der Sommer ist endlich da, dann sollten wir auch das Beste daraus machen.«

Daraufhin schnappte sie sich einen Teelöffel und probierte Annas frisch zubereitetes Birnen-Ingwer-Sorbet. »Das ist gar nicht mal schlecht!«

Als Anna am Abend wieder zuhause war, saß sie mit Alfie in seinem Zimmer im Schneidersitz auf dem Boden. Er trug ein gelbes T-Shirt mit einer Giraffe darauf, das sie ihm gekauft hatte, als er das erste Mal bei ihnen übernachtet hatte, und stapelte Bauklötze aufeinander.

»Alfie baut Haus«, rief er triumphierend und legte ein grünes Klötzchen auf die anderen. Seine Wangen glühten vor Stolz. »Hausbauen für Anna.« Hepburn kam durch die Tür geschlurft und wackelte zu Alfie hinüber, warf dabei beinahe den Turm um und vergrub seinen Kopf in Alfies Seite. Alfie brach in Gekicher aus. »Hep-urn«, rief er, ganz atemlos vor Gelächter. »Kitzelt mich!« Sanft zog Anna Hepburn zurück und zu sich auf den Schoß, von wo aus er ihr begeistert das Gesicht ableckte.

»Ein Haus für Anna und Hep-urn!«, lachte Alfie und setzte noch ein Bauklötzchen obendrauf.

Anna lächelte. Mit Alfie zu spielen holte sie so sehr ins Hier und Jetzt zurück wie nichts anderes. Wenn sie ihm eine Gutenachtgeschichte vorlas oder am Strand mit ihm Steine sammelte, ließ alle Anspannung nach oder verschwand sogar vollkommen. Ob sie wollte oder nicht: Seine unbeschwerte Art, die Welt zu sehen, und die Fähigkeit, sich Traumwelten zu schaffen, faszinierten sie.

Jon steckte den Kopf zur Tür herein. »Alles in Ordnung hier?«, fragte er lächelnd. »Es klingt nämlich ein klein bisschen nach Chaos. Das Abendessen ist übrigens fast fertig.«

»Alles gut«, rief Anna und sah zu ihm auf. In seiner Miene entdeckte sie die Wärme und Herzlichkeit, in die sie sich an dem allerersten Abend, den sie miteinander verbracht hatten, verliebt hatte.

»Prima«, erwiderte er. »Es dauert noch etwa fünf Minuten. Für uns gibt es leider noch nichts, Anna – es sei denn, du bist scharf auf Chicken Nuggets?«

»Ich glaube, dann warte ich lieber auf unser Abendessen«, erwiderte Anna.

Jon schloss die Tür, und Anna wandte sich wieder Alfie zu. Mit einer schnellen Bewegung sprang Hepburn von ihrem Schoß herunter und flitzte davon, und dabei flogen die Bauklötze in alle Richtungen.

»Oh NEIN!«, rief Alfie entsetzt.

»Schon gut, Süßer«, beruhigte ihn Anna. »Das bedeutet doch nur, dass wir das ganze Spiel noch einmal von vorne spielen können!«

Anna sammelte alle Klötze auf, damit sie in der Reichweite seiner pummeligen Ärmchen lagen.

»So, was wollen wir als Nächstes bauen?«, fragte Anna und legte dabei einen Finger auf ihre Lippe, als schmiede sie einen Plan.

»Noch ein Haus«, rief Alfie.

»Ein anderes?«

»Ja«, nickte Alfie und nahm eine gelbe Bauplatte als Grundlage. »Das ist das Haus, in dem Mummy und Daddy wohnen.«

Seine Worte trafen Anna wie ein Blitzschlag.

Vielleicht war nicht Alfie derjenige, der hier So-tun-als-ob spielte; sie war diejenige.

Als Alfie schließlich im Bett lag, hatte Jon auch sein und Annas Abendessen fertig: zwei Teller mit einer dampfenden Portion Spaghetti bolognese.

»Und? Wie ist es heute gelaufen?«, fragte Anna. »Du hattest ein Vorstellungsgespräch, oder?«

»Oh … ja«, nickte Jon und tischte auf. »Die Leute waren nett, und es klang, als sei es eine interessante Agentur. Obwohl ich nicht weiß, ob was draus wird.«

»Okay. Aber einen Versuch ist es doch auf jeden Fall wert.«

Jon zuckte mit den Schultern. »Hoffentlich. Übrigens, ich wollte dir die ganze Zeit schon erzählen, dass Alfie nächste Woche ein bisschen länger bleibt als gewohnt.«

»Wie schön. Du weißt doch, wie gern ich ihn hier habe.«

»Mia bringt ihn am Dienstag vorbei. Sie hat an dem Abend eine Spendenaktion, um die sie sich kümmern muss.«

»Okay«, erwiderte Anna und zwang sich, nicht auf Mias Namen zu reagieren. Allein bei dem Gedanken daran, sie nach allem, was passiert war, wiederzusehen, wurde ihr speiübel.

»Damit hast du doch kein Problem, oder?«, fragte Jon. »Ich kann mich auch irgendwo anders mit ihr treffen, wenn das einfacher für dich ist.«

Das kam alles ein wenig plötzlich.

»Schon gut«, entgegnete Anna, doch dann legte sich irgendwie ein Schalter um. »Also – wenn ich ehrlich bin, würde ich

Mia am liebsten nie wieder sehen – aber ich bin erwachsen und kann damit umgehen, wenn Mia es kann.«

»Komm schon, Anna«, rief Jon, »es gibt keinerlei Grund, jetzt so zu reagieren!«

»Nicht?«, fragte Anna und starrte ihn an. Plötzlich wurde ihr schwindelig, sie brauchte dringend Raum zum Nachdenken. »Ich gehe baden.«

Als sie die Küche verließ, drehte sich alles in ihrem Kopf. Darum setzte sie sich schnell auf die Bank im Flur, neben einen Stapel ungelesener Post, den sie während der Woche dort abgelegt hatte.

Jetzt entdeckte sie darin zwischen mehreren Rechnungen eine farbenfrohe Karte und zog sie heraus. Ein leuchtend blauer Himmel war darauf zu sehen, im Vordergrund terrakottafarbene Häuser sowie ein glitzernder Fluss. Im Zentrum des Fotos befand sich eine Brücke, die sie sofort wiedererkannte: die Ponte Vecchio in Florenz. Anna drehte die Postkarte um.

Anna,

stand dort in einer eleganten schwarzen Handschrift,

bitte sag, dass du Florenz und die Macht von selbstgemachtem Eis noch nicht vergessen hast.

Trotz allem musste sie lächeln, als sie die Worte las und mit einem Mal Matteos herzlichen Tonfall und seinen italienischen Akzent im Ohr hatte.

Ich umarme dich,
Matteo

Schnell steckte Anna die Postkarte in ein Buch und verstaute dieses wieder im Regal; ihr schlechtes Gewissen vermischte sich mit der Wut, die sie Jon gegenüber verspürte. Denn eines war klar – das Letzte, was sie jetzt noch brauchen konnte, waren Tagträumereien, sonnige Erinnerungen, die nichts mit ihrem echten Leben zu tun hatten.

Endlich im Badezimmer, schloss Anna die Tür hinter sich ab. Es war das erste Mal, dass sie den Schlüssel umdrehte – normalerweise ließ sie die Tür immer einen Spaltbreit offen, damit sie sich mit Jon unterhalten konnte, während er draußen herumwirtschaftete. Aber jetzt fühlte sich alles anders an.

Sie setzte sich in den Korbstuhl neben der Wanne, stellte das heiße Wasser an und ließ unter dem Wasserhahn einen Zitronen-Badezusatz hineinlaufen.

Während sie darauf wartete, dass sich die Wanne füllte, nahm sie geistesabwesend das bestickte Kissen, das auf dem Stuhl lag, und fuhr mit den Fingerspitzen über die Stickerei. Das Kissen war eines der wenigen Dinge, die sie aus dem Haus ihrer Großmutter mitgenommen hatte. Anna konnte sich noch gut daran erinnern, wie Vivien es gemacht hatte; beim Nähen des Bezuges hatte sie mit einem Auge *Downton Abbey* geschaut. Einen Moment lang hatte sie das Gefühl, dass ihre Großmutter bei ihr war.

Als Vivien noch um die Ecke gewohnt hatte und Anna noch in ihrer schäbigen Mietwohnung, hatte sie sich in Brighton immer zu Hause gefühlt. Dennoch hatte sie sich noch nie so einsam gefühlt wie jetzt, wo sie in ihren eigenen vier Wänden lebte, zusammen mit dem Mann, den sie lieben sollte, im Zimmer nebenan.

Das hier fühlt sich falsch an, dachte Anna, als sie dabei zusah, wie immer mehr Wasser die Wanne füllte. Sie presste das Kissen an ihre Brust; ihre Worte wurden vom laufenden Wasser gedämpft. »Aber ich kann doch jetzt nicht einfach aufgeben, Granny V, oder?«

KAPITEL 27

Spezialität des Tages:
Blaubeersorbet

Imogen hatte eine Weile gebraucht, um es sich einzugestehen, doch von dem Moment an, als sie sich mit Finn in dem von Lichterketten beleuchteten Wigwam unterhalten hatte und dabei eingeschlafen war, hatte sie sich einen Hauch – aber wirklich nur einen Hauch – zu ihm hingezogen gefühlt.

Es war Sonntagmorgen, und Anna und sie bereiteten alles für das große Event im Musikpavillon vor; dabei spürte sie sehr bewusst, dass Finn sich nur wenige Meter von ihr entfernt befand. Seit Glastonbury vor vierzehn Tagen würden sie sich gleich zum ersten Mal wiedersehen. Heute Morgen hatte sie um einiges länger als gewohnt vor dem Spiegel gestanden, sich das Haar frisiert und zu einem schmalen Zopf geflochten und ihre Jeans und das rote Trägerhemd mit einer altgoldfarbenen Kette aufgepeppt.

»Hier ist die Wimpelgirlande«, rief Evie, als sie in die Eisdiele gesaust kam. Schnüre mit leuchtend bunten Stoffdreiecken waren um ihren Hals gewickelt, die restliche Wimpelgirlande hatte sie, die Arme weit ausgestreckt, fest in den Händen, damit sich nichts verhedderte. »Ich habe die ganze Nacht daran gearbeitet«, verkündete sie lächelnd. »Ich hoffe, ihr wisst das alle zu schätzen.«

»Die ist wunderschön!«, rief Anna, kam herübergeeilt und

bewunderte die Mischung aus Spitze und bunten Stofffetzen, die Evie ausgesucht und an ein blaues Schleifenband genäht hatte.

»Oh, vielen Dank«, erwiderte Evie und verbeugte sich leicht.

»Hängen wir die Girlande im Musikpavillon auf?« Imogen nahm ein Stück der Girlande in die Hand und fuhr mit den Fingern über den Stoff.

»Es gibt eine ganz lange für den Musikpavillon«, Evie deutete auf die Girlande, »und dann noch eine kurze für euren Eiswagen. Ihr verkauft heute auch aus dem Wagen heraus, nicht wahr?«

»Ja«, nickte Imogen. Nach dem etwas unzuverlässigen Start erreichte der Eiswagen nun allmählich seine volle Leistungskraft als fester Bestandteil des Geschäfts. Für heute bedeutete das, dass sie Eis inmitten der Party verkaufen konnten.

»Wisst ihr was? Es ist wirklich eine Schande, dass eure Großmutter das hier nicht mehr miterleben konnte. Vivien hat es immer geliebt, Menschen zusammenzubringen.«

»Du hast recht«, nickte Imogen. »Das hätte ihr gefallen.«

»Habe ich euch eigentlich mal von dem Bring-and-Buy-Flohmarkt erzählt, den wir hier organisiert haben?«, fragte Evie. Imogen und Anna schüttelten die Köpfe. »Den haben wir veranstaltet, als die Stadt damit drohte, die Kinderstation im Krankenhaus zu schließen. Wir haben Verkaufsstände aufgebaut voller Trödelkram, den eure Großmutter sortiert und mit Preisen versehen hatte. Ganze Menschenhorden waren hier – Kinder mit ihren Eltern, Schauspieler aus der Stadt, Politiker, die Zeitungen. Vivien hatte wirklich Talent, dafür zu sorgen, dass sich etwas herumsprach.«

»Habt ihr viel Geld eingenommen?«, erkundigte sich Imogen.

»Etwa fünfhundert Pfund, denke ich«, erwiderte Evie. »Ich kann mich aber nicht mehr richtig erinnern. Aber das wirklich wichtige Ergebnis war, dass die Berichterstattung der Lokalpresse für einen enormen Wirbel und viel Aufmerksamkeit für die Kampagne gesorgt hat. Und das war noch, bevor es soziale Netzwerke und all so was gab und als es insgesamt nicht leicht war, die Leute für derartige Sachen zu mobilisieren. Eine Woche später haben dann mehr als tausend Leute eine Protestdemo abgehalten, hier an der Küste, und dadurch sah sich die Regierung dann gezwungen, ihre Pläne zu ändern.«

»Eine tolle Geschichte!«, staunte Anna. »Ganz gleich, was Granny V gemacht hat: Bei ihr hat es immer Spaß gemacht mitzumachen. Das vermisse ich sehr.«

»Ich denke, diese Aufgabe fällt nun uns zu«, erwiderte Imogen. »Ihr zu Ehren sollte dieser Tag heute etwas ganz Besonderes werden.«

»Klingt gut«, nickte Evie.

Anna warf einen Blick auf die Uhr und schaute dann zu Imogen und Evie hinüber. Aufregung und Nervenflattern waren ihren braunen Augen deutlich anzusehen. »Es ist fast Mittag«, stellte sie fest. »In einer Stunde fangen wir an. Sollen wir schon mal rausgehen und alles aufbauen, bevor wir von den Menschenmassen überrollt werden?«

»Warum fangen wir nicht hier an?«, fragte Imogen und deutete auf den Musikpavillon. »Hängen wir doch als Erstes die Girlande auf. Wartet, ich hole schnell eine Leiter.«

Nachdem sie einen Augenblick später zurückgekehrt war, lehnte Evie die Leiter an das schmiedeeiserne Geländer.

»Ich übernehme das«, erklärte Imogen, nahm ihr das Ende der Wimpelkette ab und kletterte die ersten Sprossen hoch.

»Auf gar keinen Fall«, entgegnete Evie. »Ich habe sie gemacht, also hänge ich sie auch auf – ich überlasse dir doch nicht all den Ruhm!«, lachte sie gut gelaunt. »Ich bin fitter als je zuvor. Meine alten Knochen machen noch lange nicht schlapp.«

»Was ist denn hier los?« Imogen erkannte seine Stimme, bevor sie ihn sah. Tief, selbstsicher und ruhig. Ihr lief ein kalter Schauer den Rücken hinunter, sogar noch bis zu den Armen runter. »Wie es aussieht, lasst ihr Evie hier ja mal richtig arbeiten!« Als Imogen sich umdrehte, sah sie Finn grinsen.

Evie warf ihm einen bösen Blick zu. Sie balancierte gefährlich weit oben auf der Leiter und hatte die Hände voller Girlande. »Die Diskussion hatten wir schon«, erklärte sie.

»Sie hat darauf bestanden, die Girlande selbst aufzuhängen«, seufzte Imogen.

»Warum überrascht mich das nicht?«, erwiderte Finn.

Er sah ihr in die Augen, warm und lächelnd. Innerlich schmolz Imogen dahin, doch sie bemühte sich, das vor ihm zu verbergen.

Evie fuhr fort, die Kette mit den bunten Stoffdreiecken an die Metallstäbe des Musikpavillons zu knoten, während Imogen unten die Leiter festhielt. Die Meeresbrise ließ die kleinen Wimpel flattern.

Im Musikpavillon stimmte die Community Brass Band im goldenen Schein der Julisonne ihre Instrumente; der Klang einer Trompete wurde vom Wind fortgetragen.

»Ein wahrer Musiksommer«, sagte Finn leise an Imogen gewandt. Sofort kamen die Erinnerungen an den Tag, den sie zusammen auf dem Glastonbury Festival erlebt hatten, wieder hoch. Der gemütlich-faule Morgen vor der Jazzbühne, ihre Wanderung durch die Zeltstadt, wo sie sich im Tarot-Zelt ihre Zukunft hatten voraussagen lassen, bevor sie dann wieder zur Hauptbühne zurückgekehrt waren, um dort den Headliner des letzten Festivaltages zu sehen. Mit ihm zusammen zu sein, sich mit ihm zu unterhalten und mit ihm zu lachen hatte sich so leicht und unbeschwert angefühlt. »Mir kommt es so vor, als seien wir vor ein paar Minuten noch auf dem Festival gewesen, oder?«

Imogen schaute Finn an, während der Wind ihr das Haar in salzigen Strähnen ins Gesicht blies.

»Finn?«, ertönte eine Männerstimme aus dem Surfladen.

»Andy. Ich denke, das ist mein Stichwort«, erklärte Finn und strich ihr sanft über die Schulter. »Aber ich hoffe, wir sehen uns später noch.«

Imogen nickte, und schon war er fort.

Evie, die von der Leiter oben auf sie hinuntersah, zog die Augenbrauen hoch und lächelte. »Habe ich da etwas verpasst?«

Am frühen Nachmittag war die Strandparty in vollem Gange. Scharenweise drängten sich die Feiernden um den Musikpavillon, wo Jess' Hochzeitsband alte Motown-Klassiker spielte. Gerade ertönten die ersten Takte von *Heard it Through the Grapevine*, und zahlreiche Pärchen wiegten sich dazu. Vorne, direkt vor der Bühne, bildete sich eine kleine freie Fläche, auf der Kleinkinder tanzten und herumwirbelten. Im hinteren Teil der Zuhörermenge gesellte sich Imogen zu den anderen und stimmte mit fröhlicher, sommerlicher Ausgelassenheit in den Gesang mit ein.

Sie hatte bei ihrem Dienst im Eiswagen gerade Pause, und sie sah, dass Anna alle Hände voll zu tun hatte, Eis auszugeben. In der vergangenen Nacht hatten sie eine riesengroße Portion Schokoladen-Macadamia-Eis zubereitet, das göttlich schmeckte, sowie eine Reihe von sommerlichen Sorten wie Blaubeersorbet und ein erfrischendes und unfassbar einfaches Zitronen-Minz-Sorbet.

Eine ihrer Kundinnen spazierte an Imogen vorbei und kratzte mit einem Löffel Schokoladeneis aus dem Becher in ihrer Hand.

»Das Eis hier ist unglaublich, Paul. Wir müssen wirklich öfter herkommen. Und hast du die neue Sorte gesehen, die es heute zu kaufen gab? ›Hepburns leckeres Eis für Hunde‹? Eine tolle Idee.«

Imogen strahlte innerlich, als sie diese Worte hörte. Wenn es nach ihr ging, war der heutige Tag ein voller Erfolg.

»Wie läuft es bei euch?«, fragte Finn und tauchte plötzlich an ihrer Seite auf. Imogen schreckte überrascht auf und lächelte dann.

»Prima, vielen Dank. Wir können locker mit Glastonbury mithalten, findest du nicht?«

»Stimmt«, lachte er. »Das Barbecue ist wirklich gestürmt worden. Und dank der Aktion haben sich einige Leute für die Surfkurse in den nächsten Wochen angemeldet. Aber jetzt kann sich Andy mal eine Weile um die Interessenten kümmern.«

»Hat dich der Ansturm so erschöpft?«, fragte Imogen.

»Nein, eigentlich nicht«, erwiderte Finn. »Ich wollte nur kurz rüberkommen und mit dir reden.«

»Worüber?«, fragte Imogen schüchtern.

»Komm mit.« Finn nahm sie an die Hand und schlängelte sich mit ihr durch die Menschenmenge zu den Arches hin. Doch in der knallenden Sonne liefen sie weiter, bis sie einen Säulengang fanden, der leer und unbenutzt war und in dem in einer Ecke ein Stapel Stühle abgestellt war.

»Setz dich.« Finn packte zwei Liegestühle und stellte sie in Blickrichtung des Strandes auf. Imogen warf ihm einen argwöhnischen Blick zu, bevor sie sich auf einem der Liegestühle niederließ und sich beim Anblick der schönen Aussicht etwas entspannte.

»Eigentlich dürfte ich gar nicht hier sein«, stellte sie fest. »Ich habe Anna gesagt, dass ich nur ein paar Minuten weg bin.«

»Es dauert auch nicht lange«, erwiderte Finn.

Imogen lehnte sich zurück und genoss das vertraute Gefühl der Sonne auf ihren nackten Armen und Beinen. Wenn sie das durchdringende Geschrei der Möwen ignorierte, könnte sie sich fast einbilden, wieder zurück auf der Insel zu sein.

Ganz langsam öffnete sie wieder die Augen und beobachtete zwei Hunde, die in den Wellen auf- und abtauchten und bellten, während sie versuchten, einen großen Ball zu fangen, den ihr Besitzer ihnen geworfen hatte.

»Ich habe mich nur gefragt …«, fing Finn an, und erst da fiel Imogen auf, dass er längst nicht so selbstsicher war, wie er immer zu sein schien. Seine Stimme zitterte minimal – so, dass sie es gerade noch bemerkte. Zum ersten Mal an diesem Tag entspannte sie sich in seiner Gegenwart.

»Ja …?«, fragte sie und zog die Augenbrauen hoch.

»… ob du später vielleicht Zeit hast, wenn das hier vorbei ist?«, fragte er. »Es ist nur – ich habe die Zeit sehr genossen, die wir am Festivalwochenende miteinander verbracht haben, Imogen. Und um ehrlich zu sein, habe ich in den letzten Wochen in Cornwall ausschließlich daran gedacht, dich wiederzusehen.«

Imogen musterte sein Gesicht, weil sie eigentlich bezweifelte, dass er überhaupt einmal etwas ernst meinen könnte, doch sie entdeckte nichts als Liebenswürdigkeit – und Herzlichkeit. Zärtlich berührte er ihr Haar und schob es ihr hinters Ohr.

Danach ließ er seine Hand auf ihrer sonnengebräunten Schulter ruhen, zog sie sanft an sich und küsste sie auf den Mund. Imogen rückte näher an ihn heran und spürte dabei, wie sanft und weich seine Haut war. Ihre Hand fand die Geborgenheit seiner Brust und seiner Oberarme. Einen Moment lang war die Welt um sie herum vergessen, und es gab nur noch sie beide. Das entfernte Branden der Wellen und die Band, die spielte, waren das Einzige, was zu hören war, als sie sich ganz in seinem Kuss verlor.

Dann wurden sie jedoch von Imogens Handy unterbrochen, das in ihrer Tasche klingelte. Sie versuchte, es zu ignorieren, doch sobald es verstummte, kam eine SMS herein. Mit einem entschuldigenden Blick las sie die Textnachricht:

Irre Warteschlange, Imogen. Kannst du kommen? LG Anna

Imogen löste sich aus Finns Umarmung. »Klingt, als würde Anna meine Hilfe dringend brauchen«, erklärte sie.

»Ich will dich nicht von der Arbeit abhalten«, grinste Finn. »Ich werde mich hüten, mich zwischen euch und euer Eis zu drängen.«

»Du weißt, wo du mich später findest«, erwiderte sie.

»Ja. Ich werde da sein.«

KAPITEL 28

»Der Tag heute ist also gut für euch gelaufen?«, fragte Jon.

»Ziemlich gut«, begann Anna. Sie saßen einander in einem Café in den Lanes gegenüber, wo sie sich nach Ende des Festes verabredet hatten. »Hunderte von Besuchern waren da, und die meisten von ihnen haben unser Eis gekauft. Das war ein super Gemeinschaftsgeist; nur schade, dass Granny V nicht dabei sein konnte.«

»Klingt gut«, erwiderte Jon.

»Und es war auch schade, dass du und Alfie nicht da wart«, fuhr sie vorsichtig fort.

»Ja, ich weiß. Ich habe ihn eben zu Mia zurückgebracht.«

»Es ist nur …« Anna zögerte. »Hättest du ihn nicht mit herbringen können? Das Sea Life ist doch nicht weit entfernt. Es hätte ihm hier bestimmt gut gefallen.«

»Mir war heute nicht danach«, gestand Jon. »All die Leute …«

Anna wappnete sich. Die Spannungen zwischen ihnen in der Wohnung waren in den letzten Tagen immer schlimmer geworden. Einer von ihnen würde sich wohl ein Herz fassen müssen.

»Hör mal, Jon. Ich habe das Gefühl, dass du sauer auf mich bist. Müssen wir über irgendwas reden?«

Er schien sich unbehaglich zu fühlen und rutschte auf seinem Stuhl umher. »Nein, alles ist gut. Ich bin nur müde.«

»Vielleicht möchtest du so weitermachen, aber ich kann nicht mehr länger so tun, als sei alles in bester Ordnung«, fuhr Anna fort.

»Was meinst du?«, fragte Jon schwach.

»Du. Ich. Irgendwas hat sich zwischen uns verändert, und ich bin endlich bereit, das zu akzeptieren. Aber ich finde, ich habe eine ehrliche Antwort verdient, wie du darüber denkst. Ich weiß, wir haben uns auf eine zweite Chance geeinigt, aber ich bin nicht mehr überzeugt davon, dass uns das gelingt. Hast du immer noch Gefühle für Mia?«

Jon hielt inne. »Alfie verdient …«

»Jetzt schieb's nicht auf Alfie!«, entgegnete Anna. »Das ist nicht fair.«

»Okay«, lenkte Jon ein. »Ich habe in letzter Zeit viel nachgedacht. Als Mia und ich uns getrennt hatten, war ich außer mir vor Wut. Sie hatte meinen Stolz verletzt, als sie fremdgegangen war, und es hat lange gedauert, bis ich verstanden habe, dass das, was passiert war, zum Teil auch aufgrund meines Verhaltens geschehen ist.«

»Und was … Bist du denn jetzt im Reinen mit allem?«

»Irgendwie zumindest. Ich habe das Gefühl, dass ich zu schnell aufgegeben habe. Ich habe Alfies Bedürfnisse nicht an die erste Stelle gesetzt, und das möchte ich jetzt nachholen. Ich bin bereit, die Verantwortung dafür zu übernehmen, was passiert ist, und auch dafür, ihn bei meinen Entscheidungen damals außer Acht gelassen zu haben.«

»Du bist ein guter Vater«, widersprach Anna. »Das hast du bereits bewiesen.«

»Aber ich könnte noch mehr tun, Anna. Mia und ich haben beide das Gefühl, dass Alfie davon profitieren könnte, wenn wir wieder zusammen wären. Das ist aber noch nicht alles – ich habe erkannt, was ich wirklich will.«

Anna hörte zwar seine Worte, doch sie konnte sie nicht begreifen. Vielmehr hatte sie das Gefühl, dass sie jede Kontrolle über die Situation innerhalb einer Sekunde verloren hatte.

»Es tut mir leid, Anna. Ich weiß, das ist nicht ganz das, was ich dir versprochen habe. Aber ich habe eine zweite Chance bekommen, glücklich zu werden, und die möchte ich nutzen.«

»Das ist dein voller Ernst, oder?«, würgte Anna hervor. »*Nicht ganz das, was du mir versprochen hast?* Das ist alles andere als das, Jon. Das war es dann also. Wir machen Schluss.«

»Es tut mir leid. Mir ist bewusst, dass ich nicht klar und deutlich gesagt habe, was ich wollte«, meinte Jon. »Aber das war, weil ich mir selbst nicht sicher war. Ich dachte, du und ich, wir schaffen das. Das habe ich wirklich geglaubt, Anna.«

Anna fiel nichts ein, was sie darauf antworten sollte.

»Ich habe es ernst gemeint, als ich sagte, dass ich mir wünsche, dass wir das hinbekommen.«

»Und trotzdem: Jetzt, nur wenige Tage später …«, fing Anna an. »Ist alles aus.«

»Anna, da bist du ja!«, rief Jess ins Telefon.

»Hi«, antwortete Anna. Sie stand draußen auf der Straße vor dem Café, nachdem sie sich von Jon verabschiedet und ihn gebeten hatte, seine Sachen aus der Wohnung zu holen.

»Ich dachte, du wolltest dich mit Jon treffen?«, fragte Jess. »Wo bist du jetzt?«

»Ich bin immer noch in den Lanes«, erwiderte Anna und hatte Mühe, die Tränen zurückzuhalten. »Es gab eine Planänderung.«

»Mist. Ehrlich? Ich hatte gehofft, dass der Spaß hier noch nicht so schnell zu Ende geht.« Anna konnte das rege

Treiben am Strand im Hintergrund hören. »Hier ist noch einiges los.«

»Hör mal, Jess«, erwiderte Anna. »Ich kann dir zwar nicht versprechen, dass das hier besonders spaßig werden wird – vielleicht auch gar nicht –, aber wenn du immer noch Lust hast, etwas trinken zu gehen, dann würde ich mich über etwas Gesellschaft sehr freuen. Lass uns uns irgendwo treffen, wo es Wein gibt.«

»Klar. Wein kann ich immer trinken. Wir sehen uns in zehn Minuten im *Smokey Joe's*«, verabschiedete sich Jess.

Wie in Trance lief Anna durch die engen, schmalen Straßen der Lanes zu ihrer Lieblingsbar und ließ sich dort in einer Ecke auf einer Sitzbank nieder. Sie saß dort eine Weile, starrte aus dem Fenster und ging in Gedanken immer wieder das Gespräch mit Jon durch.

»Was ist los?«, fragte Jess, sobald sie durch die Tür hereingekommen war. »Am Telefon hast du dich so komisch angehört.« Sie nahm Platz. »Oh Mann, du siehst schlimm aus. Hast du geweint?«

»Jon und ich haben uns gerade getrennt«, erwiderte Anna. Es kam ihr so viel realer vor, als sie die Worte laut aussprach.

»Was? Warum?«, rief Jess. Anna schaffte es, den Kellner auf sich aufmerksam zu machen, während Jess' Frage immer noch im Raum stand. »Wie immer!«, rief sie ihm zu. »Weil ich ein Idiot bin«, wandte sie sich schließlich an Jess. »Er ist wieder mit Mia zusammen. Er hat mich mit ihr betrogen, als ich in Italien war, und ich war dumm genug, ihm danach eine zweite Chance zu geben.«

»Oje«, seufzte Jess. »Zuallererst: Du bist kein Idiot. Das will ich mal als Erstes klarstellen. Jon – ja, *er* ist der Idiot, Mia kommt gleich dahinter auf Platz zwei. Vielleicht teilen sie sich auch Platz eins. Oh Mann, ich hätte wissen müssen, dass es ein Fehler war, sie beide zu unserer Hochzeit einzuladen. Hat es dort zwischen den beiden wieder angefangen?«

»Ich weiß es nicht. Ich hatte keine Lust, nach Details zu fragen. Aber ich bin mir jetzt sicher, dass es auf jeden Fall passiert wäre, Hochzeit hin oder her.«

»So wie es klingt, weißt du schon länger darüber Bescheid. Warum hast du nicht schon früher was gesagt?«

»Keine Ahnung«, erwiderte Anna, als sie dankbar das Weinglas vom Kellner in Empfang nahm. »Ich wollte, dass sich alles wieder einrenkt. Und Jon schien völlig durcheinander zu sein. Es ist eine lange Geschichte, aber er wurde kurz vorher gefeuert und hat es vor mir geheim gehalten. Ich wollte nicht, dass du ihn dafür verurteilst.«

»Verständlich, denke ich, obwohl ich es ganz schlimm finde, dass du das ganz allein durchgemacht hast«, erwiderte Jess. »Denn natürlich hätte ich ihn dafür verurteilt. Ich könnte ihm jetzt den Hals umdrehen! Wen interessiert es, ob er gefeuert wurde – das ist doch keine Entschuldigung für ein solches Verhalten! Er zieht also nun aus?«

»Ja, er ist im Augenblick in der Wohnung und packt seine Sachen. Ich wollte das so schnell wie möglich hinter mich bringen.«

»Ist auch besser so«, nickte Jess. »Reiß das Pflaster mit einem Ruck ab.«

»Vielleicht. Obwohl das nicht die netteste Art ist, das Ende der bedeutungsvollsten Beziehung in meinem Leben zu beschreiben.«

»Tut mir leid«, entgegnete Jess. »Hilft es dir, wenn ich sage, dass auch andere Mütter schöne Söhne haben?«

»Nein.« Anna leerte ihr Glas. »Das tut es nicht. Überhaupt nicht.«

»Na gut. Dann streich das. Wenn das hier erst einmal richtig da oben bei ihm angekommen ist, wird Jon sich noch in den Hintern treten, dass er dich hat gehen lassen.«

»Ich weiß nicht«, gestand Anna. »Er schien sich ziemlich sicher zu sein.«

»Ich glaube nicht, dass sich Mia jemals ändern wird«, erwiderte Jess. »Ed findet zwar, dass sie sich verändert hat, aber wenn sie Jon einmal betrogen hat, weiß ich nicht, warum sie es nicht noch einmal tun sollte.«

»Alfie zuliebe hoffe ich, dass du mit deiner Vermutung falschliegst«, antwortete Anna. »So wie es ist, hat er schon genug mitgemacht.«

»Der arme Junge«, nickte Jess. »Er versteht doch bestimmt gar nicht, was los ist.«

Anna biss sich auf die Lippe. »Ich hätte es besser wissen müssen und mich erst gar nicht auf Jon einlassen dürfen, solange Alfie noch so klein war.«

»Hör mal, Anna«, unterbrach Jess sie. »Ganz gleich, wie sehr du dich bemühst: Du kannst dir dafür keine Schuld geben. Für Alfie ist allein Jon verantwortlich.«

»Manchmal hat es sich aber auch so angefühlt, als sei auch ich für ihn verantwortlich«, entgegnete Anna. Sie dachte an Alfies Zimmer und die Hoffnung, die sie gehegt hatte, dass Jon und sie die Familie sein konnten, die er brauchte. »Wahrscheinlich habe ich mir nur etwas vorgemacht.«

»Weißt du, wie wir alles wiedergutmachen können?«, fragte Jess. Ein erwartungsvolles Lächeln umspielte ihre Lippen.

»Die Zeit um einen Monat zurückdrehen?«, fragte Anna traurig.

»Nein«, entgegnete Jess. »Marty McFly brauchen wir dazu nicht. Die Lösung ist simpel, wenn auch zu hundert Prozent nur zeitlich begrenzt wirksam.« Sie hob die Hand und winkte den Kellner herüber.

»Tu das nicht«, schüttelte Anna den Kopf. »Im Ernst. Dafür bin ich zu alt.«

»Krisenzeiten erfordern drastische Maßnahmen«, erwiderte Jess und lächelte den jungen Mann an. »Vier Tequila Slammers, bitte.« Dann wandte sie sich wieder Anna zu. »Und wie ich gerade höre, haben wir jetzt auch freie Bahn an der Jukebox.«

KAPITEL 29

Mit den nackten Füßen auf den warmen Holzdielen schenkte sich Imogen in der Küche eine Tasse Tee ein. Für das sonntägliche geschäftige Treiben war es noch zu früh, und das Vogelgezwitscher war das Einzige, was sie an diesem Morgen draußen hörte – Tannenmeisen und Spatzen scharten sich um Viviens Futterhäuschen.

Imogen streifte ein langärmeliges Top über das weiße Trägerhemd und die hellblaue Pyjamahose, ging, die Hände fest um die Teetasse geschlossen, ins Wohnzimmer hinüber und ließ sich dort auf dem Sofa nieder. Sie war noch nicht ganz klar im Kopf, und in ihren Schläfen pochte es gewaltig, aber das war die letzte Nacht definitiv wert gewesen.

Als sich die Feier aufgelöst hatte und die Leute nach einem fröhlichen Tag mit gutem Essen und Freunden von den Arches fortgeströmt waren, hatte sie an nichts anderes als daran denken können, dass Finn später zu ihr kommen würde. Sein Kuss war ihr den ganzen Nachmittag nicht mehr aus dem Kopf gegangen. Gegen sieben Uhr sah sie ihn schon von Weitem näher kommen.

»Ich würde sagen, dass unsere Arbeit hier beendet ist.« Breit grinsend kam Finn auf sie zu.

»Da stimme ich dir zu«, erwiderte Imogen. »Unser Eis ist ausverkauft – sogar das Hundeeis ist restlos weggegangen. Evies Kuchenstand ist regelrecht geplündert worden, und sie hat einige Bestellungen für Wimpelketten bekommen. Ich bin ziemlich sicher, dass wir heute eine wirklich tolle Werbung für die Granville Arches gemacht haben.« Sie griff nach der kleinen Tafel, die an der Seite des Eiswagens hing, wischte sie ab und schrieb dann mit rosafarbener Kreide GESCHLOSSEN darauf.

»Wir haben bergeweise Fleisch und Würstchen am Grill verkauft. Vielleicht sollten wir öfter ein solches Fest veranstalten.«

Imogen kletterte aus dem Eiswagen und schloss die Klappe. »Ja, obwohl mir vorher nicht klar war, wie anstrengend das ist«, lachte sie. Sie spürte Finns Blick auf sich, als wollte er sie zu sich heranziehen. Am Nachmittag hatte es kräftig zwischen ihnen gefunkt, und daran hatte sich nichts geändert.

»Dann sollten wir es heute Abend langsam angehen. Was hältst du von Fish ’n’ Chips am Strand?«, fragte er lächelnd. »Nicht gerade das nobelste aller Dates, schon klar.«

»Klingt perfekt«, widersprach Imogen und hoffte, dass ihr die Aufregung nicht allzu deutlich ins Gesicht geschrieben stand.

Eine Stunde später saßen Imogen und Finn am Strand und aßen nur wenige Meter vom Brighton Pier entfernt Fritten aus einer Zeitungspapiertüte. Unterwegs hatten sie noch eine Flasche Wein gekauft, die Finn gerade öffnete. Um sie herum scharten sich Gruppen von Freunden um kleine Grills und Lagerfeuer.

»Es ist so nett hier«, stellte Imogen fest und streckte die Beine aus.

»Ist nicht ganz Thailand …«, scherzte Finn. »Aber das Beste, was ich innerhalb so kurzer Zeit organisieren konnte.«

»Meer bleibt Meer. Und es gibt nichts Schöneres, als am Meer zu sitzen, findest du nicht?«

»Einmal abgesehen davon, sich *darin* zu befinden, natürlich«, stellte Finn klar.

»Stimmt«, pflichtete Imogen ihm bei. »Wann hast du surfen gelernt?«

»Als Teenager. Wir waren fast jeden Tag auf dem Wasser – da, wo ich aufgewachsen bin, gab es nicht viel mehr, was man sonst hätte tun können.«

»Ich fand schon immer, dass es aussieht, als würde es Spaß machen, aber ich habe noch nie probiert zu surfen.«

»Hast du Lust, es einmal zu versuchen?«, fragte Finn. »Ich könnte es dir zeigen. Morgen habe ich einen Tag frei; ein Stück weit die Küste hinauf gibt es eine abgelegene, einsame Bucht, zu der wir fahren könnten. Die ist für Anfänger geradezu perfekt.«

Imogen schaute auf die finsteren Tiefen des Atlantiks hinaus – das Wasser sah nicht gerade warm aus, aber wozu gab es schließlich Neoprenanzüge? Es war schon eine ganze Weile her, dass sie irgendetwas getan hatte, das ihr das Adrenalin durch den Körper hatte schießen lassen.

Sie drehte sich zu Finn um. »Sehr gern.«

Bis in die Nacht hatten sie sich danach noch unterhalten; als es allmählich zu kalt wurde, hatte Finn sie nach Hause gebracht. Dort hatten sie einen Augenblick vor ihrer Haustür herumgestanden, bis er sie zärtlich geküsst hatte. »Ich freue mich schon auf morgen«, hatte er gesagt. »Schlaf gut, dann komme ich morgen früh um neun Uhr vorbei.«

Neun Uhr, erinnerte sich Imogen, schob die Gedanken an den vergangenen Abend beiseite und schaute zur Standuhr in Viviens Wohnzimmer hinüber. Ihr blieb gerade noch genügend Zeit, um kurz unter die Dusche zu springen.

Imogen schaffte es sogar, sich zu duschen und anzuziehen, bevor es an der Tür klingelte. Bevor sie öffnete, warf sie schnell noch einen letzten Blick in den Spiegel im Flur. Über ihren Bikini hatte sie ein lilafarbenes Shirt sowie Jeansshorts angezogen;

das Haar hatte sie locker mit einem schmalen goldenen Schal zurückgebunden, der ihre schon wieder nachlassende Sonnenbräune betonte. Das würde reichen. Sie öffnete die Tür.

»Guten Morgen, Imogen«, begrüßte Finn sie mit heiserer Stimme. Heute sah er in seinem karierten Hemd und Jeans, die Sonnenbrille in der Hand, noch attraktiver aus als sonst.

»Hi«, erwiderte sie. »Klingt, als sei ich nicht die Einzige, die die Auswirkungen von gestern Abend noch spürt.«

»Ein winziges bisschen«, gab er zu. »Das Meer wird uns aber gleich wieder Leben einhauchen und uns frisch machen. Bist du so weit?«

»Ich bin abfahrbereit.« Imogen sammelte ihre Sachen zusammen und folgte ihm auf die Straße hinaus, nachdem sie die Haustür hinter sich zugezogen hatte.

Dort kletterten sie in seinen Van. Als sie drinnen saßen, beugte sich Finn zu ihr herüber und gab ihr einen zärtlichen, langen Kuss. Imogen roch den warmen Duft seines Aftershaves, das sich mit dem dezenten, sauberen Geruch von Haut und Haar mischte.

»Ich fand den Abend gestern mit dir sehr schön«, stellte er fest.

»Ich auch«, nickte Imogen. »Das war der schönste Abend, den ich seit Langem hatte. Und wer braucht schon protzige Restaurants?«

»Die können wir beim nächsten Mal immer noch besuchen«, erwiderte Finn, steckte den Schlüssel ins Zündschloss und ließ den Motor an.

»Wer hat denn von einem nächsten Mal gesprochen?«, grinste Imogen. »Jedenfalls hoffe ich, dass du dich heute rein professionell verhältst. Ich bin nur an dir und deinem Surfunterricht interessiert, nur damit du's weißt.«

»Mir würde nicht im Traum einfallen, irgendwelche Grenzen zu überschreiten«, entgegnete Finn. Er sah zu ihr herüber und zwinkerte Imogen zu.

»Na ja, das ist genau das, worüber ich mir Sorgen gemacht habe«, scherzte sie. »Du bringst mich zu einer abgelegenen Stelle, ganz allein, oder? Meine Mum hat mich immer vor Männern wie dir gewarnt. Wie weit ist diese Bucht eigentlich entfernt?«

»Etwa eine Stunde«, antwortete Finn. »Aber die Fahrt ist es wirklich wert. Und ich verspreche dir, dass ich mich benehmen werde.«

Als sie fuhren, wichen georgianische Häuser grünen Feldern und einem hübschen Küstenanblick. Imogen suchte Lieder von Finns iPod aus, während sie sich unbeschwert unterhielten. Finn erklärte ihr die Grundlagen des Surfens, und so verging die Zeit wie im Fluge. Es fühlte sich daher überhaupt nicht wie eine Stunde Fahrtzeit an, als Finn den Wagen abbremste und auf einem kleinen Parkplatz am Klippenrand zum Stehen kam.

»Sieh dir das mal an«, schwärmte er und öffnete die Fahrertür.

Gemeinsam stiegen sie aus. Unter ihnen befand sich eine perfekte, hufeisenförmige Bucht, menschenleer und geschützt durch Felsen auf mehreren Seiten.

»Wunderschön!«, rief Imogen begeistert. »Wenn es jetzt noch zwanzig Grad wärmer wäre, könnte dieses Fleckchen Erde sogar Thailand den Rang ablaufen!«

»Toll, oder? Ich komme immer hierher, wenn ich mal einen Tag frei habe. Hier treffe ich garantiert auf keine Surfschüler, und es ist so still und friedlich, dass man seinen Gedanken freien Lauf lassen kann. Dann wollen wir dich mal in einen Neoprenanzug verfrachten – dann ist das Wetter bald schon das Letzte, worüber du nachdenken wirst.«

Als Finn den Kofferraum des Vans öffnete, zog sich Imogen bis auf den Bikini aus und zog einen Neoprenanzug darüber. Mühsam versuchte sie zu vergessen, dass Finn kaum einen halben Meter von ihr entfernt stand und sich ebenfalls auszog.

»Ich schaue auch nicht hin«, erklärte er, als würde er ihre Gedanken lesen. »Versprochen. Obwohl – ich will nicht lügen – mir das sehr schwerfällt.«

»Kannst du mir mal den Reißverschluss schließen?«, fragte Imogen. Finn trat hinter sie und schob den Zipper des Anzugs hoch. Dann strich er sanft ihr Haar zur Seite und küsste ihren Nacken, was Imogen einen Schauer über den Rücken jagte.

Spielerisch wedelte sie ihn fort. »Willst du mir jetzt das Surfen beibringen oder nicht?«

»Ich liebe eifrige Schüler. Na gut, hier geht's lang.« Mit beiden Surfbrettern unter den Armen führte er sie einen felsigen Weg hinunter zum Strand.

Als sie unten ankamen, machte sich Imogen auf die Kälte gefasst, nahm ihr Board und lief ins Wasser. »Willst du sofort loslegen?«, fragte Finn verwundert.

»Ich bin kein großer Fan davon, auf Sachen zu warten«, gestand sie. »Ich habe den Bogen bestimmt schnell raus.«

»Okay, wenn du dir sicher bist … Die ist gut!«, rief Finn und deutete auf eine Welle, die hinter Imogen hereinrollte und an Fahrt gewann. »Wenn du die Welle erwischt hast, schau zu, dass du dich so schnell wie möglich aufs Board stellst.«

Imogen konzentrierte sich auf die Welle und wartete auf den geeigneten Moment, auf das Surfbrett zu hüpfen. Sie sprang hoch, doch sie rutschte aus und schlug nach vorn kopfüber ins Wasser. Salzwasser drang ihr in die Nase.

Sie hatte Mühe, wieder an die Oberfläche zu kommen, doch kurz bevor sie dort angekommen war und die Augen öffnete, sah sie, dass sich das Brett, von dem sie heruntergeflogen war, direkt über ihrem Kopf befand.

»Ich hab's«, rief Finn und riss das Surfbrett aus der Gefahrenzone. Imogen holte keuchend Luft. »Alles in Ordnung?«

»Alles gut«, keuchte sie und schob sich nasse Haarsträhnen aus den Augen, bevor sie ihm das Surfbrett wieder abnahm. »So, Runde zwei!«

Wieder baute sich hinter ihr eine Welle auf, und Imogen bereitete sich darauf vor, auf das Brett zu springen. Dieses Mal nahm sie aber eine Position weiter hinten auf dem Surfbrett ein. Als sie sich erhob, streckte sie die Arme aus, wie Finn es ihr gezeigt hatte, hielt die Balance und ritt auf der Welle, bis sie ans Ufer brandete.

Imogen drehte sich zu Finn um. »Hast du das gesehen?«, rief sie jubelnd.

»Du hast es geschafft!«, rief er zurück. »Super!«

Nach ein paar Stunden im Wasser kehrten sie zum Van zurück, um sich abzutrocknen und umzuziehen. »Lust auf ein Picknick?«, fragte Finn. »Ich glaube, das haben wir uns jetzt verdient.« Er holte eine Tasche aus dem Kofferraum, und Imogen folgte ihm zu einem grasbewachsenen Fleckchen, von dem sie einen tollen Blick über die Bucht hatten. Finn breitete eine Wolldecke aus, öffnete die Tasche und holte Sandwiches und Wein heraus.

»Ich bin beeindruckt«, stellte Imogen fest und biss in ihr Sandwich. Schnell schob sie ihr Haar nach hinten, damit sie beim Essen nicht versehentlich auf einzelnen Strähnen herumkaute. »Und dankbar, ich verhungere nämlich wirklich. Aber das hat total Spaß gemacht. Ich glaube, ich verstehe jetzt, warum du so süchtig bist.«

»Das freut mich!«, erwiderte Finn. »Du hast es aber auch schnell auf dem Kasten gehabt.«

»Hat es dir gleich von Beginn an so viel Spaß gemacht?«

»Ja, gleich vom ersten Tag an. Surflehrer zu werden war das Einzige, was ich mir als Job vorstellen konnte. Und ich habe wirklich sehr viel Glück gehabt, dass es geklappt hat.«

Er lehnte sich zurück und stützte sich mit den Armen ab. Das Meer war eine launische Mischung aus Dunkelgrau- und Grüntönen; Möwen ließen sich im Tiefflug fallen, flogen über die Wasseroberfläche und stießen dabei laute Schreie aus. Der freie Horizont erstreckte sich weit vor ihnen. In jenem Moment hatte Imogen das Gefühl, mit Finn allein auf der Welt zu sein.

»Wie findest du es hier?«, fragte Finn. »Ich habe gehofft, dass es dir gefallen würde. Es ist zwar das gleiche Meer, nur manchmal irgendwie wilder, stürmischer.«

»Es ist wunderschön«, erwiderte sie. Sie konnte die Kraft des Wassers spüren, als es vor ihr in Wellen heranrollte, unstet, als kämpfe es gegen eine unsichtbare Macht. »Ein bisschen furchterregend, aber wunderschön.« Sie beobachtete, wie rechts von ihr die Wellen an den dunklen Felsen zerschellten.

Finn drückte sanft ihre Hand. Als sich ihre Blicke trafen, zog er Imogen in seine Arme und küsste sie erst zärtlich, dann eindringlicher, als sie nebeneinander auf der Decke lagen.

Kapitel 30

Anna schloss die Tür hinter sich und betrat ihre Wohnung. Sie war zu Hause, und doch – es war erst weniger als eine Woche her, dass Jon und sie sich getrennt hatten – fühlte sich alles anders an. Sie ging ins Schlafzimmer hinüber und ließ sich auf dem Bett nieder, um nach einem anstrengenden Tag in der Eisdiele die Füße hochzulegen. Ohne hinzuschauen, wusste sie, wo etwas fehlte – der halbe Kleiderschrank war leer und dazu zwei Regalfächer im Bad, wo Jons Rasierer und sein Aftershave gestanden hatten. Im Wohnzimmer kippten ihre CDs und DVDs immer um, weil sie nicht mehr von Jons Sammlung gestützt wurden. Während sie sich an diese Lücken immer noch gewöhnen musste, war sie doch dankbar dafür, dass sein Auszug so zügig vonstattengegangen war und er die Wohnung nicht übersät von Erinnerungen an ihn zurückgelassen hatte. Auf diese Art und Weise war es irgendwie leichter.

Seit er ausgezogen war, hatte sie schlecht geschlafen. Immer und immer wieder ging sie im Kopf durch, was passiert war, was sie hätte anders machen können, doch nie fand sie eine Antwort darauf. Nachts vermisste sie die Nähe seines Körpers, das beruhigende Gefühl, dass er da war, sollte mal etwas nicht in Ordnung sein.

Doch die Vertrautheit, die einmal zwischen ihnen bestanden hatte, oder die Art, wie eine Unterhaltung oder ein Witz sie manchmal über Stunden hinweg amüsiert hatte – wann hatte sie dies zum letzten Mal erlebt? Rückblickend hatte sich alles allmählich verändert ab dem Zeitpunkt, als sie und Jon zusammengezogen waren, vielleicht auch schon früher. Sie hatte sich so sehr darauf konzentriert, alles richtig zu machen, dass sie sich selbst nicht genug Raum gegeben hatte, um zu erkennen, dass in Wirklichkeit nichts richtig war.

Sie stand auf und ging in das dritte Schlafzimmer – denn das war alles, was dieses Zimmer nun war: ein schmaler Raum, der als Arbeitszimmer dienen würde, ein Ort, an dem sie vielleicht die Abrechnungen machen konnte und andere Verwaltungsdinge für den Laden. Sie zwang sich, an der bunten Kommode und dem winzigen Bett vorbeizuschauen. Vielleicht könnte sie sich auch ein neues Hobby zulegen und den Raum als ihren Stützpunkt nutzen. Vielleicht könnte sie hier auch ihren PC anschließen und schreiben – vielleicht ein Kochbuch zusammenstellen mit Sommerrezepten. Eisrezepten.

Ihre Hand fuhr über die Kante der Kommode, über die Alfie immer so begeistert gestrichen hatte. Ihre Finger verharrten auf dem Schubladengriff, bevor sie dann die oberste Schublade langsam öffnete. Leer. Bei der zweiten Schublade das Gleiche. Die dritte Schublade … sah zunächst auch leer aus, doch dann entdeckte sie es. Ganz hinten lag noch eines von Alfies T-Shirts; das gelbe mit einer Giraffe vorne drauf, das sie ihm geschenkt hatte.

Anna setzte sich auf Alfies schmales Bett und presste das T-Shirt an ihre Brust. Sie erinnerte sich an das letzte Mal, als sie es ihn hatte tragen sehen, und wie er dabei gelächelt hatte. Sich von Jon zu verabschieden war eine Sache – das hier war eine ganz andere. Als ihr die Tränen kamen, konnte sie nichts dagegen tun.

Spezialität des Tages:
Espresso-Granitas

Am nächsten Tag, einem Samstag, schaltete Anna das Licht in der Eisdiele an. Den letzten Tagen nach zu urteilen, würde sie sich mit der Arbeit beeilen müssen, um alles rechtzeitig fertig zu bekommen. Innerhalb einer Stunde würde sich draußen vor dem Gebäude eine lange Warteschlange bilden.

Seit der Feier am Strand konnten sie sich vor Kunden nicht mehr retten – und das Viviens hatte viel (dieses Mal positive) Publicity in der Lokalpresse sowie auf Touristeninformationsseiten erhalten. Die Sommerferien hatten einen wahren Besucherstrom nach Brighton gebracht, und viele der Touristen hatten die Eisdiele auf ihrer Liste mit den Attraktionen, die es zu besuchen galt. Die Mund-zu-Mund-Propaganda funktionierte hervorragend, und manche Touristen kamen sogar mit einer Liste von verschiedenen Eissorten, die sie probieren wollten.

Um diese frühe Morgenstunde allerdings interessierte sich noch niemand für Eis im Hörnchen oder Becher. Vielmehr waren es Annas Espresso-Granitas, auf die es die Erwachsenen abgesehen hatten – ein kleiner Wachmacher, gleichzeitig eine kalorienreiche Köstlichkeit: eine großzügige Portion geschlagene Sahne zwischen zwei Schichten des dunklen, körnigen Eises mit Kaffeegeschmack.

Anna schaltete die Kasse an und lächelte, als einer ihrer neuen Stammkunden den Laden betrat. Der hochgewachsene Mann mit Nickelbrille war ein ortsansässiger Immobilienhändler und überraschte seine Kollegen ab und zu gern mit Leckereien aus der Eisdiele.

»Guten Morgen, Daniel«, grüßte Anna, während sie die Tageskarte abwischte. Heute konnte sie zwei neue Geschmacksrichtungen zur Eisliste hinzufügen.

»Hi, Anna. Sie sehen heute fabelhaft aus!«, schmeichelte ihr Daniel höflich.

»Tatsächlich?« Anna strich ihre Schürze glatt. »Das kommt wohl davon, wenn man die ganze Nacht auf ist, um neues Eis herzustellen, nehme ich an«, scherzte sie lächelnd.

Innerlich fühlte sie sich immer noch ganz wund und aufgewühlt nach allem, was mit Jon passiert war. Doch seit den Tränen, die sie in der vergangenen Nacht vergossen hatte, hatte sie etwas empfunden, womit sie nicht gerechnet hatte – eine Art Freiheit. Ihre Wohnung war nun ihr eigenes Refugium, ruhig und friedlich, und ihr Leben hatte sie jetzt wieder selbst im Griff.

»Ganz gleich, was es ist – auf jeden Fall steht es Ihnen«, erwiderte Daniel.

Nachdem sie den morgendlichen Andrang bewältigt hatte, schaltete Anna das Radio an, das immer noch auf die gleiche alte, vertraute Station eingestellt war, und fuhr den Laptop hoch. Sie musste einige Zutaten bestellen und schickte darum schnell ein paar E-Mails los. Im Mai noch hatte sie es sich nicht vorstellen können, dass sie einmal mit so vielen Kunden zu tun haben würde, dass sie kaum noch mit den Zutatenbestellungen hinterherkam. Zu Beginn hatte es schließlich tatsächlich Tage gegeben, an denen Imogen und sie nichts weiter zu tun gehabt hatten, als Däumchen zu drehen.

Sie schrieb gerade eine E-Mail, als sich auf ihrem Bildschirm ein Nachrichtenfenster öffnete.

Matteo: Das Brezeleis ist unglaublich, Anna. Unsere Kunden haben uns die Bude eingerannt.

Anna spürte, wie ihre Aufregung wuchs. Matteo war da, er war jetzt gerade online. Und ihm hatte ihr Rezept gefallen! Sie lächelte und tippte eine Antwort ein.

Anna: Mist – ich wusste, ich hätte meine Geheimnisse nicht so ohne Weiteres mit dir teilen sollen. Jetzt werde ich dir also nichts von dem Champagnersorbet erzählen, das ich ausbaldowert habe …

Während sie auf eine Antwort wartete, musste Anna noch einmal an seine Postkarte denken, die sie zuhause in einem Buch versteckt hatte. Als sie an Florenz dachte, musste sie lächeln. Die goldene Sonne auf ihren Schultern, der Duft von frischer Pasta mit einem vollmundigen Rotwein …

Matteo: Klingt köstlich. Ausbaldowert? *holt das Wörterbuch raus* ;-)

Anna: Sorry, ausgedacht soll das heißen … Wie geht's dir, Matteo? Immer noch so viel Sonne bei euch?

Matteo: Das Wetter ist wunderbar. Ich bin in Siena und arbeite immer noch bei meinem Freund, will aber bald meine eigene Eisdiele aufmachen. Wann kommst du zurück?

Ein Schatten fiel über Annas Hände auf der Tastatur. Erschrocken schaute sie auf.

»Imogen!«, rief sie und schloss sofort das Chatfenster auf ihrem Laptop. »Was machst du hier?«

»Ich arbeite hier?«, stellte Imogen mit einem unbeschwerten Lachen fest. »Hatte ich dir nicht erzählt, dass ich ab heute wieder da bin?«

»Nein«, erwiderte Anna und merkte, wie ihre Wangen sich rot färbten. »Hast du nicht.«

Imogen zog sich einen Stuhl heran und ließ sich gegenüber von ihrer Schwester nieder. »Jedenfalls will ich was mit dir besprechen«, verkündete sie in einem verschwörerischen Flüsterton.

»Aha?«, erwiderte Anna und runzelte die Stirn. »Ist das der Grund, warum du dich so seltsam verhältst?«

»Ich?«, entgegnete Imogen. »Du bist doch diejenige, die hier bissig reagiert und so geheimnistuerisch mit dem Laptop herumhantiert. Aber ich werde nicht herumschnüffeln, keine Sorge. Ich habe nämlich interessantere Dinge, mit denen ich mich beschäftige. Mein freier Tag gestern war *richtig* toll.«

»Ich sage es nur ungern, aber du strahlst richtig. Liegt da etwa Liebe in der Luft?«

»Ja«, erwiderte Imogen. »Zumindest glaube ich das.«

»Ist es jemand, den ich kenne?«

»Ja, es ist sogar jemand, der uns ziemlich nahesteht.«

»Finn«, rief Anna und lächelte angesichts dieser Enthüllung. Sofort bestätigte Imogens Grinsen ihre Vermutung. »Wie schön. Dann sollten uns die nachbarschaftlichen Beziehungen eine Weile lang wohl keine Probleme mehr machen«, scherzte sie.

»Sollte so sein«, erwiderte Imogen.

»Ich seh doch, dass du gleich platzt, also rück schon raus mit den Details.«

»Na gut. In Glastonbury haben wir uns richtig gut verstanden, aber aus irgendwelchen Gründen war dort nichts passiert. Es hatte eben nur zwischen uns gefunkt, mehr nicht. Neulich Abend, nach der Strandparty, sind wir noch zusammen ausgegangen, und dann hat einfach alles gepasst. Mit ihm ist alles ganz locker und unbeschwert, wir können uns über alles unterhalten – sogar über ernste Themen.«

»Und gestern?«

»Gestern ist er mit mir zu einer wunderschönen einsamen Bucht gefahren und hat mir Surfen beigebracht. Am Nachmittag haben wir dann gepicknickt und uns unterhalten.«

»Klingt herrlich«, seufzte Anna. Sie konnte nicht anders, als insgeheim jeden Mann zu bewundern, der mit Imogen mithalten konnte, ganz zu schweigen davon, ihr Interesse an ihm wachzuhalten.

»Das war es auch«, nickte Imogen. »Ist es auch immer noch. Ich fühle mich ein bisschen verwirrt, aber auf angenehme Art und Weise.«

»Vielleicht bin ich nicht unbedingt eine Expertin in Liebesdingen – wie die Öde in meinem eigenen Liebesleben beweisen sollte –, aber ich bin ziemlich sicher, dass das ein gutes Zeichen ist. Wann triffst du dich wieder mit ihm?«

»Heute Abend, er will mich zum Essen ausführen. In ein schickes Restaurant. Ich stürze mich jetzt ins Einkaufsgetümmel und besorge mir etwas zum Anziehen.«

»Er scheint es wirklich ernst zu meinen«, stellte Anna fest. »Und er ist ein wirklich lieber Kerl. Sei nett zu ihm, ja?«

»Natürlich!« Imogen verdrehte die Augen. »Warum zum Teufel sagst du so was?«

KAPITEL 31

»Ich dachte mir, wir könnten dieses Mal vielleicht ein bisschen exklusiver speisen«, erklärte Finn und grinste, als er Imogen ein Glas Champagner einschenkte.

Sie saßen ein wenig versteckt an einem ruhigen Tisch mit Kerzenschein in einem französischen Restaurant. Imogen hatte in der Stadt ein rotes Kleid gekauft und es mit einem schwarzen Paschmina-Schal aus einem der Discountläden kombiniert. Außerdem hatte sie eine Unsumme für neue schwarze High Heels bezahlt, war jedoch froh, diesen Riesenaufwand betrieben zu haben.

»Mir gefällt es hier«, stellte Imogen fest. »Auch wenn ich zugegebenermaßen solche Restaurants nicht gewohnt bin.«

»Wahrscheinlich solltest du dich langsam daran gewöhnen, wenn die Eisdiele weiterhin so viel Erfolg hat.«

»Das war vielleicht ein Sommer«, seufzte Imogen. »Aber glücklicherweise nehmen wir jetzt auch endlich etwas Geld ein. Gott sei Dank.«

»Ihr beide habt aber auch wirklich viel Arbeit gehabt, oder?« Finn sah Imogen über den Tisch hinweg in die Augen. »Ich muss ganz still sein, ich habe es dir am Anfang auch nicht gerade leicht gemacht …«

»Du hattest aber auch allen Grund dazu«, widersprach ihm Imogen sanft.

»Aber ihr habt es geschafft. Seit ein paar Wochen brummt der

Laden, und ich höre überall nur noch, was heute auf der Tafel mit den Tagesspezialitäten steht oder welcher Star von eurem Eis schwärmt.«

»Vielen Dank«, lächelte Imogen. »Trotzdem kann ich es manchmal noch gar nicht fassen, dass wir all das durchgezogen haben; dass wir etwas getan haben, worüber sich unsere Großmutter sehr gefreut hätte, was wiederum unserem Dad aus dem Loch geholfen hat, in das er nach ihrem Tod gefallen war. Es war schon immer Annas Traum, so etwas zu machen – sie war schon als Kind eine echte Feinschmeckerin. Zwischenzeitlich hatte sie das Ganze mal aus den Augen verloren, aber jetzt merkt man ganz deutlich, dass sie die geborene Köchin ist, oder?«

»Und was ist mit dir?«, erkundigte sich Finn.

»Mit mir?« Imogen trank einen Schluck.

»Du hast deine Schwester erwähnt, deinen Vater, deine Großmutter. All ihre Träume sind damit verbunden, dass das Viviens ein großer Erfolg ist, und du hast einen Großteil dazu beigetragen, dass diese Träume wahr geworden sind.«

Imogen spürte, wie sich nach Finns Worten ein warmes, herzliches Gefühl in ihr ausbreitete, und ein Lächeln umspielte ihre Lippen. Denn es stimmte. Trotz all der kleinen Problemchen – nein, wohl eher *waschechten Katastrophen* – war sie mit für den Erfolg verantwortlich und hatte dazu beigetragen. Sie hatte dabei geholfen, ihre Familie glücklich zu machen.

Finns haselnussbraune Augen fixierten sie. »Was ich damit meinte, ist: Ist die Eisdiele auch *dein* Traum?«

Imogen dachte darüber nach.

»Ich weiß nicht«, gestand sie.

Nach dem Essen spazierten Imogen und Finn an der Küste entlang. Finn hatte seinen Arm um sie gelegt, drückte sie an sich und schützte sie vor der kühlen Brise. Imogen fühlte sich gut, wenn auch ein wenig beschwipst von dem Champagner, den sie getrunken hatten. Alles fühlte sich mit Finn so selbstverständlich an, als würde sie ihn schon ewig kennen.

»Machst du dir auch Gedanken über die Zukunft? Wo du in einigen Jahren sein willst?«, fragte Imogen und schaute aufs Meer hinaus.

»Bist du jetzt unter die Philosophen gegangen?«, lachte Finn.

»Wahrscheinlich.« Imogen zuckte mit den Schultern. »Nur ein bisschen. Aber schließlich hast du damit angefangen und mich nach meinen Träumen gefragt.«

»Es ist vielleicht etwas verfrüht, das Thema anzusprechen«, erwiderte Finn, sah sie an und bremste das Tempo. »Willst du das wirklich wissen?«

»Ja«, erwiderte Imogen.

»Ich glaube, ich sehe mich *hier*«, antwortete er. »Wenn ich Glück habe, mit einer Frau, die ich liebe, mit einem Haus voller Kinder, die alles durcheinanderbringen und uns zum Lachen bringen. Ich habe da meinen Bruder Sam, der früher immer der ewige Junggeselle war, und seine jetzige Familie vor Augen. Meinen Neffen Heath, der ein wirklich toller Junge ist. Ich bin mir ziemlich sicher, dass Sam glücklich ist. Auf jeden Fall ist er viel glücklicher als damals.«

Imogen lauschte ihm. Sie fühlte sich ein wenig benebelt: Vielleicht hätte sie das letzte Glas Champagner doch besser nicht getrunken. »Das sagt mein Dad auch«, erwiderte sie schließlich. »Er liebte es, auf Reisen zu gehen: Er hatte dieses schwere Motorrad, von dem er kaum zu trennen war, und ist in den Sechzigerjahren damit durch Asien gefahren, als es dort noch mehr unbefestigte Straßen gab als diese ganzen Touristenstraßen heute. Das hätte mir auch gefallen …«, fuhr sie fort, als sie an die vielen Geschichten dachte, die ihr Vater ihr darüber erzählt hatte. »Aber er sagt immer, dass das für ihn ein klares Ende hatte. Als er Mum kennenlernte, wusste er es sofort: Für ihn wurde es Zeit, sein Leben zu verändern.«

»Es klingt, als wäre er ein interessanter Mensch«, schloss Finn. »Und deine Mutter muss etwas ganz Besonderes sein.«

»So könnte man es auch ausdrücken«, lachte Imogen. »Ich selbst habe da zwar manchmal meine Schwierigkeiten, das so zu sehen, aber sie ist das Yin zu seinem Yang, sagt mein Vater. Du und deine Eltern, steht ihr euch nahe?«, fragte sie.

»Wir kommen miteinander aus«, erwiderte Finn. »An Weihnachten, Geburtstagen … Sie sind nach Dublin gezogen, als wir ausgezogen sind, wir sehen uns also nicht mehr besonders oft. Ich glaube aber, dass sie uns ziemlich gut erzogen haben, und dafür bin ich ihnen sehr dankbar.«

»Schon komisch, oder?«, stellte Imogen fest. »Je älter man wird, desto mehr erkennt man nicht nur, welch schwierige Aufgabe sie hatten, sondern auch, dass die Eltern auch nur Menschen sind – manches haben sie richtig gemacht, anderes falsch.«

»Ganz genau. Und ganz gleich, wie viele Fehler man ihnen vorwirft: Wahrscheinlich macht man selbst hundertmal schlimmere Fehler«, lächelte er.

»Ich weiß nicht, wie du darüber denkst, aber ich habe das Gefühl, dass dieses Gespräch – oder irgendein anderes – oder sogar«, sie drückte seine Hand, »überhaupt keine Unterhaltung … in deiner Wohnung viel unterhaltsamer wäre.«

Finn lächelte, zog sie zu sich heran und küsste sie. »Dagegen habe ich nichts einzuwenden«, erwiderte er, hob, ohne zu zögern, den Arm und winkte ein Taxi heran.

Nachdem sie eingestiegen waren, wandte Finn sich wieder Imogen zu und küsste sie.

Finn und Imogen waren so sehr damit beschäftigt, sich auf dem Rücksitz des Taxis zu küssen, dass sie es kaum merkten, als das Auto eine Viertelstunde später vor seinem Haus anhielt.

»Ahem«, räusperte sich der Fahrer und versuchte, so auf sich aufmerksam zu machen. Die Taxifahrt war wie im Fluge vergangen, und Imogen hatte dabei nicht einmal mitbekommen, in welche Richtung sie gefahren waren. Widerwillig löste sie sich von Finn, als dieser den Fahrer bezahlte, und stieg dann mit ihm zusammen aus.

»Wow, das ist dein Haus?«, rief Imogen und musterte das elegante moderne Gebäude am Rand der Klippen, das eine unverstellte Sicht auf den Strand und den Horizont hatte.

»Yep«, nickte Finn. »Komm rein, dann führe ich dich herum.«

Imogen eilte ihm voraus auf die Haustür zu.

Finn holte sie ein und schloss, die Hand an ihrer Taille, die Tür auf. Dann trat er zurück, damit Imogen an ihm vorbei hineingehen konnte, und schaltete das dezente Licht ein. Imogen musterte den Raum, der vor ihr lag; ein großzügiges, offenes Wohn-und-Ess-Zimmer mit bodentiefen Fenstern, die einen atemberaubenden Blick über das Meer boten.

»Nicht übel, deine Wohnung.« Imogen stieß einen bewundernden Pfiff aus. »Sogar noch besser als der Wigwam.«

»Vielen Dank. Möchtest du etwas trinken?«

»Nein, danke«, erwiderte Imogen, küsste ihn und führte ihn dann zu einem der Sofas. »Ich habe gerade das Gefühl, dass es hier ganz andere Dinge gibt, die mich interessieren würden.«

Am nächsten Morgen stand Imogen auf und zog sich den Morgenmantel über, der an Finns Schlafzimmertür hing. Sie sah zu Finn zurück, der noch tief und fest schlief; sein Kopf hinterließ eine kleine Kuhle im Kopfkissen.

Imogen ging in das offene Wohnzimmer und schaute sich um. Alles besaß genau die richtige Mischung aus elegantem Minimalismus und einem gemütlichen Touch. Geschmackvolle Kunstdrucke hingen ebenso an den strahlend weißen Wänden wie gerahmte Schwarzweißbilder von Freunden und Familie. Ein Bild, das wohl einer von Finns Neffen mit Fingerfarbe gemalt haben musste, hing am Kühlschrank – ein leuchtend bunter Wald mit einem Schwarm roter Vögel, die hoch über dem Wald flogen. In der Ferne war ein hellblauer See zu erkennen.

Alles an Finn war toll. Aber warum wollte sie, bei Licht betrachtet, am liebsten so schnell wie möglich das Weite suchen?

»Ich versteh's nicht«, rief Anna, die in der Eisdiele ihrer Schwester gegenübersaß. »Wirklich nicht. Er ist wirklich richtig nett, Imogen.«

»Das weiß ich. Er ist toll. Das ist nicht das Problem.«

Nachdem sie am Morgen Finns Wohnung verlassen hatte, war sie in den Bus Richtung Stadt gestiegen und nur in Begleitung von Möwen und ein paar beschwipsten Clubbesuchern an der Küste entlangspaziert. Dabei war ihr ganz langsam etwas klargeworden – sie war noch nicht bereit, sich irgendwo häuslich niederzulassen. Sie war noch nicht bereit, jemanden wie Finn kennenzulernen.

»Ich bin unendlich gern mit ihm zusammen, aber wenn wir zusammenbleiben, werde ich unweigerlich hierbleiben«, erklärte sie Anna.

»Was wäre so schlimm daran?«, hakte Anna nach.

»Anna, du weißt doch, dass ich nie geplant hatte, dauerhaft in Brighton zu bleiben. Du bist älter – da brauchst du gar nicht das Gesicht zu verziehen, es stimmt doch –, außerdem bist du diejenige mit dem Talent«, fuhr sie fort. »Du stellst unglaublich leckeres Eis her und hast alles, was man braucht, um die Eisdiele zu etwas ganz Besonderem zu machen.«

»Aber nicht ohne dich«, entgegnete Anna und klappte die Geschäftsbücher zu, an denen sie gearbeitet hatte. »Du hast so viel für die Eisdiele getan! Ich verstehe das einfach nicht. Neulich schienst du noch so glücklich zu sein.«

»Das war ich auch und bin ich auch immer noch.« Imogen hatte Mühe, das auszudrücken, was sie empfand. »Finn ist ein wirklich großartiger Mann. Aber ich sehe mich einfach nicht hier in der Eisdiele arbeiten, ohne je das getan zu haben, was ich wirklich will. Das, was mir das Gefühl gibt, wirklich lebendig zu sein – wie bei dir das Kochen –, ist das Fotografieren. Die Tiere und Sachen, die ich fotografieren will, finde ich hier aber nicht. Sie …«

Anna biss sich auf die Lippe. »Sind in Thailand«, ergänzte sie und schaute sie niedergeschlagen an.

»Ja«, nickte Imogen. »Tut mir leid. Ich dachte, ich hätte mir das selbst ausreden können. Oder dass ich Finn zu sehr mögen würde, um meine Meinung zu ändern. Aber das ist nicht so. Wenn ich hierbleibe, hätte ich immer das Gefühl, etwas aufgegeben zu haben, das ich unbedingt tun wollte.«

Wieder in Viviens Haus, sah Imogen kurz auf ihr Handy, als es auf dem Beistelltisch piepte. Sie wusste schon, dass es wieder eine Nachricht von Finn war.

Sie sollte sie lesen. Nicht nur das – sie sollte aufspringen, sie lesen und beantworten. Denn dies war der Mann, mit dem sie einen wunderbaren Abend gehabt hatte, und dennoch war er zugleich die einzige Person, die sie von dem abhalten könnte, was sie wirklich wollte.

Der Tag, an dem sie die Zulassung für das Fotografiestudium

in Bournemouth bekommen hatte, war einer der besten Tage in ihrem Leben gewesen. Drei Jahre lang hatte sie mit erfahrenen Fotografen gearbeitet und an ihrer Technik gefeilt. Bei den anschließenden Reisen hatten sie diese dann umgesetzt. Von dem Moment an, als sie das Flugzeug verlassen hatte und in Bangkoks Schwüle hinausgetreten war, hatte sie die Kamera kaum mehr beiseitelegen können: in Orange gekleidete buddhistische Mönche, die Handelsmärkte, die kleinen hölzernen Geisterhäuser, die die Thais außerhalb ihrer Häuser aufstellen. Sie hatte eine Memorycard nach der anderen gefüllt, ihren Blog mit Einträgen gefüttert und einen neuen gestaltet. Auf der Insel selbst hatte sie dann entdeckt, dass hinter dem, was an der Oberfläche zu sehen war, noch mehr zu erleben war. Das, was sie von ihrem Unterwasserprojekt bereits im Kasten hatte, war richtig gut. Doch das Projekt hatte sie nicht einmal zur Hälfte abgeschlossen, und es gab nichts, was schon für eine Ausstellung bereit war. Wenn sie ernsthaft daran arbeiten wollte, Fotografin zu werden, musste sie weitermachen.

So gern sie auch mit Finn zusammen war – es konnte nicht von Dauer sein. Nach wenigen Monaten schon würde sie rastlos werden. Und er hatte deutlich klargemacht, dass er nirgendwohin gehen würde, weil er in Brighton fest verwurzelt war. Es wäre für keinen von ihnen beiden fair, wenn sie mit dem Wissen, eines Tages doch gehen zu müssen, bei ihm bliebe.

Imogen hatte sich entschieden. Sie würde erst wieder mit ihm reden, wenn sie ihr Rückflugticket für Thailand gebucht hatte.

»Hallo!«, grüßte Tom. »Schön, von dir zu hören, Imogen. Ich hatte schon befürchtet, dir und deiner Schwester sei etwas zugestoßen. Entwickelt ihr beide euch etwa zu Workaholics? Ich habe schon von Leuten gehört, die …«

»Anna und mir geht's gut«, versicherte Imogen ihm. »Wie geht es dir denn?«

»Besser«, erwiderte er. »Langsam besser. Im Augenblick zwingt mich eure Mutter dazu, diese schrecklichen Pillen zu nehmen, von denen ich ganz schläfrig werde. Ich kann sie nicht ausstehen. Aber ich habe damit angefangen, einmal in der Woche zur Therapie zu gehen. Weißt du, es hilft mir, über alles zu reden. Ich dachte, ich sei alt genug, um allein mit Mums Tod klarzukommen, aber wie es scheint, stimmte das nicht.«

»Ich freue mich, dass du dich wieder besser fühlst«, erwiderte Imogen. Erleichterung machte sich breit – ihrem Dad ging es besser, und sie wusste ihn nun in guten Händen. »Ich habe dich lieb, das weißt du, nicht wahr?«

»Das weiß ich, Liebes, und ich habe dich auch sehr lieb. Aber warum klingst du so traurig? Ich dachte, in der Eisdiele läuft es mittlerweile richtig gut?« Er musste etwas an ihrem Tonfall bemerkt haben. Er war schon immer in der Lage gewesen, sie zu durchschauen.

»Doch, da ist alles prima. Richtig gut sogar.«

»Wunderbar«, erwiderte er lauter.

»Der Grund, warum ich anrufe, ist: Es wird ein paar kleine Veränderungen geben. Anna wird von jetzt an die Eisdiele allein führen; ich gehe nach Thailand zurück.«

»Die Reiselust hat dich also wieder gepackt«, seufzte ihr Dad.

»Ja, das hat es.«

»Dieses verdammte Fernweh.«

»Ich habe versucht, es zu ignorieren, aber es geht nicht.«

»Schön für dich«, erwiderte Tom. »Du bist nur einmal jung, und die Zeit ist im Nu vorbei. Wir werden dich alle vermissen, aber ich kann dich gut verstehen.«

»Vielen Dank, Dad.«

»Ich hoffe allerdings sehr, dass du von einem alten Reisenden einen Rat annimmst«, fuhr er fort. »Ein Rat, der mir selbst damals zu denken gegeben hat. Ganz gleich, warum du dort hingehst – stell sicher, dass du nichts zurücklässt, was eventuell wichtiger ist.«

Imogen musste unweigerlich an Finn denken. Die Art, wie sie sich sofort blind verstanden hatten und einander zum Lachen bringen konnten.

»Danke, Dad. Ich werde darüber nachdenken. Kannst du Mum mal ans Telefon holen? Wahrscheinlich ist es besser, wenn ich es ihr selbst sage.«

»Na klar. *Jan*!«, brüllte er. »Imogen ist am Telefon!«

»Hallo, Liebes!«, meldete sich ihre Mutter einen Augenblick später.

»Hi, Mum! Ich komme mal lieber gleich auf den Punkt. Ich fliege zurück nach Thailand.«

»Aber du bist doch gerade erst *zurückgekommen*!«

»Ich weiß.« Einen Moment lang wünschte sie sich, sie hätte sich für die einfachere Variante entschieden und ihren Dad die Neuigkeiten verkünden lassen. »Aber ich habe immer gesagt, dass ich irgendwann wieder zurückgehen würde, Mum.«

»Oh, ich weiß, was du gesagt hast, Liebes. Aber du sagst immer vieles. Ich hätte nicht gedacht, dass du das ernst gemeint hast.«

»Dad versteht mich.«

»Hat er dich wieder ermuntert, an Orte zu reisen, wo du dein Leben riskierst …?«

»Natürlich nicht«, widersprach Imogen. »Es ist allein meine Entscheidung gewesen.«

»Es ist nur … du bist auch meine Tochter, und ich glaube nicht, dass …«

Imogen hörte, wie ihrer Mutter die Stimme stockte.

»Mum? Alles in Ordnung mit dir?«

»Ja, Liebes. Alles ist gut.« Imogen hörte gedämpfte Schluchzer am anderen Ende der Leitung. *Oh Gott*, dachte sie. *Das ist noch schlimmer, als von meiner Mutter angeschrien zu werden. Dreißig Jahre lang hat Jan nicht geweint, aber jetzt gibt es anscheinend kein Halten mehr.*

»Bist du sicher?«, hakte sie nach.

»Nein.« Jans Stimme, die einen Moment zuvor noch entschlossen geklungen hatte, hörte sich nun ganz schwach an. »Ich mache mir *Sorgen* um dich, Liebes. Ich werde wohl nie verstehen, warum du dich selbst in solche Gefahrensituationen begibst. Tauchen und dann riskieren, dieses Taucherkrankheits-Dings zu bekommen! Als Mutter ist es meine Aufgabe, mich um dich zu kümmern, und das möchte ich gern richtig machen. Aber du machst es einem manchmal ganz schön schwer!«

»Mum, ich bin dreiundzwanzig!«, widersprach Imogen und ließ sich auf einem Sessel nieder. »Du und Dad, ihr seid ganz wundervolle Eltern, jeder von euch auf seine Art. Aber ich bin eben nicht wie du, Mum. Vielleicht werde ich das eines Tages einmal sein, aber jetzt bin ich es noch nicht. Ich will mich noch nicht niederlassen – es gibt einige Dinge, die ich vorher noch erleben will. Ich will etwas aus mir machen und eine Fotografin werden.«

»Ich will dich nicht davon abhalten. Aber ich habe dich nur wirklich sehr lieb, weißt du?«, erwiderte Jan.

»Ich weiß das, Mum. Vielen Dank dafür.«

KAPITEL 32

Spezialität des Tages:
Pralinenschwelgerei

Anna saß auf dem gleichen Stuhl, auf dem sie als kleines Kind immer neben ihrer Schwester gesessen hatte. Vor ihr stand eine Schüssel Pralineneis; die Rollläden waren halb heruntergelassen, und ein bedrückter Hepburn leistete ihr Gesellschaft. Selbst er schien gemerkt zu haben, dass etwas nicht stimmte.

Sie schaute sich im Laden um und dachte an all die Hürden, die Imogen und sie zusammen genommen hatten – mit dem Wissen, dass noch viele weitere kommen würden. Sie gemeinsam anzugehen hatte alles so viel einfacher gemacht. Könnte sie dies allein durchstehen?

Plötzlich hörte Anna, wie jemand an die Rollläden klopfte. Als sie aufschaute, sah sie die untere Hälfte von Evie unter dem Metalltor; unverkennbar in ihrem Overall und den rosafarbenen Doc Martens Boots.

»Evie«, rief Anna, und augenblicklich hob sich ihre Laune ein wenig.

»Na klar bin ich das, Liebes«, erwiderte Evie. »Hör mal, lässt du mich rein?«

Anna zog die Rollläden hoch und blickte in Evies lächelndes Gesicht. Einen Moment lang hatte sie das Gefühl, als stünde dort auch ein Teil ihrer Großmutter Vivien.

»Geht es dir gut, Liebes? Du siehst so blass aus.«

»Ehrlich gesagt ging es mir schon mal besser«, gab Anna zu. Evie und sie ließen sich auf einer der Sitzgruppen nieder.

»Probleme mit Männern?«, wagte sich Evie vor. Sie legte ihre Hand auf Annas Hände.

»Ja«, nickte Anna. »Mehr als genug. Aber nein; davon hatte ich zwar in letzter Zeit reichlich, aber das ist es nicht. Es ist der Laden. Oder vielmehr Imogen.«

»Hat sie das Fernweh gepackt?«

»Woher wissen Sie das?«

»Vielleicht muss man selbst welches haben, um das erkennen zu können«, lachte Evie sanft. »Ich bin früher selbst viel gereist. Als ich deine Schwester das erste Mal getroffen habe, habe ich gleich dieselbe Abenteuerlust in ihren Augen gesehen. Lass mich raten: Du machst dir Sorgen um all das hier«, fuhr sie fort und nickte zur Ladentheke hinüber, wo während der Öffnungszeiten bunte Eissorten die Glasvitrine füllten und Waffelhörnchen in allen Größen hoch gestapelt lagen. »Du hast Bedenken, ob du all das hier alleine schaffen kannst?«

»Ja«, gab Anna zu. »Das trifft es ziemlich genau.« Tränen stiegen ihr in die Augen.

»Na ja, es ist sicherlich eine Menge Arbeit, das allein zu stemmen. Aber du bist auch eine starke Frau, Anna. In dir steckt so viel von deiner Großmutter.«

»Findest du?« Anna schniefte ein wenig und wischte sich die Tränen mit dem Ärmel ihrer Strickjacke weg. Sie war froh, dass im Laden niemand außer Evie da war und sie so sehen konnte.

»Oh ja, du hast ihren Mut und ihre Tatkraft geerbt. Du bist eine wahre Kämpfernatur.«

»Vermisst du sie sehr, Evie?«, erkundigte sich Anna.

»Ob ich sie vermisse?«, wiederholte Evie mit hochgezogenen

Augenbrauen. »Es vergeht kein einziger Tag, an dem ich eure Großmutter nicht vermisse. Es fühlt sich an, als klaffte da ein Loch in meinem Herzen.«

Und in diesem Moment sah Anna es. Es war nur ein kurzer Schmerz, der in Evies Augen aufblitzte – das Gefühl, dass sie nicht nur eine Freundin, sondern eine Seelenverwandte verlassen hatte.

»Vivien war einzigartig«, nickte Evie.

»Ich vermisse sie so«, gestand Anna. »Sie wusste immer, was zu tun war.«

»Oh ja«, erwiderte Evie lächelnd. »Aber das weißt du selbst auch. Du musst nur die anderen Stimmen zum Schweigen bringen und auf deine eigene innere Stimme hören.«

Eine Stunde später saßen Evie und Anna immer noch in der Eisdiele; zwischen ihnen standen Teetassen auf dem Tisch, Viviens Fotoalbum lag dort aufgeschlagen.

»Das hier …«, Evie deutete auf eine Schwarzweißaufnahme, die mit Fotoecken in dem Album befestigt war, »stammt aus jenem Sommer in den Sechzigerjahren, in dem die Mods und die Rocker angesagt waren. Die kamen einfach her, haben sich hier für nichts und wieder nichts geprügelt und ein schreckliches Chaos verbreitet.«

Anna studierte das Foto eingehender. Die Fensterscheibe des Sunset 99s war eingeschlagen; vor Evies Laden lag ein Scherbenhaufen. Ihre Tür war noch schlimmer beschädigt, sie hing völlig schief in den Angeln.

»An jenem Tag waren wir vor Schreck wie gelähmt. Wir haben uns hinten in meiner Küche versteckt und haben auf das Eintreffen der Polizei gewartet, damit die dem Ganzen ein Ende setzte. Aber die Polizei hat eine Ewigkeit gebraucht, bis sie hier war. Während der ganzen Zeit haben wir gehört, wie sich die Halbstarken da draußen gegenseitig sonst was angetan haben. Du kennst Vivien und mich, wir haben Gefahren nie gescheut, aber das war etwas anderes – so etwas hatten wir noch nie erlebt. Niemand hier hatte das.«

»Klingt schrecklich«, stellte Anna fest. »Und erst all der Schaden! Aber ich bin froh, dass Vivien und dir nichts passiert ist.«

»Ja, da haben wir wirklich Glück gehabt. Obwohl wir das damals gar nicht so empfunden haben – wir mussten beide ein Vermögen hinblättern, damit wir die Läden wieder in ihren alten Zustand versetzen konnten.«

»Das kann ich mir vorstellen. Und was ist mit dem Foto hier?«, fragte Anna und deutete auf ein Bild auf der gegenüberliegenden Seite. Die Leuchtreklame des Ladens, die aussah, als sollte sie neonfarben und grell leuchten, war trübe und teilweise kaputt. Vivien und ihr Ehemann Stanley standen draußen vor dem Laden und lächelten in die Kamera, doch ihren Mienen war etwas anderes abzulesen.

»Die Achtzigerjahre waren schwierig; die Geschäfte liefen damals nicht gut. Aber wir sind alle ein bisschen zusammengerückt und haben einander geholfen. Und wenn du so etwas einmal durchgemacht hast, weißt du beim nächsten Mal, dass diese Zeiten irgendwann auch wieder vorbei sind. Dass es auch wieder besser wird. Das ist nämlich immer so.«

»Ihr habt einfach weitergemacht, oder? Ihr beide?«, fragte Anna und betrachtete die Fotos: Feiern, Straßenfeste, Ladenrenovierungen, Fünfzigerjahremöbel, psychedelische Siebzigerjahremuster und schließlich die Kleidung ihrer Großmutter, die die Modetrends widerspiegelte.

»Ja, das haben wir«, erwiderte Evie. »Und das wirst du auch, Liebes. Du bist eine Überlebenskünstlerin.«

»Bin ich das?«, hakte Anna verunsichert nach. Die vergangenen drei Wochen lasteten schwer auf ihr.

»Natürlich bist du das! Deine Großmutter war immer so stolz auf dich!«

Am nächsten Morgen legte sich Anna bei der Arbeit mit mehr Kraft und Begeisterung ins Zeug als in den ganzen letzten Tagen.

Nachdem sie mit Evie gesprochen hatte, hatte Anna in der vergangenen Nacht beschlossen, dass sie bereit war, den Laden auch allein zu führen. Ermutigt von diesem neuen Plan, hatte sie außerdem Jons Telefonnummer aus ihren Handykontakten gelöscht und ihn endlich bei Facebook aus ihrer Freundesliste geschmissen. Jetzt fühlte sie sich befreit.

Dennoch vermisste sie Alfie ganz schrecklich. Natürlich vermisste sie auch Jon. Doch als sie in der vergangenen Nacht in ihre Wohnung zurückgekehrt war, hatte sie gemerkt, dass diese ohne die beiden gar nicht so leer war, wie sie befürchtet hatte. Vielmehr wartete die Wohnung nur darauf, mit neuen Dingen gefüllt zu werden. Und genau dafür hatte Anna jetzt genügend Platz.

In ihrer Pause fuhr Anna den Laptop hoch und loggte sich in ihr E-Mail-Fach ein. Dort stieß sie auf eine neue Nachricht.

An: Anna
Von: Matteo

Liebe Anna,
ein Hallo von der anderen Seite des Ozeans.
Bitte verzeih, dass ich dir schreibe. Ich weiß, du hast drüben in England dein eigenes Leben, und ich sollte dich eigentlich

wirklich in Ruhe lassen. Aber die Wahrheit ist, dass ich ständig an dich denken muss.

Ich weiß – als du hier warst, wolltest du nicht, dass ich dir meine Gefühle gestehe. Jetzt aber kannst du mich nicht davon abhalten (ha!). Wenn du einen Raum betrittst, wird dieser erhellt. Das wünsche ich mir für mein Leben. Ich will dich in meinem Leben.

Anna ließ Matteos Worte langsam auf sich wirken. So direkt von ihm zu hören, was er empfand, jagte ihr ein wohliges Gefühl durch den Körper.

Du denkst wahrscheinlich, dass du mir hättest sagen sollen, dass du einen Freund hast. Keine Sorge, das weiß ich längst. Du hast niemals irgendetwas anderes vorgegeben. Sian hat mir bestätigt, was ich längst vermutet hatte.

Dennoch muss ich diesen Versuch wagen. Denn wenn ich das nicht tue, dann … na ja, dann werde ich irgendwann ein trauriger alter Mann sein, der sich fragt, was wohl gewesen wäre, wenn …

Ich hoffe, dass du glücklich bist. Aber wenn nicht … oder wenn du irgendwann in der Zukunft einmal nicht mehr glücklich sein solltest … dann bin ich hier. Und wenn ich dir nur ein verdammt gutes Eis zubereiten kann, um dich aufzuheitern.

Ich werde jetzt auf »Abschicken« klicken (ich werde nicht kneifen!).

Anna. Ich kann dich einfach nicht vergessen.

LG Matteo

Anna brauchte ein paar Minuten, um seine Worte sacken zu lassen. Dann öffnete sie ein neues Fenster und tippte eine Antwort.

An: Matteo
Von: Anna

Hi, Matteo,
vielen Dank für deine Nachricht.

Anna zögerte. Das klang irgendwie seltsam. Sie presste so lange auf die Löschtaste, bis der Bildschirm wieder leer war.

Schön, von dir zu hören.

Löschtaste.

Sie tippte wieder:

Probier das hier mal:

Dann setzte sie noch einmal an:

Himbeer-Mango-Granita
Zutaten …

Als sie fertig getippt hatte, atmete sie tief durch und drückte auf »Senden«.

KAPITEL 33

Spezialität des Tages:
Hepburns leckeres Eis für Hunde

Am Donnerstagmorgen spazierte Imogen über die Kieselsteine am Strand von Kemp Town, wo nicht so viel Betrieb war und sie Hepburn Bälle werfen konnte, ohne dass sich gleich hundert größere Hunde darauf stürzten. Nur in einer Jeans und einem ausgeblichenen grauen T-Shirt, das Haar ungekämmt und ohne jede Spur von Make-up, hatte sie das Haus verlassen. Sie wollte einen klaren Kopf bekommen, nachdem sie ihren Flug auf den 17. August umgebucht hatte – das war in anderthalb Wochen. Sie hatte nicht damit gerechnet, hier jemanden zu treffen, den sie kannte.

Doch direkt am Wasser, umringt von einer Gruppe Tauchschüler, stand Finn. Er zeigte ihnen gerade, wie sie aus dem Wasser auf das Surfboard springen sollten, genauso, wie er es ihr neulich gezeigt hatte.

Geschickt machte er die Bewegungen vor, und die Gruppe mühte sich dann ab, sie nachzumachen. Finn entdeckte Imogen jedoch, bevor sie abdrehen und sich aus dem Staub machen konnte.

»Imogen«, rief er und drehte seinem Kurs den Rücken zu. Imogen erwiderte sein Lächeln und winkte ihm zu, beschleunigte jedoch instinktiv ihre Schritte. Seit ihrem Date am Wochenende hatten sie nicht mehr miteinander gesprochen, und Imogen wusste nicht, was sie ihm sagen sollte.

Bevor sie jedoch mehr als ein paar Schritte gelaufen war, hatte Finn sie eingeholt. Seine Hand berührte sanft ihren Arm.

»Hey«, grüßte er.

»Hi«, erwiderte Imogen und gab sich Mühe, entspannt und cool zu klingen. Hepburn sah sie mit seinen großen, runden braunen Augen fragend an. *Ich mag diesen Mann*, schien er zu denken. *Warum versuchst du also, von ihm wegzukommen?*

»Wie es aussieht, bist du gerade mitten im Surfunterricht«, brachte Imogen schließlich hervor.

»Ach, mach dir darum keine Sorgen«, winkte Finn ab. »Die Kursteilnehmer können ein bisschen Zeit zum Üben gut vertragen.«

Imogen schaute über seine Schulter hinweg zu den Männern und Frauen, die immer noch Mühe hatten, sich auf den Surfbrettern zu halten, und jedes Mal in lautes Gekicher ausbrachen, wenn sie wieder herunterfielen.

»Da könntest du recht haben«, sagte sie und grinste trotz ihrer Anspannung.

»Ist alles in Ordnung?«, fragte Finn. »Es war so still um dich herum.«

»Tut mir leid«, erwiderte sie und dachte an all die SMS-Nachrichten und Anrufe, die sie ignoriert hatte. »Die Woche war ziemlich hektisch.«

»Wahrscheinlich werde ich das hier sehr bereuen«, fuhr Finn fort und sah ihr in die Augen. »Aber ich werde jetzt alle Karten auf den Tisch legen. Ich mag dich sehr, Imogen, und die Zeit mit dir in den letzten Wochen war wirklich unglaublich. Das ist der Grund, warum ich noch nicht aufgegeben habe. Ich weiß nicht, was mit dir los ist, aber ich werde auch weiterhin nicht aufgeben. Jeder andere halbwegs gescheite Mann hätte wahrscheinlich mittlerweile akzeptiert, dass du kein Interesse mehr hast. Aber die Wahrheit ist, dass ich dich wirklich gern wiedersehen würde.«

Schweigend stand Imogen am Kieselstrand. Wellen brandeten heran, das Gelächter der Surfergruppe wehte herüber, und ein paar Jugendliche mit einem Ghettoblaster zogen vorbei. Doch die Worte, die sie ihm sagen wollte, waren wie weggeblasen.

»Danke«, murmelte sie schließlich.

»Danke?«, wiederholte Finn, ein überraschtes Lächeln auf den Lippen. »Das ist nicht ganz die Antwort, die ich mir erhofft hatte, aber es hätte auch schlimmer sein können. Ich glaube, ich gehe jetzt besser zu meinen Surfschülern zurück.« Er warf einen Blick über die Schulter zurück, als die Gruppe erneut in Gelächter ausbrach. Einer der Kursteilnehmer hatte es geschafft, auf das Surfbrett zu springen, weshalb die anderen ihm applaudierten. »Wie es scheint, machen sie ohne mich gerade Fortschritte.«

»Hör mal …«, fing Imogen an. Sie konnte ihn nicht einfach gehen lassen, wo sie doch in weniger als zwei Wochen davonfliegen würde. »Heute Abend. Kommst du vorbei? Ich koche etwas zum Abendessen, dann können wir reden.«

Das Strahlen kehrte in seine Augen zurück. »Ich bin um acht bei dir«, rief er, drehte sich um und joggte zum Wasser zurück.

Imogen trug die Einkaufstaschen in den Flur und schloss die Haustür hinter sich. Es kam ihr seltsam vor, alles für das Abendessen mit Finn vorzubereiten, als sei dies der Beginn von etwas, obwohl es in Wahrheit das Ende war.

Sie ließ sich auf dem dunkelgrünen Samtsessel, bei dem man jede einzelne Sprungfeder spürte, neben dem Kamin nieder. Daneben stand ein gerahmtes Bild ihrer Großmutter, die Anna und

Imogen an der Hand hatte, als beide noch klein waren. Als sie Vivien ins Gesicht sah, die sanften Gesichtszüge und das akkurat zu einem Dutt hochgesteckte Haar musterte, hatte sie einen Augenblick lang das Gefühl, dass Vivien im Raum war. Imogen betrachtete das Foto. »Ich tue hier doch das Richtige, oder, Granny V?«, fragte sie leise.

Imogen fragte sich zum ersten Mal in ihrem Leben, ob sie durch ihre Abreise wohl etwas aufs Spiel setzte, das zu behalten sich lohnte.

Imogen schenkte Finn ein weiteres Glas Wein ein. Heute war kein Abend, an dem man mit Alkohol knausern sollte, dachte sie, während sie zusah, wie die rote Flüssigkeit ins Glas lief.

»Du hast dein Ticket also schon gebucht?«, fragte Finn.

»Ja. Also, ich hatte ohnehin schon ein Rückflugticket, allerdings habe ich erst gestern das Datum festgelegt.«

»Und es ist ein One-Way-Ticket?«

»Ja«, nickte Imogen, schenkte auch sich ein Glas Wein ein und setzte sich dann an den Esstisch. »Es tut mir leid. Ich weiß – das kommt jetzt ziemlich plötzlich und unerwartet, aber ich trage den Gedanken schon länger mit mir herum, dass ich die Fotostrecke, die ich dir gezeigt habe, gern fortsetzen würde. Wenn Granny V nicht gestorben wäre, wäre ich gar nicht erst hergekommen.«

Finn schüttelte den Kopf. »Wow, dann habe ich mich heute Morgen ja ganz schön zum Narren gemacht, oder?«

»Nein«, entgegnete Imogen. »Du warst nur ehrlich. Vielleicht könnten wir alle ein bisschen mehr Ehrlichkeit vertragen. Ich habe die Zeit mit dir sehr genossen, Finn.«

»Ich hätte nur nicht erwartet, dass …« Er trank einen Schluck Wein und setzte dann das Glas wieder auf dem Tisch ab. »Keine Ahnung, was ich für heute Abend erwartet hatte – aber *das* sicherlich nicht.«

»Ich weiß«, erwiderte Imogen. »Ich mag dich wirklich sehr, und die Entscheidung ist mir auch nicht leichtgefallen. Aber ich wollte nicht einfach abreisen, ohne mich anständig von dir verabschiedet zu haben.«

»Na dann auf Wiedersehen«, antwortete Finn voller Ironie. »Na gut.«

Nach dem Essen setzten sie sich ins Wohnzimmer, jeder mit einem Teller mit Applecrumble und einer Eiskugel. Seitdem sie das Gesprächsthema gewechselt hatten, hatte sich die Atmosphäre ein wenig aufgelockert.

»Ich habe das Eis nicht gemacht«, stellte Imogen klar. »Du musst also keine Angst haben. Das hier kommt nämlich von Sainsbury's.«

»Besten Dank«, nickte Finn. »Obwohl ich sicher bin, dass du mittlerweile eine Expertin bist.«

»Kann ich nicht beurteilen«, entgegnete Imogen. »Ich überlasse die Eisherstellung seit Längerem lieber Anna.«

»Hör mal, nach außen hin tue ich ziemlich cool, was diese ganze Sache mit deinem Rückflugticket angeht, aber eigentlich bin ich enttäuscht.«

»Weißt du was?«, antwortete Imogen. Nach Finns Offenheit erlaubte sie sich auch, frei ihre Meinung zu sagen. »Ich auch. Aber du scheinst hier sesshaft und tief verwurzelt zu sein. Ich kann nicht bleiben, weil ich mir später dann immer wieder die Frage stellen würde, was gewesen wäre, wenn … Das wäre keinem von uns beiden gegenüber fair gewesen.«

»Es gibt aber eine Möglichkeit, die wir noch gar nicht besprochen haben.«

»Okay, dann schieß mal los.« Imogens Neugier war geweckt.

»Ich denke jetzt nur mal laut, und vielleicht findest du die Idee auch blöd. Aber ich will mir schon seit einer ganzen Weile eine Auszeit nehmen. Seit sechs Jahren arbeite ich durch, ohne Urlaub, damit der Laden in Gang kommt. Andy fordert schon seit Langem mehr Verantwortung, und ich bin sicher, dass er auch eine Zeit lang allein klarkommen würde.«

Imogen setzte die Puzzlestücke zusammen, die er ihr hingeworfen hatte. Ein Lächeln umspielte ihre Mundwinkel.

»Was würdest du zu ein bisschen Gesellschaft sagen? Ein paar Monate am Strand – ich könnte mir nichts und niemand Besseres vorstellen, mit dem ich meine Zeit lieber verbringen würde.«

Imogen musste die Worte erst einmal sacken lassen, um sie zu begreifen. *Finn – Finn und sie – in Thailand. Zusammen.*

»Damit hätten wir beide eine Chance, oder?«, stellte Imogen fest.

»Ja«, nickte er. »Und wir hätten jede Menge Spaß. Falls es nicht klappen sollte, dann auch gut – dann gehen wir eben getrennte Wege. Aber irgendwas sagt mir … ich weiß nicht … ich habe das Gefühl, dass es klappen könnte.«

»Weißt du was, Finn?« Imogen lächelte strahlend. »Das ist eine tolle Idee!«

KAPITEL 34

Spezialität des Tages:
Champagnersorbet

»Ein Waffelhörnchen mit einer Kugel Haselnuss und einer Kugel Pistazie, bitte«, bestellte Julie, eine Mittfünfzigerin, die schon fast zur Stammkundin im Viviens geworden war.

Seitdem Anna Matteo ihr Rezept geschickt hatte, hatte sie nichts mehr von ihm gehört. Doch durch Imogens und Finns Abschiedsparty am Abend und die Aussicht, den Laden bald allein führen zu müssen, hatte es ohnehin schon genügend Dinge gegeben, auf die sie sich konzentrieren musste.

Mittlerweile war nun schon mehr als eine Woche vergangen. Genauer gesagt zehn Tage, seit sie ihm geschrieben hatte. Und aus irgendeinem Grund konnte sie an nichts anderes denken. Daran und an das, was Matteo ihr in seiner vorherigen Mail geschrieben hatte.

»Ähm, ja«, erwiderte Anna und kam allmählich wieder auf den Boden der Tatsachen zurück. »Sofort.«

»Was ist los, meine Liebe?«, fragte Julie. »Sie sehen heute Morgen aus, als seien Sie in einer anderen Welt unterwegs.«

»Das stimmt auch ein bisschen«, gestand Anna. »Aber ich reiße mich jetzt zusammen. Mich beschäftigen gerade ein paar Sachen, das ist alles.«

»Damit sind Sie nicht allein«, lachte Julie freundlich. »Vielleicht sollten Sie sich mit Ihrer eigenen Medizin verwöhnen.« Sie deutete auf das Eis in den Glasvitrinen. »Mir jedenfalls hilft es immer.«

Julie nahm ihr Eishörnchen lächelnd entgegen und verließ die Eisdiele. *Vielleicht hat sie recht*, dachte Anna. Normalerweise aß sie kein Eis, wenn sie bei der Arbeit war, von kleinen Probierhäppchen zum Austesten einmal abgesehen. Aber der heutige Tag, an dem sie ein wenig Trost brauchen konnte, auf den sie sich verlassen konnte, schien für eine Ausnahme wie gemacht zu sein. Darum nahm sie sich ein Waffelhörnchen, schaufelte eine Kugel Schokoladen-Macadamia-Eis hinein und ließ sich auf einem Stuhl nieder, um es zu genießen. Die sich abwechselnden Schoko- und Nussstücke verliehen dem Eis eine Konsistenz, die süchtig machte. Als sie den Geschmack genüsslich wirken ließ, waren sowohl Matteo als auch die wahrscheinlich anstrengenden Monate, die sie vor sich hatte, für einen Augenblick tatsächlich vergessen.

»Na? Futterst du deine Einnahmen weg?«, fragte plötzlich eine vertraute Stimme. Anna kannte sie so gut wie die ihre. Schnell schaute sie auf und blickte in das lächelnde Gesicht ihres Vaters. Um seine Augen herum hatten sich ein paar neue Fältchen gebildet, aber sonst schien er wieder ganz der Alte zu sein.

»Dad! Du bist hier!«

»Natürlich. Ich kann doch nicht Imogens Abschiedsparty verpassen! Deine Mutter und ich, wir wollten dich schon eine ganze Weile besuchen kommen, aber ich habe mich bis jetzt dafür noch nicht gut genug gefühlt. Es tut mir leid«, fuhr er fort. Anna beugte sich vor, nahm seine Hand und drückte sie sanft.

»Du siehst viel besser aus, Dad«, stellte sie fest. »Fühlst du dich denn auch wirklich besser?«

»Ich arbeite dran«, erwiderte er lächelnd. »Deiner Mutter

habe ich viel zu verdanken. Sie ist mein Fels in der Brandung. Jedenfalls ist sie sehr aufgeregt wegen der Party, besonders, weil wir Imogens neuen Freund noch nicht kennengelernt haben.«

»Schön, dich zu sehen. Aber wo ist Mum?« Anna warf einen Blick zur Tür.

»Sie frisiert sich im Hotel gerade noch die Haare. Wir sind im Grand untergebracht. Wir dachten, das sei vielleicht insgesamt einfacher, als in Viviens Haus zusammen mit all den Erinnerungen zu übernachten. Jedenfalls konnte ich der Versuchung nicht widerstehen, schon mal kurz vorbeizuschauen und Hallo zu sagen.«

Anna streckte die Arme aus, damit ihr Vater sie umarmen konnte. Innerhalb eines Bruchteils einer Sekunde hatten sich ihre achtundzwanzig Jahre in Luft aufgelöst, und sie war wieder acht. In seinen starken Armen fühlte sie sich geborgen.

»Du hast Eis auf meinen Pullover geschmiert«, lachte ihr Vater und wischte einen Fleck weg, den sie auf dem Ärmel seines Wollpullis hinterlassen hatte.

»Oh, tut mir leid. Berufsrisiko«, grinste Anna. »Aber wo wir gerade beim Thema Eis sind: Wie findest du es hier?« Sie breitete die Arme weit aus, um alle Veränderungen zu zeigen, die am Laden vorgenommen worden waren.

»Es ist toll geworden!«, staunte er. »Ihr beide habt so viel Arbeit hier reingesteckt. Es sieht sogar noch besser aus als auf den Bildern, die ihr mir geschickt habt.«

»Nicht schlecht, oder?«, fragte Anna voller Stolz.

»Deine Großmutter wäre wirklich stolz gewesen«, erwiderte ihr Dad. In dem Versuch, seine Gefühle unter Kontrolle zu behalten, presste er die Lippen fest aufeinander. Anna strich ihm sanft über den Arm, da ihr klar war: Wenn er weinte, würden auch ihr die Tränen kommen.

»Du hast getan, was sie sich gewünscht hat, nicht wahr?«, fuhr er fort. »Es sieht immer noch wie ihre Eisdiele aus, nur habt ihr sie auf ein modernes Niveau gebracht.«

»Freut mich, dass es dir gefällt«, erwiderte Anna. »Ich muss zugeben, dass es mitunter Tage gab, an denen wir bezweifelt haben, es tatsächlich zu schaffen.«

»Wir haben immer an euch geglaubt«, entgegnete ihr Dad. »Und ich hätte im Leben nicht zugelassen, dass euch Françoise ein Bein stellt.«

»Ich fand es toll, wie du sie in die Schranken gewiesen hast.«

Tom grinste. »Diese Frau hatte kein Recht, irgendeinen von uns zu schikanieren.«

»Was hat Martin denn dazu gesagt?«

»Du wirst es nicht glauben, aber er hat Françoise endlich zum Teufel gejagt!«

»Das hat er nicht getan!« Überrascht schlug sich Anna die Hand vor den Mund.

»Doch, das hat er. Martin sagte, als er mich so aufgelöst und wütend erlebt hat, sei das für ihn die Bestätigung gewesen, die er gebraucht hätte, dass sie nicht mehr die Richtige für ihn war. Und du weißt, was für ein gutes Verhältnis er und ich immer hatten, Anna. Wir haben uns noch nie gestritten. Jedenfalls sagte er noch, dass er das schon vor langer Zeit hätte tun sollen.«

»Gut für ihn«, nickte Anna. »Und schön für dich, Dad.« Sie lächelte. »Wie kommt er damit klar?«

»Unter den gegebenen Umständen amüsiert er sich prächtig«, lachte Tom. »Er ist kaum noch vom Golfplatz wegzubekommen, zumindest nicht ohne eine unverschämt große Gruppe Verehrerinnen. Aber nicht, dass ihm das auffallen würde. Da ist aber noch was«, fuhr ihr Dad fort. »Nachdem Françoise nun weg ist, hat er auch das Vorhaben aufgegeben, Mums Haus zu verkaufen.«

»Er will es nicht mehr verkaufen? Das sind fabelhafte Neuigkeiten, Dad!«

»Oh, und es wird noch besser, Liebes«, entgegnete er. »Martin zieht ein. Aber das soll er dir mal schön selbst erzählen, wenn ihr euch heute seht.«

»Heute?«

»Ja. Vor Imogens Abschiedsparty heute Abend möchten Martin und ich gern noch etwas tun. Und ich hoffe, dass ihr, du und deine Schwester, dann dabei sein könnt.«

Martin und Tom blickten aufs Meer hinaus; und Martin hielt die Urne mit der Asche fest in den Händen.

Jan stand zwischen ihren Töchtern, ganz in der Nähe. Sonnenlicht glitzerte auf dem ruhigen Meeresabschnitt vor ihnen. Anna hielt Hepburns Leine, während er still auf dem Kieselstrand lag, als könnte er irgendwie spüren, warum sie hier waren, und Vivien so seine Achtung erweisen.

»Sie wird ein Teil des Meeres, das sie immer so geliebt hat«, verkündete Martin und schaute zu seinem Bruder hinüber. »Dies ist der Platz, an dem wir sie alle besuchen und ihrer gedenken können.«

»Sie hat des Öfteren davon gesprochen«, fuhr Tom fort. »Wie frei sie dann wäre, aber dennoch in der Lage, ein Auge auf den Laden zu halten.« Er lächelte zu seinen Töchtern hinüber.

Vorsichtig öffnete Martin den Deckel der Urne und ging ein paar Schritte auf das Wasser zu. Tom ging neben ihm. Martin streute einen Teil von Viviens Asche ins Meer, bevor er die Urne an seinen Bruder weitergab. »Auf Wiedersehen, Mum«, sagte Tom. Ganz sanft kippte er die Urne und ließ die Asche von Viviens sterblichen Überresten von den Gezeiten davontragen.

Schweigend kehrten sie in Viviens Haus zurück. Die Zeremonie schien ihnen allen die Möglichkeit gegeben zu haben loszulassen. Imogen ergriff als Erste das Wort.

»Was hat Dad erzählt, Onkel Martin?«, fragte sie ihn. »Du willst in Granny Vs Haus ziehen?«

»Nicht sofort«, erwiderte Martin, »aber jetzt, wo Françoise weg ist …« Er hielt inne und sah trauriger aus als den ganzen Nachmittag. »Ich habe das Gefühl, nach Hause kommen zu müssen. Ich weiß wirklich nicht, was da in mich gefahren ist, dass sie mich dazu bringen konnte, das Haus an diesen schrecklichen Bauunternehmer verkaufen zu wollen. Mums Haus wird genau da bleiben, wo es schon immer stand. Aber es wird ein paar Veränderungen geben.«

»Veränderungen?«, fragte Anna.

»Ja. Du weißt doch, wie gern Mum immer Gesellschaft hatte; ihre Tür war nie verschlossen, weder zu Hause noch in der Eisdiele.«

»Stimmt«, nickte Imogen.

»Ich werde das Haus in ein Bed & Breakfast verwandeln, in eine Frühstückspension. Denn selbst wenn ich dort wohne, gibt es immer noch vier ungenutzte Zimmer – und ihr wisst selbst, wie groß die sind. Außerdem könnte ich selbst gut ein wenig Gesellschaft vertragen, wo ich nun wieder Single bin.«

»Das ist eine tolle Idee«, befand Anna. »Du wirst ja mit Sicherheit allen Gästen sagen, wo sie das beste Eis in der Stadt bekommen können, oder?«

»Bon voyage!« Imogens Familie und Freunde hoben ihr Glas zu diesem Toast. Sie alle drängten sich in Finns Wohnzimmer, tranken Sekt und aßen Canapés. Die bodentiefen Fenster bildeten dazu einen dramatischen Hintergrund.

Anna sah zu ihrer Schwester hinüber, die Finn leidenschaftlich küsste; die anderen Leute im Raum nahmen die beiden dabei gar nicht wahr.

Zum ersten Mal war Imogen diejenige, die wusste, wohin die Reise ging und mit wem. Annas Leben dagegen war wie eine weiße Leinwand.

»Wie findest du ihn denn?«, flüsterte Annas Mutter ihr zu.

»Finn? Er ist ein Goldstück«, erwiderte sie.

»Er wird doch gut auf sie aufpassen, oder?«

»Natürlich wird er das, Mum. Er ist ein wirklich liebenswürdiger, aufrichtiger Mensch«, antwortete Anna. »Und er tut ihr gut.«

»Das ist schön. Sie merkt es vielleicht nicht, aber ich bewundere sie wirklich. Ich wünschte nur manchmal, sie wäre ein bisschen mehr wie du, Süße – dann würde sie vielleicht nicht so sehr dazu neigen, andauernd ihr Leben in Gefahr zu bringen. Aber vielleicht kommt das ja eines Tages noch.«

»Jetzt dräng sie nicht«, entgegnete Anna und trank einen Schluck Sekt. »Komm schon, Mum – wer will denn schon zwei von meiner Sorte haben? Außerdem entginge uns dann jede Menge Unterhaltung.«

»Vielleicht hast du recht«, erwiderte Jan und dachte darüber nach. »Und du, Liebes«, fuhr sie dann fort, »mir tat es so leid, als ich gehört habe, was mit Jon passiert ist.«

»Das muss es nicht«, erwiderte Anna. »Es war für alle das Beste. Und lieber jetzt, als alles noch unnötig in die Länge zu ziehen. Außerdem kann ich Alfie nicht die Chance nehmen, dass seine leiblichen Eltern wieder zusammenkommen. Ich weiß, wie viel es mir bedeutet hat, bei euch beiden aufzuwachsen.«

Jan lächelte und tätschelte Annas Arm.

»Da wir gerade darüber sprechen …«, begann Anna wieder. »Wie es klingt, läuft es zwischen euch jetzt auch wieder besser?«

»Ja. Zwar mit Hängen und Würgen, aber wir sind trotzdem immer noch zusammen«, lachte ihre Mutter. »Ich habe nichts richtig gemacht, als er krank war. Ich bin auch keine gute Zuhörerin, und ich wollte einfach, dass er wieder normal wird. Es war schwer, ihn so deprimiert zu sehen, so distanziert. Aber als er dann Françoise Bescheid gesagt hat, sich aus der Sache mit dem Laden rauszuhalten, da ist kurz der alte Tom aufgeblitzt, wie ich ihn kenne und liebe. Seitdem ist es immer weiter bergauf mit ihm gegangen. Ich habe ihn noch nie so sehr geliebt wie jetzt, Anna.«

Nach der Feier fuhr Anna Imogen und Finn zum Gatwick Airport, begleitet von Tom und Jan.

»Wovon wollt ihr denn leben, wenn ihr dort seid?«, wandte sich Jan, die eingequetscht hinten auf dem Rücksitz saß, an Finn. Anna saß hinter dem Lenkrad, doch seit der Abfahrt dirigierte Jan sie von der Rückbank aus. Daher war sie nun mehr als erleichtert, dass Jan ihre Aufmerksamkeit darauf richtete, so viel Informationen wie möglich aus Imogens neuem Freund herauszukitzeln.

»Ich habe Ersparnisse, mit denen wir die erste Zeit überbrücken können«, erklärte Finn. »Die Surfschule ist schon seit einiger Zeit finanziell gut aufgestellt, und wenn man dann noch zu den Zeiten arbeitet, wie Andy und ich es getan haben, dann hat man automatisch nicht so viel Gelegenheit, das Geld auch auszugeben, das man verdient. Aber jetzt …« Finn sah lächelnd zu Imogen hinüber, »habe ich endlich den perfekten Grund dazu.«

Tom und Anna warfen sich einen Blick zu. Sie beide wussten, dass es nur eine Frage der Zeit war, bis Jan von Finns charmanter Art vollkommen hin und weg sein würde. Es lag nicht nur an seinem Charakter, der alle für sich einnahm, sondern auch an seiner Wirkung auf Imogen – wie er in ihr eine Zufriedenheit zutage förderte, die keiner von ihnen bisher bei ihr erlebt hatte.

»Nun«, erwiderte Jan und schien sich mit ihrer Zustimmung zurückzuhalten, bis die Autofahrt zu Ende war. »Wenn euch das Geld ausgeht, kommt ihr eben einfach wieder zurück, nicht wahr?«

»Mum«, protestierte Imogen. »Jetzt lass es mal gut sein, ja? Wenn du so weitermachst, überlegt sich Finn womöglich alles noch einmal, bevor wir überhaupt da sind!«

Während sich Imogen und Finn leise über Thailand unterhielten – worauf sie sich besonders freuten und was sie als Erstes tun würden –, näherten sie sich dem Gatwick Airport. Als sie jedoch die Abfahrt Gatwick erreichten, meldete sich Jan noch einmal zu Wort.

»Was ist denn mit Weihnachten?«, fragte sie. »Wirst du dieses Jahr wieder nicht mit uns zusammen feiern?«

»Wir werden vom Strand aus mit euch skypen«, erwiderte Imogen. »Wir finden schon eine Möglichkeit, bei euch zu sein.«

Sie stellten das Auto im Parkhaus des Flughafens ab und machten sich gemeinsam auf den Weg zu den Check-in-Schaltern.

»Bis in einem halben Jahr, Schwesterherz«, flüsterte Anna Imogen ins Ohr, als sie einander umarmten. »Viel Spaß!«

Imogen erwiderte ihr Lächeln. Schon jetzt war das Strahlen in ihre Augen zurückgekehrt; sogar hier im klimatisierten Flughafenterminal, wo man durch die Fenster nur graue Wolken sah.

»Werden wir haben«, antwortete Imogen. »Der Sommer – na ja, der war …« Sie zuckte mit den Schultern, weil sie keine Worte fand.

»Ziemlich aufregend, oder?«, fuhr Anna fort.

»Emotionsgeladen«, erwiderte Imogen mit einem Lächeln.

Anna dachte an die Zeit zurück, die sie gemeinsam verbracht

hatten, als sie das Viviens gegründet hatten. Während sie jede Hürde überwunden hatten, hatten sie vieles über sich selbst gelernt; wozu sie wirklich in der Lage waren und was im Leben wichtig war. Beide waren stark – und ihre ganze Familie war es auch. Ja, nach Viviens Tod würde ein Teil der Familie nun für immer fehlen, aber durch die Eisdiele und das Bed & Breakfast hatten sie Wege und Möglichkeiten gefunden, die Erinnerung an Vivien wachzuhalten.

»Ich werde dich vermissen«, stellte Anna fest und nahm die Hand ihrer Schwester. »Bitte lass dir niemals von Mum die Lust nehmen, nach Hause zu kommen!«

»Wir kommen auf jeden Fall zurück«, lachte Imogen und schaute zu Finn hinüber, der gerade Jan und Tom umarmte, als würde er sie schon ein Leben lang kennen.

»Mit ihm hast du einen von den Guten erwischt«, stellte Anna fest und nickte in Finns Richtung.

»Ja«, erwiderte Imogen und grinste. »Und wie sich herausstellt, ist das vielleicht gar nicht mal so schlecht.«

»Natürlich nicht. Also sei schön lieb zu ihm, und schieß wunderbare Fotos, die uns zum Lächeln bringen, wenn es hier mal wieder kalt und verregnet ist.«

»Ich werde genügend Motive zum Fotografieren haben, da bin ich sicher. Ich kann es kaum noch abwarten, bald wieder zu fotografieren!«, antwortete Imogen und tätschelte ihre Kameratasche.

»Ich freue mich schon darauf, die Bilder zu sehen«, lächelte Anna. Aus den Augenwinkeln sah sie, wie Finn sich abmühte, sich aus Jans herzlicher Umarmung zu befreien.

»Und du kommst zurecht?«, hakte Imogen nach.

»Warum fragt mich das eigentlich jeder?«, lachte Anna. »Ja, natürlich. Und nein – weil ich weiß, dass das deine eigentliche

Frage ist: Ich hege keinerlei Absichten, wieder mit Jon zusammenzukommen.«

»Versprichst du mir das? Egal, was er dir erzählt?«

»Was soll er mir schon erzählen können?«, versicherte Anna ihr und fühlte sich so stark und mutig wie schon lange nicht mehr. »Es war nicht richtig, und wenn ich ehrlich bin, habe ich mir schon eine Weile lang etwas vorgemacht.«

Eine Ankündigung plärrte aus den Lautsprechern.

»Für den British Airways Flug 304 nach Bangkok beginnt nun das Boarding. Die Passagiere für den Flug 304 begeben sich bitte zu Gate 14.«

Imogen griff nach ihrer Tasche, dann nach Finns Hand. »Es wird Zeit.«

Als ihre Schwester Richtung Gate ging, kamen Anna die Tränen. Imogen hatte gesagt, dass sie in einem halben Jahr wieder zurückkehren würde, und vielleicht meinte sie es dieses Mal tatsächlich ernst. Andererseits konnte man das bei Imogen nie wissen.

Zurück in Brighton, standen Anna, ihre Mum und ihr Dad in der Empfangshalle des Grand Hotel.

»Lass uns kurz von Anna Abschied nehmen, danach kannst du dich in Schale schmeißen, Jan.«

»So ist das also?«, lachte Anna. »Ihr habt eure Tochter seit einer Ewigkeit nicht mehr gesehen, und jetzt, wo ihr hier seid, könnt ihr es gar nicht mehr abwarten, alleine loszuziehen?«

»Liebes, du weißt, dass das nicht stimmt«, entgegnete Jan. »Aber es kommt nicht oft vor, dass wir die Gelegenheit haben, in der Stadt auszugehen. Und dein Dad hat mir versprochen, mich zum Essen einzuladen. Wir haben nämlich dieses Jahr unseren Hochzeitstag verpasst«, erklärte sie und nahm die Hand ihres Ehemannes. »Uns war zu dem Zeitpunkt nicht nach Feiern, nicht wahr, Tom?«

»Es war einfach der falsche Zeitpunkt«, pflichtete Tom ihr bei. »Wir werden stattdessen also nun heute Abend feiern gehen.«

»Schön! Ich habe auch nur Spaß gemacht. Eurem Rendezvous soll doch nichts im Wege stehen«, entgegnete Anna. »Alles Gute zum Hochzeitstag! Habt einen schönen Abend!«

Anna gab ihrer Mutter einen Abschiedskuss. Als sie ihren Dad umarmte, hielt er sie einen Moment länger fest als sonst.

Nichts ist so schön wie der Altweibersommer, dachte Anna, als sie zwei Wochen später aus dem Fenster schaute und den wolkenlosen Septemberhimmel erblickte. Alle hatten sich dem Herbst schon gefügt, die Sommergarderobe weggeräumt, die Gartenmöbel im Schuppen verstaut, die fast aufgebrauchten Flaschen mit Sonnencreme weggeworfen und die Urlaubsbilder hochgeladen, alles mit dem bittersüßen Beigeschmack des Abschieds.

Und dann – aus heiterem Himmel – war die Sonne wieder da. Anna hatte die Vorhänge beiseitegezogen in der Erwartung, nur wieder einen weiteren verregneten Septembertag zu erblicken. Stattdessen hatte sie die Wärme sofort gespürt. Die Sonne strahlte in Goldgelb, und sogar um acht Uhr in der Frühe füllte sich allmählich schon der Strand.

Anna streifte sich ein kurzes Baumwollkleid über, zog Sandalen mit Keilabsatz an und steckte sich das Haar hoch. Sie tat es wirklich – sie führte die Eisdiele allein. Und es lief richtig gut.

Sie warf einen prüfenden Blick in die Gefriertruhe auf das Eis, das sie am vorherigen Abend zubereitet hatte: ein vollmundiges, köstliches Pralineneis und eine sommerliche Fruchtgranita. Irgendwie musste sie gespürt haben, dass die Sonne noch einmal herauskommen würde. Vorsichtig lud sie die Eisschalen in ihre Kühlbox, überprüfte ein letztes Mal ihr Aussehen und verließ dann die Wohnung.

Um elf Uhr war die Warteschlange im Viviens so lang, dass sie sich zur Tür hinausschlängelte. Anna arbeitete allein, und es war heiß – Schweißperlen liefen ihr den Rücken hinunter.

»Zwei Kugeln von dem Zitronensorbet, bitte«, bestellte ein Pärchen im Teenageralter.

Anna gab die Kugeln in Waffelhörnchen, reichte diese dann über die Theke und nahm lächelnd das Geld entgegen. Die Ladenkasse war zum Bersten gefüllt; Elternteile hatten ihr hektisch von links, rechts und der Mitte aus Zehnpfundnoten gereicht, um ihre überhitzten, aufgeregten, schnatternden Kinder mit dem Eis zu besänftigen.

Als Nächstes wurden zwei Schokoladenhörnchen bestellt, dann ein Viviens Super Sundae – die heutige Spezialität des Tages: Pralinéeis, beträufelt mit einer salzigen Karamellsauce.

Anna konzentrierte sich darauf, die Sauce herzförmig auf das Eis zu träufeln – dies war ihr ganzer Stolz. Damit sie es perfekt hinbekam, musste die Schlange eben warten.

»Wie wäre es mit einer …«

Die Männerstimme durchbrach ihre Konzentration.

»… Himbeer-Mango-Granita?«

Die linke Herzseite auf dem Eis wurde ganz wackelig, so zitterte Annas Hand, nachdem sie die neue Bestellung vernommen hatte. Zwar stand die Granita auf der schwarzen Tafel, doch den ganzen Tag lang hatte noch niemand sie bestellt.

Als sie von dem Sundae-Eis aufsah, das sie gerade dekorierte, stand vor ihr der Mann, der ihr in diesem Sommer kaum aus dem Kopf gegangen war.

Matteo nahm ihr das Sundae-Eis und die Hörnchen mit einem warmen Lächeln ab und reichte alles den Kindern, die schon gierig darauf warteten, bevor er sich wieder zu Anna umdrehte.

»Ich bin den weiten Weg hergekommen, um das Eis zu probieren«, erklärte Matteo mit einem frechen Funkeln in den Augen. »Du willst mich doch hier nicht verhungern lassen, oder?«

NACHWORT

JULI, IM DARAUFFOLGENDEN JAHR: NEW YORK

»Kommen Sie ruhig herein«, lud Imogen ein modisches junges Paar ein. »Hier ist der Katalog mit allen Informationen über die Arbeiten.«

Imogen war mit Finn in einer vornehmen Galerie in Chelsea, New York, bei einer Vernissage mitten in der Woche. An der Wand hingen gerahmte Drucke; kultivierte Gäste schlürften Cocktails und spazierten herum, während sie die Werke diskutierten.

Aber dies ist nicht einfach irgendeine Ausstellung, dachte sie stolz. *Es ist meine.*

Jedes Unterwasserbild erzählte eine Geschichte und förderte eine versteckte Ecke der Welt zutage, an der sie kurzzeitig, mit einer Sauerstoffflasche und einer Taucherbrille ausgerüstet, teilgehabt hatte. Clownfische, Teufelsrochen und – der größte Druck von allen – eine Nahaufnahme eines Walhais brachten Farbe an die nüchternen weißen Wände der Galerie.

»Ich schätze, dass das dort drüben ein Käufer ist«, flüsterte Finn Imogen ins Ohr und deutete auf einen gut gekleideten Gentleman, der aufmerksam die Katalogseite studierte, auf der die Preise aufgelistet waren.

»Er sieht ziemlich interessiert aus, findest du nicht?«, fragte Imogen ihn hoffnungsvoll. Auf einigen ihrer Bilder klebten schon rote Punkte, dabei war es noch nicht einmal zehn Uhr.

Neun Monate lang hatten Finn und sie auf Koh Tao gelebt.

Die ersten zwei Wochen waren ein einziger Taumel aus Sonnenschein und Küssen gewesen; sie hatten ausgiebig im Meer gebadet und die Abende in Strandbars verbracht. Doch dann hatte Imogen angefangen, sich wieder auf ihre Fotografie zu konzentrieren. Fast jeden Tag war sie tauchen gegangen und hatte ihre Fotosammlung vergrößert.

Dagegen hatte Finn zunächst nichts mit sich anzufangen gewusst. Es war ihm schwergefallen, loszulassen und die Leitung der Surfschule jemand anderem zu überlassen. Zu Beginn hatte er täglich bei Andy angerufen. Irgendwann war er jedoch entspannter geworden, hatte einen Job in einer Smoothie-Bar gefunden und ab dann Fruchtsäfte und Kokosnussdrinks für durstige Sonnenanbeter gemixt. Er und Imogen hatten sich erfolgreich mit der tagtäglichen Arbeit auseinandergesetzt, einen gemeinsamen Haushalt zu führen. Für Finn war es nämlich anfänglich ein wenig überraschend gewesen, dass selbst in einer Strandhütte mit Hängematten Müll weggebracht und der Einkauf erledigt werden musste.

Sie waren nicht voneinander abhängig gewesen, hatten neue Freundschaften geschlossen und unterschiedliche Interessen entwickelt. Beide genossen jedoch die Zeit, die sie abends allein miteinander verbringen konnten, wenn sie ein kühles Bier tranken oder einen frischen gegrillten Fisch auf ihrer Veranda aßen.

Nach einem halben Jahr in Thailand hatte Imogen alle Fotografien beisammengehabt und mit Finns Hilfe eine Internetseite entworfen. In den darauffolgenden Monaten hatte dann die nervenaufreibende Aufgabe begonnen, an Agenten und Galeristen heranzutreten, für ihre Arbeiten zu werben und zu hoffen, dass sich irgendwer dafür interessieren würde. Doch E-Mails blieben unbeantwortet, Anrufe ohne Ergebnis. Bis Nikki auf der Insel auftauchte. Sie war eine Galeristin aus New York, die sich der

Suche nach neuen Talenten verschrieben hatte und wie Imogen eine leidenschaftliche Taucherin war. Gleich vom ersten Augenblick an, als sie einander in Davys Tauchshop kennengelernt hatten, waren sie auf gleicher Wellenlänge gewesen. Die neun Monate auf Koh Tao waren für Imogen und Finn insgesamt eine lange, ereignisreiche Zeit gewesen.

Imogen rief ihre Schwester am Morgen nach der Vernissage an, nachdem Finn und sie das Frühstück in ihrem Apartment in Brooklyn beendet hatten. Nikkis Freunde waren im Ausland unterwegs, und Nikki hatte alles so arrangiert, dass Imogen und Finn während der Ausstellung dort als Housesitter wohnen konnten. Das Loft war die perfekte Ausgangsbasis, um von dort aus die Stadt zu erkunden.

»Anna!«, rief Imogen, sobald ihre Schwester den Hörer abgenommen hatte. Finn lächelte nachsichtig und wanderte mit seiner Kaffeetasse zum Futon hinüber; ihm war klar, dass die Unterhaltung gut und gern noch eine ganze Weile dauern konnte. »Du kannst es dir nicht *vorstellen*, wie super es letzte Nacht gelaufen ist!«

»Die Ausstellung? Den Leuten haben die Bilder gefallen?«, fragte Anna. Ihre Stimme klang unglaublich nah, obwohl das Meer zwischen ihnen lag.

»Die Fotos haben wie der Blitz eingeschlagen, Anna! Stell dir bloß mal vor – ich habe zwölf Bilder davon verkauft! Nikki meinte, es sei eine ihrer erfolgreichsten Vernissagen überhaupt gewesen!«

»Das ist fantastisch, Imogen!«, rief Anna. »Ich wusste schon immer, dass du Talent hast. Vielleicht sollten wir hier im Viviens eine kleine Ausstellung organisieren? Ich weiß, hier ist nicht New York, aber …«

»Das fände ich toll!«, fiel Imogen ihr ins Wort und hatte sogleich das Bild vor Augen, wie einige der kleineren Drucke an den Wänden der Eisdiele hingen.

»Tut mir leid, dass ich mich jetzt wie Mum anhöre – aber wann genau kommt ihr beide zurück?«

»Nächste Woche«, erwiderte Imogen vorfreudig. »Finn und ich haben den Rückflug für Donnerstag gebucht. Wir sind dann rechtzeitig zurück, um den Eiswagen für die Sommerfestival-Tour klarzumachen.«

»Nächste Woche schon?«, kreischte Anna.

»Ja. Ich kann es kaum abwarten, dich wiederzusehen. Oh, wo wir gerade beim Thema Eiswagen sind … Finn ist derzeit ganz besessen davon, Smoothies zu mixen, wir können also unser Angebot ein bisschen erweitern.«

Finn spitzte die Ohren, als sein Name fiel, und schaute spitzbübisch zu Imogen hinüber, die am Ende des Sofas saß. Für die Zeit nach dem Sommer hatten sie noch keine ernsthaften Pläne geschmiedet – abgesehen von einer Sache. Imogen würde bei Finn einziehen, und seit sie beide das beschlossen hatten, konnte sie kaum aufhören, wie ein Honigkuchenpferd zu grinsen.

»Wir werden da sein«, schloss Anna, »und euch mit offenen Armen empfangen.«

»Ich hab dich vermisst, Schwesterherz«, stellte Imogen fest. »Dad auch, ja sogar Mum. Kannst du das fassen?«

»Wir haben dich auch alle vermisst. Pass bloß auf, dass ihr den Flieger nicht verpasst, sonst muss ich mich um Mum und Dad und ihre gebrochenen Herzen kümmern.«

»Wir sehen uns in einer Woche! Tschüss!« Imogen legte auf.

Danach ging sie durch das sonnendurchflutete Loft und ließ sich in Finns offene Arme fallen. »Wir fliegen nach Hause!«, stellte sie lächelnd fest.

JULI, IM DARAUFFOLGENDEN JAHR:
VIVIENS HIMMLISCHES EISCAFÉ, HOVE

Anna legte in der Eisdiele den Hörer auf und kehrte an die Theke zurück.

»Deine Schwester?«, fragte Matteo.

»Ja«, erwiderte Anna. Sie konnte nicht anders, sie musste grinsen. »Und rate mal! Sie kommt nächste Woche zurück!«

»Das ist ja fantastisch!«, erwiderte Matteo und nahm sie in den Arm. »Dann werde ich endlich die berühmte Imogen kennenlernen!«

»Oh ja«, lachte Anna. »Mach dich auf was gefasst.«

Jetzt musste Matteo lachen. »Das Gleiche hat deine Mutter auch gesagt. So langsam werde ich nervös.«

»Ihr werdet euch total gut verstehen«, beruhigte ihn Anna. »Sie freut sich bestimmt darauf, dich kennenzulernen.«

»Hast du es ihr erzählt?«, fragte Matteo, schlang von hinten seine Arme um ihre Taille und ließ seine Hände auf ihrem Babybauch ruhen. Anna war nun im fünften Monat schwanger, und allmählich zeichnete sich das Babybäuchlein sogar schon unter einer Schürze ab.

»Noch nicht. Es soll eine Überraschung sein.«

Matteo küsste zärtlich ihren Nacken und drehte Anna dann zu sich herum, damit sie ihn ansah. »Ich dachte, du hasst Überraschungen, *Signora*? Woher dieser Sinneswandel?«

»Vielleicht, weil ich in letzter Zeit selbst ein paar Überraschungen erlebt habe?« Anna zuckte mit den Schultern. »Da habe ich eben meine Meinung geändert.«

Matteo beugte sich vor und gab ihr zärtlich einen Kuss. Nachdem Anna um die Mittagszeit herum ziemlich viel zu tun gehabt hatte, war sie nun froh, dass keine Kunden mehr in der Eisdiele waren. Sie küsste Matteo und ließ ihre Hand zu seinem Po hinunterwandern.

»Ich glaube, das wird hier gerade ein bisschen unprofessionell«, scherzte er.

»Das gefällt mir am besten daran. Außerdem sind wir hier die Chefs, erinnerst du dich?«

Es fiel ihr schwer, sich noch an die Zeit zu erinnern, als Matteo und sie den Laden noch nicht gemeinsam geführt hatten. In nur neun Monaten waren sie ein wirklich starkes Team geworden: Sie dachten sich gemeinsam die Speisekarte aus, kreierten zusammen neue Eissorten und bedienten einen loyalen Kundenstamm. Im Frühjahr hatte ihnen eine ganze Reihe von Erwähnungen in Restaurant-und-Café-Blogs eine Flut von Kunden beschert, sodass sie fast bis Ende Juni auf Hochtouren gearbeitet hatten.

Wenn Imogen zurückkehrte, würde sie dennoch einen Laden vorfinden, der noch genauso aussah wie damals, als sie abgereist war. Es gab nur wenige geringfügige Veränderungen. Ein Foto ihrer Großmutter, gerahmt von Evie, hing jetzt an der Wand hinter der Theke – Vivien hatte hier ihren festen Platz bekommen und ein Auge auf alles. An der gegenüberliegenden Seite hingen Fotos von der Eisdiele über die Jahre hinweg. Die älteren Kunden liebten es, die Bilder zu betrachten und dann gemeinsam Erinnerungen an die Küste aus guten alten Zeiten auszutauschen.

Gelegentlich kamen Annas Eltern zu Besuch und übernachteten entweder bei Martin in seinem beliebten B & B – wenn er denn ein freies Zimmer hatte – oder bei Anna, Matteo und Hepburn im Gästezimmer. Matteo hatte gerade das Kinderzimmer in einem hellen Gelb angestrichen. Für Anna war es nun leichter, dass das Zimmer anders aussah – zwar sah sie mittlerweile nicht mehr jedes Mal Alfie darin, wenn sie den Raum betrat, doch sie vermisste ihn immer noch. Wahrscheinlich würde das auch immer so bleiben.

Die wichtigste Veränderung war allerdings Matteo. Er hatte einen Sonnenschein in Annas Leben gebracht, den sie so nie gekannt hatte.

»Bist du sicher, dass du hier immer noch glücklich bist?«, fragte Anna und sah ihm in die Augen. »Versprichst du mir, dass du dich nicht danach sehnst, nach Italien zurückzugehen?«

»Anna, ich dachte, wir hätten das geklärt?« Er schüttelte den Kopf und lachte. »In Italien mag es viele schöne Dinge geben, aber es gibt etwas, das ich dort niemals finden werde – und das ist die verrückte Engländerin, in die ich mich verliebt habe. Und die Familie, die wir bald sein werden.« Er strich ihr eine Haarsträhne hinters Ohr.

»Na gut. Ich freue mich.«

»Aber nur unter einer Bedingung«, entgegnete Matteo.

»Ja?« Misstrauisch runzelte Anna die Stirn.

»Wenn das Baby größer ist, müssen wir mit ihm oder ihr nach Italien reisen und ihm oder ihr die Kunst des *gelato* beibringen. Auf gar keinen Fall soll das Kind denken, dass ein Cornetto aus dem Kiosk mit einem anständigen italienischen Eis zu vergleichen ist. Wir müssen unserem Kind das echte Italien zeigen.«

»Na«, erwiderte Anna und musste an die köstlichen Geschmacksrichtungen denken, mit denen ihre Reise in die Eisherstellung begonnen hatte, »dem stimme ich doch sehr gerne zu.«

Hallo,

ich hoffe, Ihnen hat die Geschichte von Imogens und Annas Abenteuerreise in die Welt der Eisherstellung gefallen. Wenn Ihnen beim Lesen schon das Wasser im Munde zusammengelaufen ist, folgen hier nun fünf exklusive Rezepte, die Sie gerne selbst einmal ausprobieren dürfen.

Liebe Grüße

Abby

PS: Ich hätte gern eine Kugel vom salzigen Karamelleis, danke schön!

Klassisches Vanilleeis

Das perfekte Rezept für Anfänger und eine prima Ausgangsbasis für die köstlichen Mischungen auf den nächsten Seiten

ZUTATEN:
- 90 g Zucker
- 2 Eier
- Eine Prise Salz
- 360 ml Milch
- 240 ml Sahne
- 2 TL Vanilleextrakt

ZUBEREITUNG:
- Zucker und Eier verrühren und mit einem Schneebesen aufschlagen, bis eine schaumige Masse entstanden ist. Salz zufügen und unterrühren.
- In einem Kochtopf die Milch erhitzen, bis sie kocht, dann vom Herd nehmen. Vorsichtig die Milch unter die Eimischung geben und mit dem Schneebesen verrühren, bis die gesamte Milch untergerührt ist.
- Die Eier-Milch-Mischung wieder in den Kochtopf geben und bei mittlerer Hitze kochen. Gut rühren, bis die Mischung so angedickt ist, dass sie an der Rückseite eines Löffels haften bleibt.

- Vom Herd nehmen und die Mischung in eine Schüssel passieren. Leicht abkühlen lassen.
- Sahne und Vanilleextrakt unterrühren, dann die Mischung vollständig abkühlen lassen.
- Nach Angaben des Herstellers in einer Eismaschine gefrieren lassen.

Supermischung

Wie das Vanilleeis zuvor zubereiten. Bevor das Eis jedoch aus der Eismaschine genommen wird, noch in kleine Würfel geschnittene Marshmallows, Malteser, Nüsse, zerkleinerte Sahnebonbons und getrocknete Preiselbeeren (oder jede andere Leckerei aus Ihrem Vorratsschrank) hinzufügen.

Marsalawein-Tiramisu-Eis

So schmeckt Italien – wenn Sie den echten Geschmack Italiens kennenlernen wollen, dann sollten Sie diese dekadente Geschmacksrichtung ausprobieren.

ZUTATEN:
- 90 g Zucker
- 2 Eier
- Eine Prise Salz
- 120 ml Milch

- 200 g Frischkäse
- 1 TL Kaffeegranulat
- 200 g Schokoladenbiskuit
- 100 ml Marsalawein

ZUBEREITUNG:
- Wie das Vanilleeis zubereiten, nur zur heißen Milch das Kaffeegranulat hinzufügen.
- Am Ende zusammen mit der Sahne den Frischkäse unterrühren.
- Den Schokoladenbiskuit mit Marsalawein tränken.
- Den mit Marsala getränkten Biskuit in das Eis bröckeln, wenn es aus der Eismaschine kommt, und dann vor dem Servieren für 20 Minuten in den Gefrierschrank geben.

Gesalzenes Karamelleis

Macht richtig süchtig …

ZUTATEN:
- 480 ml Vollmilch
- 260 g Zucker
- 1 EL gesalzene Butter
- 4 Eigelb
- 1 EL Mehl
- 240 ml Sahne
- 1 TL Vanilleextrakt
- 1 TL Meersalz

Zubereitung:

- Bei mittlerer Hitze die Milch erhitzen, bis sie kurz davor ist zu kochen. Vom Herd nehmen.
- Bei mittlerer Hitze den Zucker erhitzen und rühren, bis der Zucker geschmolzen ist, goldbraun wird und sich in Sirup verwandelt hat. Dann die Butter hinzufügen. Gut rühren.
- Ganz langsam die warme Milch unter die Karamellmasse geben und rühren, bis sich der Karamell bei mittlerer Hitze vollständig aufgelöst hat.
- Eigelb, Mehl und Salz aufschlagen. Wenn eine glatte Karamellmilch entstanden ist, nach und nach diese dann in die Eiermischung rühren. Die Zutaten wieder in eine Pfanne geben und bei mittlerer Hitze mit einem Schneebesen rühren, bis die Mischung dick genug ist, dass sie an der Rückseite eines Löffels kleben bleibt.
- Durch ein Sieb seihen.
- Sahne und Vanille in die Mischung rühren und abkühlen lassen.
- Entsprechend den Herstellerangaben das Eis in die Eismaschine geben und gefrieren lassen.

Blaubeereis

Erfrischend und superlecker …

Zutaten:

- 90 g Zucker
- 350 g frische oder tiefgekühlte Blaubeeren

- ¼ TL Vanilleextrakt
- Eine Prise Salz
- 1 EL Zitronensaft

ZUBEREITUNG:

- Den Zucker bei niedriger Hitze in einer Pfanne in 2 EL Wasser auflösen.
- Wenn dieser vollständig aufgelöst ist, Blaubeeren, Zitronensaft, Vanilleextrakt und Salz hinzufügen.
- Bei niedriger Hitze aufkochen lassen, dabei gelegentlich umrühren, bis die Blaubeeren weich werden.
- Vom Herd nehmen und pürieren.
- Abkühlen lassen.
- Anschließend laut Angaben des Herstellers in der Eismaschine gefrieren lassen.

Ein ganz herzliches Dankeschön an Tracey und Paul Kindred vom »Heavenly!«, einem ganz bezaubernden und einzigartigen Schokoladen-und-Eis-Laden in Wales, für die freundliche Erlaubnis, diese Rezepte benutzen zu dürfen.

Tracey und Paul finden Sie unter www.heavenlychoc.co.uk – dort bekommen Sie auch eine Übersicht über alle Geschmacksrichtungen, die Geschichte dieses Ladens, Öffnungszeiten und Kontaktinformationen. Oder besuchen Sie sie auf Facebook unter http://www.facebook.com/HeavenlyChoc.

Danksagung

Ich bedanke mich ganz herzlich sowohl bei meiner Lektorin, Jo Dickinson, als auch bei meiner Agentin, Caroline Hardman, für die Unterstützung und ihre vielen Ideen, die sie mir beide jederzeit haben zukommen lassen.

Bedanken möchte ich mich auch bei meinem wundervollen Team bei Quercus: Bei Jenny Richards für das süße Cover, bei Kathryn Taussig, Georgina Difford, Caroline Butler, David North und allen anderen, die alles dafür gegeben haben, dass dieses Buch überhaupt möglich war.

An der Eisfront gebührt ganz großer Dank Tracey und Paul Kindred von Heavenly! in Wales für ihr Wissen über die Eisherstellung, das sie mit mir geteilt haben, sowie für die Erlaubnis, die köstlichen Rezepte hier abdrucken zu dürfen. Danken möchte ich auch Kitty Travers von La Grotta Ices, die mir in der Artisan Cookery School beigebracht hat, wie man Eis herstellt, und deren köstliche saisonale Eissorten man auf dem Bermondsey Market (»New Caledonian Market«) in London findet. Die Espresso-Granitas und das Quitteneis, die beide in diesem Roman vorkommen, stammen von ihr, doch für sämtliche Fehler sowie alles, was Imogen getan hat, bin ich verantwortlich!

Ich kann mich sehr glücklich schätzen, im Internet ein paar fantastische Buchliebhaber kennengelernt zu haben: Ein großes Dankeschön geht an Kirsty von »I Heart Books« (@Kinks26) für das Champagnersorbet und die Ideen für das Brezeleis! Danken möchte ich zudem meinem Neffen Jake und meiner Nichte Eloise, die mir bei der Recherche geholfen haben, sowie meinen Freunden.

Zu guter Letzt möchte ich noch James für eine unvergessliche Reise nach Florenz danken!

Abby Clements

Abby Clements arbeitete in einem Verlag, bevor sie sich selbst dem Schreiben widmete. Am liebsten isst sie Pistazien-Schokoladen-Eis mit Haselnusssplittern in einer großen Waffel. Sie lebt mit ihrem Verlobten im Norden von London und liebt gemütliche Sonntage, Achtzigerjahrefilme und Dackel.

Außerdem von Abby Clements bei Goldmann lieferbar:

Ein Kuss unter dem Mistelzweig. Roman (auch als E-Book erhältlich)

GOLDMANN
Lesen erleben

Sophie Kinsella
Das Hochzeitsversprechen

512 Seiten
ISBN 978-3-442-47986-3
auch als E-Book und
Hörbuch erhältlich

Nach der jüngsten Enttäuschung hat Lottie endgültig die Nase voll von bindungsunfähigen Männern. Als sich da plötzlich Ben meldet, eine alte Flamme von ihr, geht alles ganz schnell. Denn Ben erinnert Lottie an einen vor Jahren geschlossenen Pakt, wonach die beiden einander heiraten wollten, sollten sie mit dreißig noch Single sein. Lottie zögert nicht lange und marschiert kurzentschlossen mit Ben zum Altar. Von dort geht es geradewegs in die Flitterwochen auf jene griechische Insel, auf der sie sich einst kennengelernt hatten. Freunde und Familien der beiden sind entsetzt. Und schließlich machen sich Lotties Schwester Fliss und Bens Freund Lorcan auf nach Ikonos, um Honeymoon und Hochzeitsnacht nach Kräften zu sabotieren …

Wunderbar. Weihnachtlich.
Abby Clements.

Exklusiv als E-Book:
Eine wunderschöne Weichnachts-Kurzgeschichte mit köstlichen Plätzchen-Rezepten.

81 Seiten
ISBN 978-3-641-12718-3

www.goldmann-verlag.de
www.facebook.com/goldmannverlag

GOLDMANN
Lesen erleben